U0598850

春风集

张少武 ◎ 著

长春出版社

全国百佳图书出版单位

图书在版编目（CIP）数据

春风集 / 张少武著. -- 长春 : 长春出版社, 2025.

1. -- ISBN 978-7-5445-7722-9

Ⅰ. I217.2

中国国家版本馆CIP数据核字第2024HA0410号

春风集

著　　者　张少武

责任编辑　赵宇鹤　李玺楠

封面设计　宁荣刚

出版发行　长春出版社

总 编 室　0431-88563443

市场营销　0431-88561180

网络营销　0431-88587345

地　　址　吉林省长春市南关区长春大街309号

邮　　编　130041

网　　址　www.cccbs.net

制　　版　长春出版社美术设计制作中心

印　　刷　长春天行健印刷有限公司

开　　本　880mm×1230mm　1/32

字　　数　311千字

印　　张　14.625

版　　次　2025年1月第1版

印　　次　2025年1月第1次印刷

定　　价　69.80元

目　录

散文篇

铭念师恩

从小学、中学到大学，曾为我"传道、授业、解惑"的老师不少，其中有两位于我人生道路之抉择、人格力量的锻铸有过重要影响，那是我终生都要铭念于心的。

我家世代佣佃于人，到了祖父、父亲这两辈便一心巴望改换门庭。我9岁时本已做了两年放猪娃，并且乐此不疲，可父亲还是拗着我的性子，抓鸡似的将我从田野里抓回，送进了"国民优级小学校"。家里节衣缩食供我念到五年级时，"满洲国"垮台了。彼时战火频仍，学校关闭，家境又每况愈下，我认定此生继续读书已成泡影，便跟着爷爷极颖悟地学会了种、锄、割、打诸般庄稼活计，成了个颇为地道的小庄稼人。

1948年春，家乡解放，是年秋，民主政府决定成立全县第一所中学。家居镇里几位与我要好的同学便怂恿我："你书念得比我们都好，一辈子就甘心种地？……还是跟我们一块报考吧！"学校设在开原古城，离我家25里路。我明白，即使真考上，家里也拿不出寄宿的伙食费。可那本近熄灭却被重新煽起的愿望之火驱使我还是偷着去报考了。发榜那天，怀着忐忑的心情挤上前去看，竟发现被录取的三百名新生中，我的名字排在第五位。爷爷得知这消息，激动得热泪盈眶。他认为这无异于中了"榜眼""探花"，于是便起誓发愿：卖裤子当袄也得供孙子念书！

每月9元钱的食宿费本不算多，可对于一个"糠菜半年"的家庭却不是一个小数目。住校三个月，我便不忍再让家里为难，决定坚持走读了。

冬日酷寒，苦短。每天往返要走25公里的路程，对于一个十四五岁的少年实非易事。每天我四点钟就起床，吃点饭，就把裹着手抄课本的包袱皮"书包"往腰间一系便上路了。为驱赶寒冷，常是一路小跑，就这样，有时还要迟到，受不明真情的科任教师的责备。可那位矮矮胖胖的三十八九岁便已谢顶的级任老师李树田从不为难我，因迟到未听全他的课，下课时，他总是把我叫了去耐心补讲一遍。每有晚自习之类活动，他怕我贪黑赶路，总是提前让我回家。

转过年到了春耕时节，我的家境更趋恶化。父亲患病卧床，给别人扛活一辈子未婚、一直帮爷爷支撑家业的二爷又突然谢世，家里缺劳力有种不上地的危险。面对此种情景，我几经思量便写了个"退学申请"。一向宽宥，有时甚至偏袒我的李老师看了这申请，却一反常态，严厉地将我训斥了一顿：人这一生说不定什么时候会遇到困难，肯咬紧牙关撑持过去，前面就可能是坦途……"你刻苦自励，坚持走读，曾令我和不少同学赞佩；可如今你却半途而废打起退堂鼓了，这说明你还是个孬种！……少壮不读书，一生皆愚昧呀……"尤其令人感动的是，就在那个星期天，在没有任何代步工具的情况下，他远路跋涉来我家访问了。实地考察了我困难的家境，他当即表示：春耕、秋收等大忙季节我可以请假，缺的课由他安排给补……离去时，望着他那脚步蹒跚的背影，我热泪迸流，暗自咬牙发誓：为了对得起这位老师，此生在任何困难面前都不再退缩，要发奋上进，立志成人……后来，李老师将我的情况向校方做了汇报，使我获得了一等"人民助学金"，得以顺利读完初一、初二课程。1951年初，我报名参加了抗美援朝，工作数年后又调干考入大学深造，那期间虽曾给树田老师写过几封信，但因远离故土，又被忙碌充塞着生活，几次想抽暇去探望他都未如愿。两年前偶遇昔年一学友，方知树田恩师已经作古。他虽是寿终天年，在我，那丝毫未尽弟子心意且未能最后一见的愧疚之情便一直咬噬我心，难以平复。

在大学我学的是师范，却遗憾地没能走上课堂当真正的教师。在多年执编刊物中，有的文学青年对我以师呼之，心头常感温热。对于他们中的刻苦自励、矢志不渝者，我能倾诚以待，不能不说眼前常有树田恩师的影子，心中常有树田恩师的昭示……

上了大学，师生之间的关系，似不再像中小学时代那样亲密了，常常教授们讲完课便旁若无人一走了之，遇有学业上的疑难，也常由助教或辅导员来答疑、沟通，学生与教授间单独接触的机会相对来说就很少了。然，任何事总有例外——作为幸运者，40年前，我是亲聆著名学者、教授锡金先生教诲的学生，而时至今日仍与之有密切往来，不断受其人格力量的熏陶。

　　锡金先生早在30年代就已经是很有名气的诗人。1937年，作为共产党的代表，他曾与楼适夷（代表民主人士）、姚蓬子（代表国民党）在武汉共同主编过《抗战文艺》。在敌人占领上海后，于1941年，他与党组织失掉联系，却一直坚持以党员身份严格要求自己。他曾随新四军转战苏北。抗战胜利后，又听从组织安排，不畏艰险，绕路朝鲜来到东北解放区从事高教工作。与吴伯箫、张松如（公木）等著名学者、作家一道执教于东北大学——东北师大中文系。他学识渊博而又诲人不倦。他讲起课来，不唯旁征博引，妙语连珠，意味深长，且坚持以正确的文艺观引导学生，深受同学们欢迎。1956年我因课余创作小有成绩，被吸收为"长春业余作者之家"的成员，在参与活动中与兼着文联、作协领导职务的锡金先生有了较多接触，在创作中幸运地得到他的剀切指点。

　　那年期末考试，锡金老师主讲的《文学研究导论》是口试，至今我清楚记得我抽到的题签是论述知识分子与工农相结合的必要。答题过程中，我分明看到了锡金老师赞许的表情，以为必得"5"分无疑了，可答完后，他要我说出毛主席对这个问题的论断，我因记不住原话只回答了个大意，他当即认真指出："主席对这个问题的论述是前无古人的，应当记牢原话原意……"他不因与我稔熟而"网开一面"，只给了个"4"分……

　　想不到，在转年的"反右"中，锡金先生竟被扣上了"反对毛泽东思想"的帽子。看他走过的路、做过的事，听他说过的话，这莫须有的罪名真是令人大惑不解。运动过后，他不仅被剥夺了讲课权力还被下放到偏远农村多年。待 20 年无妄之灾过后，人们才听到他当年所以被"划过去"，还有个难以言说的"理由"：昔年省里某位掌权的大人物曾在一次"批判会"上说过，那个蒋锡金，每开会请他，他是逢会必发言，发言必作"总结"……啊，锡金老！你信用笃诚，纯挚热情，知无不言，诲人不倦，却不谙政界的机变，不会察言观色，看风使舵……看来你所以会蒙冤与你无意中的"僭越"翳遮了掌权人物的"辉光"不无关系。

令人钦敬的是锡金先生对于那段历史失误带给他个人的灾难并不久愤于心，陷入无穷的埋怨。而是着眼未来，心地坦然地告诫人们总结历史教训。他曾说："我从来不认为一切的运动都不好，但认为那种'大轰大嗡'只是给一些莫名其妙的人乱钻空子，那是十分有害、一点好效果也产生不了的。"

新时期以来，锡金先生以饱满的热忱忘我地投入了工作。他为《新文学史料》等刊物撰写了不少极有价值的纪念文坛宿友、介绍文坛风云的文章；更为省市文艺的繁荣出谋划策，尽心尽力。我每次邀他为文学青年讲课，他不仅慨然允诺，还要询问清楚听讲的对象，认真准备提纲……1986 年，我的一本儿童题材小说出版，烦他写个序，满以为他翻翻原作就可以写的，可他却极认真地要去并看了我所有发表过的儿童文学作品，洋洋洒洒写了个六千字的序言，高屋建瓴地评价了作品得失，且从总结我的创作历程论及新时期重视儿童文学创作的特殊现实意义——他那严谨的治学态度，奖掖学子的笃诚以及对未来一代的热忱关注，赢得了广泛赞誉。有一件"小事"尤其令我惭愧和终生难忘：当我到他家去取回书稿时，他另外递给我三页写满小字的稿纸。仔细一看，他写下的是我书稿中的错字、别字、不准确的用词用语和标点！……抚摸着这几页薄纸，我直觉得它贵重无价！感到一股滚烫的热流直扑我脸……从那以后，我常将这几页纸置于案头，每有懈怠，便如看到风骨傲然、清瘦矍铄的恩师站在面前，像似在对我说：该对得起从事的职业，忠于自己的职守……

1991年我患了骇人之症动了大手术。出院时锡金先生不顾年迈体弱，在夫人女儿的陪同下，拄杖前来探视我，令我感激涕零。他当时开导我："生命无虞了，你还得写东西呀！看你给孩子们写的东西，使我这古稀之人还能回想起遥远的儿童时代呢……"恩师的安慰给了我无穷的精神力量，我因之默然发誓：生命不止，我一定会如您期望的那样生活下去……

（入选1995年"中国散文年鉴"）

梦萦三花

人生总会有各色各样的梦想。我本野孩子出身，想不到迄自少年时代产生的一个梦想，竟至萦怀半生……

故乡，在辽河支流大清河的岸边。"舍南舍北皆春水"，从小我就跟随屯里的老渔夫学会了撒网捕鱼的本领。当我少年时，不论是大河的上游下游，还是周遭五里八村的沟塘渠泡，都曾留下我捕鱼的身影。五六十年前的乡野，虽说已不似老辈人传说的可以"棒打狍子瓢舀鱼"，但那片自然水域里，底鱼、浮鱼都是稠厚的。在河塘稳水深汀里，我曾扣住过鲤、鲫、鲢、草根、嘎伢子；在波鸣水响的浅滩或花水溜上，我更撵住过麻口、青鳞、赤眼、沙姑鲈……每次"出征"，小鱼篓总是溜溜满。因而乡邻们总是夸赞我将来一定可以成为像我的本家二伯那样的"渔把式"。

本家二伯见了我，在夸奖之余曾对我说过一番令我长久不忘、产生终生向往的话语。他跟我说小鱼鹰若想翅膀硬实，就得飞得高看得远；想当个捕鱼能手，光在家边转悠能有啥出息？

再长大些，你该去闯闯辽河、松花江——咱关东那大江大水里，出产名贵的三花鱼：鳌花、鳊花、鲫花，那可是鱼中上品！听说早年间，这三种鱼如同松花江里产的"东珠"一样金贵，是向京城进过贡的……

于是，从那以后，我便日思夜梦，尽想着怎样见到和捕到"三花"……

1946年家乡遭受虫灾，庄稼几近颗粒无收。转年开春，几家乡邻们凑钱，到营口买回来一袭36丈长的拦河泼网，打算靠捕鱼卖钱度荒。那年初夏，新雨过后的一天，渔把式二伯集合起六七个乡邻，说："这样的天，辽河里的鱼准会顶进清河来。抬上网。跟我走！"我急忙背起苗长7尺的小旋网，也紧跟他们出发了。到达大清河傍近汇入辽河的五寨子，二伯站在高高的河岸上观察了一阵水象，便如同指挥打仗的将军似的，用手中的小烟袋一挥："麻溜点儿下网——拦截那个河岔子！那片尖浪，是一帮浮鱼……"我痴迷地站在河岸上，欣赏着那一群人手疾眼快下网的动人情景，简直忘记了自己身上还背着旋网。拦河网两端扣了头，眼见得被围住的鱼一条跟一条扑扑腾腾慌张地跃出水面，映着夕阳，银光闪亮，只听站在齐腰深水中的二伯，突然兴奋地喊了一声："哈！是鳊花！多年未见的好鱼呀！"接着他转过身冲我吼道："你傻站着干啥！还不下河扣那往外蹦的……"我如梦方醒，心旌颤颤地擎起网，下了河，站在大网外，见鱼儿跃出，赶忙舒缰张网……这种鱼虽然名贵，可一旦被扣在网里，却没有鲤鱼、草根那样狡猾，会寻隙逃掉，而是傻傻地直往网苗了上蹿……

那天，二伯一伙人满载而归。我也扣住了个头般般大、锄板儿似的 20 条鳊花。这种小头小嘴、身子扁圆的鱼，满身是银子般的亮色，煞是招人喜爱。回家路上，忘了劳累，脚下生风，尽想着怎样跟家里人显摆：我逮住三花中的一花了，心里充满了豪情……

岁月一掷，斗转星移。1948 年家乡解放的隆隆炮声，改变了我的人生轨迹：原以为自己终生都要当庄稼人和渔夫了，未想到怀揣农会介绍信却获准享受"人民助学金"待遇，迈进了中学课堂。两年后，又随风起云涌的参军参干之风，踏上了工作岗位。

人在青少年时代养成的习惯和产生的希冀，是不易丢弃和忘怀的。辽南那条有名的河流太子河，流经我工作的那座"煤铁之城"。那时节，太子河水湛清湛清，水中有数不清的鱼虾。春夏之交每逢休息日，我和好友李国良便会带上简单的炊具和我小时候用惯的旋网，去郊野河滨游泳、撒网。那天，我不小心，让水中的暗礁挂住了网。善识水性的国良兄下河潜水去"摘挂"。过了一会儿，我正担心他的安全，不料他从水中冒出头来冲我喊了一声："扣住条大鱼！"说着他又潜回水底，又过了一会儿，才连鱼带网捧上岸来。

"这是条啥鱼呀?！"

待从网里摘出那条将近二斤沉的鱼，我惊呆了。只见它体侧扁，青黄色，大嘴巴，长有尖利的细牙，身上有不规则的黑斑纹。硬硬的背鳍如枪似戟竖竖着，嘴里还嘎嘎地发出声音，好像不满我们将它逮上岸来……

见多识广的国良兄喜不自胜，告诉我："这是鳌花呀！早就听说，这河里有这种鱼，可极少有人逮住它……如今，鱼市上最贵的鱼是海里产的加吉，可鳌花比那加吉还贵两倍呢！"

那天，在沙滩上晾好网，就捡拾干柴，架小锅，舀河水炖鳌花。小锅一开，一股奇香就漫溢开来……于不经意间捕到了三花中的头一花，那兴奋和得意之情难以言表，而那无比鲜美的滋味，更是长留在记忆里。可是，世事万难预料，在那以后的若干年里，我转徙了几个地方，工作之余，虽然多次参加渔事，也曾刻意追寻，却始终没觅到三花中另一花的踪迹。

1990 年盛夏，我所在的期刊编辑部，邀请著名作家、编辑家、《人民文学》副主编崔道怡来长春讲学，我们陪同他去了吉林丰满游松花湖。中午在湖滨一家饭店用餐，我问饭店老板："可有'三花'佐餐？"那掌柜听了颇显惊奇告诉我们：而今知晓"松江三花"的人已不多……"虽说鳌花和武昌鱼如今关内已经能够养殖，运来东北，咱也能吃到，可是鲫花，如今却只有松花湖里还有，不过数量也是奇少，你们来得巧，昨天捕鱼队送来几条，马上就给你们清炖……"

真是"踏破铁鞋无觅处，得来全不费工夫"！那天，我终于见到了已至为稀少的鲫花鱼了。早年听说这种鱼与鳌花同宗，不过，看长相却是迥异：它只有 20 多厘米长，犁铧一样的脑袋，纺锤样的身子，浑身呈姜黄色，有不规则的黑花……长得颇似沙姑鲈，只不过尾鳍胸鳍显得长大……做好的鲫花端上桌，同行的人都称赞其鲜香可口，我因一直处在与之不期而遇的高兴中，一时竟难以分辨它与另外二花的味道有何不同。

傍近晚岁，终于圆了少年时追寻"三花"的梦想，该算平生一幸。如今，年近古稀，闲暇读诗，我尤喜爱张志和的《渔父》："西塞山前白鹭飞，桃花流水鳜鱼肥……"和刘基的《渔歌子》："钓得鳊鱼不卖钱，瓷瓯引满看青天……"我心中带有新的向往和希冀：我们的辽河、太子河、松花江及全国不少的江河湖泊，都不同程度地受到了污染，唯愿它们都早些得到治理，让碧水常清，愿我们和我们的后代，都能同享大自然那丰美的恩赐……

生命的年轮

病房里静悄悄。入院半个月，已经过反复"观察"、多次"药检""活检"，被搞得身心疲惫，正欲昏昏睡去，值班医生蹑手蹑脚走来，将妻子唤到病室外，向她展示了一张纸条。虽极微弱，我还是听到了她那忍不住的啜泣。刹那间，我明白了：那个十分骇人的字眼，已不容置疑地得到了证实！

我的心陡地凉了，几近冰点。老实说，我没有太多的精神准备。我一直以为命运之神不会对我太残酷，太不公平。面对这突然的宣判，头脑瞬间成了空白，但还是下意识地塞住了耳朵：不愿听医生悄然走近病床将要吐出的安慰谎言；紧紧闭上双眼：不愿看三十余年与我相濡以沫、辛苦备尝的妻子那再难掩饰的戚容……

再严峻不过的现实，残酷地摆在面前：要么断然砍掉器官，从此空间再听不到你的声音；要么"保守"下去，可难保恶魔之手不随时向别处延伸！

……我被从鼻孔直插进胃里一条细胶管，在难以忍受的恶心中被悄然推进手术室，被注射进那令你迷醉的药物。因为心脏原就不好，在身旁还特地安放了监护器。然而，就在那个瞬间，我却反而清醒，异常平静——我意识到了，我生命的年轮，画到这第五十八圈，极有可能猝然而停了……

自己重新有了知觉，是在过了六个小时被推回病房之后了。

连着几天，被难以想象的肉体之痛、失语之痛折磨，思维凌乱，总觉得冥冥中游弋于地狱之门。可当灵魂不再飘游、神志瞬间清醒之时，那回忆之眼便睁开来，凝视自己那五十八个或晦暗或清晰，或圆满或曲折的年轮。……

作为一个不被家人特别关爱几乎是自生自长的小树，在我生命的第十五圈里，做了人生第一个欲望之梦——那是在伪满"国民优级小学"毕业当了两年小庄稼人之后的事：一天，我跟乡邻们围坐在村头老榆树下，听一位读过私塾的老先生讲《水浒》。讲到紧要当口，他戛然而止，全然不顾众人那"再讲一段儿"的哀求，竟倒背手拎上他的烟袋悠然傲然而去。那情景给了我极强刺激——我发誓要不端架子给屯邻们"讲书"，不仅要讲俗套的，还要自个儿编点新故事！

1948年元宵节，家乡响起解放的隆隆炮声，开始帮我圆那个梦。秋天在割倒庄稼放下镰刀后，我偷着进城去报考解放后的县办中学。竟然在三百多"举子"的红榜上，位列第五名！没钱买课本，拆父亲的线装书，翻转来一页一页抄成。没钱住宿，每天顶星星戴月亮，往返近50华里，一路小跑着去上学，跑了一冬，又跑一春……享受到"人民助学金"待遇不上一年，轰轰烈烈的"抗美援朝"令激情满怀的中学生们坐不稳桌椅，参军参干如风起云涌，我也涌进革命队伍。虽未上前线，却令人意外欣喜地被分配做与书为伴的工作。像一条涸泽小鱼游入大河，我贪婪地吮吸着知识的乳浆。从兹认识了鲁迅、高尔基、茅盾、萧红……开始迷醉于文学的神圣。在工作了近四年之后，命运之神又一次向我微笑：1954年夏天，我以调干资格考入大学深造。理想的校园、理想的专业，怀着朴素的"还报"情思和对先贤们效法的崇敬心态，我清醒地命令自己，为了梦想成真，在武装头脑的同时也要磨砺我的笔……星期天，同学们有的嬉戏、有的逛街去了，我仍埋头于教室。"大三"终了时，不仅门门功课优良，而且课余写出的十多篇小东西，几乎都变成了铅字……

世界上的一切"小道理"，确实是被"大道理"管着。个人的愿望，即使顺乎天时，合于时势，有时也被莫名其妙地扭曲。所学专业本是语言文学，可就因为是在师范院校，你挚爱业余写作——不管你写的内容是什么——头上便悬着一顶"专业思想不稳固"的帽子而招忌招嫌。"反右"之风刮起后，我们那自愿组成的在社会上已有一定声名的创作小组，便不因其中都是党团员而一律被划为右倾……

谁个真的热爱了文学和写作，谁就会染上终生难戒的"神瘾"。凄风骤雨里，你可暂为噤声的寒蝉，待气候稍一转暖，便又会忘掉余悸而"蠢蠢欲动"。

1958年"大跃进"伊始，我毕业重踏工作岗位。因为不肯虚掷那么多业余时间，便开始儿童文学创作——因为这种文学样式可屏却诸多禁忌，将纯朴的儿童天性描摹，展览心灵之美善，揭示人生之美好。工作之暇，我一首接一首，不到两年写了百余首儿童诗和儿歌。

然而，我并不以此为满足，我依然不能忘却少年时代的梦。我渴望过那种读万卷书、行万里路、会万方人的丰实生活；期冀在未来的时日里，将这人生的丰实之美描摹、重绘、展览给我的乡亲、我的友人，将我的爱憎变成他们的爱憎。有了这执拗的傻念头，便会做出令人难解的傻事：我彼时所在的单位，是省里权倾一时的工业主管部门，本人做出的成绩，又很受领导赏识。不少人认为我面前摆着的是令人羡慕的仕宦坦途，而我却轻易放弃了它！甘愿应召去一家新闻单位当记者。

为了那隐秘的愿望，我无怨无悔。在完成本职工作同时，我学着用一双"透入的观世的眼"凝视与思考着生活。然而，历经太多的"乍暖还寒时候"，人们企盼的"风和景明"时节迟迟不肯到来，不久却等来了十年磨难的阴霾！待到天宇重开、艳阳朗照之时日，我已华发飞鬓，苦笑着面对的已是"知天命"之年……

然而，一个期盼日久的崭新时代正巨人般迈着坚实步伐走来！

拨除了云翳的祖国，到处显现明媚的阳光，到处闪耀着欢乐的笑脸，令心怀"小我"之人没工夫浩叹！正当自己重燃激情之火一抒心曲时，一个"千斤重担"突然压上了双肩：我受命主编一家新创刊的文学刊物。看着上级那坚定的信任的目光，心怀愚诚的我，怎不暗下"肝脑涂地"的决心？从此，便将那蕴蓄日久之力，义无反顾地投入为新老作家开拓园地之中；不知怨悔地埋身于稿山文海，从沙里淘金，磨拙璞为玉，甘做文学青年的知音，以文艺界先贤为做人楷模，"将心血倾出，以饲别人"。视业余作者和文学青年的成绩为自己的寄托与快乐。为不负作家的名号，在十二年的时光里，我只能利用夜深人静家人睡熟之后悄然笔耕，或假公出之便，于车船旅舍中匆匆写点什么。我曾为自己的创作成绩少得可怜而赧然，一直想于生命之年轮画满六十圈得闲后稍做弥补，熟料，而今突遭凶险，令夙愿难酬！

也许是在冥冥中我对命运不平的呐喊，被命运之神听到了？是他怜悯我，在死神那里为我讨来了大赦令？……才使我重新睁开眼睛，重又恢复意识，重铸生之信心，继续刻画生命之年轮……

四年多来，我以组织上和医生亲友的爱心救助以及坚定的生活信念为拐杖，重又坚强站立起来。虽然面对夕阳，我看到的多是炫彩！虽已年将迟暮，我却有不泯的童心！此生，我虽再难开口畅抒心怀，但万分感念祖国人民授予我的这支不会锈蚀之笔——就是在僵卧病床之际，我也没有放下它——在这段时光里，我又出了两本书，写了几十篇散文、随笔；正是因为有了它，我才能以微薄之力回报社会，与众多新老朋友、大小朋友无碍无尽地倾诉衷肠……

1995 年

在沉醉五小时后醒来

　　将近午后 1 时，我才被推出手术室送回病房。经过五个小时的沉沉麻醉，医生不放心地拍着我面颊呼唤："醒醒、醒醒，睁睁眼睛……"

　　这声音，将我从地狱之门游弋中召唤了回来，但此刻我却无力将眼睛睁开。记忆，恢复到了早晨被推进手术室的情景——

　　身上几处器官被插上了管子，脚上挂上了吊瓶，身边摆放了心脏监护器；虽说几天来已做好了意志准备，可还是被这急促的有声无声的动作弄得惶惑不安起来，心跳明显加剧了。

　　就在这时，我听到了你的声音——沉稳镇定，浏亮中不乏幽默："老张，别紧张啊，不是说好了吗——这回把病根给你除掉，等着看你的好文章呢……"

　　此刻，这声音对于我，比任何镇静剂都有效。一种由衷的信赖之情，一扫恐惧心理，令我泰然阖上了眼睛，朦胧中，我似听得见你那手术刀行进的声音……

　　你郭晓峰教授的大名，本来在医务界和诸多患者中已名噪多年，只因我孤陋得很，只有当病魔猝不及防向我扑来急需"抱佛脚"时，你的名字才如雷贯耳。

那次教授查房，我见十几位中青年医生簇拥着一位谦和的微笑着的长者走进病房，正自猜测那是不是你时，你已走到了我的床前，那样和蔼可亲，一如兄长，让人一下子就从心里向你走近。在那以后的日子里，你得暇便开导我："人这一生说不定什么时候遇到坎坷，既来之，则安之……精神不垮，啥病也不怕！……"日子一长，我发现这劝慰鼓励绝不只施惠于我一人。对所有的患者，你都是一样的热忱。开初，我以为这只是一个老医务工作者该有的职业道德，待听过一位熟悉你的病友讲述你的经历，我才陡增了对你的理解和钦敬——

原来，你的生活道路上也曾满布荆棘和坎坷。你1948年参军，1950年又参加了轰轰烈烈的抗美援朝；可就因为你太爱钻研业务，在医术上总是高出同辈们一等，便由之遭忌！由之每有运动便被掐"尖"！几十年追求的政治理想没得实现不说，"文革"中，还被加以莫须有罪名，枉受不少皮肉之苦……你的坦然面对人生，原来掺有自己的独特体味，你倾心尽力救死扶伤向每个患者灌注精神力量，正为唤起人们同你一样热爱生命，乐观生活……这由衷的情义，怎不令人钦敬！

这次，病魔在假释我一年半之后又突然凶狠地反扑过来，杨占泉、杜宝东主任以及古道热肠的徐万春大夫和你的断然救助，悉心治疗，使我得以摆脱了顽症的纠缠，并慢慢走向康复。当然，有时独卧病榻，瞻念前途时，也每每有委顿、灰冷的情绪泛上来。这时，我似又看见你来到我床前。你浏亮而幽默地提示我：“别把生活路想得太窄呀……病并未击倒你，更不能让坏情绪把自己击倒……”那镇定、坦诚、谦和的话语，那永远微笑着面对人生的态度，分明是别样一种闪光的“手术刀”……

1991 年 2 月于医大一院病房

幸运的邂逅

在我们的生活中,有时候,幸福会不期然地降临到你的身上,我就有过这样一次终生难忘的实际体验⋯⋯

1959 年 2 月下旬,我们一行四人到北京去参观全国机械工业技术革新展览会。2 月 17 日傍晚,一个偶然的机缘,使我们这几个"戏迷"有幸到"中和剧院"去看著名京剧演员李少春、袁世海主演的新编历史剧《响马传》。

我们坐在一楼六排稍偏一点儿的位置上。铃声骤响,灯光黯淡,开场锣鼓,咚咚锵锵,一阵紧一阵地敲打起来。在紫红大幕就要拉开的瞬间,坐在我身旁的老胡,忽然小声对我说:"你看咱前排中间为什么空着十来个座位? 莫不是有外宾或者⋯⋯"他的话还没说完,只见一位同志打着亮度很小的手电,引导着几个人悄无声息地坐到了那几个空位子上。我们还没来得及辨认那是不是外宾,大幕豁然拉开了:扮演秦琼的李少春,英姿飒爽地做了一个精彩的登台亮相,引得楼上楼下的观众,爆发出一片热烈的掌声⋯⋯

就在我凝望舞台的时候，老胡又悄悄用胳膊捅了我一下，示意我向前排正中看去——

"啊！周总理！还有陈毅副总理！……"——那早就从报刊、电影中见过多次的亲切形象是无须仔细辨识的——我惊喜得差一点喊出声来！

我眼睛不够使了：既想欣赏舞台上的精彩表演，又想不错眼珠地瞻望无产阶级革命家的丰采。这样的邂逅相逢，多么有幸啊！做梦也不会想到周总理会这样平易地坐在人们中间，而且离自己是这样近、这样近……连他们为了不影响周围观众看戏偶尔的轻声交谈，也能够清晰地听见……

人在幸福中，是不会感觉到时间的飞逝的，两个多小时过去了，当演出临近尾声时，只听总理低声对陈毅、张茜等同志说："我们还是先退一步吧，免得影响大家……"他们如同进入剧场时一样，悄然地退到了后台。演出成功地结束了。观众一再鼓掌，演员们一次又一次地谢幕。坐在后边的大部分观众，显然没发现首长就在身边，渐渐秩序井然地退出会场了。突然间，舞台上灯光齐明，格外火爆地响起了掌声，大幕重又拉开了！啊，是周总理、陈毅副总理走上舞台会见演员，要同他们合影留念了——观众们见此情景，返身往回跑。老胡和我，当然是挤在最前边。在雪亮的灯光下，看得多真切啊：总理身穿蓝色大衣，面容是那么和蔼慈祥；陈老总穿着一套咖啡色中山装，仪态是那么凝重潇洒……

镁光灯闪过之后，老胡拉着我又往剧场门外跑。果然，门外不少没散去的观众把三辆黑色的小汽车围住了。等总理从侧门走出来时，我们立刻拥到他身边，我身材高手臂长，抢先向他伸出手去。总理一边跟我握手，一边笑着问大家："这个戏，怎么样啊？"大家异口同声称好。总理说："确实很好。"他回过头对送出来的剧团负责人说："大家这样欢迎，你们就该多演……"

那解除久旱喜人的春雪啊，此刻正在无声地轻轻飘洒，落了人们一脸一身。总理慈爱地关照大家说："夜深了，小心着凉，同志们休息吧……"他一再挥手致意，带着人们的依恋，跨进了汽车……

虽然时光过去了 20 年，如今闭上眼睛，那幸福的邂逅，仿佛又在眼前……

1979 年 10 月

哦，同学

除了文盲，人总会有许多昔日的和今天的同学吧？

我是个在旧社会读过小学，解放后读了中学、大学的人。至今仍有许多共过"寒窗"，一起切磋功课、互相砥砺向上的同学的影子，系在我的心上；不定在什么时候，受到什么事件的触发，他们就清晰地出现在我的眼前，引我忘情地思念……

许多诗人都曾赞颂过"同志"——这个崇高的称谓。"当我们互相叫着'同志'的时候，我们就热血沸腾。"——我从学校走上工作岗位二十多年了，对于这点，也颇有体味。然而，我又觉得，"同志"，不能包括"同学"的概念，更不尽包容同学的情感。

——建立在青少年时代学友间的情谊，那是可以成为激发一个人终身向上的力量的……

你看，毛泽东同志那激扬文字、挥斥方遒的壮怀，不是恰在风华正茂的书生意气之间吗？到了晚年，美籍学者李振翮教授来访，他老人家还一往情深地接见这位老同学，纵谈青春岁月。

敬爱的周总理，不正是于出国寻求救国救民真理赠别同学会时，写下了"大江歌罢掉头东"那样壮怀激烈的诗篇吗？……1962年6月，他因公来到我们这个塞北春城，还曾特地会见了他昔日两位同窗的后代，满怀深情地讲述他们的父辈义无反顾献身革命的事迹……

我们虽然没有领袖们那样蓄含万汇的博大胸怀，但，珍重迄自青少年时代建立的友情，又确是"人同此心"的。可是，这种普通的正常的情感，在林彪、"四人帮"肆虐的年代，却遭受了不堪忍受的压抑……

记得十几年前那场惊心动魄的风暴袭来的时候，同在一个城市的老同学见了面，总是相约：要为保卫我们的事业和理想，满腔热忱地投身到时代的洪流中去。然而，不久，我们这些"十七年修正主义教育路线"培养起来的"臭老九"，差不多纷纷被"副统帅"和"旗手"祭起的"捆仙绳"缚倒了。且不说毕业后在各自岗位上担负了领导职务的几无幸免；那些在大学或中学当了教师的，差不多都成了他正熏陶的弟子们的"专政对象"：有的脖子上被拴上绳子，在校园里学狗爬；有的被折磨得精神失常……一些分配到机关事业单位的人，被判为"黑笔杆子"，在当权派挂牌挨斗的行列中，也有他们的"席位"……

在那令人神伤的日子里，老同学见了面，特别是那些工农出身的老同学见了面，总是感喟万千地低声说："当年，怎么会一门心思地想上大学呢，这不是无罪找枷扛吗？"是啊，谁曾料想，为了革命如饥似渴地探求知识、真理，竟是为自己积累深重的罪孽呢！……

继而，相当大的一批人被当作"废料"清除出城市了。堂皇的理由，是要他们去农村建立什么"红色根据地"！深恐"逐客无消息"吧，侥幸留下来的人，很想为被"流放"的人们做一番饯别，可是旋而一想，这又十分不妥：当今"老九"动辄获咎，此举怎能避去组织"裴多菲俱乐部"的嫌疑！

于是，我们都变得沉默。既不能倾心交谈，更绝少书信往来。在沉默中，回首祖国、人民、自己走过来的道路，冷静地看视严酷的现实，辨识着究竟是谁们在毁坏祖国人民珍视的瑰宝，要倾覆我们为之奋斗的社会主义江山；在拉历史的车轮倒转……

看清了，我们终于同广大人民一道看清了那一撮无耻之徒的狰狞面目！

真是"千夫所指，其人必死"啊，党中央代表人民的意志和心愿，挥剑斩妖，重整乾坤，拯救了祖国，挽救了党的事业，掀掉了人民心上的重压。

在那欢庆胜利的人流里，我终于又看到了我的老同学们闪着泪花的欢笑的脸。

近三年来，多年不敢走动的亲戚恢复了正常关系，许多不来往的同学、朋友，重新欢聚了。人们沉浸在友谊的幸福、亲属的温暖之中了。

今年夏天，几位在外市县工作的老同学，来省城参加高考评卷。工作之暇，急于会见这儿的老学友。"能不能把人找全，干脆来个大聚会？"这提议立刻得到了赞同。所有听到消息、得到通知的人，无一遗漏地如期赴约了。

分离了十多年——有的，虽然同在一个城市，只是出于戒备，竟至"老死不相往来"，一旦在阳光下重逢，该有多少话要说！大家心情激动，执手凝望。倾诉不尽对林彪、"四人帮"那些丑类的愤懑；叙不完道不尽剪除四害后的高兴心情和今后的学习、工作打算。

大声地问询和答话，更淹没了细语娓谈：

"……还记得咱班那个翘鼻子上海姑娘吗？听说，她在山东一个师范学校里……去年当上全省模范教师了……"

"你曾写信问过我，咱班那个落难的'小诗人'哪里去了？今年春天我接到了他的信，在黄河边上一个小县里。改正了！他说，'二十多年来，从来没觉得自己是敌人，做梦都要回队伍里……'"

"大个子老曲骨头不软！前几年，那帮家伙那么威逼他写东西，他硬是一个字没写！现在？嗬！同时在写两部中篇！——"

"老杨，想保你那纱帽翅儿吗？——听说你们学校别的系，思想活跃得很，可你领导的系，'清风徐来，水波不兴'！小心，我们一人往你脊梁上击一巴掌……"

感情的潮水呀，在放纵奔流！过去只能在背后说的话，如今可以旁若无人地在大庭广众之间讲了。这就是难得的幸福和满足。醇酒还都满杯地摆在桌子上，然而我们好像都醉了，这是心醉……我们相约，要把这聚会的消息、我们合拍的照片，尽快地报告给、寄给星散在祖国各地的老学友，让他们分享我们的欢乐。

泱泱水阔凭鱼跃，朗朗晴空任鸟飞。一个伟大的崭新时代，正巨人般地迈着坚实有力的步伐向我们走来。在万众一心、勇猛进军的队列里，我们更相约：要互相砥砺、互相学习、齐争上游；为着那宏伟壮丽目标的早日实现，贡献出我们蕴蓄日久的智慧和力量。

1979 年 11 月

听　雨

居住在北方这座城市已整整 40 年，从没经过今夏这样的热天气：未入伏气温就连着十几天在 30℃以上，并且近一个月滴雨未下。

气温反常带来的干旱，使人莫名烦躁。于是，人和大地上的一切动植物都在翘首踮足渴盼雨的滋润。

直直地过了阴历五月十三，天气预报终于说我们这方土地快来雨了。果然，昨宵今晨，没有风雷鼓板的铺垫，雨，便泼泼洒洒如线如注地下了起来。

落雨声，此刻是世上最动听的音乐。早饭过后，我便搬把椅子，坐进阳台，看苍冥中垂下的重重雨帘，听雨滴激溅楼面、拍打大地的淅沥声，心情便觉得莫名的释然怡然。

对面楼下，一位妇女戴顶大草帽，为防楼道进水正挥铁锹撮土砌筑"围堰"。两个顽童则光着脚丫，一任雨水淋浇，在院子里忘情嬉戏。

听着雨声，看着雨景，不由得我回想起平生历经的雨中的烦恼与快乐——

人在什么事情上花了劳动，便对它有綦切的感情。1947年——我15岁那年，因辍学在家当小庄稼人，有生以来头一次格外地关注阴晴雨雪了。因为上一年家乡遭受了虫灾，粮食几近绝收，这年已到阴历五月上旬还未下一场透雨，我也跟所有的庄稼人一样忧心如焚。头上戴着柳条圈儿随乡亲们长跪在关老爷庙前祈雨，更是格外虔诚。民间有云："大旱不过五月十三。"那意思是这一天是死后成神的关羽磨他那青龙偃月刀的日子，天是笃定要下雨的。那年是不是关老爷真的显了灵不得而知，反正从五月初十起真的连下了三天喜雨！真是使"忧者以喜，病者以愈"了。眼见庄稼得救，衣食有望，农民们"相与忭于野"，各自寻找着最愉快的庆祝方式。我家和几位本家叔叔，为度春荒，早在过年时就上营口买回来一袭拦河泼网，准备打鱼换钱；只因干旱严重，河水断流，它还没沾过水呢。知道这两场新雨过后村西的大清河里准定由辽河顶进鱼来，我们便拦截小河岔子；网刚刚拦好，几个会凫水的就下去撺弄。只见受惊的鱼儿纷纷打跳，映着晚霞，如银似金般闪亮，喜得我们蹦跳着欢叫着起网。拦截了三条小河岔，装鱼的工具便"满载了"！因为那次是我和父亲两人参加，分鱼时，格外受优待：分到了一条两公斤沉的红尾鲤子。从我记事起，捕到大鱼而自家享用，那可是第一次呢！那辽河鲤鱼的鲜美味儿，在我的记忆里是一直沉埋至今的……

（雨云愈来愈厚，雨幕越垂越低，看来这场雨是非下透不能停歇了……）

记忆中因雨带给自己的欢乐不少，可有几桩由它"赏赐"的烦恼与不快，此刻也清晰地浮现了出来……

1970年初，经过了"斗批改"，当时我们这些"臭老九"因再无用处，便被"光荣地下放"到农村去建立"红色根据地"。当了"五七佬"的我，虽与其他被下放的人一样感到困惑凄惶，却也阿Q似的自怜自慰：给我重新亲近山水土地的机缘，正可以一舒身上那虽经多年"改造"却始终没有褪尽的野性。因为平生于渔猎有特殊爱好，将我分配到一个最穷、交通最为不便却临近一座水库的小屯"高台子"，我没有愁苦反而心中窃喜。心想，这里"山高皇帝远"，劳动之余我可以张网或垂钓了。不久，我就发现这想法太天真：彼时，"五七战士"的地位仅稍强于"地富反坏"，依然是动辄获咎的。在众多冷眼盯视中，我只能隐忍着望水兴叹，只能企盼人混熟后有个遮掩时，再有动作。谁知，那年迎秋时节，连降三天暴雨，伊通河猛涨，寿山水库出槽，庄稼全部被淹。高台子成了孤岛，大水稍退，上级决定毁队搬迁，我也无奈地又搬了一回家。大水过后，眼见得满河洼满甸都是鱼虾，颇为眼馋，可彼时与众乡邻正共赴灾难，还哪敢再滋生一点玩儿心？

岁月一掷，人事代谢。到了"臭老九"又"香"了的时候，我也因雨遇到过尴尬事：1983年秋，应地质矿产部之邀，我参加了中国作协组织的赴湖南作家访问团。我们一行七人，在芙蓉国里驱车3000多公里，遍访了湘东湘南英雄的地质队。所见所感，新鲜丰富，时时都处在兴奋激动之中。11月初，到达湘西，听说特地安排我们去游览新发现的风景区张家界，大家都分外高兴。企盼能摊上个好天。孰料刚到慈利县住进招待所，大雨便追踪而至了。为盼天晴，我们一夜都未睡好。第二天黎明时雨稍有停歇，待驱车进山时雨又下了起来，中午到达目的地后，见雨仍无停意，便不顾淋湿衣衫，拄杖去登黄狮寨，隔一天又赤足裸臂涉游金鞭溪……烟雨迷蒙中，不仅难尽游目骋怀之兴，至于什么"夫妻岩""五女拜观音"等奇峰妙景更难以历览了。听天气预报说，三四天内雨无止意，我们只好怀着依恋，怏怏不快地下山，至今犹觉遗憾在心。彼时虽曾企盼过"天缘有份再来游"，可如今，人将老而病缠身，这愿望怕是再难实现了……

淅淅沥沥的雨声，引我忆及人生历程中的往事，无论是快乐抑或是忧烦，此刻都觉得是那么温馨与亲切；那么富有情致；觉出生活的丰实之美。人哪，历经生活的风雨越多，你才会越觉活得有滋有味……

与酒无缘

古往今来，多少文人墨客都与酒结下了不解之缘。正是由于酒添豪兴，酒助神思，才使许多人写出了脍炙人口的名篇佳作。细想我之不才——虽也顶了个作家名号，已摆弄半世文字，为什么写不出像样的东西来？大概就因为我是个与酒无缘的凡夫俗子！所以，我谈酒，当然谈不出与友人"梅花白雪共倾卮"的雅意，也道不出"笔憩聊飞醉月觞"的情怀，只能说说诸多与酒无缘的尴尬事——

少时，虽然家贫，可逢年遇节，饭桌上总还少不了老人的一壶水酒。大年夜里，爷爷于酒酣耳热之后，会让我们几个男孩子，也"撮一盅吧"！彼时，那东西倒进嘴里，感到火辣辣烫嗓子，喝一小盅，也没觉出咋的，照样欢蹦乱跳去放鞭炮，看秧歌。谁知年事渐长、特别是踏入社会、交际日广之后，我却始终亲近不了那杯中物，于数次丢人现眼之后，不得不对它敬而远之。

那是 1960 年"五一"节前一个乍暖还寒的日子。我当时在省工业主管部门当秘书，奉命去吉林市一家企业"总结经验"。那天下车住进招待所，过了午饭时间，便到北山下一个饭馆想找点儿吃的。彼时正值困难时期，饭店没有主食，只卖尚可果腹的一种菜，但须搭配一大杯啤酒——尽管那年月它是可代食品的"软面包"，糟蹋有罪，我却越喝越觉它燥气，勉强喝了半杯，便不得不"忍痛"给了已久候在桌旁的一个乞食者。

谁知，出了饭店，便觉头重脚轻，浑身燥热；一如当年五台山下的鲁智深，脚下踉踉跄跄，如当风之鹤。我怕出丑，急忙就近踅进北山公园的小树林，仰躺在一个小石凳上，竟昏昏睡去。一觉醒来时，竟已是月朗星稀！

那次"醉卧山门"，好在无人知晓；后来的饮酒出丑，则想起来就令人赧然：

1963年在省电台当记者，一次跟工商组组长李皎到新站长白山葡萄酒厂采访。彼时虽无吃喝风，但厂里的领导见我们远道而来，还是捧出了最好的陈酿招待。盛情难却，李皎也跟着劝："喝点吧，葡萄酒，甜水似的，不上头……"我尝了尝，那酒果然清香醇美，不知不觉便喝了两小杯。谁知那东西竟"后发制人"：大约15分钟后，我自觉脸热心跳，呼吸急促，忙照镜子一看，竟是关云长模样——脸红得像墙上贴的对子纸！厂长见了哈哈大笑，忙为我解嘲："喝酒脸红的人，可交！不要紧，躺一会儿就好了。"可我睡了一个小时还没过去酒劲，不得不将已安排好的劳模座谈会推迟……

有了如此尴尬经历，自知在酒席桌上是个"熊包"以后，便想方设法回避。再遇有酒的宴会，就悄然往女同胞多的桌上挤，或者与不熟悉者共一席。可人生总有"未甘人后"之时——偶尔做了"出头椽子"，或遇到"山中无大树，小草也为尊"的场面，便"在劫难逃"了——1970年我被逐出城，到伊通营城子当"五七战士"。那年秋天，因为帮公社卫生院写防治克山病的材料，在省里"挂上号"露了脸。公社头头们特地为我"设宴庆贺"。已与之混得厮熟的公社秘书，举着斟满了白酒的二大碗，瞪起眼睛站在你面前，"叫号"："……你喝一口我干一碗！——别假假咕咕总推脱'不会喝'——就看你瞧得起瞧不起我们这帮老农——真瞧得起咱们，是敌敌畏，你也该喝一口……"

死逼无奈，我只得一闭眼一咬牙咽下两口。自知再喝，后果不堪设想，便一任他们嘲笑奚落，软硬兼施，只是装"熊"到底了。

1975年我带领一位新毕业的大学生到农安某地采访。晚饭时，一进小食堂，就见地上放着成箱的啤酒，桌上赫然摆了六七瓶白酒。环视左右，我立即明白，自己成了"主攻对象"又遭遇"难关"了。落座后，尽管我一再诚惶诚恐表示婉拒，可那位脸色红润、印堂发亮、"打头阵"的办公室主任就是不依不饶。他一带头，几个"陪客"端起杯对我"轮番轰炸"：

"感情深，你就一口焖，感情浅，你就舔一舔……"

"……你是走南闯北的大记者，不会喝？三岁孩子也不信！"

"你可知道，为了陪好你，我们××长，××主任，中午饭还没吃呢……"

面对此种场面，我招架无功，还嘴无力，正自六神无主，准备豁出去"英勇就义"时，不料，坐在我身旁的女大学生小马微笑着站了起来，擎起酒杯，说话了："……我们张老师，不会撒谎，他真不能喝！为了感谢诸位的盛情，我……陪几位领导喝点吧——"

"好哇，到底是年轻人爽快！"那几个名曰陪我其意在酒的陪客，一看有人出来圆场，自是乐不可支。抛下我，齐问："小马，你说怎么喝？你喝半杯，我们喝一杯怎么样？""试试吧——"见小马话说得随便、坦然，我愈益着慌：这个刚出校门、不谙世事的女孩子，真的喝多了出丑，影响多不好……我扯了扯她，她竟佯作不知，依然微笑着与对方碰杯较量。三杯两盏过后，那位办公室主任开言了："哎呀，小马有量，是个'喝楂'——这么喝下去不行——"于是，他们又改为"一对一"地喝。小马抽空俯身悄声对我说："别担心——我自个儿一气儿喝过五六瓶，也不咋的……"一对一的小"高潮"过去后，几位陪客已是红头涨脸，一见形势不妙，就想逃之夭夭。小马却反客为主，又将一军："怎么样？各位领导——这回我喝一杯，你们各喝半杯……"最后，竟然是对方告了饶。

那场"鸿门宴"，小马为我当了"挡箭牌"，不唯使我免受尴尬、消除了胸中块垒，还开启了我的心智：从那以后，每遇喝酒场面，我就有意寻找"保护伞"。1986 年，参加东北三省作家联谊会，我们三十几人赴集安，走通化，上长白山，游松花湖，每到一地，几乎都是桌上有酒。吃饭时我就紧傍着好友马犁和黑龙江的满锐。当有人殷勤劝酒时，我也敢装模作样擎起杯来，不过，稍一转身，我就会将那杯中物倾给有海量的那两位……

"男人不爱烟和酒，白来世上走一遭"。对于我之与酒无缘，自己也曾做过探究。一位懂医道的人指教说，酒精过敏与遗传有关。这结论又不能使我信服：我们同胞三人，大哥和老弟对那'二加七'都情有独钟，一顿喝个四两半斤"脸不变色心不跳"，只会愈增精神，缘何就我不行？不过，我的两个孩子倒真有点儿随我——现在他们各自从事的工作常有机会赴宴，听说，也有我昔年之苦衷……

每逢年节，在"家宴"上，别看小孙子总是挨个与大人们"干杯"，可那杯中多是香茗、可乐。我与老伴儿，面对电视上那铺天盖地的酒类广告曾暗自窃笑：任你把那东西吹得天花乱坠，任你说喝了可以延寿千年，说喝了即可成仙，也休想从我们口袋里，掏出钱去……

纸鸢，牵我遐思上蓝天

近两年来，跟着几位同龄人在地质宫广场（现为文化广场）放风筝，没有像梁实秋先生在《中年》里所说的那种"年届不惑，再学习……放风筝'偷闲学少年'，自然有些秋行春令"的尴尬。倒是在奔跑放飞中，在手牵细线、仰望风筝飘飘越高时，旁若无人，仿佛找回了童年的欢乐；仿佛风筝也将我的遐思携上了蓝天。

由于天天早起，坚持户外活动，常吸新鲜空气，不知不觉间，体质也比过去增强了，终年未患感冒。由于总是能不断看到筝友们扎制的花样翻新的风筝，将风筝彩绘得栩栩如生的模样，于赞叹他们的聪颖才智之余，也增加了自己的爱美之心和探究风筝渊源、欣赏历代文人墨客咏赞风筝诗的意兴，给晚年生活平添了颇有意义的内容。

风筝是技术和艺术的结合，是我国有悠久历史的民间工艺品。据专家考证，春秋战国时代，我国就已有了风筝，足见其源远流长。古代，南方称风筝为"鹞"，北方叫"鸢"。其实，鹞和鸢是同一飞禽"鹞鹰"的不同名称。这种鸟能长时间在空中平展双翼，盘旋不已且翅膀并不扇动。人们扎制的风筝多是鸟形，飞起来恍如它的形象，便把风筝称之为"鹞"和"鸢"了。到了五代，有一个叫李邺的人在"鸢首"上面绑了竹笛儿，放飞后"使风入竹如鸣筝"，从此，才有了"风筝"这个名称。

风筝自从成了人类的朋友起，文学便与之结缘了。翻开历史画卷，浏览我国文化艺术宝库，从唐诗宋词，到元曲明画，写画风筝、咏赞风筝、借风筝以抒情寓志的诗词不可胜数。今天，读读这些诗词，遥想古人的意兴，实在是一种颇具雅趣的艺术享受。

唐代诗人元稹，写过一首《有鸟》，是描写儿童放风筝情景的：

> 有鸟有鸟群纸鸢，
> 因风假势童子牵。
> 去地渐高人眼乱，
> 世人为尔羽毛全。
> 风吹绳断童子走，
> 余势尚存犹在天。

从这首诗里，我们仿佛看到古代一群孩童，在春郊野外，或举臂牵线奔跑疾走，或昂首远望拍手欢呼，或看到断线风筝飘逝大声惋叹的动人情景。宋、明和清代的许多文学大师也都与风筝有不解之缘。宋代诗人的风筝诗，不仅重视描绘风物，更寓托诗人的抱负和政见。像王龄的《纸鸢》说："谁作轻鸢壮远观，似嫌鸥鸟未多端……扶摇不起抢溟远，笑杀搏鹏似尔难。"寇准的诗："碧落秋方静，腾空力尚微，清风如可托，终共白云飞。"就都是借咏风筝抒发政见。

明代的徐文长，是个诗画俱佳的浪漫才子，他晚年常以风筝作为绘画题材，他还创作过三十多首咏风筝的"题画诗"，篇篇饶有兴味。

著名作家曹雪芹更是"风筝大师"。在他的巨著《红楼梦》里，用了相当多的篇幅描绘过贾宝玉带领侍女们放风筝、制风筝谜等生动细节。在现实生活里，他是个扎制与放飞风筝的高手。一次，他扎了一个美女风筝，被友人借去，陈列于堂前，有人竟误认为真人，问主人："那千金为府上何人？"闹出了大笑话。冬日里曹雪芹表演放风筝，友人们看后赞道："心手相应，变化万千，风鸢听命乎百仞之上，游丝挥运于方寸之间。"他还写过一部《南鹞北鸢考工志》是我国不可多得的一部有关风筝的专著。《聊斋》的作者蒲松龄也曾托物咏志写过风筝词，每每吟诵他的"寻常竹木无奇骨，有甚底，扶摇相？系长绳，撒向春风里，顷刻云霄上。……"便觉如嚼橄榄，回味无穷，深为他那样的"郁郁涧底松"而不平，对于那些"离离山上苗"的骄鸣得意，产生挥斥无奈的联想……

写此小文时，抬头看日历，知己是立冬。我要告诉友人，不要以为我从此将畏惧冬寒，只闷坐在室内消闲读书了——除了暴风雪天，你都会在广场里那群无间寒暑、如痴似呆的放风筝的人阵里，找到我……

自行车的故事

人生之路很短，诸多往事如昨，追忆逝水年华，总有万般滋味。我不知道今日青年追求的"三大件"是什么？——轿车、手提电话、VCD？还是空调、摄像机、大屏幕彩电？我们年轻时候时兴的则是全国"统一"的"三大件"：收音机、手表、自行车。为这三大件，我整整"奋斗"过10年呢。

想起了30年前，关于我那台自行车的酸酸甜甜的故事，今日犹自哑然失笑。

我调干入大学，1958年重踏工作岗位，1960年结婚。我和妻子的工资加起来不足百元，那时如同大多数同龄人一样，想有三大件，唯一招法就是口挪肚攒，"一分钱掰成两半花"。我先是在工业主管部门给领导当秘书，彼时急切需要的是一块手表，可当苦心孤诣攒够了可买一大件的钱时，工作有了变动——被调省广播电台当编辑、记者。这下最为急需的则是一台收音机。想想连自己编发、采写的稿件都听不到，岂不尴尬？岂不像邮递员没台自行车似的？于是，征得妻子批准，便从省无线电厂买回一台试销的带"猫眼"的"梅花鹿"牌收音机。接通电源，当那猫眼闪出莹莹绿光、匣子里传出悠悠乐曲时，那真是如获至宝，乐不可支——这大约是1962年的事。不久，家里添丁进口生活又趋拮据，待买上一辆自行车，那已是1966年上半年的事了。当时单位领导见我家离单位甚远，每日徒步奔波，颇为同情我，发自行车票时，就给了我一张"凤凰"车票。当时，那"凤凰"车是自行车三大名牌之首，得一张车票十分不易。我从商店把车子推出来时，就招来路人不少艳羡的目光。骑上它挺直腰杆飞驰着上下班，那真如阿Q进了趟城似的，有些飘飘然了。

可叹好景不长。买车不到一年，轰轰烈烈的"文革"开始了。宽阔的长街，常被"大辩论"的人群堵塞，常为"游行"的队伍阻隔。工作、生活都失去了正常秩序。有那一段时间，我被抛出运动旋涡，很是逍遥了一阵子。闲心难忍，就上街看大字报。妻子说："如今街上很乱，你没啥正事儿，上街别骑车了。"可人都有这样的体验：一旦有了代步的"坐骑"，那是连一步也懒得走的。我"哼哼哈哈"地应付着妻子，趁她不注意，还是把车子扛下了楼。

那天，我在"东北人大"（吉林大学）化学楼旁见不少人在围观新贴出的一排大字报，就把车推入院内车架子旁，锁好后前去观看。开初，也没忘不时回头看车子一眼，可能那大字报太吸引人了，看着看着，我竟忘记了时间的早晚，忘记了车子。待发觉周围的人渐渐稀少时，才想到该是回家的时候了。我去取车子时，见架子上的六七台自行车还在，独独我的"凤凰"不翼而飞了。我低头一看，地上有碎了的半截砖头，当时头嗡的一声，知道"大事不好"啦。赶忙楼前楼后墙里墙外跑着找了一圈又一圈儿，哪里还有车的踪影呢？直到天黑了。我才无奈地往家走。一路上，悔恨着自己的粗心大意，为破财懊丧，更担心妻子的斥责和埋怨。须知这车子是我俩含辛茹苦奋斗来的重要家产啊。可当我嗫嚅着把丢车的事告诉她时，她不但没有埋怨，反而平静地安慰我说："既然已经丢了，着急上火也没用，可别急坏了身子……"

从第二天起，我如一头困兽似的上街东走西转，眼睛尽往自行车堆处搜索。心存这样的侥幸：万一那骑走我车的不是偷儿，只是因为有急事，事后会不会放回原处或随便扔在哪儿了呢？茫然无目的地寻觅了六七天，知道希望渺茫时，瞬间也有这样念头闪过："管他是谁的车，踹开一辆，骑上走吧。"旋而一想又觉得十分不妥：想到电影《偷自行车的人》《警察与小偷》，知道那后果一定不妙。

第八天，在毫无结果地转悠了大半天之后，路过长春饭店西门外那条小街，不经意地往饭店后院望了一眼。咦？自行车堆中有一台车子，车座子起得高高的，十分显眼。"那是我的自行车吧？"这样想着，竟没听见那传达室的老头的呼唤声，独自走向前去……啊！这不正是自己日思夜想的"凤凰"吗？仔细看了看，除挡板碰掉块漆外，完好无损，连车锁还是我那个"跃进"牌的。我忙向看门的老大爷说明情况，又掏出自行车证让他看了。那老人说，看你不像个撒谎的人，可车真是你的，也不能推走——骑这车来的那伙人有四五个哪，个个膀大腰圆，后腰眼上鼓鼓的，怕是揣着真家伙。车没了，他们还不熊我？

他们上楼喝酒去了，一会儿就能下来……说话工夫，只见外楼梯上一溜歪斜地下来四五个人，个个红头涨脸。为首那人半截黑塔一般，脸喝得赛似关公。

老大爷把情况一说，跟着黑大个儿的那几个人先嚷开了："谁说是你的车？你叫它，它能答应吗？""你是不是肉皮子发紧了？没看看我们是谁？"见我没有退缩，那黑大汉要去我的车证看了看，说："那……车你放哪儿了？"我说明了丢车的地方。只见他诡谲地一笑："那……真是你的。拿走吧。今儿个哥们喝得高兴……"说着，从兜里掏出个新锉的车钥匙扔在了地上，然后跨上他伙伴的车后座上，几个人扬长而去。

看门的老大爷这时惊魂未定地拍了一下我的肩膀："这是一伙啥人哪……"

邻居们听说我丢了八天的自行车找回来了，都说是奇迹。妻子那天还特意为我做了一顿好吃的。

失而复得的东西，自然就格外珍惜。不久，我下乡走"五七"道路。我住的小屯离公社近十公里，来来往往十分不便。那几年多亏我那台"凤凰"啊，它着实为我尽了力：它驮着我飞驰在乡路上，为我减少了难以言说的奔波之苦……

雁落湖滨

聪聪：

还记得前两年你在幼儿园大班时，每逢星期天回到爷爷奶奶身边，就缠着我俩讲动物故事的情景吗？还记得我给你讲过天空中高飞的大雁会写"一"字、会排"人"字吗？——今天，我和你奶奶，在北京，就在这人来人往的紫竹院公园里，却看到了栖息在这儿的一对野雁，不，它俩身后还欢快地游着一对儿毛茸茸的雁崽儿呢！雁爸爸、雁妈妈带着它们的孩子不但没有远避人群，还听从人的呼唤，游近岸边向人要吃的呢！

——看到这动人的情景，爷爷和身边的小朋友一样，也乐得拍起手来。你想，我怎能不把这快乐的心情写信告诉你呢！

还记得爷爷给你讲过——天鹅、大雁都是"候鸟"吗？——它们夏秋季节在北方生活，气候变冷以后，就会不远万里成群结队飞到遥远的、温暖的南方去过冬。等到第二年春天，它们又会飞返北方。迁来迁去中，它们每天要飞上千里的路程，累了，天黑了，就会栖息在远离人烟的河滨或湖泊里歇息和寻找吃的。今年冰河解冻时节，一队北飞的雁群，经过北京的上空，见有片大水面，有几只就飞落下来休息了——它们哪里会知道，这里虽然水面宽阔，白天却是人流不断的公园呢！

——晨曦中，早起来这儿锻炼的人们，惊奇地发现了这"远方来客"，都自觉避开了，没有惊扰它们。

从酣梦中醒来的大雁，见到岸边树丛后的人影，先是惊惧地飞起盘旋。看看没有伤害它们的迹象，渐渐又飞落湖中。

第二天，人们惊喜地发现一对儿大雁不但没有飞走，还在离岸边不到十米的一个小岛上做窝住下来了！

于是，北京林业大学的一群可爱的大学生们自动担当了它们的"卫士"：不仅在靠近小岛的湖滨竖起了"游人绕行，不要惊扰大雁"的警示牌儿，还在不远处的竹丛后边隐蔽处搭起了个窝棚，不怕春夜寒冷，每晚都有人"值班"，防止野牲口或不怀好意的人伤害它们……二十几天过去了，奇迹发生啦！雁妈妈成功地孵出了一双儿女。这"一家人"，如今竟像温驯的家禽一样，能大模大样地与人和谐相处。它们的行动还成了其他野禽的"榜样"——你看那对儿绿头野鸭，此刻，正带着它们那新出生的七个儿女，也游向岸边跟小雁一块儿抢食吃呢……

你奶奶看到别的游客充满爱心地向大雁和野鸭投喂食物，也从挎包里掏出吃的喂它们。我拍下了这张照片寄给你——可惜，因为小雁刹那间游向一边，没能拍下来——你看那雁妈妈，红嘴、红爪、灰褐背、白胸脯，多么可爱啊！

看着眼前这动人的情景，爷爷不由得想起了我小时候参与伤害大雁的一件往事——

那是五十多年前,我像你这么大的时候,在一个深秋的夜晚,跟一个本家叔叔到离家不远的河滨打猎。辽北平原的 10 月,黄叶飘飞,秋霜遍地。庄稼早割倒了,高粱已经掐完穗运回场院了。田野里到处是散堆的秸秆捆。夜色未浓时,我们在河旁的一块高粱地里惊起了在这歇息的几十只南飞的大雁。也许是因为天黑它们太疲倦了,也许是贪恋田地里那散落的粮食穗儿,它们并没往远飞,折了一圈儿,就又落在了河滨。那个本家叔叔示意我和他小儿子趴下,他却倒拎着"老洋炮",悄悄地爬向了雁群。经过一段难耐的寂寞,他忽然打了一声呼哨。雁群听到响声,呼啦啦展翅欲飞,可就在这刹那间,"老洋炮"响了,天空闪过一片火光。眼见一只大雁扑棱几下翅膀,一头栽了下来,我们跑上去捡起它时,只见它满身是血,眼睛还没有闭上……奇怪的是,大帮的雁远远飞走了,可有一只却"嘎嘎"地叫着在天空中绕圈儿。本家叔叔麻利地装好枪药向它又开了一枪,那只雁才悲哀地鸣叫着,飞远了。

小时候猎雁那一幕,曾经长久地留在爷爷的记忆里。等到我上学有了知识后,才知道像天鹅、大雁,都是极重感情的"义鸟儿";配偶中若有一只遭到了不幸,另一只就会在哀鸣中死去。本来世界上成千上万种鸟儿和其他种动物都跟我们人一样,有在地球上生存的权利,人们应当跟它们"和平共处";可就因为那些贪婪和愚昧的人们的伤害,它们或者已绝了种,或者远远地躲避着我们……

你想,看到眼前这人与动物和谐相处的奇景,爷爷怎能不又高兴又惭愧又感动呢?

你是新时代的少年，应该懂得爱护自然、爱护动物的道理。希望你和你的小朋友们都来学北京林业大学的那些大哥哥、大姐姐们！

在北京待了这么长时间，当然还有许多新鲜见闻，等回长春时再细细讲给你吧。

爷爷

1997.5.15 于北京

野　渔

　　夏夜纳凉，几位相处得颇为投契的邻居，总爱聚在一块儿海阔天空地神聊。那天，不知是谁出了一道必答题——你此生最钟情的爱好和最满意的本领是什么？这颇费思量的题目，我却毫不迟疑地回答了：抛旋网，打散鱼。

　　——这回答因为于我眼下从事的职业毫无干系，竟使得几位高邻惊诧不解。其实，他们哪晓得我曾有过一个既多苦难又不乏欢乐的童年呢！啊，那久已逝去的岁月，至今仍系我情思，令我眷念……

　　我的儿时，天空中飘着"膏药旗"和破布拼成似的"满洲五色旗"。村子里，几乎家家过着"衣穿四季、糠菜半年"的日子。我家租种几亩薄田，即或遇到丰年，收下的粮食除去交租、缴纳"出荷粮"，也所余无几了。凭什么避免断炊解除饥馑之苦呢？就看你有没有"靠山吃山，靠水吃水"的真本事了。

　　辽河的一条主要支流大清河，从百里外的大山里流来，从我们村西流过。她富有而慷慨：在那深深的甩湾里，有成群的红毛鲤子、黑鱼和鲫瓜子；那溅扬飞激的花水溜中，还有麻口、青鳞、红尾、赤眼……

为给贫寒的家境助炊，我 14 岁的姐姐常常挥动扒网，在清河的支流浅泡中撵小鱼、捞草虾。比她大两岁的哥哥，顺着流水放"漂钩"，钓到的是清一色烂银也似的白鱼，收获常在父亲和众乡邻之上。10 岁那年，我就不再只为他们提篓拎鱼了。也偷偷折两根柳条做钓竿，拴几把毛钩钓鱼。当我把亲手钓的鱼放进大人的鱼篓看到的是赞许的目光时，那一心为穷家资助生计的愿望更为执着了。

等我长到 15 岁，不仅不屑于再在小河里垂钓，而且不屑于使扒网、放漂钩了。因为我早就羡慕那拎旋网打鱼的人：他们手里紧掐着网，走在高高的河崖上，鹰一样俯视着河里，见哪儿有鱼的影子一闪，"唰"一网扣下去，或紧倒或慢拽，鱼儿就身不由己被网上岸来。有时一网就扣个十条八条。钓鱼的，怎会有那般惬意和潇洒！家里拗我不过，终于答应用积攒了半月的卖鱼和卖柴草的钱，买了一盘苗长 8 尺的线网。从此，我便身背鱼篓，单枪匹马地开始打散鱼了。

打散鱼，那是讲究技巧的。首先得把网抛得又圆又远。其诀窍在于捡网时干净利落，出手时，两手持平，用力均匀。开始，扔出个"老牛槽"样就不赖了，想让它又远又圆，就得不断地琢磨怎样抖腕舒臂，如何拢衣提纲……光把网抛得如意并不等于就能打到鱼儿，更重要的一项本领还在于能不能摸透各种鱼的生活习性、能不能迅速判断出它藏在哪里……

清明前后，几场南风刮过，冰河解冻了。可不食不动已一冬天的鱼儿这时身板发挺，大多还是藏在深汀里，逮它们，要找深水。从立夏到小满，地里的黄豆褪去了子芽，放出两片嫩叶时，河里的鱼，身板儿活泛了。无论是底鱼还是浮鱼，再很少成帮结伙而是满河星散开来各自觅食。这时候，便是打散鱼的最好时机了。你端着检好的网，涉浅水找鱼。在甩弯旁见着稗草堆或水葱子堆儿该扣一网——鲤鱼爱在这里猫着，遇到水深流速慢的深汀中有土垡块，更该抛网下去——因为那地方常是鲶鱼窝；伏天中午，你别忽略漫滩下的蒲草棵——河中一霸大黑鱼好钻进那儿晒鳞，网先罩住草棵，接着要快些跑一圈儿将底脚子踩进泥里，以防那会"打桩"的家伙逃掉……聪明的渔夫，不仅熟悉各种鱼的习性，更要学会观察水象：站在河边搭一眼就能迅速判别出哪是鱼儿顶起的尖浪、团浪，哪是风波漾起的涟漪。记得16岁那年夏天在锦彩河边抛网，本是个晴明好天河当央却骤起波纹。我观察一阵，从其时疾时缓上判定这是一大群从辽河顶进来的快鱼。于是，我急忙堵在紧水溜边抛网，不大工夫，就扣住30多条锄板儿大小的鳊花。

抛旋网，一网一个希望，既可满足童稚的贪玩心，又可换回全家的温饱哇，因此，也就总也不感到苦累……可这愿望，在那样的社会里又只能是天真的幻想。

为了追求光明，在故乡最黑暗的年月，我放下渔网，跟随几个伙伴到外地投奔了革命队伍。此后的若干年则辗转于大城市，让忙碌充塞了生活。虽然因为某种事情的触发，偶尔也怀恋过河滨、渔网，却难得遇到重温旧梦的机会。想不到，在那场"大革命"中，有一段短暂时光我被甩在旋涡之外，竟意外地有了"重操旧业"的机缘。

那是 1967 年的夏天。一天，平时与我颇要好的两个水暖工老卢和小刘，躲在一个角落里议论："……明儿个带插一的还是插三的？……"被我听见了。打个愣神，我立即明白过来——他们这是在谈论旋网，要去打鱼呀！我赶紧缠住他们磨叽：申明我也有这口神瘾，多年手痒难耐，非让他们带我一块儿去不可。

第二天起了大早，蹬了近四个钟头自行车，来到一个大水库的上梢。那天天气不好，悠悠地刮小北风，鱼不往浅处游。近四十个打鱼的，都挥网往一处深沟里抛。老卢和小刘一见也奔了过去。可他俩个子矮，臂力不足，干着急，那网总扔不进深汀，比人家的还近半个网窝。见此情景我急了，甩了上衣，脱掉长裤，跟老卢说："把网给我照量照量。"他将信将疑地递过网纲，我迅速敛好网衣，平举着，涉进了齐腰深的水里。众目睽睽之下，能丢脸还是露一手，不暇考虑了，凭着小时练就的功力，一屏气，一扬臂，唰，将网远别人一个网窝甩进了河心。几乎就在这时，只听对岸一个看热闹的老头"哎呀"一声："你们这些人，谁也没有这个戴眼镜的抛得地道，这网，怕是扣上了！"

我的网慢慢沉入河底，旋即，手上重重地感到两下撞网，我的心一下悬了起来。当网衣刚出水三尺，鱼就在网里炸了营，搅得浑水翻翻滚滚，哗哗山响。人们都围了上来。我俯身掐紧底脚子，连网带鱼抱上岸来，嚯！两条二斤沉的草根，还有三条各一斤七八两沉的红毛鲤子！人们从惊愕中醒过腔来，拼命地往河心抛网，可不知为啥，那一天，再没一人有我那一网的可观成绩……

从此，老卢小刘对我这个"臭老九"刮目相看了。那天回到家，没用我张罗，他俩分头去买线，倒铅坠儿……一个星期工夫，就织成一盘苗长九尺的新网。带着这盘网衣如血、底脚似银的尼龙丝网，在那半夏一秋，我们跑遍了城郊沟塘河汊。当年我的十一户邻居，差不多都尝过我打的鲜鱼。

几位邻居听了我的故事，有的竟兴奋起来，跃跃欲试。我却不免苦笑：现在，所有的湖塘河汊都被承包了用来养鱼，哪儿让你抛网？更何况，"问廉颇老矣，尚能饭否？"如今，就是真有地方打鱼，真有好网交到我手上，能不能抛得动也是问题了……

一位年龄与我相仿的朋友听了，忙接过话去："网抛动抛不动不去说它吧，我小时候也钓过鱼，咱俩都快退下来了，到时候，一块儿返老还童——重操钓竿吧？"

我从心里非常感激他的理解和安慰，忙做回答：那好，就这么定了……

我的"京剧情结"

元月二日夜晚，斜倚沙发，啜品香茗，兴味盎然地观看中央电视台转播的新年京剧晚会。夜深了，晚会已然结束，我犹未能从兴奋、陶醉中走出，竟毫无睡意。孩子们诧异我何以对京剧总是情有独钟，我笑着告诉他们，我的"京剧情结"已心系五十多年，"结"自我的少年时代……

在我到了入学年龄的时候，父亲送我到县城里的"国民优级小学校"去念书。于是，从9岁起，我便冬冒严寒，夏顶酷暑，每天往返七八公里，跨过铁路，穿过小城中的"转盘"，到城东的学校去上学。小小年纪虽有跋涉之苦，可也有一般乡下孩子难以领略的妙趣：每天除了穿街过市能看到不少"热闹"外，最有兴味的便是放学后钻戏园子，听"趁"戏。

——那时节，城里唯一的一座戏院，坐落在街心广场与学校中间，每天三四点钟放学，正是午场戏将散未散的时刻。走到戏院门前，从里边传出的咚咚锵锵的锣鼓声，真是难以抵挡的诱惑。好在到了那时，把门收票的，已不再忠于职守，总是有一搭无一搭地叼根烟卷与人闲聊。我们几个小朋友，常常觑准时机，从他腋下钻过，溜进园子；再从一排排长条凳下钻过，一直可以溜到戏台边。舞台上的压轴戏多是重头戏，压轴的演员又多是名角儿。因此，我们偷看的便总是"精华"部分。看《空城计》，我常为诸葛亮的"胆大妄为"捏一把汗；《打渔杀家》中那又丑又傻光会吹牛的教师爷一登台亮相，我常常忘情地乐出声来……伪满洲国垮台前两年，县城里来了个反串老生的女角儿李蕴茹。这人年轻貌美，唱腔圆润，扮相潇洒，一时间令全城的戏迷倾倒。上学路过戏园子，有时见海报上有她的名字，那一天我便听不好课，总是盼着快点儿放学……旧社会的"戏子"，命运总是很悲惨的。1945年秋，日寇投降，东北光复，戏园子那汉奸园主逃得了无踪影。戏院关门，李蕴茹没了生活来源，早年为"提神"而吸食鸦片成瘾的她，那年冬天，竟贫病交加，冻饿而死。听说多亏几个戏迷凑钱为她买了口薄板棺材，抬上乱坟岗子，才没有暴尸街头。至今我还记得那好心的戏迷们为她用旧报纸写的贴在戏园外墙上的挽联：那上联是"一代名优，玉殒香消，魂归何处"，下联是"百千戏友，耳畔常存，绕梁余音"……

　　光复那阵儿，爷爷让我哥背点粮食上市场换点日用品。想不到他在破烂市上相中了一台废旧的手摇唱机，他竟用半麻袋黄豆换下了那台唱机捎带十几张旧唱片。因为他学过电工手艺，回到家来拆拆卸卸，鼓鼓捣捣，没用一天工夫，竟使这台"哑巴"机器唱了起来！这不仅平息了爷爷的暴怒，还意外地为农家小院平添了欢乐。那些旧唱片多是上海"百代公司"灌制的京剧名段，其中有金少山的《铡美案》、王少楼的《武家坡》，还有马连良的《借东风》，谭富英的《盗魂令》……孩童时代，接受事物，如白染皂，且历久弥新——因为用那唱机可以往复多遍听，渐渐地对许多京剧名家名段，我都可以惟妙惟肖唱下来。参加工作以后至患病之前的若干年里，逢年过节，单位举办联欢会，我都可以站出来，喊上一段。

……儿子们见我回忆到这里，生怕引发我的不快情绪，忙转换话题，问道："迷恋京剧跟你后来学文学有没有关系？"

——其实任何艺术门类，都有其相通之处，可以水乳交融，互为补充，互相渗透。正因为我小时候有意无意间受了传统戏剧的熏陶，渐渐便很投入地去追寻这出戏或那出戏情节的来龙去脉，由之自然地钟情于历史课，小学四五年级我就囫囵半片地啃读《水浒》《三国演义》《隋唐演义》……直至对文学产生深爱，误入"歧途"若干年……

常言说："艺多不压身"。其实一个人的爱好多些，也是好事。拿我来说，如今真的成了"坐家"的散淡之人且年将迟暮，可因为自己爱放风筝爱钓鱼爱听戏，生活一点儿也不感枯燥。老伴儿和孩子们体谅我的病情，理解我的心境，如今，每逢电视里播放京剧，我就可以把遥控器牢牢控制过来——循着唱段，和着板眼，旁若无人，摇头晃脑，入境入神地品咂滋味……

喜　雪

去冬无雪。

本来历年三月中下旬会有一场或几场春雪的，可近期一连多日却总是晴朗好天。道路、房屋、广场……触目皆是灰褐色。气候如此反常，想也是那厄尔尼诺现象作祟吧？

3月10日，跟老伴儿出城到外县串了几天亲戚。往年这个时节正是残雪消融时刻，勤劳的庄稼人，正该刨茬子整地备耕了，可如今大地上，不见雪踪，阒无人影。到了亲戚家，他十分发愁地告诉我：他承包了5垧旱田，去年就因为天旱减产三成，几近蚀本，等于白忙乎一年。更糟的是，而今大地已经化开几寸深，可全无一点潮湿迹象。"全是干土面子！再不下场大雪或透雨，那就有种不上地的危险！"

蛰居在大城市里、衣食无忧的我，哪里会想到农民们会如此忧心忡忡？于是，回得城来，我便也格外关注起"天气预报"了。

好哇，那天天气预报说：18日我们这地方要下雪，而且不是小雪……可昨天从清晨起就刮起方向不定的怪风。眼见已然聚拢的乌云，却被它赶散了，撵跑了。早饭后，风更是越刮越甚，穿街越巷，播灰扬沙。本想上街购物，没走多远，就被刮迷了眼睛，不得不失望地缩回家来。任你企盼，任你诅咒，那肆虐的风直到傍晚也未能停息。

——毕竟是"天若有情应知我"！今晨醒来，呀！正是在人们熟睡中，那久盼的雪悄然而下，并且已将地面盖严了。

我急忙穿好厚实的冬装，迎着漫天飞雪往广场跑。——往日早晨的广场，打太极拳、漫步、舞剑、放风筝的比比皆是，今天却寥若晨星。偶尔碰到一两个，便相视一笑——那是各自为自己这冒傻气的行为解嘲。

……长空雪乱飘，改尽江山旧；仰面观太虚，疑是玉龙斗。纷纷鳞甲飞，顷刻遍宇宙……

我吟哦着黄承彦曾歌咏过的《梁父吟》，也如孩童一样，仰起脸，伸出舌头，接那凉沁沁的雪花儿。此时此刻，我忽然忆起38年前，也是在这样的时节，也是在春雪飘飞的日子里，我曾给报纸写过一篇《喜雪》——那时，正值"三年困难时期"。为克服饥馑，为战胜天灾，中央发出了"大办农业，大办粮食"的号召，真是顺乎民意。于久旱之后而天降瑞雪，那时人们的喜悦多么由衷啊。依稀记得在那篇小文章里，我记下了这样的情景：雪中，一群小学生鸟雀似的吵嚷着追上了我。他们问道：叔叔，雪下得这么大，农民伯伯的备耕会不会停下来？我回答：不会。雪越大，农民们的干劲就会越足……

此刻，我下意识地环顾四周——没有小学生，没有人影……

而今的人们，似乎各为自己的生计奔忙，似乎很少再有共忧同喜的事情了。尤其在粮食获得了连续丰收之后，有的人对于气候与农民的关系，对于农业，恐怕已有意无意地淡漠了。可是"事非经过不知难"，谁要是对那"困难时期"仍有记忆，便会有"切肤之痛"！会觉得老话说的"常将有日思无日，莫待无时思有时"不无道理；会认同某位领导说的"重视农业生产——任何时候都不可放松"，觉得他确有深谋远虑……

此刻，高空中的"玉龙"战阵犹酣。那"败鳞残甲"愈益飞舞得紧。唯愿这雪越下越大，遮没地上一切丑陋的灰褐，让那银白孕育生机，培植满眼的新绿……

自撰春联抒心怀

50年前的农村，读书识字的人不多，小学毕业的哥哥就是屯中的"秀才"了。每逢春节，许多屯邻亲友都送来红纸求他写对联。我呢，年年为他展纸、研墨。

那时春联的内容，多是祈福盼寿、渴望吉祥，如"天增岁月人增寿，春满乾坤福满门""国正天心顺官清民自安，妻贤夫祸少子孝父心宽"之类，是"放之四海而皆准"的。待我年事稍长特别是有了些文学知识后，方知那些具有个性、能形象概括主人身份的春联，才是饶有情趣、颇耐寻味的。鲁迅先生曾说过，穷酸的腐儒们巴望富贵，总忘不了用些"金、玉、绮、罗"等字样，而那真会写的，却是"笙歌归院落，灯火下楼台"——不用一个浮字而尽展豪门气派。伪满后期，我在县城一家大门上看过这样一副对联，写的是"鼠盗无粮含泪去，犬知家贫放胆眠"——他家是真穷抑或是为讽喻社会，我不得而知，可看到后至今犹未忘掉。

改革开放以来，鼓励人们"发家致富"，许多商人觑此机会大量印制迎合人心理的春联出售，一如"新春佳节福门开，财神进户喜自来"之类。我自小养成的爱热闹的习惯未改，过年也想买副对子贴在门上。可看那内容，皆不如意，前年便自撰了一副贴了出去。那副对联将自家人的名字乃至职业及顺乎时势、切合实际的愿望汇入其中，几位高邻见了，都说有味，给了鼓励。去年春节未到，我便欣欣然又琢磨着撰写春联了。首先应约为连襟广奇想好一副：他儿子是矿工，女婿是民航驾驶员；家住广东和本省的两个至亲都有新的作品面世。据此，我写的上联是"千尺地下万米高空任吾子婿广为驰骋"，下联是"南国著书北地修文看我亲友皆备奇能"。他看了额首，满意于将他的名字暗嵌其中。接着，不揣冒昧，我又为亲家翁撰了一副——他们夫妇都服务于而今最受欢迎的传媒部门。子女们工作也很有成绩，尤其他儿子是中央某文艺团体的演员，去年获得了国家"五个一工程"文艺大奖。那对联是"贤伉俪有为齐使荧屏增色；慧子女成材共为家国争辉"。家住外地、当教师的侄女和搞建筑的侄女婿写信来求我为他们写副对子，依其各自职业特征我想好了两句："巧手绘新图欣看群楼迭起；掬诚育桃李且喜花繁果丰"，寄给了他们。

轮到给自家编写，可就颇费踌躇了——想不再重复上一年的内容而另求新意，谈何容易？以至连着几日搜索枯肠，敛眉凝思，皆不可得。当记者的小儿子见了替我着急，一天竟意外地笑着递给我一张纸条，说"爸，看这个行不？"一经展开，我好不惊诧："孙儿嬉闹春眠早觉晓，旭日临窗书香正绕梁。"——这不正是将我如今离岗"坐家"，看书，带孙子……的生活情状

"画"出来了吗！我虽仍恪遵那"父不言子强"的古训，可心里还是暗为他的文思长进高兴。

1997年的春节眼看又到。日前我去报社串门，跟明祥主任聊了起来。他问我每天都干些什么，我告诉他，坚持晨练、读书，也不忘关心大事，必看《新闻联播》；虽讲话不大方便，但别的器官好使。他说我写的那些"豆腐块"，很为一些读者认可，我听了受宠若惊。在回家路上，便想好了今年的春联，那就是：

耳聪目明关注国事天下事

气定心闲寄情习字写文章

回眸特殊采访

20 世纪 50 年代，国家曾招收在职干部入大学深造。我与简瑞年同为当年的调干学生。瑞年长我两岁却比我晚两年入学。是同校同系，毕业后又分别在省里两家主要新闻单位供职，可谓缘分不浅。"四人帮"肆虐年代我俩也遭遇相同：从各自岗位被逐下乡，当了"五七战士"。世上的蹊跷事多：在岗时，我们从未一同跑过采访，熟料当了"五七佬"，我俩却从各自所在的农村被当时的省革委会抽调上来，参加了一次特别采访。30 年过去了，日前与瑞年见了次面，回忆当年，共话沧桑，对那次采访，至今都留有清晰鲜明的印象。

1971 年暮春时节，我们被抽调上来的十几个人被圈进省招待所。当时省革委会宣传组的头面人物向我等下达了一项十分严肃的"政治任务"，要求我们必须在一个月内完成。

事情原来是这样的：彼时，日本朝野右翼分子嚣张，军国主义势力抬头，为东山再起造舆论，由岸信介写序，出版了一册厚厚的《呵，满洲》。这本书的作者们在日伪统治时都曾在我们这块土地上生活过。他们从不同角度宣扬:在日本人到来之前,"满洲"这块土地是蛮荒愚昧之地,"新京"(长春)等城市是他们到来后"从高粱地里冒出来的",是他们给这里带来了"繁荣"及"和平"。

对于这本反动气焰嚣张的著作,周恩来总理指示东北三省,应当组织力量,针锋相对予以反击……我与简瑞年、李青山(青山兄已于近年作古)分在一个小组。我们三人年龄相仿,都曾在日伪时期生活过,亲历过日本侵略者带给我们的灾难,深知他们的罪行罄竹难书;深知敌伪肆虐最甚的地方,必埋有深仇大恨。经过选择,我们三个决定深入到舒兰县大山深处的榆树沟去采访——当年日寇血洗老黑沟惨案就发生在那里。

老黑沟又名呼兰川。沟长40公里,两侧重峦叠嶂,古木参天,地势险要。1935年,"抗联"将领宋德林率部曾凭借这里的地势,出其不意地打击过日本侵略军。日军因之恼羞成怒,经过周密策划,发誓要血洗老黑沟。其时我抗联队伍早已转移。那年的农历四月二十七,日军出动数千人,从两端封锁了沟口。进入沟里逢人便杀、见房就烧。在长安屯、柳树河子、青顶子等几个大村落,更是先挖坑,后将人推下活埋,或让村民沿河跪下,从背后用机枪扫射,一时间鲜血染红了清澈的河水……到后来,恶魔们为了节省子弹,则改用刺刀戳杀……在那个黑色日子里,老黑沟有七百多无辜百姓惨死在了日寇的屠刀之下。

我们三人先后走访了数个昔年受难的村屯,用照相机拍下了"无名冢""百人坟",用笔记下了被害同胞遗属们的血泪控诉,心头的激愤难以平抑,接着我们又南下丹东、沈阳、北上哈尔滨等地，寻访受难同胞的后代，了解他们如今的生活，倾听他们对日本军国主义分子的愤怒控诉与指斥……越是深入采访，越使我们坚定了"勿忘国耻、警惕敌人亡我之心不死"这信念，受激励而奋笔疾书。很快，我们便完成了《老黑沟惨案永不忘》的特写。稿件寄给中国新闻社，被《人民中国》发表，后来得知世界上共有六家新闻社采用了那篇稿件。

光阴荏苒，转瞬间30年过去，瑞年兄如今已是七旬老人。不过，他老当益壮，至今尤担任香港《大公报》的特约记者，时代的风云不时化作他的笔底波澜。这次聚首，我俩有了一个新的愿望：想重访一次老黑沟——看看那里的人们可曾致富？那里的年轻人可曾牢记先人们昔年那悲惨遭遇……

历经酷寒

早在元旦之前，在广场晨练遇到退休的气象专家老曲时，他就警告说："今冬会遭逢奇寒，为 30 年来所未见。"已然过去的冬天，果然如他所料……

因了老曲的话，我想起了 30 年前我曾经历的另两次酷寒——

1965 年，我在吉林人民广播电台当记者，深冬时节，突然接到一项重点采访任务：中央人民广播电台让写写青年育种家柳昌银的"新事迹"发给他们。我和延边记者站的老韩到达安图时，因连日大雪，去柳昌银所在的万宝公社的汽车已经停运。那天正赶上"长白山劳动大学"开学，省教育厅庄彝尊厅长赶去祝贺，适逢其会，我们搭乘他的车到了十骑街镇。可十骑街离万宝还有 10 多公里路程。彼时，因为年轻气盛，更受使命感驱策，寻思：不就是 10 多公里吗？没车怕啥的，快点儿走，天黑前咋的也能走到……

那天下晌，出镇不远，就见那本来离地不高的太阳，倏然间滚落到山后去了。看不见颗粒的小清雪直劲儿往脖子里灌。也不知打什么方向吹来的风，刮在脸上犹如刀割，吹进怀里，直觉透心凉。山路上看不见人影，脚上的棉胶鞋很快就冻成了冰坨坨，嘎吱嘎吱的碾雪声，在空寂的山野里，传出很远。

正走着，迎面出现了一辆装得高高摇摇拉山柴的大车。走到近前，我才看清，车老板戴个大貂壳帽子，眉毛、胡子上挂满了白霜，他怀抱大鞭，站在车辕根上，极威武地吆喝着牲口。见车装得横宽，怕被刮着，我们跳过壕埂让道，车赶过我们身边后，只听半空中炸雷似的打了个响鞭，车老板"吁"一声呵斥住了三匹牲口，跳下车，抹回身，大鞭一横，拦住了我们的去路，大声问我们"要上哪儿"。我俩将急于赶赴万宝的事一说，他斩钉截铁地吼道："天大的事情也得明儿个办！赶紧跟我回镇子——你俩不要命啦？到万宝还有 20 里山路，中间没人家，路上没行人，就你们这穿着，挺不了多大工夫就得冻死，报'路倒'！冻不死，天一黑，也得让狼掏了！"这威严得令人颇感难堪的警告，使我俩醒过腔来，觉到了后怕。待返回镇上小旅店一说，店主又吃惊又感慨：不叫车老板子把你们"截"回来，那就糟啦！人家是救了你们啊……我俩一时间后悔不迭，竟然忘了问那车老板子姓甚名谁……第二天，当搭车赶到万宝时，见村里电线杆上挂着的寒暑表上分明地标示着零下 40 摄氏度！在农家屋檐下，竟拣到连日找不到吃食，冻饿而死的麻雀……

1969 年冬底，经过了"斗、批、改"，一大批"再无用途"的"臭老九"皆被赶下农村去当"五七战士"。那可真是"被驱不异犬与鸡"啊！有人要求在长春过完年再走，军宣队和"革委会"的头头们却不允许。1970 年 1 月 2 日，顶着零下 35 摄氏度的严寒，我们十几个人带着家属被"押解出境"。我被分到伊通营城子公社高台子小队，屯子在寿山水库西南角上，汽车得从冰面上过。司机害怕出危险，问当地老乡，回答说："两米深的水，早冻撅底了。"屯里分给我的住房是久无人居的空房子，当晚炕烧得挺热，第二天一早起来，却见未及倒掉的洗脸水盆已冻撅了底，缓了潮气的西山墙是白花花一层厚霜……那一冬遭的罪可想而知了……

　　算上今年，大半生我遭际的酷寒共有三次。说起去冬奇冷，于个人来说，本该不算什么：待在家中，不去晨练，不上街买东西也就是了——可事情并不如此简单，我所居住的科干楼（俗称高知楼）是 10 年前在"尊重人才"热浪中盖的。住户也大都是"拔尖人才""有贡献的知识分子"。无奈时光流转，可叹斗转星移，如今这些人多已离、退休，头上的光环已消，这"楼"便同住户一样遭遇冷落了：背阴面的暖气已六年不热，室温太低了，不少人在家里也得穿着棉衣。虽经多次"反映"，到处哀告，供热部门却只知收钱，佯佯不睬……这里的老者们偶聚，都只有一个共识与企盼：自然界的酷寒可以战胜，唯愿不再经受这世事的"酷寒"……世事的酷寒，让人从心底往外冷……

署名之祸

偶尔听广播，知晓现在的新闻节目不仅要报记者名字，有时编辑的名字也要报上一报，便心生感慨——回想自己这大半生，那最宝贵的一段时光是在广播电台度过的——除了"文革"中被下放当"五七佬"耽搁几年外，有十多年时光一直干编辑、记者工作；编采的稿件真是难以计数，可却一直没有署名的权力。就是参与重点、大型报道，上了中央电台的稿件，也只报一个"集体采写"完事。

现在看来，写文章署不署名字，是对一个人劳动的尊重与否，更是其责任所在。而当年，电台领导所以避忌署名，我猜想，那大约是怕手下人会因之滋长成名成家的"资产阶级思想"……

这倒使我想起了当年因借报纸之"光"署了一次名而招来的"灾祸"。

"文革"前两年，四平市庆祝解放 15 周年，省电台新闻部领导命我前去采访。当时陪同我的有《四平日报》一位同志。经过一周努力，我写出了通讯《碧花香土英雄城》。那位报社同志看了满意，坚请我答应先给他们发表。我感激人家陪同的盛情，一时情面难却，只得一再申明：广播与报纸虽不存在"撞车"问题，可电台领导有指示，记者自采稿件，不让外用，你们即或要用，也必得在省台播出之后……

我们对于舆论工具的重视，多年来是一以贯之的。"反右"运动之后，50 年代末 60 年代初，为牢固"占领新闻阵地"，特地从基层单位、工农出身干部中调来一些政治坚定之人"掌握新闻大权"。我所在的新闻部的一位副主任便是这样的人士。他审阅我那篇稿子，一看"碧花香土"字样，便认定是"学生腔"。我忙解释：它是从陶铸同志为四平市的烈士纪念碑所题写的"成仁有志花应碧，杀敌留红土亦香"演绎而来，他听后虽然保留了这题目，却将文中那稍带描述的语句，一如既往，笔头一晃，统统勾掉而改用的"实话实说"了。

事情并未完结：过了几天，《四平日报》把我写的那篇通讯一字未易地发表了，不仅寄来了样报，还寄来了 15 元稿酬，这更招致了那位副主任的不悦。当日下班后，他郑重地找我"个别谈话"。那态度既深怀大义又语重心长："你得明白，有了点儿本事，那是人民培养的……""得警惕有没有名利思想抬头……""记住！到啥时候都得夹着尾巴做人！……"

彼时，我只能毕恭毕敬，唯唯听命。心里委屈，不敢申辩。而且从那以后真的做到了拳拳服膺，身体力行，直至打倒"四人帮"，再未发一篇署名的文字。

一切都是瞬间，一切都已过去，而那过去了的，都已变成了亲切的怀恋。如今回想起来，我并不怪那位顶头上司。他的所作所为，是彼时的政治气候、新闻环境使然。那时的新闻环境，好比事先挖好了的大渠，水只能在渠里流过，一旦认为你稍有"漫溢"举动，便认定该当"修理"……粉碎"四人帮"，特别是改革开放以来，我们的政治环境、新闻环境改善多了，宽松多了，解除了诸多禁忌。可惜，我却被调离了这条战线。所幸，如今，儿子儿媳也在新闻工作岗位，唯愿他们在对主旋律的演绎中，能各展所长，多写出带个性的不落窠臼不囿于偏见的为人民群众真正喜闻乐见的新闻佳作来……

而今鸿雁迟往还

因要搬家而翻检旧物，这才发现多年来有意无意留存的旧书札竟有满满一书箱。耳畔响着老伴儿"可留可不留的坚决不留"的叮嘱，面对这些书札，我真的有些犯难了……须知，书信乃两个人之间的交往，多系私事，便少官场气"庙堂"气而多真情实意。现在随便展开哪一封，都会忆及前尘往事，掀起情感的波澜。我自知而今已近老朽，再无力前行追赶新潮，可于旧人往事又不能完全释怀，那么，这些旧札岂不是回首平生交往、忆念旧情故友、至为珍贵再难寻觅的资料？岂能一旦抛却！

我的书信往还，最多时当在 20 世纪 70 年代至 90 年代初主持一家文学刊物笔政那十几年间。彼时，因了稿件关系，须与山南海北的新老作家交往，须与热衷写作的难以计数的文学青年打交道。刊物同仁十分敬重的老作家，一旦用行动支持了我们，则须去信表示感谢；风头正劲，其作品又适合本刊发表的中青年作家，也须去信约稿；不少文学青年不在意"稿件勿寄私人"的告诫，偏要写上你的名字——寄你"亲收"、求你"审看""斧正"，望你引路、扶他"上马"。刊物既然挂着"文学青年知音"的招牌，就该以不欺无名的行动去真心对待……那些年，因为写信复信，真的占去了不少时光，减少了自己的创作，不过，从另一方面说，那收益却是无法估量的——

"人生贵知心，定交无暮早。"书来信往中，有幸与一些意趣相投、志同道合的作家成了可以披肝沥胆的朋友。这友情，不因无情岁月的流逝而减弱，不因文学"行情"的涨落而转移，反更历久弥新。多年来，不仅每受他们作品力量之震撼，同时也为他们的人格力量所折服。在工作、事业上我有追求时，能从他们那里得到激励与鼓舞，遭逢挫折磨难，更从他们那里得到了胜似亲情的抚慰。因之，我常慨叹：人生结交在终始，莫为升沉中路分。如今，与我年龄相仿相契相知的几位好友：刘绍棠、张长弓、崔坪等都已先我而去，收藏着他们的尺牍，在我，就如见其面，又闻其声，恰似其魂兮归来，价值又何止"抵万金"！……

进入 90 年代，是我书信往来的第二个"高潮"。因受癌魔侵袭，我在做了两次手术后，躺在病院和在家休养。彼时，单位里有人出于好心，告知在长的文友们不要探视我，"以免打搅他休息"。而我，却是耐不住岑寂，深恐因病"故人疏"而渴盼"云中谁寄锦书来"。一些外地的老友新朋真是心有灵犀。知晓了我的情况，纷纷写来长长短短的信札，犹如向溺水之人抛下一块块木板，使我的求生欲望大增。受此启发，我也向几位知交寄信，发出"求救"信号。大连的青年作家孙惠芬告诉我，不久前她也患了骇人之症，但她既未轻视也不惶恐，积极与医生配合，不久便排除了危险。她与我相约，一定要以乐观精神展开"健康竞赛"。锦州的文学青年樵仙则激励我："老师，命运掌握在你自己手中，真的强者，是不易被击倒的！"这话，令我刻骨铭心，为我平添了战胜病魔之力。1949年曾与我一道工作过的旧友傅玉德知晓我在病中不甘沉沦仍然挣扎着写点儿"豆腐块儿"，便大加鼓励，指出这是我"迈向生命新征程的阶梯"。嘱我每发一篇东西，都要寄给他看。晚报副刊为我开辟专栏，他更十分看重，说：这证明着你的实力，你的存在价值。嘱我既不能敷衍塞责，更不能以创作丰富自乐，该使每篇东西都发自内心，传达真情，有见地，有意味……远在山东、湖北、四川的几位40年前的大学同窗，得悉我大难不死，也写信来话沧桑，诉衷肠，相约乘时代好风，趁夕阳多赶一程……

诸多新老朋友，大小朋友的书信，篇篇意重情挚，令我如沐春风，如吸甘露，支撑着我在人生之路上又坚定地站立起来，蒙受着亲情友情的爱意包围，激励我也尽微薄之力做点儿力所能及的事，用以还报社会还报关怀我的亲友于万一。

时代在飞速前进，社会生活在发生巨变。不数年间，电脑已近普及，"上网"成了家常便饭。可视电话也已流行。鸿雁往来自然就越来越少了，使我这只能以笔代言的半残之人更成了落伍者。当然，在珍视既往与今日的友情同时，我也衷心欢迎这进步。似也该学用些先进的信息交换手段，以免用落伍者的方式，占用友人的宝贵时间……

（发《散文》月刊后被《散文选刊》选载）

爷爷的瓜园

50多年前，我12岁的时候，辽北平原上流传着这样一首歌谣：彰武青，法库黄，开原有个懒瓜王。这歌谣，是往返于辽河东西两岸挑"八股绳"的货郎们创造和传唱的——伪满洲国中后期民生凋敝，在日伪压榨下，人们缺吃少穿，夏天能多吃点香瓜、西瓜就是有"口福"了。彰武青，是指彰武县地界出产的一种"铁把青"瓜，熟透了，蒂巴还是连在瓜上；法库黄是说法库的"黄金瓜"，皮薄籽小，稀酥嘣脆；懒瓜王，则是开原县一位老瓜头种出的"懒瓜"，咬一口会"甜掉牙"——

这个老瓜头就是我的爷爷。

平原七月，是一眼望不到边的深深的绿海。那瀚海中，隐现着风帆一样的三角形瓜庵。在辽河支流大清河东岸，那前临县道、背靠漫岗的一座，便是爷爷的瓜窝棚了。爷爷的瓜窝棚，年年都用五根长木杆和几十捆就地割下的黄蒿白艾搭就，透风挡雨又凉快，整个夏天，这儿就是他寸步不离的"家"。

爷爷长年租种着本村财主一垧半好田，但必须捎带两亩岗地。黄土侉子岗地不打粮食，可种香瓜"口头"却格外好。爷爷种的那种"懒瓜"听说种子是当年从山东德州逃荒来的一个老人送给他的。那人是在冻饿将死的情况下，被爷爷救活的。为感恩，他掏出了一包香瓜种子。这种瓜，不用掐尖打岔，极好侍弄，它个头大，瓜肉厚，甜度高，任谁吃了都会赞不绝口；因而，爷爷那"老瓜头""懒瓜王"的名声，不仅三里五村叫得响，还被货郎们传过了辽河西，是颇有知名度的。

香瓜要"开园"的时候，正是学校放"伏假"的时候。对于十一二岁的孩子来说，这时便如摘了笼头的小马，尽可以无虑无忧，欢蹦乱跳。白天，跟小伙伴们去钻高粱地打"乌米"，或者跳进泡子搂"狗刨""大漂洋"、顺着窄河沟摸鱼；夜里，我便软磨硬泡，非要挤进瓜窝棚给爷爷"做伴儿"——因为那燃着的驱赶蚊蝇的氤氲的火绳，那毛豆、青蒿、香瓜混合的浓香气，那挥着蝇甩儿躺在窝棚里透过"房"顶缝隙计数天上星星的趣味，都是再难抵御的诱惑。尽管身上被蚊虫叮得红肿，爷爷也休想将我赶回家去。

瓜地里，爷爷常要种上几株茭茇草。香瓜长过鹅蛋大，茭茇草便开花了。那一嘟噜一串串的粉红色的花，常被小丫头们要去染指甲。爷爷告诉我，瓜田里栽几棵茭茇草，为的是香瓜不长病。偶尔，爷爷也在瓜地里用八块砖垒两个"小庙"，我问他这是为什么，爷爷说这是为敬"瓜神"。有瓜神保护，豆畜子、田鼠们便不来咬瓜了。

皮色褐黄，个头比田鼠大一倍的豆畜子，是一种极有灵性的小动物，凡是它啃咬的瓜，必定是最甜的。这小坏蛋若是溜进瓜园，绝不只啃一个，而是东啃两口，西咬一个，不大工夫，就会祸害十几个瓜。因之，瓜把式们憎恨这小东西们便很自然。爷爷也跟许多瓜把式一样明知敬"瓜神"是自欺，可又无可奈何。

那天，几个先熟可摘的瓜，夜里让豆畜子祸害了，气得爷爷直骂。我细心地在瓜地四周踏查，最后，竟在荒甸子上的一墩马蔺堆下，发现了小坏蛋们那极为隐蔽的洞口。我悄声跑回村子，约会了几个"抹泥之交"，带上水桶、绳子、锹镐，前去围剿。我们用烟熏、抬水灌、用锹挖……终于消灭了一窝又一窝"害人精"。爷爷见了眉开眼笑，毫不吝惜地给我们摘了半筐主根瓜，任我们吃得肚儿圆，再不从瓜地往家撵我了……

香瓜开园了，爷爷在窝棚外又搭个凉棚。过往行人们便常常走进瓜地来乘凉，吃瓜，闲聊。进瓜园吃瓜，爷爷向来是不收钱的。如果你没吃够、临走还要揣几个，那给钱也是"凭赏"……

用今天的眼光看来，50年前的庄稼人，是多么的没有"经济头脑"、愚钝得可笑啊：不唯进瓜地吃点不要钱，香瓜大喷下来后，爷爷也只把少量的批发给城里来的瓜贩子，其余大部分便东家一挑子、西家一大筐地分送给乡邻们了。赶上好年景瓜收得多，他还让家里人挑上瓜，送给邻村认识的人家……摊着瓜的人家是绝少给现钱的。爷爷也不记账。当时似乎乡里间有个约定俗成的"规矩"：夏天吃了谁家的瓜，秋天庄稼收了就适当还些粮食……当然，遇到庄稼歉收或吃过瓜忘了的，爷爷也从不计较。

爷爷的举动常令奶奶哭笑不得。她有时便无可奈何地跟我们慨叹："你爷爷种了一辈子瓜——他才是个头号大傻瓜呢！"我们听了跟着傻笑。长大些，才渐渐明白：也许正是因为有这样的爷爷，我家才一直没富起来，自然，他更没有给后代们遗留下"工于心计"的基因……

然而，如今每当我吃到香瓜，总要忆及那悠远的童年往事，忆及爷爷的瓜园，从中体味生平曾经有过的美好。每当忆及 50 年前那个须发幡然、高高瘦瘦的"老瓜头"，总是倾心怀想他的淳朴乐观，他的和蔼敦厚，难以用"愚昧""落后"这样的字眼儿，来概括他……

1997 年（发于《人民文学》）

父亲的眼镜

农历早春二月，白天大地有些化冻，夜里降温复又结冰。过完了旧年的庄稼人，这时该趁一早一晚往地里送粪了。

从粪场装完车，车老板儿赶车上路时，常是轻挥鞭杆儿吆喝牲口，口里便哼起了小曲儿。那格调各异的小调儿，便在清冷的田野里簸扬——

> "庄稼人能忍——起早贪黑，
> 土房子一年——抹上几回……
> 种地若不多上粪——到老秋
> 那可是空忙一回……"

屯子里的人公认，那自编自唱、曲调悠扬、嗓音豁亮的当数我的父亲——三里五村都有名声的"张眼镜"。

"四人帮"倒台邓小平复出那年收音机里介绍邓小平简历，父亲听了说："我跟他同岁。"——伟人和凡人出生那年，当是清光绪三十年（1904年）。

我小时候也跟许多乡亲一样，诧怪父亲这个很少走出生长他的小屯的庄稼人，何以年纪轻轻就戴上一副眼镜？后来才知道，那是他年轻时的"愚昧"造成的。

——现如今戴眼镜的人极为普遍，特别近年在应试教育催逼下的中学生们，戴眼镜的几近一半。可若上溯百年，人们偶尔看见一个戴眼镜的人，自然就"少见多怪"了。

父亲8岁丧母。9岁时在村里读了一年私塾。因为家境贫寒，从十岁起就不得不跟着大人下地干活，当小"半拉子"了。可那一年的学习生活对他的一生都有重要影响。也许那私塾先生教授得法，也许父亲极为颖悟，反正有了这一年"书底儿"，他竟能磕磕绊绊地看唱本，读小说，以至凡能借到手的"带字儿的闲书"无不贪看。干了一天庄稼活，晚上本该早早睡觉了，他却总是就着如豆灯光贪读。这行为遭到怕费灯油的大人们的呵斥。凡有月亮的夜晚，他甚至会偷着跑到屋外看书……如此这般，他的视力越来越差，以致铲地时分不清草和苗……在一次赶集时，在他常光顾的旧书摊老板那儿，他看到了一副镜片如玻璃瓶底似的眼镜，就好奇地戴了戴。竟觉得眼前模糊的景物清晰豁亮多了，竟磨叽人家非要买下不可。那老板说，这是给老头儿戴的，度数大，你戴不合适。可并没有说服父亲。谁知，这近千度的近视镜，一经戴上，就再也摘不下来了！（我猜想，彼时父亲的近视程度也就三四百度吧。似可原谅的是在他那个年代，全县也未必有一处可以验目配镜的眼镜店。）

因贪看闲书招致近视，又错戴了大度数眼镜，给自己一生都带来了不便，这举动真是愚、傻、可怜。但是应了"读书获益""开卷有益"的话，正是由于父亲痴心向学，杂看闲书，他的知识面和眼界较之他同辈人就开阔许多。聪明和智慧也就得到了展示和发扬。从书里，他懂得了人除了为衣食终日劳作之外也该活得有点乐趣；知晓了想改变穷苦命运，"振家声还是读书"，再穷再苦，也得让下辈人上学。读书，更让他坚定了人生信念：那就是做人就该行善积德，就要讲忠、孝、仁、义。父亲是个少有的"热心肠"，他自学点儿医疗知识，能给牲畜看病，谁家牲口病了，都来找他。至于屯邻们谁家有婚丧嫁娶红白喜事，他都会不请自到前去"捞忙"。

除一般的种、锄、割、打外，父亲还注意学些手工活计，如编筐编篓，织席打帘、结蝇甩子、织渔网。农闲时节，他兴趣极浓地到处去搜集时兴小曲、笑话、俚语、满族的礼俗。凡他读过的书，虽不能说过目不忘，却能复讲个大概。记得我上小学时，每到晚饭后，老人们端着烟袋，妇女们纳着鞋底儿，小孩子挤挤挨挨，都汇聚到厅屋宽敞的七叔家去听父亲"讲古"。他会讲楚汉相争明修栈道暗度陈仓，会讲义犬救主马潜龙走国……常令听众们如醉如痴。他的同辈兄弟们乐意跟他一起干活，手里忙着活计或是歇气儿的时候，他会哼唱小曲儿或者讲笑话。不到五十岁，他有了第一个孙子，这令他欢喜非常。每逢孩子要睡觉，他就抱着悠他。一边悠一边拍着，嘴里哼起小曲儿，孩子很快就在他怀里睡着了。至今我还记得他唱的《妈妈好糊涂》：

"……东街的妹妹比呀比奴小哇，怀抱着婴儿也会哭，妈妈娘你好糊涂……"

旧社会的穷苦农家是很少有现钱的。每逢夏季多卖些蔬菜，老母猪多下了几个猪羔，省出几个钱来，父亲必往那城里的旧书摊跑。日积月累，他便有了满满一箱的"闲书"。这些线装竖排的书，他爱如珍宝。其中有《三国演义》《水浒传》《十粒金丹》《三侠剑》《小五义》《荡寇志》，也有《庄农杂字》《千字文》《百家姓》《千家诗》和积攒的历年的《皇历》……从小学四年级起我就偷看这些"古董"。正是它们引我迷醉了文学。

屯子里除了有位老迈的私塾先生，再就是家境稍富裕上过新式学堂的姓庄的屯长，我父亲那时就是屯中第三个"文化人"了。因而经乡邻议定，让他当了记账员兼"跑腿的"（通讯员），每年的"俸禄"是五斗高粱。1938年庄屯长因为家里闹矛盾，一时想不开投井自尽了。村里没了"主心骨"，大伙儿就公推父亲代理屯长。那时伪满已近后期，日伪大肆催要"出荷粮"，更常抽"国兵"、抓劳工。劳苦出身的他虽尽力维护乡邻们，可该阻拦的他阻拦不住，该袒护的他袒护不过来，干了两年就说啥也不干这差使了。乡里不让，他跑到大山里亲戚家躲了两个月，才卸下了那个担子。东北光复前，我的家乡兴起了四轮马车，善于使唤牲口的父亲，就通过借贷也买了台四轮车，于农闲时节去七里地外的县城"拉座"，补贴家用。

父亲一世清贫，不知享受为何感觉。但再困顿再愁苦也是一人扛着，从不向人伸手求援，包括他自己的儿女。解放后，我家被划为贫农。父亲积极参加互助合作运动。1951年辽西省成立了第一个农业社——"开原张国宪农业生产合作社"，他就是这个社的骨干成员。在初级社、高级社到公社化后，他一直为集体摇鞭杆使牲口，直至 70 岁再也干不动农活为止。

"文革"中，路线教育工作队进屯，到贫下中农家吃"派饭"。屯里一个"造反派"出身的青年干部不让往我家派，说是那老头伪满时当过代理屯长有"历史污点"。那位知识分子出身的工作队长，经向屯里一些老贫农们调查，驳斥了那个青年干部，说：若把这样的人当"异己"，那从旧社会过来的人就没有好人了！为感谢工作队的理解，父亲让家里人炒豆腐时，里边混掺了两个鸡蛋……

父亲笃行孝道是出了名的。我爷爷排行老三他有个二哥，一辈子为财主家扛大活，终身未婚。老来父亲就将他这位二伯父接来家里奉养。对其孝敬程度，远远超出了对我爷爷。那时家里每年都种两垄"旱稻"，就为让我那二爷能多吃些细粮。老人嘴馋想吃什么，父亲总会想方设法满足。由于受到精心照拂，我那吃过大苦、劳累一生的二爷得以颐养天年，活到了 86 岁。

从小受父母的言行教诲熏陶，本来我也想好好孝敬老人。可从小就离家在外，婚后自成小家后又一直经济拮据，给老人经济上的补助也小得可怜。有一件憾事，令我至今难忘。1965 年我去关内出差返回时顺路探家，第二天顺便搭父亲赶的车去火车站。一路上见父亲几次嗫嚅着想说什么，经我追问，才悄声问我可有零钱，他想吃顿煎饼豆腐脑……我当时确是囊中羞涩，翻遍了口袋找出除火车费以外的三元钱给了他，答应过些日子一定再寄点钱给他，可事后竟未能兑现诺言，令自己愧悔终生……如今，我的两个孩子对待我和老伴儿常是嘘寒问暖，关注起居，异常孝敬，令亲友邻居们称赞羡慕。我窃想，这与他俩接受社会正面教育有关，似也不能不说与"隔代遗传"的基因有关吧……

父亲于 20 世纪 90 年代初逝世，活到 89 岁，创下了生长他的小村之长寿纪录。他病重时也正是我罹患癌症术后失语之时，家里人怕彼此难以面对现实，就互相瞒着。父亲弃世半年后，我才得知消息。临终未得一见之遗憾常常咬噬我心。

父亲的一生是平凡的一生。但我总觉得我身上的一些好东西都是他给予的。他的痴心向学、乐观面对生活、勤劳节俭、屈己助人、不媚权势、笃行孝义等品德，都是他的后代们该永远传承的。

2009 年

母亲·故园

母亲活着的时候，我即或工作再忙，再有杂事牵绊，每年至少也要回家乡探望一次。自从老人家于 5 年前谢世后，我便再很少还乡了——在我，母亲和故乡，故乡和母亲是紧紧联系着难以分割的……

如今，我只能在回忆中怀想母亲和故园昔日的温馨了。

母亲 17 岁嫁到我家。她的到来，结束了奶奶死后近 20 年家里那"光棍营"的历史。她以勤谨操持家务，以友善和睦邻里。虽日日为生计煎熬，却从不愁眉苦脸，而且总想给贫苦的生活平添一些乐趣和生机。

婚后第二年，她回了趟山里的娘家，刨回来一墩芍药、几株刺玫和一棵樱桃树苗，想要栽在后园儿里。可那不足二分地的后园儿是一家人仅有的菜地。爷爷不满地说："有闲地方还得多种几棵菜哪……再说，坑上地下屋里屋外的活儿计够你忙乎的了，哪有侍弄它们的工夫和闲心！"可母亲还是惴惴地将那棵樱桃栽在了园子的西北角上——只占了一墩倭瓜的地盘；把芍药和玫瑰栽在了紧贴房子后山墙阳光很少照临的地方。

那樱桃，那芍药，那玫瑰如同穷人家的孩子一样，不需怎样照拂，自有顽强的生命力。待到哥哥姐姐和我逐渐长大时，它们都活得蓬蓬勃勃，能带给我们诸多的企盼和乐趣了。

每到春天，樱桃最先开花，灿如白雪云絮，引得蜜蜂嘤嘤地绕树飞舞，引得从无一棵果树的小村里的人驻足称羡。这时，我们天天企盼别刮风，生怕风把花摇落，坐不下果实……待到夏至之前，樱桃熟了，绿叶掩遮不住猩红，便有馋涎欲滴的孩子们手持长竿，隔墙偷打。母亲见了总是半嗔半乐地吆喝："把枝儿都打折啦……小馋鬼，回家等着去吧！"于是，她便命我们西家半瓢东家一碗地将那红红的樱桃分送给半条街的邻居们。

芍药和玫瑰，为摊到阳光便比赛似的疯长。几年工夫，芍药已铺展成片，每每在仲春里开得姹紫嫣红。刺玫集束攒挤着，齐齐高过了人头。芒种前后，农家小院开窗的时节，那拳头大的第一朵玫瑰悄然绽开了。它一开，紧跟着便三朵五朵压低了枝头，竞相开个不住，将封闭一冬春的后窗户打开，那沁人心脾的芳香，立刻就灌满了屋子。每年到这时，母亲和姐姐总是细心地采摘那将谢未谢的花瓣积攒起来。直至整个花期过去，便将这些花瓣拌上红糖，密封在坛子里，深埋在背阴的泥土中，待到八月中秋，再将它取出来做玫瑰饼吃——那香甜滋味，是几十年来凡我尝过的任何珍馐美味也难以相比的……

越蹿越高的樱桃树，在严寒的冬季里，常常招来成帮成群各色好看的山雀儿。那成双成对的花喜鹊，也时常落在树梢"喳——喳——"地叫个不停，这给小院增添了生气，似乎也给母亲带来莫名的欢欣：我们一想走近它们看个仔细，妈就左拦右挡，生怕惊飞了这些小客人。一位心灵手巧的本家叔叔，给我和弟弟用秸秆莛扎了一个带翻板的滚鸟笼。用这种笼子专能逮身上长麻点的苏雀儿。茫茫雪天，空中有了"叽溜叽溜"的叫声，那是苏雀儿飞来了，我们背着母亲将鸟笼装上"诱鸟"偷偷挂在樱桃树的高枝上，"诱鸟"一叫，引得它的同类们好奇地飞来，有的刚一踏翻板，便身不由己掉进了"禁闭室"。每逢我们惊喜过望地捕到鸟儿时，不知怎的母亲就来到了面前，笑着劝我俩："看把这小东西吓得直哆嗦……可别杀生害命啊，玩一会儿就放了吧……"

　　光阴荏苒，世事沧桑。那儿时的几多温馨与欢乐，多半已被几十年岁月的尘沙封裹了。如今，我不仅再也不能看到母亲的慈颜，便是那故园，也早已不复是昔日的影像。听说，樱桃是三年困难时期为多种几棵菜连根刨掉的；玫瑰丛是近几年推倒草房翻盖砖房时嫌它碍事而砍伐的。唯有那盘根错节的多年生草本植物——芍药，于数年悄无声息之后，在母亲逝世后的第二年竟又奇迹般联袂茁壮生长起来！——啊，你这有灵性的小生命，是为纪念故人的培育之恩还是为了给她的后代们以无尽的启示呢？

1989 年

大清河的怀念

少小离家，工作在外地，每每勾起乡思的，除了旧友亲朋之外，就是故乡的山水草木了。

我的故乡，在辽河冲积平原的一个县城边上。那里，没有名山胜水，流过它身边的，只有辽河的一条支脉——大清河。这河，虽然冠了个"大"字，可在全国地图上是找不到印迹的。不过，它确曾"显赫一时"——1958 年它的上游建成水库之后，有一年隆冬，水库工人凿冰眼，一网捕捞过 80 多万斤鲜鱼！这消息，是上过《人民日报》的。

然而，自打水库修成，我因工作繁忙，却难得回到故乡。至今，系我情思、令我着恋的，仍然是那深埋着我童年梦幻的大清河……

俗话说：靠山吃山，靠水吃水。

我的儿时，过的是"衣穿四季、糠菜半年"的日子。一家老小，租种着几亩薄田。秋天，粮食打下来，还了租子、交纳完"出荷粮"，就所余无几了。靠什么避免断炊、解除饥馑之苦呢？只有下清河打鱼捞虾了。

大清河，曲折蜿蜒，从百里外的老山里流下来，夹带着细细的黄沙。它的水，像穷人碗里的稀饭，湛清湛清的：打散鱼的人，手里掐着旋网，走在高高的河岸上，就可以清晰地瞅见水底游动的鱼群。

也许是可怜世代繁衍在她身边的苦命的儿女吧，大清河富有而慷慨：在那深静宽阔的甩弯里，有成帮的鲫瓜儿、红毛鲤子、细鳞、白鲢、大嘴叉的黑鱼棒子、长胡子的老鲶儿……在那激扬飞溅的花水溜上，还有赤眼、鳊花、麻口、青鳞……穷得连极简便的网具也置办不起的。晴天，戴顶酱斗篷草帽；阴雨天，披件蓑衣，往甩弯处一蹲，即或用的是两根做活针敲成的钓钩，每天也可以钓上五七斤鱼，换米度日。我那 15 岁的哥哥，不墨守这原始的"钓法"——他常在傍晚，河水碎搅夕阳的时候，呆呆地看着"打跳"的鱼儿出神。之后，他从母亲的针线笸箩里偷出一只儿白线，捻成四五丈长的细绳，不系铅坠，不拴鱼漂儿，也不挖蚯蚓作饵食；而是在钓钩上"消"活着的蚂蚱和"扁担勾"。他下到河里，放开，鱼拼命上来抢食……顺着大河，每天他要跑出十几里路，可他的收获，却要超出岸边那些"老等"们三四倍！他钓到的浮鱼拿到小市上又极好出手，因为看到这烂银也似的新鲜鱼儿，谁不眼馋？

……为活命而挣扎而创造是凄苦的。然而，对于天真的孩童来说，这凄苦中又有无限的乐趣。

由于手头不宽余，我家置不起那抖起来哗哗山响的铜脚旋网，和那小眼的蚕丝挂子。爸爸仅有的一盘粗线网，听说比我的年龄还大，已经"过性"、糟烂了，每下一次河，就得补缀半天。13岁的姐姐，有一把绑着长竹竿、用盖酱缸的"冷布"做成的扒虾网：尽管漏水慢，但，虾是水世界里的呆子，哪天，都能对付着捞到半筐……

网破，毕竟还能捕到鱼儿，虾耙，尽管简陋毕竟还有收获。哥哥有了这个"新式武器"之后，每天的收成，差不多远在爸爸和姐姐之上……穷人的孩子立事早，九岁的我，也不再满足只为他们拎筐提篓了——我虽然甩不动旋网，举不起扒网，大人更不准到时深时浅的河里放软钩，然而，为贫寒家境助炊的愿望却是那样地执着。我很快地学会了凫水：不光会打狗刨儿，还敢肚脐朝上地"大漂洋"，吸一口气，一个猛子扎进水里，能够好半天不露出水面……终于我找到了我最好的捕鱼"工具"了，那就是我那在捡柴火时被挂破的粗糙的两只小手和一双不怕河卵石硌、"老牛错"扎的脚丫——

马仲河是大清河的孩子。每当新雨过后，它欢快地扑向妈妈怀抱的时候，从上游总要裹带来许多新鲜的食物；大清河里的鱼儿们，就都争着挤进那岸边长满水草的窄河沟来觅食。每逢这时，我就约会几个"抹泥之交"，先从岸边折根柳条，叼在嘴里做鱼串儿，然后两手一抿掌，"扑通通"蹦进那半混浊的小河里去摸鱼。我们会"包抄"水葱子堆儿，会"挤"蒲草棵。不仅能逮住可把摸的鲫瓜子，有时候，也能按住滑叽溜的半尺长的鲶鱼，掐住它的嗝水，把它举出水面……

在铺着细软黄沙的大清河底，有一种长着黄褐斑纹的小鱼——沙姑鲈。这种鱼，最大的不过一拃长，浑身肉滚儿似的，味道极为鲜美。它们从不到水皮儿上来游动。有时，它们在急水流下的河卵石缝里待着，旋网很少捞到，挂子也拿不住它。而更多的时间，它们则钻进那松软的沙层里……我和我的小朋友们，摸准了它们的脾性，每当丽日高悬、微波轻泛的夏日中午，就要涉进刚没脚踝的浅水里踩沙姑鲈了。我们像春天下种后跟着犁杖踩格子的人一样，倒背着手，一步一步地往前"扭秧歌"，踩着踩着，冷不丁地软软的沙层硌脚了——蹲下身子，你小心地抠吧：准保把那装死的跟沙子一样颜色的鱼儿，捧上岸来……

每当我把摸到的成串的小鱼、踩住的一捧捧沙姑鲈，放进爸爸的卖鱼筐的时候，我会看见他那饱经日晒风吹的脸，绽起更多的皱纹；眼睛里滚动着浑浊的泪花，粗糙干裂的嘴唇，上下阖动着，连声说，"好，好……"

当我长到姐姐的年龄，不仅不屑于再在小河沟里摸鱼，在浅沙滩上踩沙姑鲈，而且不屑于使扒网、放软钩了。我用积攒半年的卖柴草的钱，买了精纺的苎麻线，织了36个底兜的旋网；像一个真正的渔翁那样，背起苗长8尺的新网，单枪匹马地"打散鱼"了。

打散鱼，那是需要技巧的。那技巧，不光是把网抛得又远又圆、更在于能不能迅速判别鱼儿藏在哪里，而不至茫无目的地瞎使劲。

冰河解冻的春季，鱼儿身板发挺，一般不离开深水，寒露一过，它们又匆匆"归汀"，这时节打鱼，没啥讲究，而当初夏来临，地里的黄豆脱掉子芽放出两片嫩叶以后，河里的鱼，身板儿活泛了。它们星散开来，到处觅食。这时，有本事的打鱼人，手掐渔网，上溯河水，摸着鱼儿的活动规律撒网，每天都会有十分可观的收获。

在小学校里，我的功课是劣等的，而为改变贫寒家境、刻意追求捕鱼本领的心计，却令乡里的渔人们叹服。渐渐地，我学会了观察水象：不管朝霞初露还是夕阳西下，站在河岸边，一眼就能区分出来哪是鱼儿顶起的水浪，哪是微风荡起的涟漪……渐渐地，我懂得了鱼儿的习性：水底有土堡块的地方，常是鲶鱼窝。网扣上了，要轻倒慢拽。暴热的中午，水中霸王大黑鱼，将游进岸边草棵里晒鳞；罩住草棵子，要先把网脚儿深深地踩进泥沙……

渐渐地，我抛网的次数减少了，而收获却一天天增加，小鱼篓常是溜溜满……

每当红日西沉，背起鱼篓，踏上归途，尽管饥肠辘辘，步履蹒跚，心头却溢满着憧憬：我多么希望用我捞的鱼，换回很多的钱，使家里那窄小的米柜，不至常常见底；使日渐衰弱的父亲，在一顿饱饭之后，可以悠闲地抽袋旱烟；为待嫁的姐姐，换来几件不带补丁的衣衫……

然而，在那人吃人的社会，这天真的梦幻又怎能变成现实！

为了追求光明的理想，在故乡最黑暗的年代，我放下渔网，毅然奔赴外地，投奔了革命队伍，然而，30年来，大清河，常常同我的亲人的影像，一起流进我的心底：我常常怀念它的养育之恩，又希冀它会有光辉灿烂的未来。

今年夏季，一个意外机缘，使我返回故里，住了一个星期。

眼见得在执行新的经济政策之后，农村形势日渐其好。哥哥、姐姐家以及众乡里们衣食丰足，我的心情自然十分高兴。到家后第二天，我就禁不住向姐姐提出要到那曾经创造过捕鱼奇迹的水库去看看。想不到在水库当渔工的外甥却打消了我的兴致。他毫不掩饰地跟我说："您不是见过吉林的丰满吗？大坝也就是那个样！至于说库里的出产，十八九年前，确实一网打过八十多万斤，可那是'过时的皇历'了。如今，不用说八十多万斤，上万斤也难打了……"

我忙问他，为什么会出现这样的情况？外甥告诉我："文化大革命"以来，库区管理混乱，放养的鱼苗逐年减少而偷捕滥捕的现象又十分严重。上游还办了污染河水的小化工厂，一些领导，为了拉关系，走后门，请客送礼，不管什么季节，鱼儿达到达不到捕捞标准，竟肆无忌惮地捕捞。更有那些私心极重的人，里勾外连偷鱼倒卖。他们不择手段地放炮崩鱼、撒药药鱼，捞走的是少数，大批被崩死、药死的鱼，却铺满河底……

听着他激愤的话语，我的心情不安而沉重。然而，过了一会儿，爽快的外甥又像安慰我似的坚定地说："不过，您别担心！眼下，按照中央要求，我们正全面整顿水库的管理工作，民主选举了新的领导班子，修订了奖惩制度，对水库建设有功的就表扬、奖励，对破坏水产资源的就处罚、严惩……过几年，等水库面貌大大改变以后，我一定接您回来，看看冬季捕鱼的盛景。到那时，也许一网捕它百万斤呢……"

打消了去水库的念头，我仍然坚持要到离村只有二里路儿时常去捕鱼捞虾的清河下梢看看。

我的心情，看来哥哥是理解的，他笑笑说："你一准又是犯'瘾'了……还抛得动网吗？如今的清河，可不比我们小时候喽……"

我没有听从他的劝告，还是让伴我的小侄儿，带了一盘网。

在走下河滩之前，我是有思想准备的：沧海桑田，30多年，能无变化？然而当我置身旧地，却被眼前严酷的现实惊呆了：大清河河道，竟变得这般窄小，昔日那极其干净的黄亮亮的沙滩不见了，到处是污秽的灰黑的不长草的土丘；河床里流动的不再是清凌凌的水，而是混杂着红、黄、绿色的浊流！

……呵，这就是我30年来情牵梦绕的大清河吗？

我长久地怔怔地站在岸边，小侄儿怎能理解我此时的心绪？竟天真地催促着："二叔，愣在这儿干啥？这里没鱼，咱们得走过河西……"

"呵——不了，"我说，"咱们回家吧……"看着他好像不大乐意的样子，我默默地背起了旋网，拉着他往回走，小侄子正是我当年摸鱼捞虾的年龄，我想，他的恋鱼恋网，决然不是为了资助生计，而纯粹是出于童稚的贪玩心。他这一代不再如我们小时候那样为活命而辛苦奔波，这是幸福的，可惜的是，当今他们没有了那丰美的自然游乐场所了……

我走着，想着，不禁哑然失笑，我的心底是不是又产生着新的梦幻？

我瞥望着大清河以及它的几条支流里流淌的浑浊的水，瞥望着远处河岸边高耸的造纸厂、化工厂烟囱喷吐着的滚滚浓烟，忽然想起了日本的水俣病,伦敦的雾害,渤海湾里对虾洄游渐少,第二松花江的鱼群濒于绝迹……

是的,我们是在为美好的未来创造物质财富,然而,对于大自然母亲的慷慨赐予,不同样应该百倍地珍视吗!

是的,我又产生了新的梦幻:愿祖国的天常蓝,水长清……

1982 年

冬之诱惑

　　也许是身上流淌着以狩猎捕捞为生的满族先人的血液吧，从小我就喜爱冬天，热恋冰雪。严寒冰雪，带给北方孩子的是无穷的愉悦和诱惑……

　　贪玩，是儿童的天性。贫苦的农家孩子，在终年为衣食操劳的大人面前获取不到多少爱抚，便寄情于大自然了。每到冬季，没啥农活了，孩子们无须再给大人当帮手，一个个就成了自由的"没笼头的小野马"。滴水成冰，瑞雪纷飘的日子一到，有的爬进仓房，摘下来闲置一年的小冰车，到结冻的河面上支划子去了。有的砍来胳膊粗的柳棍，用锯截齐一段，再用刀削尖一头，做成冰猴儿，操起青麻鞭子，到井台边、小河上抽冰猴去了。我和两个"抹泥之交"，爱用湿柳棍做爬犁脚，钉个两条狗拉的雪爬犁。套上爱犬四眼儿和大青，在屯前屯后的雪野撒欢赛跑。爬犁，搅起团团雪雾。晶莹的雪粉，溅得一脸一身。在呐喊中你追我赶，心被欢乐涨满了，以至常常忘却时间的早晚。不到家家屋顶的炊烟飘散，家人们站在门前叫着你的乳名，喊着"吃——饭——哄！"是不肯罢休的。

我的儿时，虽然已远不是祖先那时形容的可以"棒打獐子瓢舀鱼，野鸡飞进饭锅里"，但只要你稍具机敏，肯于听从老辈人的指点，冬天里的收获，仍然是极其诱人的。

黄叶飘飞时节，候鸟们都飞到南方去了。可在秋天专会祸害庄稼、冬天又不会贮备吃食的"老家贼"们就灾难临头啦。纷纷扬扬的雪，笼罩了大地，它们只好瑟缩在房檐和枝头。这时，扫开一块空地，支起草筛或门板，下面撒几把秋谷，饿急了的"家贼"们，明知有危险，也会自投罗网。远远地看见它们跳进筛子或门板下，你把拴支棍的绳儿猛地一拽，运气好，一下就会逮住十只八只。我的三叔，更有一手捕家雀的绝活：用一根粗秸秆折成三角形，秸秆上每隔一寸多远就扎一个马尾套儿。这个简单的捕鸟工具非常好使：把它放在柴草垛边，中心处扫净雪，撒上诱食，鸟儿们飞来争抢，一只只就会钻进那越勒越紧的套儿里……你吃过灶坑烧家雀吗？那是胜过任何珍馐美味的！

过了腊八，傍近小年，如果哪天下晌落了雪，那夜三叔准该说话了："……明儿个起早，你穿乌拉、打裹腿，领上狗，跟我去溜'趟子'。"——听了这个号令，我会乐得半宿睡不好觉尽寻思：鬼道的三叔在哪儿埋夹子、下套子呢？能逮住啥野物呢？……第二天，我会比他起得还早，悄没声地紧跟着他，在没膝的深雪里跋涉。白皑皑的雪野，几里地外有个活物就能发现。踏进一道荒沟，远远的我就瞅见一只草色的野兔在沟坎扑扑棱棱地打磨磨。走近一看，啊，是这个来来去去总走一条道的傻蛋在新雪过后，钻进了三叔几天前瞄准它脚踪下的铁丝套子……翻上一条长满刺葛、榛柴、山里红棵子的岭岗，三叔说："松狗！"于是，狗撒欢儿，人呼喊，眨眼工夫，就惊起两只正在野刺葛下寻觅落果的野鸡。它们"嘎嘎嘎"叫着飞走了，可因为冰天雪地里，它们觅不到吃食，肚子饿，飞不多远，就会落下。没等它们喘息过来，狗和我先后追到了。于是，它们再飞，可是越飞越低，越飞距离越短。这时，人不再撵了——三叔一支蛤蟆烟没卷成，四眼儿和大青已经把猎物叼送到你脚下。

老辈人说："千年的草籽，万年的鱼子。"这话是确实不错的。家乡的河沟洼塘里，只要淋过几场透雨便奇迹般地有鱼虾游动。我小时候，尚没有今天这么多先进的捕鱼工具和方法。天然的河湖，也未划归哪家承包——就像"刘三姐"中一句唱词说的："若想摸鱼就下河！"可是，夏秋两季，鱼儿身板活泛，加上水阔草盛，并不好抓。逮住它们最好季节就是冬天。小雪一过，一夜朔风，河面封冻了。这时，河里的鱼儿耐不住乍冷，在太阳升高后，常常顶着薄冰，游近水边晒阳取暖。屯里的孩子们，会着急忙慌地蹬着用木板下钉了粗铁条的冰划子，踏上薄冰去捕捉。记得 12 岁那年入冬时节，我在屯南柳条泡里，就用这样的法子，一上午逮了几十条可把抓的鲫瓜子。哪想到得意忘形后跟着乐极生悲，冰窟窿凿大了，"扑通"一声，连人带划子掉进了河里！新上身的棉裤浸个透湿。怕回家挨揍，躲进一个小朋友家，又是拧又是晒又是烤火盆，点灯后才敢回家门。那一冬挨了哑巴冻，第二年照样支起了划子……

数九过后，河里的冰冻了二三尺厚，便是捕鱼的黄金季节了。一般的沟塘洼汊水不深，专等它冻"干窖"了，砸开冰就可拿鱼。水深的大河，凿穿冰眼后，大人们下串笼网、使片钩捕捞。孩子们就蹲在冰眼旁用抄捞子搅鱼——抄网在水中顺一个方向搅呀搅呀，冷丁打一个反转，水底被搅动的鱼儿就会身不由己落进网里……那时节，你看吧：冰面上常常堆起小鱼山。谁捞到大个儿的白鲢、鲤子、老鲶儿，都格外高兴——无论啥时捞的，都要拿回家埋在雪里，留到大年三十晚上吃——为的图那"连年有鱼（余）"的吉利。

岁月悠悠。那永远难以忘情的儿时欢乐，已经逝去40年了。老来梦里常怀旧，去年春节，我返回阔别多年的故乡，偶然问及弟弟："可有野味过年？"他明白我的心意，粲然一笑："山鸡、野兔、沙半鸡……咱这儿已经绝迹多年啦。泡子里也没鱼——这两年不少人尽用损招儿拿鱼：秋天，他们不仅用炸药崩，还往河里撒'除草糜'。甭说大个儿的，连手指肚大的鱼秧子也药没了……"

听了这话，我心怅然。我知道，如今像弟弟这样的农家，早已没有了衣食之忧，过春节是准备了丰盛的年货的。可是，那诸多买来的年货里，有一如我们小时那无尽的野趣和诱惑吗？

冬天，是北方孩子们的欢乐节呀，为了下一代愉悦欢快地生长，我们该葆爱自然，让他们更多地享受些自然之趣吧……

（"北国之春"征文一等奖）

美食之忆

是因为渐老因为有病，抑或因为现今生活好得天天如过年呢——什么东西入口都品不出滋味，觉不出香甜，食欲总不甚佳。为此，体贴的老伴儿、孝顺的儿子常问："你想吃啥？……"那意思很明白：我想要吃什么，哪怕再贵也舍得钱买回来。

可我到底想吃啥呢？对于这样简单的问题我却常在困惑或难以言说之中——

回首大半生，先是当了多年给领导写总结报告的秘书和编辑、记者，接着又在文坛混迹多年。虽没参加过国宴，可省市级的"宴"、有地方风味或民族特点的"宴"，那还是借光"蹭"过不少回的。对一般意义上的讲究色、香、味够档次的美食，一如什么甲鱼、飞龙、生猛海鲜之类，多多少少都品尝过。可如今若说对于那些以稀为贵、以价格优势领衔的食物，我是多么贪馋、如何留恋，只是怕太破费而不敢张口，则着实冤枉！——我这人有贱脾气：吃过那些美食之后，就如同游过某处名胜，欣赏过一个不错的电影、电视剧一样，领略过了，差不多也就心满意足了。这绝非阿 Q 精神作祟，确实不再想一意求之。

那么，对于凡吃过的东西，真的就毫不怀想吗？其实不然——只是我想的绝非那一般意义上的"美食"，而是童年、少年时代母亲亲手做的有特色的庄稼饭！啊，那些从未入过什么食谱，登过什么大雅之堂的食物，怕是永难寻觅了……

母亲友善邻里，勤谨持家，孝敬老人为全村人称道。她虽没有文化，可生性乐观，面对贫寒的家境从不愁眉苦脸。为给日子平添生趣，她操持家务，常是充满创造。平常的粗茶淡饭经她手细心地变着花样地调制便常觉香甜爽口，总也吃不够。

每年夏秋之间，母亲常带上姐姐爬山下田去采摘柞叶和苏子叶，回来做菠萝叶饼和"黏耗子"——任谁吃了那种食物嘴里都会嚼满山野的清香。腊月里她做的黏饽饽，黏米面总是调和得甜酸适中，蒸出来的饽饽黄亮亮，筋道可口。每到开春，她下的大酱既干净又色泽金黄，一启缸便香味四溢。住在隔壁贪馋的七叔，常"唆使"大嗓门儿的七婶隔着矮墙冲我家喊："四嫂啊，给'叼'一碗酱。"清明节后，农家春耕开始了，这时节，母亲为犒劳家里的男人们和换工插犋的邻里，总是花样翻新地做吃食。她将小米或秫米用磨拉成"水面"摊煎饼或趁它半发未全发酵时稍"醒"点碱，用大锅烙"锅出溜"：一勺勺稀面从锅帮上淌下去，就成了一个个上大下小、上薄下厚的"锅出溜"，盖上锅用毛柴燎上三五分钟它便熟了。出锅时，它有黄黄的"嘎巴"，闻着香味扑鼻，吃着酸酸甜甜，不到撑得肚儿圆，谁也不肯撂筷的。上小学时，每逢妈烙这种食物，我常偷着装进书兜两个，留着走在路上吃……在春初另有一种令人难忘的好吃的，那就是"小豆腐"。母亲把泡过一天一宿的黄豆先煮熟,再上磨拉碎,然后掺入葱胡子、干萝卜缨或者婆婆丁、苣荬菜,用文火馇熟,那黄豆浓浓的醇香味是任何经过其他加工手段的豆类制品难以匹敌的。用新开张的鸡下的蛋炸酱就着羊角葱吃小豆腐,那真是"口齿噙香,回味绵长"啊……

老来发贱,怕别人诧怪说不近情理,不敢向儿子们念叨这些。有时只同老伴儿一起做做精神会餐——还是老伴细心,有一天她上街竟然拎回来一个"家庭多用粉碎机",说:用它可以拉小豆腐了。使了几回,果然不错,馇出的小豆腐,虽未尽如昔年留在记忆中的那味道,然而这可真是"慰情聊胜无"了。

又是春风吹拂家乡山野的节令,多么想神游故园吃吃母亲做的饭菜呢,可她已静静躺在那小山包下多年……坟头那萋萋春草,该是召唤我回去扫墓了吧……

乡野的呼唤

早春里的一天，花高于其他蔬菜几倍的价钱，我从早市上买回来一捧水灵灵的苣荬菜，洗净后摆上了餐桌。

从未下过乡的小儿子，没见过这种红茎绿叶的野菜，好奇地尝了几棵。我问他："什么味道？"他咂了咂嘴，说："有点苦！……可这苦味儿里又有一点清香……"

是啊，这种我儿时常吃的野菜，已经久违了 50 年。今天买了来，就是想从那淡淡的苦味里，去咀嚼，去回味那乡野的清芬……

辽北平原，故乡那春日的田野，冻土刚刚化开一两寸深，野菜就伸头露脸钻出地面了。最先能挖到的，当属那种一簇簇状如细韭的小根蒜；发现了苗苗，用小镐子往深土里一刨，就会挖出一缕大大小小的"白脑瓜"来；小根蒜，可以蘸酱吃，也可以用它做馅儿，包菜团子。当柳条通里的"毛毛狗"，不经意间一天天长大时，车轱辘菜、荠荠菜、婆婆丁、苣荬菜便相继钻出了地面，这时候，屯子里的老奶奶、年轻媳妇和半大孩子们，都手拿镰刀头或韭菜镰子，挎上笤条筐漫岭遍野地去挖野菜了。我十一二岁时，虽然已是小学生，也常是这"队伍"中的一员——因为那正是"满洲国"后期，民生凋敝，屯子里衣食无忧的没有几家。大多数人家过的都是"糠菜半年"的日子。尤其在青黄不接的早春时节，都得靠抢挖野菜来度春荒。

姐姐长我 4 岁。穷苦农家的孩子立事早，她七八岁时就是妈妈的小帮手了：不仅能收拾屋子、喂猪、喂鸡、趔趔趄趄地背着我到村街玩耍，还是个挖野菜的快手。同一般大的小姐妹一块儿到地里去，她挖回的野菜总比别人的多。

记得那是我上小学二年级时早春里的一个星期天，姐姐带领我和另外两个小伙伴，到离家两公里远的清河滩去挖野菜。

清河是辽河的一条主要支流。它的水湛清湛清，从河岸上走过，看得清四五尺水下的游鱼。它的岸边有黄亮亮的细沙和黑油油的荒地，那里不光野菜厚，更是个极为诱人可供玩耍的所在。因为它荒僻，又常有野牲口出没，平时，家里人是不让孩子单独到那儿去的。

那天傍响，我们来到了河滩地。太阳暖煦煦的，梢林刚刚泛透嫩绿色，因为寂静无风，依稀可见大地袅袅蒸腾的热气。

这儿的野菜真多！苣荬菜更像蘑菇圈一样连成片，可以不停手地挖上一气。可挖着挖着，头顶上飞来几只花膀梢跟麻雀差不多大的鹅鹋儿——它们叽叽溜溜地唱着好听的曲儿，扇着翅膀，好长好长时间盘旋在瓦蓝瓦蓝的空中不挪地方。冷不丁地，有一只像是中了弹弓，抿着翅儿一头扎下来，

"掉"进了离我们几十步开外漫岗上的蒿棵子里。这哪能不去看看？——我冲两个"抹泥之交"一递眼色，便都悄悄奔那漫岗跑去。

我们仨低着头用脚蹚着隔年的黄蒿寻找，忽地，就在脚边，"扑棱扑棱"，两只鹅鹏儿蹿起来冲上了蓝天。我们忙蹲下身去仔细搜寻——

"啊！在这儿哪！"我轻声一喊，两个小伙伴也围了上来。就在3棵金条蒿的根部，发现了用细草葳儿编织的隐藏得极巧妙的鸟窝。窝里有两个玻璃球般还温热的小蛋！我们欢叫着捧起那鸟窝跑去送给姐姐看。

满以为姐会夸赞我们有能耐哪，谁知她先是嗔怪我们不好好挖菜净顾玩儿，看了鸟窝和鸟蛋，她又厉眉厉眼地冲我们喊："搁哪儿端来的？快送回原地方！小心，别差样！——雀儿若是没了小蛋，那会气死的！……"我们不情愿地将鸟窝送回原处，抬起头来，又发现不远地方有两只草色的野兔！不约而同，我们撒丫子就追。那小兔可能欺我们太小撵不上它，竟跑跑停停，引逗得我们远离了姐姐远离了田野，翻过漫岗，直直地跑下了水声喧响满铺卵石的河滩。野兔东躲西藏，跑没影了。我们却在那水花激溅的浅水流中，发现了蹿上蹿下的小鱼儿，有青鳞，有麻口，有白漂儿……僻喳啪喳……撵呀，抓呀，我们又激动又开心，忘掉了一切。开河不久的水，凉得刺骨，可再凉，也难以抑制我们逮鱼的兴奋……

姐姐发现我们不在身边，先是手不停头也不抬地喊几声：

"别跑远喽——"

听不到答应，她才渐渐住了手抬起头，扯起嗓子挨个儿喊我们的小名。好半天听不到动静，她慌神了，只好停止挖菜，挎起筐，沿漫岗上下，变声变调地大声呼喊。直到太阳歪向西山了，跑出二里地远，才在河的下梢找到了我们。看我们仨衣裳裤子都湿渍渍的，手脚冻得通红，她又是气又是笑，顾不得责怪我们了，反而帮这个捂捂手，帮那个暖暖脚。

大半天时光，本该挖满挂尖儿一筐野菜的，可因为我们……连半筐也没挖到哇！回家路上，姐姐一劲儿念叨着："虚蓬虚蓬多，到家别挨说！虚蓬虚蓬多，到家不挨说！"不停地翻弄着筐里的菜，恨不得让它们一棵变俩，可到家后，还是没逃过大人的责备。

姐只承认是她贪玩了没有供出我来。我眼见她替我冤冤地挨了两巴掌……

——我是带着负疚之情，久久地记着儿时那一幕的。越是长大，这负疚感越是加重。我曾窃自希冀在什么时候，能找到补过或报答姐姐的机缘，可却总未能够……

恍惚间，岁月已匆匆逝去了 50 年。而今，我和姐姐都已是鬓染秋霜了。姐为工作为丈夫、为 4 个子女、为那经济一直拮据的家，辛苦操劳了大半生；我呢，也多年惴惴于自己的事业和为生计奔波，虽然与她所住的城市仅数百里之遥，多年来我俩却极少相见相聚。7 年前，老母过世，我们赶回故里为老人家送终，总算在一块儿小住了几天。可彼时的心都泡在悲悼的泪水里，无绪无暇交流手足之情谊，匆匆分别时，姐拉住我手说："……老妈没了，姐说啥也得挤时间常去看你——"听了这话，陡地使我又忆起儿时她护佑我的那一幕幕，禁不住泪落衣襟。

时至今日，我们各自受家务或疾病的羁绊，又几年未晤面了。什么时候才能再有多些时间的聚首？——哪怕是无声闷坐，哪怕是相对不言，让我们都沉浸在那虽有苦涩又多些温馨的往昔之忆里……

1996 年

又是丁香沁芳时

连日夜雨敲窗，白昼阴云四合、气温下降，难得到户外欣赏花木复苏的暮春胜景；直到昨晚，天气预报终于说今明两日将是艳阳高照的晴明好天了。凌晨，我推开窗子换气，涌进室内那带着泥土气息的空气更夹有丝丝幽香，令我莫名惊喜——须知，十年前那场大手术后，我严重丧失了嗅觉功能，多年来已是"入芝兰之室不闻其香，入鲍鱼之肆不闻其臭"了，此刻淡淡幽香沁入心脾，正应了医生当年的论断：经过较长时间的锻炼与适应，可望稍许恢复嗅觉功能……这感觉令我兴奋，急忙穿好衣服下楼——

啊，原来是楼下隙地上那两株高过人头的丁香开花了。

我痴痴地站在这两株缀着浅粉淡紫花束的丁香树前出神，悠悠往事似又回到眼前……

1954 年我以"调干"资格考入最高学府，就读于自由大路旁的教室。那时的自由大路，静谧，清幽，绝少车辆也少行人。暮春及初夏时节窗外长街两旁和街路中央隙地，满是盛开的紫丁香。夜晚上自习时，那芳馥的气味，会侵入阅览室。真是"丁香熏得人心醉"，几名要好的学友，常常不约而同地溜出室外，漫步夜游，认定长春最美的时节，当在"长街紫染丁香树"……

毕业后重踏工作岗位，我留在了这座城市。正是在丁香盛开时节我与女友（今日之爱妻）相恋了。1960年初，她被下放到四平去"干部参加劳动"。又逢暮春，星期天，为排遣寂寥与思念，我曾写诗寄她："……春城黄金刻／满城溢丁香／花树绽新蕊／绿柳映红墙……"惋叹不能共享彼时那美好时光，也曾写下这样的文字："春光明媚少阿兰，反恼春城花烂漫"……

春花秋月不相待，倏忽朱颜变白头。转瞬之间，我在这第二故乡长春已生活了半个世纪。近些年，目睹这里日新月异，欣喜之情是自不待言的，然而，在欣喜中，心头也有隐隐的遗憾挥之不去。

1998年，是我们那届同窗毕业整40年的日子，在长的几位同学商定要邀请星散在全国各地而今尚在的老学友返回母校来一次聚会。早春时期，我便给远在山东、四川的两位学友发去了邀请函，并附上一首词，表述衷情：

> ……又春暮／长街紫染丁香树／丁香树
> 年年沁香／催人忆故……

那年，许多学友返回了我们这座城市，在相逢的喜悦中话沧桑，诉衷肠。不少人赞赏今日之春城楼高车多变美变靓的同时，竟也道出了我那心中的遗憾：我们曾共同喜爱的丁香树，少了！

是啊，我们喜爱丁香树，那是颇有缘由的——

一座城市，犹同一个人，总该拥有自己的特点和个性。总该有当地居民葆爱的花草树木。因而国内外的诸多名城，都各有自己与别个城市迥异的市花、市树。

丁香是极宜北方生长、极具个性的花树。松柏榆杨因耐寒而适合在北国生长。丁香不仅也具它们的性质，更是易栽易活、常年碧绿、少有虫害、落叶最迟的灌木。而其他树木难以与之匹敌的地方，就在五月中下旬，它会苗放绚美的花束，播散沁人的馨香……

我爱我们的市花君子兰。

更企盼在公园、社区、街路旁广植丁香，企盼将丁香定为我们的市树。

丁香之于我们城市，犹同白玉兰之于杭州；丹桂之于桂林……

2005 年 5 月

寄　托

　　九月，故乡的天空澄洁而高远。阳光失却了灼热变得温煦和暖，田野里的庄稼多已黄熟只待收割；河滩上寂无人影，只听得见激流里水花溅激卵石发出的哗哗声……

　　啊，我又置身于儿时曾经嬉戏过的古老的河岸了。又擎起了多年未敢想望的渔网，就要舒展双臂将它抛向河中了。我的心，刹那间被欢乐胀满，激动得发颤……

　　八月末，我将载有《河滨的诱惑》那张《长春晚报》寄给了故乡的兄长和侄儿。显然，他们理解我在那篇小文里流露的恋旧情怀与失落感。小侄马上就写信来，说："……回家乡来玩儿天散散心吧，我陪你到清河水库去钓鱼——"

　　还乡第二天，侄儿果然请了假陪我去了水库库区里垂钓，无奈天公不作美，连着两天刮西北风，鱼不上钩，收获甚微。大哥说："不知你病后体力恢复得怎样，还抛得动旋网吗？还是到大河边我们小时候玩过的沙坑里抛抛网，打点小鱼开开心吧。"

　　大哥已是将近古稀之人了。他于七年前离休，六年前患了脑血栓病。足有一年多的时间辗转于病榻，但他坚持自己的"以动治病"哲学，身体能活动后，便一日不停地做体能训练。由挂棍到扔掉拐棍，每天坚持练走步。三年前，他让儿子自制了个三轮"倒骑驴"，竟然奇迹般地骑着它去到河滨。捡起昔年嗜好，撒网打鱼了。他此举曾一度令家人悬心，但几年坚持下来非但未出意外，竟是一日强于一日，变得十分健壮了。——我自罹患后，曾几次接到家人之信，劝我能以他的顽强精神乐观心态对待病患，我听了忠告，于今，才也如他一样庆幸自己未被病魔征服。

……我俩边说边走，不觉出了小镇踏上乡路。大哥坚持让我坐上"倒骑驴"，而他却能将它踏得飞快。到了目的地，他将一盘体轻片小的旋网交到我手上，自己却拿起一盘眼大苗长些的网先自抛开了。那动作依然似年轻时那样潇洒娴熟，那神情也一如往昔那样执着而专注……

一些连接正河身的沙坑里，岸边有一片片显然是被网上来已晒干的水草，可知这里已被许多打鱼人光顾过。可正如俗话所说：鱼过千重网，往往还有鱼。令我惊喜的是时不时有活蹦乱跳的川丁子、沙姑鲈、小鲫鱼被网上来……忽然，离我百米开外的大哥，高兴地大喊一声"扣住大个儿的啦！"……我忙跑过去一看——嚯！一条足有二斤沉的大草根，正曲曲连连地在他的网里翻滚……

天近正午，我俩躺在软软的沙堆上休息。远看斑斓山色，仰视蓝天白云；近听轻风掠过田野庄稼发出的沙沙声，更觉无比惬意；大哥告诉我：他病后能恢复得这样好，与他寻到了来河滨撒网这个精神寄托大有关系——这些年，每到冬季，他便潜心琢磨着织网。一梭接一梭，心无旁骛，专心致志不厌其烦，每冬织一盘得心应手的网具。从开河到封冻之前，这一春一夏半秋，差不多每周总有一两天，他都在野外度过，寻求山水之趣，享受水山之乐。他抛网，全出于意兴使然，打上鱼来，自然高兴，打不上鱼也不气馁，因为他不以卖鱼赚钱为目的。每每抛出的网，心到手到又远又圆，看它花朵般豁然散开慢慢沉向河底，便觉比打上鱼来还开心…这个寄托，不唯帮他恢复了体能，更难得的是排遣了老来的寂寥，使他忘却现实中与历经的诸多忧愁与烦恼……心境好，少忧烦，想来这正是人生长寿之道呵。

……此次还乡，虽然在垂钓撒网中我无大收获，然而从兄长处我却得到了宝贵的启示：回首自己这大半生，为使命感和为生计驱策，极少有时间做自己非常乐意做的事；而今卸下身上担子，病体已渐康复，不要窃恋什么发挥"剩余价值"了，我将更深切地体味"知生"之无量义，尽量做些昔年喜欢做而未曾做的事。其中，最为迷恋的当然是一舒体内残存的"野性"，该想方设法寻求机会多去亲近自然……

1994 年 9 月

乡村腊月

千年等一回。虽说 2001 年元旦的第一缕阳光特别金贵，尽管媒体爆炒，可跑上什么山去迎接它的人，并不很多。说到底，还是咱们中国人自己的传统节日春节最有吸引力。不用媒体炒作，不用商家包装，无论贫富，无论年少年长，都想认认真真快快乐乐地过。因为这个"年"，就是大团圆。年里有无尽的亲情抚慰，年里有亲朋聚会的真诚交流，年里有舒心坦意的欢笑，年里有对未来岁月步步高的无限憧憬……一句话，过农历年能过出咱中国百姓的人气儿、心气儿……

从小我就是个爱热闹的人。当然喜欢一年中最热闹的年。过年让我最为兴奋的倒不是三十晚上和大年初一，而是"未雨绸缪"时的"忙年"——只有在忙年活动的过程里，你才会品尝到企盼的滋味，体会到诸多的冲动和快乐。

尽管少年时贪玩，不听大人的话，可一进腊月门儿，家家开始忙年了，我那兴奋的神经便随大人们的意旨转移了。农村最为普遍大宗的忙年活动是磨豆腐、蒸黏饽饽。全屯百十户人家，只有两座碾坊、五盘石磨。尽管你家的黄米、大豆已经淘净泡好，可也得等着去碾坊磨道去"排号"。这时候我就显"能耐"啦：我会不待指令，主动"请缨"，拎个笤帚或簸箕，跑东跑西去"占位"，一旦占位成功，看到家人赞许的目光，那真比吃到什么好东西都觉香甜。

满族人家过年祭祖，要用"达子香"。这香，必得亲自采制才算虔诚。采香要到20公里外的大山里去，如此具有神秘意趣的举动怎能不参加？尽管家里人怕冻坏孩子，从这架爬犁上把孩子撺下来，而孩子又会跳上另一架爬犁……大人们没有孩子眼尖手快，在茫茫大雪覆盖的山林里，我采到的香条比别人多一倍，这时，在几位本家面前，爸爸就会露出矜持的笑容……

为图"连年有余"的吉利，三十晚上谁家都要吃鱼。为逮到大个儿的鲤鱼、鲇鱼、鲢子，三九天里我会跟上大人扛着冰蹿、抄网、片钩去到大河凿冰眼抓鱼。尽管挥动抄网时，手冰得猫咬般疼，可一旦搅上大鱼来，就高兴得啥都忘了。满载归家后，爷爷会吩咐："去，给你老舅家送一条！给你二姑家送一条……""哎，哎！"我会连声地答应，挎上筐，一溜小跑而去。亲戚们得到馈赠自然喜出望外，不用说，他们往你兜里塞的赏赐，也会格外令人惊喜。

傍近小年儿，大人们要套车进城去办年货。这机会一年一回，可不能错过，磨破嘴皮子也要跟去：因为城里的买卖人，这时节对来办年货的庄稼人都格外客气。会笑吟吟地让座、斟茶倒水，还会往孩子怀里塞一包冰糖，在打好的"年纸捆"外，另送你一把鞭炮——这些，尽够你回家后向小朋友们炫耀几天。

哥哥高小毕业，这在五六十年前的农村，就是少有的"大秀才"了。每到年根，求他写对联的人家得排队。这时我乐意为他展纸、磨墨。看着他能为不同的人家编写不同的对联，看着他"笔走龙蛇"屯邻们夸奖不止，我就会心生艳羡，尽想着：往后自己也得用功读书，多练水笔字儿，将来比你编的、写的还要好。

乡村腊月，忙年，真是有着无尽的诱惑，无穷的兴味。

世事沧桑，时代变异。今日农村过年，早已不似我的儿时了吧？我衷心欢呼它的发展进步，但潜意识中，仍然希望它能葆有我们民族诸多的好传统。比如重视亲情、友情、敦睦邻里，比如讲究伦理道德，比如崇尚好的礼俗和风气……不要过那种寡淡的毫无情致的"房顶开门，灶坑打井"，个人顾个人的日子……

旋　网

因围捕鳊鱼，我曾夜宿河滨，也有过阴雨天披件雨具在河边垂钓的体验；因之，便格外喜爱青莲居士李白的《秋浦歌》和烟波钓徒张志和的《渔歌子》。

喜欢归喜欢，可一直猜不出那夜渔的秋浦田舍翁和戴着青箬笠、披着绿蓑衣，在斜风细雨中流连江上的老渔夫，到底使用的是什么捕鱼工具？——是挂网？是罾网？抑或只是一竿青竹，几把自己敲制的钓钩？

——我太想知道我钟爱的捕鱼工具——旋网，是什么时代发明的了。

汉赋唐诗中，虽然多处提及渔事，却从未见有关于网具的确指。宋人沈括的《梦溪笔谈》，提到一种上有网衣下拴网坠的渔具，不知可就是旋网？而"打渔杀家"中萧恩出场时唱道："桂英儿掌稳舵，父把网撒……"从这个"撒"字，则可确认那是旋网无疑——起码到了宋代，先人们就开始使用那奇巧奥妙的捕鱼工具了。

旋网——就是用绳或线纵横交错织成的上大下小成漏斗状、底端设有底兜拴结网坠儿，可以抛甩的那种渔具。

对于它的迷恋，我是始于儿时至今犹未忘情的……

我的故乡，在辽河的两条支流大清河和柴河中间，真是"舍南舍北皆春水"。儿时家乡的河塘沟泡里满布鱼虾，可那时没有什么先进的捕鱼工具，屯里人家只有两人用的抬网和一人使的扒网。大约在我八九岁时，一天，自辽河下游来了两个上溯清河的捕鱼人。他俩手里掐着我从未见过的渔网，走在高高的河崖上，鹰一样俯视着河水。见哪里有鱼影闪动，便唰地抛下网去——不管是在浅滩或深汀，被扣住的鱼，无论是想左冲右突还是寻找空隙伺机逃走，都无济于事，总是曲曲连连地被拽上岸来！抛网人那潇洒的姿态，旋网那神妙的功效，令我和几个"抹泥之交"看得目瞪口呆，以至傻傻地跟着人家沿河走了七八公里……

因为家贫，直到 15 岁时，用积攒了半年多卖柴草的钱，终于换回了属于自己的渔网。那网，撒开来比筲箕大不了多少。刚练抛甩时，网总是打团儿，不"张嘴"。后经仔细观察别人抛网，加上在庭院铺上柴草灰练习，终于能把网抛个"牛槽"样了。开始下河打鱼，收获不丰，渐渐地学会了观察水象，摸清鱼儿们的习性，很快，便增强了打鱼的本事，懂得了网片小不宜在深水里施展，我便专在浅滩、花水溜里追撵浮鱼。渐渐地收获便常在众乡邻之上了，那鳊花、麻口、青鳞、沙姑鲈……一篓篓，在小市上极易出手，我的收获是曾给贫寒家境助过炊的……以至一盘网糟烂过性了又换一盘，直至参加了工作，进入城市，我才抛开渔事。

30 多年来，为使命驱策，为生计奔波，虽然偶有余暇也曾怀恋过渔网、河滨，却再难得有尽兴过瘾之时。不过，"文革"中，有一段时光，我被抛出世事旋涡，曾意外地获得同几位工人朋友到郊区打鱼的机会。记得那是 1967 年春天刚开河不久，在乐山附近打鱼，我一网就扣住了两条 1 公斤多重的草根和三条比这两条稍小的鲤子，令在场同时抛网的 30 多人羡慕，为自己的捕鱼生涯，写下了"辉煌"一笔……

因为迷醉渔事，1970 年下乡当"五七战士"时，我被分到一个三面环水、出入极不方便的小屯，只因心存捕鱼妄想，非但无怨反自窃喜。1983 年参加中国作协组织的赴湖南访问团，在衡阳参观王船山书社旧址时，见湘江上有夫妻船捕鱼的盛景，便呆看良久。但见妻子在小船上半张着旋网，而丈夫亲驾小舟，手里擎着另半张网，待丈夫撒网的刹那间，妻子麻利地把船撑开，整张网便如一朵盛开的硕大芙蓉花落入江心……如此奇情盛景，曾令我久久流连，不想离去…

去年中秋节前，我随好友赵达到公主岭近郊垂钓，见一养鱼池主人正指挥几人挥网捕鱼，我竟忘了抛竿。技痒难耐时，便借过一盘网来，忘情地抛了几次……

呜呼！人活一世，总会有各自的爱好迷恋——这爱好与迷恋，倘有益身心又不碍及社会、他人，总是好事。我之恋渔恋网虽届晚年兴致不减，自认这是热爱生活、热爱生命的一种支撑，一股精神力量……

乡思杂忆

老来梦里常怀旧，偏多乡思忆华年。

近来，许多传播媒体都告诫说：老年人适当吃些粗杂粮有益健康。这"教导"很中我之下怀。近年因为腰椎有病，活动不便，食欲不振，常常怀想童年、少年时代的吃食。便理直气壮地告诉家里人，到超市买点儿高粱米和红小豆，想吃几顿高粱米豆粥、铁锅炖豆角……由之也正可追思往昔……

老母猪跷脚

"我是吃高粱米长大的。"同我年龄相仿的东北人，差不多都会这样说。

七八十年前的东北大地，正如一首歌中唱的那样：漫山遍野是大豆高粱。——我的童年、少年时代正值日伪统治时期，民生凋敝，人民生活穷困，农民们绝少种植小麦、水稻等作物。这一方面有气候、土壤条件、因循守旧等等因素，更因为彼时的东北人不准吃大米白面等细粮。如果发现谁家有细粮，那就是"经济犯"，要被抓去坐牢。普通农家过的多是"糠菜半年"的日子，顿顿能吃上高粱米饭，那已是很"奢侈"了。

高粱是当年最大宗的农作物。（苞米远不是今天这样普及：昔时各家虽也都种点苞米，那多半为的是夏季"啃青"。）这种作物耐旱、抗涝、好侍弄。一般品种多为"红袍""黑壳"。辽南金、复、海、盖一带出产的大粒高粱，碾出米来细白、柔润、口感好，是粗粮中的上品，称之为"文化米"，盛名至今未衰。

高粱中另有一个矮棵品种，农民形象地称之为"老母猪跷脚"——它比一般的高粱矮半截，似说老母猪若跷起脚来就可以够得着它的穗儿。我小时候，辽北平原很流行了几年种植这个品种，因为它比别的品种产量略高些。可终因它口感不大好，吃起来有些发涩，渐渐地便被冷落了。

成为城里人这几十年来，虽也偶有下农村之机缘，金秋时节却再也少见那大片大片的红红的"高粱阵"了。去年九月，德惠作家金国芳邀请我和另外两位作家去乡野采风，在农民作者王淑芬家的后园里，我们十分意外地发现了一大畦长得粗粗壮壮晒红了脸儿的"老母猪跷脚"。——如同见到了故人，令我惊喜，便走进它们的"队列"里，让同行的朋友为我拍照留念。王淑芬家是养猪大户。她告诉说：种它不为人吃，是专为猪准备的"细粮"。

家雀蛋、喜鹊翻白眼儿

东北的农民先人们，都是些很出色的"文学家"——他们给种植的粮食蔬菜，都起有十分形象的名字。那些名字会常常让你感受生活乐趣。

东北夏天最为普通、大宗的蔬菜豆角（辽宁统称为芸豆），品类繁多，各有特色。我的家乡有一种豇豆名为"跑破鞋"——它开淡紫花，果实为长荚，生长迅速，产量奇高。每到盛夏，那长荚果如女人长发似的纷披满架，任你跑破了鞋，也摘它不尽。我小时候常吃的豆角品种是"家雀蛋儿""挤子豆""喜鹊翻白眼儿"。顾名思义，那果粒长着浅褐色斑纹、形状大小都酷似麻雀蛋的豆角，极为孩子们喜爱。喜鹊翻白眼儿，豆粒如喜鹊一样是黑地白花，种脐由细细的三道黑白线构成，极似雀儿的眼睛。挤子豆、皮薄粒多。一个豆荚里圆鼓鼓地就挤着挨着五六颗粒儿。每逢要炖豆角了孩子们常常扒出家雀蛋和挤子豆的豆粒儿，用针线串成长长的珍珠串放进锅里煮熟，作为饭后的零食……

时下在市场上能买到的豆角品种就是"油豆""黑马掌"，似乎单调了些；世界要克服单极化，生物提倡多样性，我们的食物正该多姿多彩……

粳米和白面

在日伪统治东北的 14 年里，水深火热，生灵倒悬。他们不准老百姓吃细粮，可那年月却有一则尽人皆知的俗谚，那就是："打粳米，骂白面，不打不骂高粱米饭。"——说的是那班汉奸、警察一类人到乡公所或民众中"办差"，得用细粮款待他们。否则就非打即骂，到哪里去淘弄细粮呢？只有到黑市花高价购买。

黑市里的东西，多来自偏僻的山乡。那里"山高皇帝远"，胆子稍大的人，能借助高棵作物掩护，偷着种点儿产量很低的麦子和"旱稻"。旱稻碾出的米就是粳米。如今的农民已很少种植旱稻了。

说来惭愧，等我长到 13 岁，东北光复那年，才正经吃了几顿粳米饭，知道了白米饭与"红米饭"的不同滋味。

现在想来，我们东北人是从什么时候开始将主食粗粮变为主食细粮的呢？——那是在土改完成、互助合作运动兴起、政府号召大办农业的 20 世纪 50 年代初期。翻身解放后的农民，一心听党和政府的话，心齐气顺，很快就接受了"旱地改水田，一亩抵两亩""想吃大米饭得先往井里看"的理念，很快就兴起了打井挖渠，兴修水利的热潮。全东北上千座大中小型水库差不多都是那时候修建的。将一多半旱地改成了水田。大米就成了人们的家常便饭。令人惊喜的是愈是较寒冷地带出产的稻米越是好吃，如今，北大荒、松花江辽河湾一带产的大米，在全国成了最受欢迎的"名牌"。

抚今思昔，感慨良多。今天的人们，不该忘记那段物质生活变化迅速、人们的精神世界也充实向上的年月……

（入选《吉林文学年选》）

烛光摇曳

暗夜烛影映窗棂，

三更有梦书当枕。

初春。一夕，全家人正坐在沙发上看电视，忽然间停电了——前后楼一望，一片漆黑。知道不是自家的毛病，着急没用，只好摸黑坐着。工夫不大，老伴儿摸索着不知从哪里翻出半截蜡烛来，点着，屋子里立时有了些许光亮。久久地呆望着这昏黄摇曳的烛光，不由得我回想起了那悠远的岁月，那如烟的往事……

爱迪生发明了电灯，给这个世界上的千千万万人带来了恩惠。我虽生长自农村，可就因家住城郊，7岁时村里就有电了。哪里会想到时隔30年，我37岁时会被赶到偏僻的无电的小山村，又过了几年半原始的生活呢——

知识分子最不值钱的时候是1970年年初"斗批改"结束那段时光了。蹲"牛棚"的不算，一大批人都被当作废料清除出城——撵下乡去当"五七战士"，还美其名曰这是"藏干于民"。

为防止这些人"变修"，尽可能让"这些人到最穷困最迢远的地方去"。

我带着全家被分到一个叫高台子的小村。它三面被水库包围一面是丘陵岗地，出入极不方便。全村 17 户人家，看不见一砖一瓦，清一色的土坯篓、马架子房。生产队长和社员们倒是蛮热情。先给我腾出一间空房，答应开春后给盖新的。那间空屋子因久无人住，前后檐墙裂出几道缝隙，墙角让耗子盗了几个大窟窿。临时用烂棉花套子堵了堵，用稀泥糊了糊就住下了。那晚，炕烧得挺热，可第二天早起一看，那未及倒掉的半盆洗脸水竟冻撅了底……从小在农村长大，挨点冻算个啥？何况从第二天开始，我又重新修补了一下，屋子冷劲儿就差多了。——比起挨冻来，更让人感到憋屈和难以适应的就是没有电和喝不到净水了。

开始生火做饭，房东告诉我屯里只一口井。我便担着水桶上了井台。——这哪里是什么"井"——它离河边只数丈远，用几块粗石垒了个"井口"，一伸胳膊就可以把水舀上来。毫不夸张——一桶水沉淀一会儿，桶底下就是三分之一的稀泥！我惊诧地问房东："你们……常年就吃这水？"房东显得比我还惊诧："那……你说吃啥呀？"

这时我才恍然悟到：怪不得大队书记曾向我介绍说，这屯儿是克山病多发区。女人身高够一米六、活到六十岁的几乎没有；多数男人的手，攥不拢锄杠……

彼时，我倒不准是想到了张思德、白求恩，只觉得这水与这病有极大的关系。我问了几个社员：为什么不在屯中打井？

回答说："照量过，打不出水来。"告诉我："你嫌水埋汰，有泥，往缸里扔块白矾……"

"五七排长"，那是我此生最早当的"官儿"，那阵就懂得了"有权不用，过期作废"。于是我把"下属战士"刘永太找了来，求他想办法。刘永太在原单位虽不是正式工程师，可他的韬略和胆识远在一些有名无实的工程师之上。他围村踏查一遍，走到屯中十字路口停下了，说："就在这儿打井！山有多高水就有多高，无非多往深挖点，一准能打出水来！"

开始动工后，一些持怀疑态度的乡邻知道我们尚属"半官半民"，未敢公然反对，还是那些急于改变家乡面貌的年轻人，义无反顾地跟着干起来。由老刘指挥，我们十几个人，锹镐并用加上炸药，干了 20 天，挖到 14 米深仍未见有水；不少人这时真有些泄气了。第 21 天，老刘亲自下井，挖着挖着，只听他忘情地大喊一声："出水了！"人们听了齐集井口下望，只见那水咕嘟咕嘟往外冒……

第二天，全屯男女老幼一个不落，都来到井旁，争着抢着喝那水——那水呀，那个清亮，那个甜！

从那以后，老刘每上公社经过我们屯，人们都拉着扯着往家里拽他。生产队在春播完了后也抓紧为我盖了新房，有了新房住，又喝上了净水，按理该满足了，可没有电那个憋屈，一时间真难适应。每到天黑，太阳一落，家家吃完饭，为省灯油，便都早早躺下入睡了，三里五村，一片漆黑。我因年轻时养成了不看书就难以入眠的坏习惯，这下便不胜其苦了，任你怎样辗转反侧也难以入睡。点油灯看书，烟子太大怕呛坏了刚满周岁的孩子，只好发狠将平时抽的"迎春"改为9分钱一盒的"蝶花"，省下钱来买烟子少的白蜡。从此，那小山村里，夜夜只有我那茅屋烛影摇摇，映照窗棂，待困倦上来才熄烛枕书，沉沉睡去。

当年，我和妻的工资加起来不足百元，一家四口，将及糊口。真可谓身无长物。然，室有藏书不为贫，我俩带下乡来的书足有两大箱子。这其中有我在中文系读书时的全部讲义和笔记。有省吃俭用买下的、仗着胆子留下的被视为"封资修"黑货的不少古今中外名著。这些都为我所钟爱。烛光下，我的心灵为安娜·卡列尼娜命运震撼，为万卡那难以寄到乡下爷爷手中的信而颤抖……因是"农客"的身份，常以刘禹锡的《陋室铭》自宽自解，更常自体味李太白那"好鸟迎春歌后院，飞花送酒舞前檐"的乐趣，跟着杨万里"意随白鹭一双去，眼过青山千万重"……鲁迅的小说更是百读不厌。

烛光闪烁，烛影摇摇，伴着我在寒中透暖的春宵、在蛙鼓阵阵的夏夜、在秋虫卿卿时候、在白雪映窗万籁俱寂的长夜里读书，使我忘却烦忧，忘却身外之一切……"置之死地而复生"，谁能想到在两年多的"放逐"中，我却找到了快乐，充实了自己，——至回城后，在新时期到来时，敢于为新创刊的文学刊物主持笔政——当然这是后话。

1971年迎秋时节，连降三天大雨，水库出槽，高台子庄稼被淹颗粒无收。公社做出决定让"毁队搬迁"。我的房东和全队乡邻们不得不迁往更深的山场里。我因常帮公社写个材料啥的，被特殊批准搬到离公社所在地一公里、正在张罗办电的西岗村。

1972 年春节前一天，我搬过去，屯里各家的电灯全亮了，家家欢欣雀跃。又回到了"光明世界"，那夜，我激动得一宿未眠……

岁月悠悠，那难以忘怀的时光快过去 30 年了。我常常想起我那些淳朴的"第二故乡"的老房东们，常思不避半老身残该去看望他们。不知他们今日可曾脱贫？可都抛却了蜡烛油灯而换上了电灯？……

广场上，那一片绯红

四月中旬连着下了两场雨，打开窗子，潮湿的空气里携带着泥土苏醒的气息涌进屋来。小雨稍有停歇，我便到地质宫广场去漫步。小草已钻出了地皮，这春雨，这小草，终于击退了不肯告退的寒冬——渴望色彩纷呈的春天，是因为冬季太漫长了，给了人们太多的凄清和寂寞。

广场上有园林工人悉心栽植的迎春、黄玫瑰、红玫瑰……它们将次第开放，带给我们愉悦；可最能传递春消息展示春气魄的还是广场西南角上那一片杏树林。——现在望去，它已隐隐透着暗紫，过不了几天，那近百株老杏就将灿然开花，从远处望去，恰如一片绯红的云霞，使那一角天空，生气勃勃，纯美烂漫，花期虽然短暂，那可是这喧嚣城市中一道难得的风景。

无论是杏花绽放还是落英缤纷，我常去那杏林中漫步或伫立。那近百棵老杏，都是铁干虬枝，合抱不交；从它们那顽强的姿容上，人们可以判定它们都已有很长的历史。可它们是谁人栽植，还是自然生长于此？近期，我在读爱新觉罗·溥杰先生的夫人嵯峨浩的回忆录《流浪王妃》时，竟意外地于其中看到了答案。

嵯峨浩当年经日军军部撮合，在"日满亲善"的名义下，于1937年与爱新觉罗·溥仪之弟溥杰结了婚。日本军部的原意，是想通过这种联姻以进一步控制溥仪、控制"满洲国"。可她并未泯灭良知，后来在经历了无数磨难之后，她认清了日本军部一些人的丑恶嘴脸，坚定了与自己的丈夫白头偕老的决心。她在《流浪王妃》一书里，不仅真实地反映了与溥杰的悲欢离合，也录下了日本军国主义者在东北犯下的罪行和昔年她在"满洲国"的遭遇。从中我们也可了解到昔年我们脚下这块土地的情况。她写道："我们的新居在'新京'（长春）市西万寿大街117号（大约是现今西民主大街或云鹤街一带）。听地名，像是个热闹繁荣的街道，其实，这里过去是蒙古王的牧场……"，"道路对面是准备建造皇宫的用地。从前，那里是一片杏树林。一到杏花盛开的季节，人们常常到那里赏花，所以很有名。但那片树林差不多被军队砍平了……"，"在我们宅子的周围有……空地"，"丈夫似乎很怀念杏树林，所以，在这里栽下了杏树……"今日这杏林，是关东军铁蹄下的劫余之物？还是溥杰先生的手植？这似乎无法也无须判断了。今日我们应该赞许的倒是老杏树那顽强的生命力。

在这座城市读大学之后留下来工作，至今已43年，且将终老于斯，我对这第二故乡的眷恋与热爱是自不待言的。看着它日新月异的变化，自是惊喜；然而，近来又似有杞人之忧：每每看到毁树建房、毁林修路现象，心头总有压抑之感。本来"疯长"着的城市，已使人减少了阳光照射、呼吸了太多废气、一任噪音充耳；再肆无忌惮地滥伐林木、扼杀绿意，如此生存环境，人们将何以堪？

记得 38 年前在大学读书时参加植树活动后，我曾写过一篇散文《为了春天永驻》。在那篇小文里，我曾希冀我们的城市那"红房绿树将被烂漫的春花包裹，金秋里树上的果子芳香四溢……"虽说这愿望至今尚未实现，但面对又一个新春，我仍诚挚地祝愿我们的城市"生长"有序、绿意盎然、创造优美的生存空间，永远不负那骄傲的美名，让春天永驻这里……

人生轨迹印长街

新中国成立初年，本人曾供职于沈水之滨那座大城市。1954年国家号召在职干部参加高考，被命运之神引领，我来到了这座有着骄傲美名的城市，毕业后又定居于斯，而今已逾54年；完全可以自诩是一个"老长春"了。——检点多半生走过来的足迹，竟然发现自己与这座城市的纵轴线——人民大街，有着再难分割的情缘。

昔年留在记忆中的"站前广场"，整洁而不喧嚣。"摩电车"（有轨电车）就停在广场不远处。乘上它，听着叮叮当当的铃声凭窗外望，惊奇于这条大街比闻名遐迩的沈阳中华路还要宽阔！车过胜利公园陡然下坡拐向东南的三马路又折返西南，经同志街抵自由大路，把我们一群远来的学子送到了师大校舍。

20世纪50年代中期，人民大街与自由大路交会处是"自由广场"。彼时车辆稀，行人少。暮春时节，广场周围丁香绽放，香气四溢，下了晚自习，我们三五学友常毫无倦意沿街久久地漫步低回……

"祖国的需要就是我的志愿"，这是 50 年代毕业的大学生共同的口号。我们那届学生毕业时，"反右"刚完，我虽未被"划过去"也未挨处分，可也是惊魂甫定。毕业"分配志愿"有三个栏目，我填的都是"服从分配"——心里早做好了到最艰苦的地方去的准备。熟料却意外地被分到了彼时权倾一时的省工业厅。那单位在长街"新发广场"旁，对过儿是省政府，斜对面是省委。在厅办公室落座的一刹那，曾窃自琢磨：这"新发"或许是个带有吉利意味的提示呢……于是，便十分虔诚地探究本来十分陌生的各种工业知识；诚惶诚恐地跟随厅长下基层搞调查研究；没日没夜地撰写各式的"总结""报告"……1960 年结婚，挤占了广场北侧呼伦路原属于厅办公室主任的一间 10 平方米小屋算是安了家。居室逼仄，工作紧张，却也不乏欢乐。大儿子出生后，我和爱人常是肩扛、手携，每每于国庆之夜从新发广场走到人民广场看节日礼花……

今日的人民广场，1932 年始建时名叫"大同广场"。地处城市中心，占地 7 万多平方米。可见日本侵略者的勃勃野心。1945 年，日本侵略者的美梦破灭，战败投降，广场改名为斯大林广场。在广场中心增建了近 30 米高的"苏军烈士纪念塔"。它是为苏联出兵东北与日军作战牺牲的飞行员而建的。1962 年本人奉调至广场西侧的省广播电台做编辑、记者，不久，家又迁至广场东南的民康路 3 号，每日便来来往往穿越广场上班下班。那时的广场是开放的，外地来长的人，都要到广场来看看"大飞机"，在纪念塔下留个影。广场更成了人们茶余饭后休闲的好去处。60 年代前期，困难时期过后，随着经济形势好转，人车逐渐增多，但城市生活井然有序。在我的记忆中，长街和广场也曾历经过爆满时刻：“文革”前，朝鲜次帅崔庸健在周总理陪同下来长访问——人民广场四周聚集了数十万人挥舞鲜花夹道欢迎，作为广播记者，我背着录音机围绕广场挥汗如雨地奔跑去抢录那热烈动人的情景；“文革”一起，城市生活便乱了套：长街、广场到处是大辩论、大游行的人群，常被几近疯狂的人们围阻得水泄不通……

就是在那场“文化大革命”的运动中，广大知识分子遭了劫难。“斗·批·改”过后，我同电台多数编辑、记者命运相同：被扫地出门发配农村去当“五七战士”，到不通电的偏远山村，过了两年多半“原始”的生活。

1976 年，天宇重开，艳阳朗照。粉碎了万恶的“四人帮”，文艺得解放，毕业后一直梦想从事所学专业得以施展所长的机缘，终于等来了。1979 年我被调入刚刚恢复的文联，参与创办长春第一家文学刊物。在人民广场北侧市总工会四楼的两间小屋里，我们十个人夙兴夜寐、惨淡经营，终于为全市人民奉献了一道自认为清纯向上的“精神食粮”。在执编刊物主持笔政的十余年里，俯伏案头，从沙里淘金，磨拙璞为玉，更曾为成百上千的文学青年改稿、授课……用今天的眼光看来，我等从事的事业是颇为尴尬的。许多“努力”，如今已可能被视为“无用功”。但越近老年，自己总觉得于组织于社会于人生，都无愧无悔……

退休后，我迁居于城市南端的一个广场——卫星广场旁侧的一个小区。一位自称懂星象、识风水的老友贺我乔迁，曾一惊一乍地嚷嚷：“老兄，你这地方上风，上水，龙脉，龙头……

福地啊！"

　　其实，我倒觉得我们整座城市就是福地：天灾人祸相对较少，近些年更是一步一个台阶地跨步前进着。如今，每当凌晨，我常站在卫星广场北望，遥想着自己一步步走过来的路，不正是见证了整个城市的发展史吗！——如同地势一样，那是"步步高"的。如今，我们的城市早已不是旧日容颜，变得宏伟靓丽，也变得文明和谐了。如果把面前这条长街比作一支响箭、一条昂首的龙，它左有经开区，右有高新区，正助推着它，助推着整个城市奋力向前，一飞冲天……

　　　　　　　　　　　　2006 年（入选《作家看长春》）

先祖的传说

　　穷苦人家难得有见诸文字的"家谱"，但，关于先人的故事，却可以代代流传……

　　小时候，每逢年节，家里人指派哥哥和我往"高门楼"，也就是有权势的人家去送礼，我俩不愿意去；若跟邻家孩子干了仗，让我们去赔不是，更是宁可挨揍也不去。气得我妈常说："你们都是犟种——随根儿！"

　　随什么根儿？长大后，我们才从本家长辈那里听到有关"张门哈拉傲上"（哈拉为门户之意）的传说，知道了关于先祖和家族命运的故事……

　　先祖阿可敦，早年曾随"老罕王"努尔哈赤转战辽东辽西，是个屡立战功的骁将。随福临入关，为辅卫京畿，曾率兵在三河县驻守。满族人家都在正房西墙上修有神龛，供奉守护神。也许先祖供奉的那尊金佛造型别致，栩栩如生。恰被出巡的皇上骑马走过时看见了，就随口夸赞了几句。想不到，有位善于奉迎的近侍听后对先祖说皇上喜欢你家的金佛，进贡吧。想不到不善机变、自恃有过战功的这位先人，竟傲慢出言，说了"他喜欢？我还舍不得呢！"之类的话。那位近侍添油加醋地将此奏报给了皇上，自然是惹得"龙心不悦"，传下口谕："令其携带眷属，发回关东，永不叙用……"

一个被贬之人在地方官眼里的地位可想而知；一个惯于骑射征战者，自然不会躬耕陇亩。他撒手人寰时没有给后代留下物质财富，他的遭际，却被后人一代代传承下来。

有句俗话："龙生龙凤生凤，老鼠生儿会打洞"。这话在"文革"中是早被宣判为"反动血统论"的，然而，科学家却执着认定：人的性格形成，遗传基因占着相当比重。

先祖那桀骜不驯的性情不仅自毁了前程也连累了后代。我小时候，就听屯邻们说过：你们老张家人脾气"躁性"，点火就着……的确，先祖的后代中，真的确有继续演绎其故事的人。

我有位叔祖父，因为家穷拴不起马车，秋收时正往家挑谷子，恰逢他租种土地那家的少东家骑马走过。那马见是新谷子就吃了几口，叔祖却横扒拉竖挡坚决不让，惹得少东家骂他是"穷种"，说马吃了你几颗谷子是瞧得起你……

他忍受不了污辱，抽出扁担，竟桶了马屁股一下，那马一尥蹶子竟将主人颠了下来……惹了祸，东家问他是认打认罚——认罚就多交十斗谷子顶药费；认打就让少东家抽一顿鞭子。他咬紧牙关任人家鞭打，也不肯说一句讨饶的话。家族中有位与我同辈却长我20岁的大哥，自幼便有鲁智深一样的性情。一次，他在公路旁看见一个大汉对一个妇女拳打脚踢，女人大喊救命，我那位长兄听了情绪激愤，血往上涌，没问青红皂白，三拳两脚就将那男的打趴下了。想不到那女人却反倒拽住他不依不饶，非让他给那男的治伤不可：原来，那人是她丈夫……

冥顽不灵的我，血液里是否也有先人的"余惠"？

——本来受过高等教育，本来"为人作嫁"多年，操笔为文时，仍然不懂"避嫌""为尊者讳"这门学问：一篇《文品与人品》引得一位当红的文友不悦地"对号入座"，十几则《酸葡萄》意在讥刺社会流弊，善意的友人却规劝我，本已退休无位，"入世"的情结，不该太浓……

（获省颁金杯优秀征文奖）

满族的敬老之风

清朝入主中原的前期和中期，有过强盛的武功和修明的文治。可以说对整个中华民族有过重要贡献。因此周恩来总理在 50 年代曾指出：满族是一个有本领的民族，是值得佩服的。

满族尊老敬老的风习源远流长。这种风习对整个中华民族优秀传统美德之形成，应该说是有积极影响的。

尊敬老者之风，在满族中自下而上自上而下皆有突出表现，既有民族特点又有文化内涵。

康熙皇帝是个感情丰富的人。他一生十分关怀敬重老年人。在巡视江南时，他在《示江南大小诸吏》的诗中，告诫各级官员要启示人民知书达理崇尚孝道和仁爱，只有这样远远近近的老百姓才能雍雍乐乐都享高寿。1715 年他还写过一首《野老》诗，赞颂劳动人民孝顺父母敬爱兄长是发自于淳厚的性情。公元 1722 年新年，康熙在紫禁城乾清宫举行了招待六十五岁以上老人的宴会。被邀者有各族老者一千多人。他在席间还朗诵了《千叟宴》一诗。他的孙子乾隆也效仿其祖父，举行过两次大型的《千叟宴》，最多的一次竟有五千人参加，真可谓盛况空前。

满族人家的敬老风习，有祖辈的言传身教，也接受了汉族文化的影响：如君臣父子、三纲五常、孝悌忠信等封建礼法。这些皆被吸收为族规族法，致使家规很严，一代又一代传承不悖。

昔年的满族人家无论贫富，对老人（祖辈、父辈）要"三天一请安，五天一打千"。走在路上遇到长辈必先施礼。如果乘车或骑马，必先下来站在路旁请安，然后再走。父子同行，父前子后。若去亲戚朋友处赴宴，父子不能同坐一桌吃饭。倘若有的人问及父亲的名字，先要说一声"子不言父"，然后才可说出父名。当媳妇的每天起早，得先给公婆装烟、倒洗脸水。然后才干其他家务。吃饭时，条件好些的人家要单独给老人预备饭桌。媳妇要双手捧上饭碗递给老人……家里来了客人，要请上座，晚辈要依序进来请安。老人发话命晚辈坐下方可坐于末席。遇到问话必先起立回答。客人离去时必须送到大门以外……

当然，随着社会前进，诸多习俗、礼法，逐渐有了"松动"和改进。许多开明的老人渐渐都体恤晚辈，告诉不要再囿于严格的或不近情理的礼法。可也有的老者"墨守成规"。我小时候，就见过这样的本家：本是租种土地的佃农，可干完农活回到家里端起烟袋，仍然得让儿媳妇上前"装烟点火"，真有"穷摆谱"之嫌了。

　　我家的敬老风气，真可以说是"发于至性"，而受到屯邻的由衷赞佩：我爷爷排行老四。他有个二哥，一辈子为人佣工扛活没有成家，老来一直就住我家；我父母孝敬这位老人远远胜于对待我的祖父，家里生活本来拮据，可总是想方设法每天都为之调制细软可口的饭菜，在精心照料下，我这位二爷活到86岁，于1947年寿终天年。

满族的年俗

满族是一个讲究礼仪、尊重风习的民族。早年，在东北流传有"满族人规矩大"的说法，此言不虚。60多年前，当我少年时，是亲历过族中诸多"规矩""礼法"的。印象最为深刻的便是过年时的敬神、祭祖、相互拜年。

我的家族为建州女真后裔。清代时隶属满洲正蓝旗。屯中另有一支杨姓旗人，我们这两支同族不同宗的满族人家，占了屯子人口的大多数，因之逢年过节，本民族特有的礼俗风习，便能较为强烈地表现出来。

满族人家，不论贫富，房内的西山墙上，都高高地供奉"老家堂"。屋外房门旁西窗旁各设两个神龛，供奉天神和家族守护神。每到过年，杀年猪，首要的是祭神祭祖。将捆缚好的猪放置桌案上，先用白酒一盅灌入猪耳内，猪摇头了，表示祖宗神灵已经"领牲"，方可宰杀。猪杀死解开煮熟，要将去皮的大块熟肉连同小米、馒头、香烛一起摆放在祖宗神龛前祭祀。待家中的长者率领众人叩拜完毕后，这祭祀用的"福肉"，要请本家族的长辈人和亲戚们一起享用。

满族人家祭祀用的香火，多不用从市上买回的那种成封成扎的线香，而必须用亲手采制的"达子香"，才算虔诚。达子香学名为山杜鹃，那枝条蕴含着香气，是生长于山野最为知春先醒的小灌木。每年进了腊月门儿，农事完毕，几家年轻力壮的本家便要套爬犁进山去雪野里采香条。傍近年根儿，将阴干了的香条打扫干净，上碾子一遍遍碾碎再一遍遍细筛，便成了合乎要求的青绿色的溢着芳馥气味的香粉。久盼的除夕到了，年三十中午，一阵鞭炮响过之后。家中的男性长者便要带领儿孙们"请老家堂"了。只见爷爷将祖宗板庄重地双手擎下，先是清扫灰尘，用白纸裱糊一新，贴上"黄挂钱"，接着便是揩拭那不知供了多少代的祖宗遗物。（记得我家供奉的有数只锈迹斑斑的箭镞和一只长柄有环饰的长刀）。随着爷爷的一声"放香！"垂手站立的家人们这时便忙着摆供品、燃蜡烛、点着了香盘。立时，屋中便会弥散开清香芳馥的"年味儿"。接着，一家人便按辈分分别给祖宗叩头。家中老人还要在这时向晚辈们进行"慎终追远"的训诲。

除夕夜，满族人家在午夜接神之前，还有一遍磕辞岁头的礼仪：吃完年夜饭后，午夜到来之前，各家的晚辈便要点上灯笼，三三两两聚在一起到族中有长辈的人家去磕头辞岁；接受了辞岁礼的长辈，则要赏赐给他们花生、红枣、糖果……

满族人家重视拜年活动。人们认为一年四季忙于农事或渔猎，难得聚首倾谈。拜年，正可以联络感情，交流经验，增进情谊。如果曾发生过屯邻间"舌头碰了牙"的摩擦，还可以通过拜年消除误会，化解矛盾。

我爷爷在村中年龄最大，在本族中辈分最高。所以，初一一大早，同族的老少爷们儿就抢先一拨一伙地来给爷爷"打千儿"、磕头拜年了。妇女们更是依辈排行结伴而来。她们梳着一样的头式，由姑嫂中的大嫂率领，浩浩荡荡挤进屋子，一声"老爷子给您磕头啦，接着啊——"便齐齐地"抿鬓角"，跪了一地……孩子们也要效仿大人约上同辈兄弟到各家拜年。

小小年纪，融化在那热闹的拜年队伍里，我曾感受到人世间的美好，长大后，也曾长久地迷恋那有着浓浓情味的氛围……

满族饮食浅识

如果你现在到辽东凤城、宽甸等满族自治市县走走，你会看到许多挂着"满族风味"招牌的饭店。你不妨进去品尝一下满族特有的传统饭菜。

满族具有独特风味的饮食习俗源远流长。因其先人们从事游牧和渔猎，饲养牛马猪羊有着久远的历史，饮食多以畜肉、牛羊乳为主。辽金以前，很少种植谷黍。辽金以后，随着生产力的发展和接受中原文化的影响，种植业才逐渐发达，使满族食品日渐丰富起来。

由于这个民族的先祖多从事山林狩猎，大野捕鱼或征战骑射，因而特别喜食便于携带又耐饿的粮食。其主要原料是糜子、烙黏高粱、黏苞米等。用这些粮食制作的"豆面卷子""苏叶饼""黏火勺""黏豆包"等一律都称为"饽饽"。其做法为将黄米或其他黏米浸泡后磨成水面，以此做皮儿，小豆泥做馅子，外面再包以柞树叶或苏子叶，上锅蒸熟。这是满族人家特别爱吃的"菠萝叶饼"和"黏耗子"。其滋味鲜美独特，吃一口，嘴里便会浸满山野的清香。每年腊月，满族人家都要蒸黏豆包、烙黏火勺，将其放在室外仓房或大缸里冻着，是随吃随热的一种主食。满族人家另有一种清香滑爽的夏季食品"酸汤子"，其做法是将碎玉米粒泡上几日，待发酵后磨成水面，经沉淀后揉成面团。吃时要先烧开水，手指上要戴一个圆筒"汤套儿"，将面团通过汤套挤成细条下入锅中，开锅即可食用，而更多时候则是放凉了再拌以可口佐料食用，风味十分独特。

清朝建立之前因为满族长期生活在东北山林河畔，从事渔猎耕作，菜肴烹调颇为简单。入主中原后，许多上层人士奢华之风日盛，在饮食上也考究起来。经吸收其他民族烹饪文化之优长，创制出了诸多精细的名馔，一至"满汉全席"名噪中外。不过，寻常的满族百姓人家，一道常吃常想、百吃不厌的美食，要算是猪肉、酸菜、血肠了。至今仍有许多满族家庭还保留着那种中间掏一个窟窿的炕桌——就是专为吃酸菜汆猪肉、血肠火锅用的。

说起涮火锅，该算是满族一大贡献。清朝入主中原后，将这一适合北方冬季的饮食习俗带入了京城，并逐渐推及各地。

乾隆皇帝爱吃火锅，在宫中几乎每天都吃，巡视江南时，所到之处也备有火锅。在宫中设"千叟宴"时，每桌都设火锅，涮的是羊、猪、鹿肉片。据《清稗类钞》一书载："京师冬日，酒家沽饮，案辄有一小釜，沃汤其中，炽火于下，盘置鸡鱼羊豕之肉片，稗客自投之，俟熟而食……"人们均以涮羊肉为快。

解放后，火锅在全国普及得更快。有记载称："涮羊肉多次送上国宴，来访的国家元首和知名人士，大多数吃过东来顺的美馔。邓小平同志两次亲自来到东来顺，宴请过莫桑比克总统萨莫拉和美国国务卿基辛格。"

抬头看手迹　低头怀大师

猝然而来的噩耗，在情感上总是疑其为非而难以承认。直到在报纸上确切地看到赫然的讣告、在荧屏上听到哀乐低回，见到肃穆的告别场面，才无可奈何地接受那悲哀的事实。

臧克家老先生活到 99 岁，已达"期颐之年"。他是用诗歌点亮了自己和一个时代的大诗人，神态安详地撒手人寰，似乎已无遗憾；可是，有他给我的亲笔信为证——他曾明确坚定地告诉我："我希望自己活到 100 岁或 120 岁！"因而，我还是哀呼：惜乎哉，魂兮归来……

在我书案右侧的墙上，高悬着臧克家先生十年前给我写的一帧条幅。此刻我仰望着他的手迹。默默地追怀对大师的景慕之情。

半个世纪之前，还是在大学中文系读书的时候，因为自己曾梦想成为诗人而特别喜爱臧克家的诗，读过当时凡能找到的他的一切诗作。记得在年级的诗歌朗诵会上，还像模像样地朗诵过他当年为纪念鲁迅而作的《有的人死了，他还活着》竟而获得过二等奖。

在极"左"思潮禁锢的年代特别是在"文化大革命"那十年，社会生活里绝少诗情画意，一些人的作家梦、诗人情结几被完全窒息。好在1976年党中央挥剑斩妖，扫灭了"四人帮"的魔炎魅火。天宇重开，艳阳普照，文艺得到真正解放。1979年本人受命参与创办长春第一家文学刊物。我们当即向我国著名的文坛宿将们发出邀请。吁请他们悉心扶植这块新的文艺园地。克家大师是最先满足我们期盼的先辈。他极其郑重地为我们寄来了新诗作《四化宏标远，间关不计程》，我们"舍不得"将那诗变成铅字，而是影印其手迹，刊发在了创刊号上……转年，我与同仁孙英民去首都遍访名家约稿。7月里的一天，在朝内大街一侧找到了赵堂子胡同15号。在那老旧、幽静的四合院里拜会了我景慕已久的克家老人。我们谈诗，谈彼时的文艺动态，谈办刊方向。他以睿智哲思谆谆告诫我们，他年轻时也当过文艺编辑，干这一行就该以发现佳作、扶植文学新人为自己的快乐。"伏案终年何辞苦，佳作常令眼发明"。该坚持从沙里觅金，磨拙璞为玉；自甘奉献不求闻达。他一再叮嘱，办刊物要敢于坚持真理，"魔道分明浓划线，是非不许半毫移"，既要反对"左"的东西，又不为那打着"解放思想"的旗号贩卖邪邪怪怪的洋垃圾者开绿灯……他的谈话为我们后来把正刊物方向起到了警醒作用。

人生总有难以计数的追悔和遗憾——就在那次会面中，我见到臧老会客室的墙壁上挂满了郭沫若、茅盾、老舍等艺术大师文坛宿将们的字幅。我平生喜爱书法，进屋时看见老人正挥毫写着什么，当时曾窃自心动：可不可以向这位敬仰几十年的前辈要一帧墨迹作纪念呢——可毕竟因为是初次拜见，话到嘴边竟未敢造次。以致后来追悔不迭……在我患了骇人之症大手术后的第三年春天，著名散文家丁宁给我寄来了她新出版的《银河集》。其中有一篇《静静的小院》则是写臧克家老人的。那蕴含真情又毫无修饰的描绘，仿佛又把我带回了那个值得眷念的小院，会见了那位值得敬重的老人……读完那篇文章，我禁不住给丁宁写了一封信，谈了我的读后感，顺便也提到了那个未得实现久藏于心的愿望。真没想到丁宁大姐极为热心——她读过我的信，当即打电话给克家老人，谈了我病况和心愿。当时老人虽正患着微恙，还是欣然命笔，满足了我的渴望……

　　删繁就简三秋树
　　领异标新二月花

　　——这帧写于癸酉年三月的弥足珍贵的墨宝，十年来一直高悬于我的案头，连同他鼓励我勇于战胜病魔的亲笔信，时时励我自省，给我力量。

　　如今，这位"誓与人民结同心"、把毕生的心血和智慧贡献给国家民族的诗人、一生旗帜鲜明歌颂真善美、抨击假恶丑的文坛巨擘走了，令亿万敬爱他的人惋叹。在我心中，他永是高矗云天的高洁青松，他仍然活着……

　　　　　　　　　　　　　（入选臧克家纪念文集《他还活着》）

吾师锡金

在我的影集里，珍藏着锡金老师摄于 1978 年的一张黑白照片。每每展看时，我都会久久地凝视恩师那蔼然澹然的笑容……

上过大学的人都会有这样的体验：在大学，师生之间的关系，似不再像中小学时代那样亲密了。常常是教授们讲完课便高视阔步旁若无人一走了之。遇有学业上的疑难，也常由助教或辅导员来解答、沟通。学生与老师单独接触的机会相对来说就少多了。然而，任何事都有例外——作为幸运者，40 年前，我是亲聆著名作家、学者、教授锡金先生教诲的学生，而时至今日仍与之有密切往来，不断受其学识的训导，人格力量的熏陶。

锡金先生早在 30 年代就已经是很有名气的诗人。1937 年，作为共产党的代表，他曾与楼适夷（代表民主人士）、姚蓬子（代表国民党）共同主编过《抗战文艺》。曾写下《鬼子凶》《望江南》《论文艺兵"战术"》《台儿庄》等揭露敌人凶暴、激励人民奋起的诗歌、言论和话剧。1941年年底，在沦陷后的上海，敌特汉奸知晓了锡金的真实身份前来抓捕，亏得从鲁迅夫人许广平女士处获知了危险警号，连夜出逃宜兴，才免遭逮捕。当时只靠单线与党联系的关系虽遭破坏，一时难再接续，但他仍以党员身份严格要求自己，不久便投奔新四军，随一个支队转战于苏南苏北。抗战胜利后，锡金听从组织安排，不畏艰险，从胶东到达大连，又绕路朝鲜平壤来到东北解放区受命从事高教工作。与吴伯箫、张松如（公木）等著名学者、作家一道执教于东北大学——东北师大中文系。锡金先生学识渊博而又诲人不倦。他讲起课来，不唯旁征博引，妙语连珠，意味深长，启人心智，并且能够坚持以正确的文艺观引导学生，深受学子们的爱戴欢迎。1956年我因课余创作小有成绩，被吸收为"长春业余作者之家"的成员。在参加活动中，与兼任长春作家协会主席的锡金先生有了较多接触，在创作中幸运地得到过他的剀切指点。

那年期考，锡金老师主讲的《文学研究导论》是口试。至今我还清楚记得我抽到的题签是论述知识分子与工农相结合的必要。在答题过程中，我分明看到了锡金老师赞许的表情，以为拿"5"分是十拿九稳了，想不到当我回答完后，他接着提问，要我说出毛主席对这个问题的准确论断。我因未记准原话只回答了个大意，他当即指出："主席对这个问题的论述是前无古人的，应当记牢原话原意……"他不因与我稔熟而"网开一面"，只给了我个"4"分……

想不到，在转年的"反右"中，锡金先生竟被扣上了所谓的"反对毛泽东思想"而被"划"了过去。看他走过的路，写过的作品，做过的事，说过的话，这莫须有的罪名真是让人大惑不解。运动过后，他先是被剥夺了讲课权利，只让他待在家里给学生批改"习作"的文本，后来还被放逐到偏远农村多年。待20年无妄之灾过后，人们才听说他当年所以被"划过去"，还有个难以言说的"理由"：昔年，省里有位掌握宣传舆论大权的人物，在"山雨欲来"的一次批判会上讲过，那个蒋锡金，每逢开会请他，他是逢会必发言，发言必作"总结"……啊，锡金老，你拥护、热爱社会进步力量，信用笃诚、纯挚热忱，诲人不倦，知无不言；却不会看风转帆、察色观颜……看来你所以会蒙冤与你无意中"僭越"、翳遮了掌权人物的"辉光"不无关系……

令人钦敬的是锡金老对那段历史失误带给他个人的灾难并不久愤于心，陷入无穷的埋怨；而是着眼于未来，心地坦然地告诫人们总结历史的教训。他曾说："我从来不认为一切的运动都不好，但认为那种'大轰大嗡'只是给一些莫名其妙的人乱钻空子，那是十分有害，一点好效果也产生不了的。"粉碎"四人帮"进入新时期以来，锡金先生以饱满的热情忘我地投入了工作。他先后两次被邀赴京参加《鲁迅日记》艰巨的注释工作。还挤时间为《新文学史料》等刊物撰写了怀念鲁迅、追忆文坛宿友介绍文坛风云的文章。更为我省我市文艺事业的发展振兴出谋划策，尽心尽力。

1978年12月下旬里的一天，我邀请并陪同他赴德惠给市里办的小说创作学习班讲课。上火车前，我俩忘情地谈着对已逝时光的惋惜，老师更兴奋地谈起今后的打算，以至错登了火车而浑然不知——直到开车前三分钟有人来找我们"对号入座"，这才发现本该北行，却错登了进京列车！……1986年我的一本儿童题材小书出版，烦锡金老写个序。满以为他翻翻原作就可以写的，可他却极认真地要去并看了我所有发表过的儿童文学作品，意切情真洋洋洒洒写了个6000字的序言，高屋建瓴地评价作品得失，同时从总结我的创作历程论及新时期重视儿童文学创作的特殊现实意义——序言先在报纸上发出，他那严谨的治学态度，奖掖学子的笃诚以及对未来一代的热忱关注，赢得了广泛赞誉。有一件"小事"尤其令我惭愧令我终生难忘：当我去他家取回书稿时，他另外递给了我三页写满小字的稿纸，仔细一看，他写下的竟然是我书稿中的错别字、不准确的用词用语和标点符号！……颤颤地擎着这几页薄纸，感到一股滚烫的热流直扑我脸。稿纸虽然这样薄，我却觉着它沉重异常，贵重无价……从那以后，我便常将这几页薄纸置于案头，每有懈怠，便如看到那风骨傲然、清瘦矍铄的恩师站在面前，似对我说：该严谨治学、做人，忠于职守，对得起从事的职业……

1991年我患骇人之症动了大手术。锡金老师不顾年迈体弱在夫人女儿陪同下挂杖前来探视，令我感激涕零。他当时乐观地开导我："……你生命无虞了，还得写东西呀——看你给孩子们写的东西，使我这古稀之人还能回想起遥远的儿童时代呢……"恩师的安慰，成了我战胜病魔乐观活着的一股重要精神力量。

锡金老师如今已满80高龄。从他1934年发表处女诗作《旱》《挑水的》至今，文学生涯也已满60年。春节期间我和妻子去他家拜望，曾向锡金老和他夫人赵彝老师提起建议有关部门为之开会庆贺之事，二老却摇头摆手，以示婉拒。赵老师说，他这一生经历不少荣辱坎坷，对于声名早已看得很淡很淡……可是我想，那些星散在全国各地的受过他教诲的万千弟子，那些受其熏陶，由他扶之起步的文艺界的后来者们是永远不该淡忘他的……

1996 年

悠悠故人情

　　"天河"号客轮晚七点半从烟台起锚、下半夜两点多就到了大连。黑灯瞎火，好不容易敲开码头附近一家招待所,看门人说:有没有床位,得早上管房间的来了再说。于是我和老伴儿只好蜷缩在角落里,一直挨到天亮。

　　看到服务台有部电话,我想起了这次南下求医前接到老友傅玉德的信,那信上说:"……你们从山东返回必经我住的城市……不到家住两天便是小瞧我! 从今以后便不再与你联系……"看腕上手表已 6 点多了,便摸出本子查着号码拨了个电话。接电话的听我自报了家门,大声说:"哎呀,你是长春的张叔! 我爸念叨几天了,我们这就去接您……"

　　放下电话,老伴就埋怨我:"你呀,应该等安顿好了住处,再会朋友……"我一想,也觉得自己的举动唐突了:这傅玉德,虽说是我昔年旧友,可毕竟中断过多年联系,而非过从甚密的知交;对他的家居现状又所知甚少,倘见了面让到他家去住,方便吗? 会不会给他全家带来麻烦? ……还未及再往下想,老傅父子俩已乘出租车到了，不容分说，提上我们的行囊，拽上我们就走。

待到了他那虽不宽绰但雅致整洁的家。老傅让我坐进沙发，攥住我手，无语凝噎半天，才说："……别怪我莽撞！我想你！这些年，一直想找机会跟你亲近几天……"

……啊，坐在我面前的老朋友已鬓染秋霜，再不是我久稔于心的容颜，可从这真挚流溢的眼神里，我还是寻回了42年前那个终日喜眉笑眼一派天真的小伙伴的影像——

……1951年初春时节，我和傅玉德先后走进了坐落在沈阳马路湾新华书店东北总分店的大门。我干宣传推广，他搞期刊发行。办公室紧挨着，又同住一间宿舍。下了班一块儿进食堂，饭后常是勾肩搭背围绕着新华大楼遛弯儿，真是形影不离。虽说傅玉德只有高小文化，却爱书成癖。当时，我兼管着机关的图书样本室。夜晚，当别人出去跳舞、逛街时，我俩常猫在样本室里，捧读到深夜。

不巧的是，1953年底整个期刊发行交由邮局管理，傅玉德搬出了大楼，我们再不能朝夕相处，把臂倾谈。更感意外的是，他到那边因不同意将原干部编制改为工人而调回了家乡。1954年我调干考入大学，他曾写信祝贺。后来因他结婚成家，工作任务繁重，我又忙于功课，联系便越来越少。1957年初冬的一天，我突然接到他一封短笺，信上全无问候，只问我可有钱，快给他寄20元去。我深知他一向生活简谨，从不开口告人，能有此举，准是有了急难，便向同学挪借，凑足了钱。可刚要寄出，又接他一信，说：钱不要寄了，他已被调工作，待到了新地方再联系……我怕贸然寄了钱他真收不到，便连着发了两信，得不到回音，一个月后，又试着往他故乡马栏村写信查询，也是"泥牛入海"。从那以后，我俩便中断了 20 年联系……

此刻，带着隐隐的歉疚，我沉浸在对往昔的追怀里。这时，老傅的爱人从卧室取出一个老式的小匣子，正给我老伴翻看昔日我和玉德的小照。而玉德则从那匣中抽出一沓旧札举着问我：

"还记得'五七'年你给我写的信吗？"

"'五七'年？一共三封……"

"对，都在这儿哪！我一直保存着。"

原来，那年，傅玉德因直率地向他那惯于虚报成绩邀功请赏的顶头上司提过几次意见，"反右"过后，他便被"划过去了"。不仅被减发了工资、逐出单位，还被放逐到一个山区农场去接受改造。当时，正值他们大孩子出生，真是"破屋又遭连夜雨"，生活陷入了困境，在万般无奈中，他才给我写了那封信。想不到他刚强的妻子知道了，埋怨他："人家是正念书的学生……你这不是难为他吗！"于是，玉德又急惶惶发信不让我寄钱。后来三封信辗转到了他们手中，为免我悬念，更怕因了他们的连累影响我的"前程"，便隐忍着，沉默着。直到 1979 年，他得到"平反"，在报刊上见到我的名字，才又给我写信……

对于那令人伤怀，令人愤愤又无奈的往事，对于他们 20 年所受的令人难以置信的艰辛和磨难，他们虽讲得平平淡淡，我听着，却心如波涛，难以平抑：啊，我的好友！

应了"苦尽甘来"这句话，如今我的老友一家富足和谐，其乐融融。整整三天，我和妻受到了情逾手足的礼遇。老傅的儿子跑遍了全市为我俩罗致海鲜海味；他们老两口陪我们逛老虎滩，游燕窝岭；长夜不眠，只想一倾20年之积愫……

第四天，在依依惜别中踏上归途。客车在宽阔的沈大公路飞驰。车窗两旁闪过的新奇景象，难以吸引我的注意，跟前只交替出现老友年轻时和今日的影像。妻一直默默注视着一个地方，一脸神思凝重的样子。只听她喃喃地像是对我又像自言自语，说：当今，什么都论钱了……可这几天，我倒是真真感受到了——人世间，最是友情无价……

历经战火洗礼的人

不雨山常润，无云水自阴。

平生能结识品格高洁、学识渊博、志存高远的朋友，便如临山近水，每每受其情感的浸润，常自神清气爽：受其品格风采的熏陶，冥冥中便似益增了热爱生活热爱生命的力量。

1983年10月，应国家地质矿产部之邀，中国作协组织七位作家赴湖南地质部门考察。在那不算短的一段时光里，我们驱车遍访了芙蓉国三湘四水诸多的优秀地质队，受英雄们那种奋发拼争精神的感染，我们几个也各尽所能拿起笔来，由衷地歌赞了他们。

就是在那次活动中，我有幸结识了军旅作家江波。那一个多月的同吃同住同行，彼此了解日深，心贴得很近。此后16年来，这友情非但未因相处两地而疏远，反似陈年老酒，越酿越浓。

江波长我8岁，那次活动他是领队之一。彼时，我常犯胃病，每每瞥见我有敛眉不适状，江波常悄悄递过来饼干或巧克力……那举动常使我联想起少年时家中住过的八路军那对战士呵护备至的老班长。

后来我才得知，江波果真是个"老八路"！是参加过抗日战争又参加了解放战争全过程的人。那次活动后，他曾寄给我一帧旧照作纪念——那是一张多么弥足珍贵的照片呀——那上面的他，20来岁的样子，赤臂坐在一间狭小的茅屋里，手握一杆用高粱秆做的蘸水钢笔，正奋笔疾书战地消息……

江波是山东海阳人。1941年他不满16岁就进了抗日队伍。在1942年的日寇大扫荡中，他的叔叔、弟弟还有一位敬爱的老师，均惨死在了日寇的刺刀下。仇恨入心，激发才智，江波虽然连高中都未毕业，可他苦学苦练，以笔做枪，才思精进，不断受到领导和战友们的赞许。他先是在胶东、华东野战军的纵队里搞新闻报道，后来又到某大军区政治部、解放军总政宣传部和解放军报社工作。年轻时，他跟随部队在山东、苏北等地转战，打完鬼子又与国民党军队较量。是崇高的理想和坚定的信念激励着他，用笔写下了难以计算的战地通讯，不知鼓舞了多少指战员去奋勇杀敌。

还是在稚气未脱的少年时代江波就爱上了文学。17岁时他写的憎爱分明的《秀姐》，曾发表在胶东文协办的《胶东青年》上。可在那硝烟弥漫的大地上，在那血与火的年代，"一切服从革命需要"，是他坚守的原则，把文学写作仅仅看作"个人爱好"。当"需要"与爱好发生矛盾时，自然要把个人爱好撇在一边。然而，今天看来，这二者倘能得以兼顾那该多么好啊——1948年江波参加淮海战役，在老乡家的空屋里捡到一本小学生方格本，他顺手写下了带文学色彩的战地日记，今天看来那真是至为珍贵的形象的战地风情画……

在一次追歼逃敌的胜利中，江波和战友们听到了新中国诞生的隆隆礼炮声。此后不久，他便进入大城市，走上领导岗位，担负起了一项比一项重要的工作担子，半生辛勤，未能稍息。直至花甲离退，这才重又亲近文学，挥笔写下了一篇又一篇情真意挚的散文。不数年，就结集出版了《涛声集》《回声集》，还与夫人丁宁合出了《半岛集》。他的散文涉及的生活面很广：他写童年，写母亲，写故乡，写房东，写地质队员……但以讴歌军旅生活、缅怀战友的为最多。

如《寄意寒星》《历史的回声》《在战友的墓碑前》《皓首归来》等篇，都发人深思，给人以启迪。一次我赴京应邀到他家做客，询及他的意图，他坦然告诉我：愈近老年，愈怀战友，昔年那在鲁中丛山中，在淮海平原上，在江南水网地带共同战斗过的战友，常常不期然地走入梦中；而他们当中的许多人都没能看到五星红旗，他们是新中国无声的铺路者，而如今，他们却常被淡忘……"作为一个革命战争的幸存者，我不能忘记过去。"看他那神思凝重的面孔，我忽然想起了他写过的那篇颇有影响的《根》："……当花儿别在少女的衣襟，果实摆在美丽的盘中，有谁想到过根吗？当树干被制成华美的家具，陈列在客厅、卧室，有谁想到过根吗？它或许正自悄悄朽烂，或已被挖出，劈成碎片，在老乡家的灶下，贡献出最后的一分热。"……

进入90年代，京中新创刊一家杂志，它不扭扭捏捏，坦然宣称以宣传马克思主义为己任。这个不甚合时宜的刊物诚恳地聘任江波为特约编委，条件是"没有一分钱报酬"，江波却慨然应允了。离休后，他无公车可坐，每次去取送稿件，都要从城西北去到城东南。先是骑车到地铁某站，把自行车寄存后乘地铁到前门，再徒步若干路程才能到达那个编辑部……

这几年，他每每写信来向我描述这情景，描述他甘之如饴的心情，我心中便有一种难以言说的怜惜之情：波兄！你已年逾古稀，又是疾病缠身，何苦"无罪找枷扛"呢……

可我又分明知晓，他的从心所欲，不正是在替那些早已化作清风化作寒星的"无声铺路者"们再尽些许余力吗……

（中华人民共和国成立50周年获奖作品）

颂苍生　吐真情

连着看了省台和中央电视台播放的电视连续剧《苍生》，由著名演员赵丽蓉扮演的田大妈，梁音扮演的田成业以及两个青年演员表演的留根和保根，个个性格鲜明，细腻传神，呼之欲出。整个电视剧真实地体现了原作意图，深刻地反映了新时期以来，经济变革给农村人际关系带来的新变化和农民观念上发生的新变化。无论小说还是电视剧，都为人们展示了具有强烈时代特色的五彩缤纷的画卷。透过这鲜明生动的画卷，我仿佛又看到作者那永不疲倦的身姿，那双深邃的眼睛……

"文革"前我和浩然就有书信来往，近年，更由于他十分支持我们的文学刊物而常有联系。三十几年来，浩然一直坚持"写农民，给农民写"。"文革"前，由于创作出了《艳阳天》《金光大道》等长篇而闻名国内外，被农民称为"我们自己的作家"。想不到"文革"过后，他人受审查，有的作品被批判，还被取消了第五届全国人大代表资格。（其原因，大约就是因为"文革"中，所谓的中国文坛只剩下了"八个样板戏，一个作家"吧？）那时，浩然思想转不过弯子，曾一度悲观、迷惘，然而不久他就正视了现实，认真总结了自己的生活道路和创作实践，认定就是在"文革"中那段非常的历史日子里，自己"有缺点和错误，但自信终归是个正派的好人；今天和以后，也是个对社会有用处的人"。站在提高了的认识水平上，光明磊落地"坚持真理、修正错误"。

从此，他给自己立下了个座右铭："甘于寂寞，安于贫困，深入农村，埋头苦写。"从那以后，他果然一年中就有几十个月在乡下。1980 年他从故乡给我来信说："……放心，我不会趴下……真正健康地站起来的标志，我以为就是要写出好的长篇……"

他努力实践自己的誓言。1982 年出版了《山水情》（被改编成电影《花开花落》）。1984 年春又给我寄来了他的中篇新作《弯弯的月亮河》。我折服他观察力的提高，艺术功力的更为纯熟，可他在附信中却说：这些都远未实现他的目标……原来，他沉到底层，变革中的农村生活，给了他强有力的召唤和启示，许多新事物、新问题，逼迫他去熟悉去思考；各色各样人物的喜怒哀乐引发他的艺术冲动，他深沉地酝酿着，决心要给改革时期的农民做一个历史记录，摄取些心灵和精神的面影……

果然，经过长达 3 年多的奋斗他终于在 1988 年春天出版了43 万字的《苍生》。文坛一反这些年冷漠他的态度，为这部作品的诞生召开了高层次的座谈会。许多受人尊重的评论家都对《苍生》做出了十分肯定的评价和赞许。1988 年 6 月 7 日，我赴京组稿，浩然接到我的电话后说："快来我这儿——给你的《苍生》

正好没寄出呢……"与我同行的省里一家刊物的编辑小金说："我小学时就读过浩然的作品，让我跟你一块儿去见见他吧。"到了浩然家，小金见他的居室非但没有豪华迹象，竟简陋得不如当今一般人家，感到十分惊异。我告诉他，浩然的经济情况是可想而知的，他家人口多，爱人又没工作。"文革"前虽然出过两部名噪中外的长篇，其中一部的稿酬，他全部交了党费；另一部的稿酬，拖到"文革"，自然为怕助长"修正主义"而"革"掉了……交谈中，我们得知这次《苍生》获得了 6000 多元的报酬，可除了上缴个人所得税外，作者又为诸友及长期关心他的读者们购买了 500 本书。余下的钱，老儿子结婚想买台彩电也不够了……其实像浩然这样的作家，这几年，只要"脑筋活点儿"，让经济上宽松宽松是不难办到的。但是他不，他执着地信守他的座右铭，认定作品是作家灵魂的影像。不希图弄巧得胜得势于一时，要永远做正派人，颂苍生，吐真情……

今年 5 月 30 日，浩然来信告诉我，他"为在深入农村生活，创作新作品的同时，也能对培养、扶植文学新人和繁荣社会主义文艺创作方面做些努力和奉献"，倡议在河北三河县创建文联组织，并担任第一任主席，邀我去参加文联成立大会……可惜因在病中，我未能前往祝贺。反复阅读他那激情洋溢的信，如见其对事业的拳拳之心。这怎不使我感到愧怍、赧然！

1990 年 8 月

贺卡又传春消息

昨宵瑞雪飘飞，今朝白絮盈庭。

这纯净的白色，遮没了灰褐，掩盖了污浊，放眼望去，真是"万象更新"，令人心神为之畅爽。

傍午，从广场散步归来，见楼道里的信箱中戳着一个长大信封。取出后从那娟秀的笔迹，我一下子就猜出——又是她——那只聪颖的"春燕"，最先向我报告春的消息，给我以新年的第一份祝福。

整整 10 年了，元旦前夕，不期而至，我总会收到她寄赠的精美贺卡，贺卡上那简短的确确为我一人而写的祝词，总会令我怦然心动，在危难中，它带给我激励与抚慰，寻常日子里，那祝福又给我平添生活的意兴……

10 年前，我兼着市办文学期刊的主编。行政、编务两副担子在肩，自感活得很累，每天案头常有处理不完的文件、信件、稿件，因而便有些无可名状的烦躁。——有些作者，或真的不谙"稿件勿寄私人"的规矩，或出于别种心计，偏要写上你的名字，把稿件寄你"亲收"，求你"审看"，要你回复。

一天，不经意间，我拆看这类来稿时，被一封很"特别"的附信吸引了。那信，记得是这样写的：……都说刊物主编十分傲慢，我想你不该这样——你们刊物不是标明是"文学青年的知音"吗？《文学报》上不是宣扬你"把心血倾注在业余作者身上"了吗！……当今市场，假货盛行，可文人，总不该"挂羊头卖狗肉"……我的稿子发与不发没关系，就是想听听你的意见，看看我是不是搞创作的料，看你搭理不搭理我这样的无名小辈。我自知稿子挺乱，可实在没工夫重抄啦——你如也念过大学，一定能谅解面临期末大考我心焦忙乱的处境……

看那落款处，写着寄自锦州师院中文系 ×× 班。从字迹可以认定这是个女孩的手笔。这封狡猾又调皮的信，使用"激将法"真的"逼"我认真读了她的作品。那小说，很有生活气息，字里行间透露着她的灵气、她对生活的思考，只是主题尚嫌浅淡，结构也颇凌乱。我当即写信提了修改意见，当然也戳穿她玩的小把戏：虽然敢于嘲弄"主编大人"，却不敢署真名实姓，还是暴露了一个女孩家的心性。

小说改好后，我们将它加上了评点，发在了"春雨新花"栏里，很得一些读者们的好评。她来信表示谢意，不过在"检讨"中也为自己辩解："我爸妈没多少文化给我起了这么个傻名儿——春燕，太俗啦……"

我和春燕，就这样开始了文字之交。世事真难预料：谁也没有想到由昔日这极平常的文字之交，积至今日，我俩竟成了忘年知己。

——春燕发表了那篇小说后，倘有心计，定会"抓住机遇"一发而不可收的。可她不，编辑们再向她约稿，她会如实回答说："又写了一篇，可连自个儿也不满意，没法寄给你们！""功课太忙，现在没有构思……"可她得便就给我长长短短地写信，敞开心扉向我诉说她学习、生活的苦乐。大约是 1987 年，她的男友考入东北师大读研究生，暑假里她来探望，才有机会与我面晤。

春燕是个身材修长、脸上常露笑靥的姑娘，年龄与我的大孩子相仿。她说起话来尾音高挑，明显带着辽西一带的方言味儿。从她身上虽然可以感受到当代大学生的气息，可确也流溢着来自乡间的女孩子那种特有的质朴、纯真。虽只有一两天的接触，她那毫不矫情毫不浮躁的率真气质，也深得我爱人的欢心。

新近几年，春燕因毕业分配不尽如人意，创作灵感不能勃发。建立新家后，又因很快添了个呢喃乳燕妨碍她事业有成，而常写信来向我诉"苦"，说自己生活得不够"幸福"。我则以一个"过来人"身份告诉她：对事业是"常宜放眼量"的，对幸福，理解上不能偏颇，该抛弃些学生时代某些不切实际的幻想，学做平常人，只要学会了在寻常生活、寻常小事中提取快乐，那便是一个幸福的人。不久，她欣喜地回信说："照你的话做，现在我每天耐心相夫教子，业余抓紧提高，真的找到快乐了！"

1991 年，获悉我患骇人之症，动了大手术，春燕如同许多至亲好友一样，不断安慰、鼓励我。她曾说："老师，命运仍旧握在你自己手中！真的强者，是不易被击倒的！"这话令我刻骨铭心，为我满怀信心，战胜病魔，平添了力量。今秋在通信中，她得知我练食道语有些进展，特地打了长途电话来，非要听听我的声音。今天收到的贺卡里，她写道："又听到您说话的声音了，我真高兴！……严冬即将过去，您会更为欣喜地面对生机盎然的春天！"

手捧春燕的新年贺卡，我真是感慨良多。回首 10 年间，我给予这个年轻人的甚少，而从她那里我却得到了胜似亲人的由衷关注与抚慰。我们这忘年交，可以印证这样一个生活定律：不以功利为前提为目的的相交，那友谊才会天长地久。

童心闪灼　挚友大森

　　三天前，大森在岗时的同志、我现在的邻居刘子义兄在电话里告诉我说：大森病重，近日已不省人事……我听了震惊，虽因腰疼难禁，正想爬着也要去看他，孰料今天凌晨，电话铃声大响，儿童文学评论家吴晋明告知：大森已超越痛苦，溘然仙逝。听了这噩耗，我禁不住热泪纵横……

　　郭大森是一个无比热爱生活、珍视生命的人。他既不酗酒，也不吸烟，平生很少生病。只是年近高龄后，去年因腰疼，住进了省医院疼痛科。当时他几次打电话问我吃什么药、采取什么方法治疗；并与我相约：腰腿疼不算大病，我俩要平安跨越"八十"那道门槛儿……孰料他竟未能如愿——大森至死也不知道，他患的不是什么"腰突"，正是万恶的癌魔摧折了他！

　　我与大森同庚，都出生于伪满时期辽宁省的穷乡僻壤。少年时期欣逢解放，青年时代毕业于同校同系。在校时，他比我低一年级。1956年，我的儿童小说《逮鸟儿》发表，他看后，竟拿着那张报纸找到我，长谈他的读后感，欣喜之情竟远胜于我。

因为都热爱儿童文学便成了同道。——同庚、同乡、同学、同道，使我俩相契相知，迄自 20 世纪 50 年代中期至今，我们那笃厚之友情历久弥坚，在互相切磋砥砺中走过了半个多世纪。

人的一生，能将爱好、工作、理想事业完美结合者并不多见。而郭大森不仅是"一片童心寄华年"，更做到了"此生无悔效春蚕"，从不懈怠、从不动摇地为儿童文学事业奉献了一生。

大森对儿童文学的热爱，迄自在沈阳读中学时。是当时从教于他所在学校的著名儿童文学作家崔坪引领他走上了这条道路。受崔坪儿童小说的浸润和美学主张的熏陶，从一开始他就懂得了从事儿童文学创作，是"为明天工作"，该有社会责任感。在大学期间，他倾心领受著名儿童文学理论家浦漫汀老师的课程，从而打牢了坚持儿童文学研究和写作的坚实根基。

我俩的儿童文学创作都起步于 20 世纪 50 年代中期，与大森相比，我的起点是较低的。只是依凭自己少年时"淘气"的经历，将淳朴的儿童天性描摹，写出了背后常有自己影子的小说。大森在 50 年代中后期和 60 年代初期写出的《苇河边上》《草原上的湖》等作品，不仅有浓郁的乡野气息，塑造了鲜明人物形象，作品中更明显地透示出积极向上的创作主旨。

"文革"一起，我们各自辍笔十年。从农村"插队"返城后，大森被调入出版社任儿童读物编辑，这与其爱好理想契合，为其施展才能创造了条件。"四人帮"一朝覆亡，文艺得解放，我俩意识到"海阔凭鱼跃，天高任鸟飞"的时代即将到来。我们于1977 年底，便相约重新拾笔写东西。不久我把构思好的两篇小说讲给他听，他十分赞赏并提出了补正意见。正是在他和文牧、吴菲等人的激励下，不到两年，我又发表十几篇儿童小说。大森在新时期编辑的第一本小说集，就是我的《远方的种子》。彼时，他将童话《天鹅的女儿》初稿拿给我看。我提出拙见，他欣然采纳。那篇作品发表后，受到了广泛赞誉，被多家电台转播，成了我国新时期童话创作的名篇。自那以后的十多年里他的创作进入了高峰期。《小亮灯》《天池云女》……一篇篇、一册册，美不胜收。最为难能可贵的是，他不只是埋首于自己的创作，也为扶植儿童文学的创作新军尽心尽力。更花费大量时间和精力为解决儿童书荒，为全社会繁荣少儿文学创作而大声疾呼。他不仅在国内诸多报刊发表言论，更利用一切机会各种场合呼请作家们为孩子们写东西，吁请各级领导重视儿童事业和儿童文学。我记不清与他一道参加过多少次作品讨论会，作家联谊会，"5.23"纪念会，以及省市领导召集的与"文人"恳谈会了。每逢此种场合，大森都要抢着发言，坦陈己见，以理晓人，以情感人。每当听到他那洋溢真挚之情的呼吁，我常难抑激动，尽想着：新中国成立以来，我省的儿童文学事业虽有几位年高德劭的创建者，但为这片"绿洲"欣欣向荣；繁荣昌盛而全身心地投入、殚精竭虑而至终身者，大森当属第一人了。

最为令人钦敬的是，本来到了颐养天年的退休年龄，本已拿了省市及全国的不少奖项，获得了政府特殊津贴，被省委、省政府授予了终身成就奖，正该"马放南山，刀枪入库"了，可他不，他反而加强了"爬格子"的进击力度，又创作出了《小霞客东北游》《辽河甩弯儿》等力作，不唯为此，对他扶之起步的人他不放松督励，对与之相携相扶的老朋友，他更"不依不饶"——我在大病后主要精力放在散文写作上，可他却几次把臂倾谈，让我给孩子们再写新东西。《我和爱犬大青》发表后，得到他的激赏，催促着要找人改编成儿童电影。儿童读物出版家，他的长子郭兵，要将世界名著《金银岛》改编成少年版。大森告诉郭兵："只有你张叔那文笔，才堪托付……"在大森的催逼下我勉为其难完成了任务。听说此书发行量很大，我心甚慰——正是老友的耳提面命，我在晚岁才又为儿童文学事业做了一点点贡献……

郭大森原名"恩泽"。盖棺论定，该当说，他对我省儿童文学事业是施了"恩泽"的。斯人已逝，而其风范长存。唯愿诸位后来的同道们能秉承其不倦的开拓精神，勠力促进儿童文学乃至整个文学事业的发展繁荣，给物欲横流，金钱至上的当今之社会环境，开辟明丽澄洁的天空，为孩子们创造更多更好的精神食粮，使其在少受污染的环境中快乐成长。

2011 年（入选《吉林文学年选》）

别梦依稀四十年

1998年8月16日下午，天空中那厚重的阴霾散开了，和煦的秋阳洒满大地。在东北师大学生宿舍——和平二舍开阔的院子里，忽然涌进来五六十位年逾花甲的老人。他们仰望着宿舍楼，指指点点，神情激动地议论交谈；三三五五抢着拍照，久久不肯离去。出入这栋宿舍的青年学子们十分奇怪：这些老者，是一群什么人呢？

……什么人？ 40年前，如你们一样，我们也曾是这里的"主人"——在如今敞着窗子的许多寝室里，住过4年……

44年前，我们从祖国的四面八方汇聚到这北国春城，在这里度过了此生最为美好的一段时光。我们在那年月尽情吮吸了知识的玉液琼浆，陶冶了情操意趣，锻铸了难以改悔的是非观、人生观。

40年前的今天，我们是带着"反右"之后的迷惘，离开校园的。在此后的漫长岁月里，我们各自经历了太多太"丰富"的人生风雨，每个人的故事，都可以写一部厚厚的大书！多么希望重会昔年学友，抒心曲、一倾衷肠啊！在长春的8位同学理解大家，经过周密筹划，终于在毕业40周年的日子里，让大家实现了那久存于心的愿望。于是，来自北京、天津、重庆、河南、河北、山东……共60余人又重聚母校了。这次寻师访友聚会，大家都有一个共同目标：为重温旧梦而来，为寻找欢乐而来。

当年我们这一群中不乏俊男靓女，可如今多已是鬓苍苍，视茫茫，脚步蹒跚了。

"你是谁呀——让我想想……"

——薛平贵、王宝钏分别18年就互不相识了，可我们已分别40年啦！执手相望中，一旦猜出是谁，便大声呼喊，泪眼莹莹，那紧握的双手久久不愿撒开：

"你这当年的俊小生，怎么如此发福呀，简直成胡汉三了！"

"还记得我们学完《阿Q正传》给你们4个起的绰号——如今你这把总，和王胡尚在，可那老Q和小D已经先我们而去……"

"你这睡猫——可还记得当年你从床上摔到水泥地上，把同寝室的人吓一大跳，谁想到刚想去抬，你呼呼又睡着了……"

几声呼唤，一阵唏嘘，当年彼此的音容笑貌，又都浮现在眼前。如同当年一同涌进学生食堂，此刻，我们携手相扶，勾肩搭背，一齐去赴"接风宴"。酒杯都高擎起来，管它会喝不会喝，今天都要"老夫聊发少年狂"喝个一醉方休！一位昔年受过委屈的在长同学，站起来即席吟诗祝酒："万里关山常系念，半生恩怨总应抛，诸君远路来非易，便请同干一大瓢！"碰杯声，此刻是人间最动听的音乐，多年的"相思债"，在这声音里一笔勾销……

在畅叙离情恳谈会上，主持人于亚中致辞刚完，几个人便去争抢话筒。第一个抢到话筒的是来自连云港的一位同学。话未出口，他已泪落衣襟。毕业时，他曾受过不公正待遇，此后的若干年，他的生活、工作极为困窘。分配到山东、北京的几位老学友，为改变其命运，到处奔走呼号，终于使他走出了泥淖。他说："学友真情是别的感情不能替代的！没有老同学就没有我的今天！"那位来自重庆的女同学，丈夫也是我们同窗，不幸在唐山大地震中罹难了。多年来，她含辛茹苦，抚养幼子，艰难度日，最让老同学们系念。她告诉大家：自己曾有过轻生的念头，能够生存下来，很大一部分力量，来自老同学的关怀支持鼓励，"连做梦都想再见大家，这次不来，那就是终生遗憾了……"一位身着套装的女士站起来："诸位，这身衣裳，是专为迎接外地同学做的'迎宾服'啊……见了面，大家都说我跟当年一样年轻，这真是我此生最快乐的时刻……"两位来自哈尔滨的学兄，语重心长地告诫大家：既已离退，要忘记年龄、忘记昨日的辉煌，忘记过往的恩恩怨怨；活得潇洒一点、"糊涂"一点、健康一点，尽心做那昔年想做而不能做的事，这才会神怡梦稳……

"一日为师，终生父母。"昔年曾为我们"传道，授业，解惑"的老教授、老讲师们，听说我们有这样的聚会，十分赞同和支持。蒋锡金、吴伯威教授已是耄耋老人，宋振华、韩榕、于富章、李少卿等老师也已年过古稀。他们14位结伴前来同我们欢聚，使大家激动不已，都觉得是此生最为幸福的时刻。沈阳来的孔凡青代表大家向老师们汇报 40 年来我们的简况："我们历经了许多值得珍惜的时日，也历经了许多不堪回首的运动、折腾……但我们信念坚定，不改初衷，在各自的岗位上都拼力工作，取得了好成绩……我们始终没有忘记老师们的教诲，我们没有辱没学校的名声！"

锡金老师虽然体弱多病，但头脑依然清醒。他又意味深长地给我们上了一课；告诉大家，年龄大了，也要抽时间读书看报，关心天下大事，志存高远，才会益寿延年。吴伯威教授动情地说："我深知你们这届学生品质好、素质高。无论是在教育岗位还是在文艺、出版等战线都取得了斐然成绩，难能可贵地为国家为社会做出了贡献。真是'青出于蓝而胜于蓝'，我为有你们这样的学生感到自豪，东北师大也为有你们这样的学生感到骄傲！"现任学校党委书记及中文系的领导也在百忙中出席了我们的恳谈会，向大家介绍了学校新貌和发展远景，令同学们深受鼓舞。

校园，这是我们魂牵梦萦的地方，大家虽然想一览它今日的风采，同样想重睹昔年那教室那宿舍那食堂，因为若干年来，它们曾不止一次地出现在各自的梦里。今日的学校正门，多么堂皇气派，让我们重拍一张合影吧。数学楼，那是我们当年上课最多的地方，楼外那一排白杨，正是我们当年亲手种植。就在这栋楼外，我们和老校长成仿吾一起照了毕业照，如今，再拍一张吧……

"人是不会轻易倒下的！"

"让我们常相忆，都愉快、健康地活着！"

——尽管大家把一天当作两天，可三日时光还是倏然而过了。告别宴上那醇酒还都满杯地摆着，可人人都似醉了，这是心醉。醉在依依惜别的深情里，醉在不尽的祝福与叮咛中……

如同相约 1998 一样，我们再相约：2005、2010、2020 年，仍如今天一样，我们一个不少地重相见！

1998 年 9 月

永远举着心中的旗

——悼挚友刘绍棠

获悉刘绍棠辞世的消息，我心痛如焚。一连几天，食无味，寝不安，虽已为他写了篇悼念文字，实难寄哀思于万一。

世上难得的是知音，弄文字的人，尤其如此——

迄 1979 年我参与创办《春风》并主持笔政，13 年间，与天南地北难以计数的作家、作者有过文字之交。可这种交往，随着无情岁月的流逝，随着文学"行情"的涨涨落落，随着近两年我"退隐林泉"已渐渐稀少，有的早已云散烟消。信是"多病故人疏"，心虽怅怅，也无可奈何。当然，也有那迄自工作联系但经多次交往，意趣相投、志同道合,渐而披肝沥胆而成知己者——那友情，非但没被岁月的尘沙淹没，反而历久弥新。与"神童作家"刘绍棠的交往，即其一也。知晓刘绍棠的名字，还是 50 年代中期在大学中文系读书的时候。彼时我们"课余创作小组"的五个人，曾专门讨论过他的《青枝绿叶》《大青骡子》。也许因我出身农家，特别为他笔下那嫩苗遍野、生机盎然的新农村风光所迷醉。毕业前夕，获知刘绍棠已被打成"右派"，并在全国文艺界受到口诛笔伐，很使我们那几个一心向往文坛的人震惊和迷惑。

星移斗转。世事沧桑。20 年后曾为"老右"的他得以改正复出，我受命主编刊物向他约稿，彼此有了较为密切的联系。第一次与神交久矣的人长谈，是 1979 年盛夏里的一天。彼时他正在北京寓所——府右街光明胡同 15 号一间小偏厦里挥汗写作。我自报家门、说明来意后，他十分热情，放下手中的笔便与我把臂倾谈，自中午直至深夜。得知我也是农家子弟，得知丁仁堂、万忆萱是我俩共同的朋友，便有说不完的话题。留我吃便饭，他不满意我这个"东北大汉又是满族，竟然滴酒不沾"。了解了我们的办刊思想和打算，他当即表示全力支持。不久就将他待发的长篇《春草》中最精彩的部分《窃火者》给了我们（发《春风》1979 年第 5 期）。转年，又将他的《创作漫谈剪辑》寄来（发《春风》1981 年第 1 期）。他力主文学创作必须从生活出发，反对矫饰、胡编，提倡顾及民族和地方特色。讲究语言、情趣、意境、格调的美，主张揭示、描写人的心灵的美好，作品应给人以积极向上的力量。他用自己这些主张热情地支持了《春风》。

自那以后，我与他书来信往不断。每次去京也必去看他。我有所求，他都慨然允诺。他慧眼识人，通过为大学生张棣看习作，他认定这人是可堪造就之材，就极力向我们推荐。张棣自 1983 年在《春风》发了短篇处女作《庆运嫂》后，一发不可收。如今已出版三四本书，成了很有成就的京味小说作家。1987 年《春风》出满百期，不少作家直抒胸臆表示祝贺。浩然说："《春风》是新时期应运而生的刊物，它不追行情，不赶时髦，不为文学界种种浑浊的浪波所左右……"刘绍棠更明确指出："建设有中国特色的社会主义是全国作家共同奋斗的目标，也是《春风》坚定不移的办刊宗旨……想有乔木，想看好花，一定要有好土，愿《春风》充分发挥好土的功效。"对于几位文坛宿将、刊物好友的勉励，我们一直铭记于心，从兹更坚定了走自己道路的信心。

有人说刘绍棠是"永远举着心里的旗，奋力冲锋"，诚哉斯言！我以为他心里的"旗"，正如他自己所说，就是"加倍努力，为党的事业、为祖国和人民效力，为社会主义文学劳作"。他虽然遭逢 20 年不公正待遇，却不积怨怼，不沉吟一己的坎坷，更没有笔涉邪祟、怪诞、无聊，而是超越小我，将一颗真诚的心奉献给他钟情热爱的乡土和人民。人们称赞他有坦荡襟怀，确是出于由衷。

"让我从 21 岁开始吧……用加倍努力来弥补我 21 年创作生命的空白"，绍棠说到做到。迄自复出，他就像一架上满发条的钟，一刻也不肯停歇，就像一头憋足了劲的牛，奋力耕耘不止。在屈指可数的有限时光里，他年年都有新作问世。前后共出版了《地火》《春草》《蒲柳人家》《青枝绿叶》《蝈笼絮语》等长、中、短篇集及散文短论集 40 余本。这劳绩，在当代中国作家群中，能与之比肩者寥寥无几。也许正是因为他这样坚毅不止的劳作，这样透支的超常付出，才导致了他的中风偏瘫以致罹患新症，遽然辞世。

绍棠的创作，一贯"致力于中国气派，民族风格，地方特色，乡土题材"。把歌颂真善美、抨击假恶丑作为神圣使命。矢志终生献身乡土文学。他热烈地主张着所是，义无反顾地抨击着所非。这在他发表于《春风》1991 年 5 月号上的《致青年文艺创作者》一文中体现得最为明显。在那篇文章里，他饱富感情地总结了自己 40 年走过的创作道路，敢于揭露某些"文人"的恶德丑行；语重心长地告诫文学青年斟酌他的得失成败，把创作之路走正。从那坦挚的心声，人们更深切地感知了这个铮铮汉子对党对人民那火样的赤诚。

如今，人们可以对他"盖棺论定"了——事实证明，他是一个最为自觉服膺人民意志、自觉为精神文明建设倾尽全力之人；是一个最忠诚、最坚定的文艺战士。

绍棠讲过："中国人讲究有情有义。"他就是个具有民族传统道德之美，义重情挚之人。对于他，无论刊物大小、与之联系的人是否有名气，只要志同道合，彼此尊重，就竭诚以待，披肝沥胆。刊物每有所求，他如因故未能使我们如愿，必来信"检讨"并尽快加以"补正"，对于编辑部与之联系过的人，他不但都记得，每有接触、每逢来信，他必问候一番。1982 年丁仁堂仓促离世，绍棠写信说："……你我都是仁堂的好友，从此，我们的友情应比过去更亲近！想起仁堂我就难过。一个月时间只为仁堂写了一篇悼文，此外只字未写……"事隔 10 年，到了 1992 年夏天，他已病染沉疴，还写信来提醒在长的文友们不要忘记为丁仁堂逝世 10 周年开纪念会。1991 年得悉我患恶症手术，他不顾中风偏瘫握笔不便，竟俯伏病榻，写来长长一信，安慰、鼓励我要乐观、振作。正是他那虽迭遭凶险，却敢同厄运抗争的精神，使我增加了战胜病魔的力量。1993 年 9 月，我手术后去北京复诊。曾和爱人一道去他前门西大街 97 号新居探望他。当时绍棠已然是行走不便、语言不清；我更是"有口难言"。两个人的交流，只好靠彼此的老伴儿当翻译。离别时，他难舍难分，坚持执手相送。从他家房门到楼道电梯也就十几米之遥，可他一步只能挪个三四寸竟走了 3 分钟……想不到那次含泪挥手告别，竟是今生所见之最后一面。

呜呼，死者长已矣！绍棠仙逝，从此文坛缺少了一位卓有成就的作家，我将永失了一位襟怀坦荡相契相知的好友。对于他的最好纪念，我想，是应该承其遗愿，依靠在岗同仁协力，把刊物办得更好。我这病残衰朽之人虽不敢言勇，面对未来时日，总要像他那样，活一天就尽力燃旺生命之火，勤于笔耕，决不妄度余年……

附：与刘绍棠通信二则

少武：

吾兄病愈康复，已经上班主持笔政，对我这个仍在重病之中的老弟，是个极大的鼓舞和激励。但愿我的病天天见好，月月进步，虽不能健壮如初，至少恢复行走能力，也算洪福齐天，幸莫大焉。

见过我的人，都异口同声说我精神状态良好，病人而无病态，这固然由于我天性豁达，又有满头满脑的革命乐观主义精神；同时也还因为"民不惧死，奈何以死惧之"。

我对自己的大半辈子，有过"秋后算账"。得出的结论是："这大半辈子没白活！死也值。"有两笔账明摆着：

一、我当了 35 年作家，出版了三十几本书，平均每年一本。其中 22 年不务正业，怪不得我。因此，我不算低产，不是懒汉。患病两年 8 个月，出版了 6 本书；还有两本书付印，可谓"困兽犹斗"，猛志常在。

二、新时期以来，我大力鼓吹并自己带头，使中国的乡土文学又重新兴起，前途天高地广，前景如花似锦。

所以，我毫无愧色地自认为没有虚度此生。中央领导同志号召：团结奋斗，繁荣社会主义文艺。是的，只有团结起来共同奋斗，社会主义文艺才能繁荣。当然，也只有志在繁荣社会主义文艺，才能千木成林地团结，拧成一股绳地奋斗。

病残之人也不甘落人之后。一息尚存，绝不搁笔。耿耿此心愿与吾兄共勉！

绍棠　1991 年 3 月 31 日

绍棠弟：

三月三十一日之惠书及《致青年文艺创作者》均收到。文章拿给编辑部，同志们传看后，都说弟之文章情辞剀切，语重心长，对文艺青年的思想启迪极有现实意义，说了我们曾说而未尽意的话。因之，《春风》五月号虽已编定，还是串下一篇，将它作为"纪念毛主席《在延安文艺座谈会上的讲话》发表四十九周年"专栏篇章发出。

看过你的文章和来信，我想起了当年丁玲同志讲过的"若为文，先做人"的话。回首你历经的近四十年的文笔生涯，真是备尝坎坷；然而，不论"行时和倒霉"，你的政治信念始终如一，艺术追求忠贞不贰。可谓历尽磨难，痴心不改。这是很令我和同仁特别是许多文学青年钦敬的。记得一九七九年五月，你在解除了不公平待遇后，在一次青年创作会上曾讲：母亲错打了儿子，已经向儿子道了歉，当儿子的不能再逼迫母亲，唾她的脸……这是何等动人的情怀！然而，却受到某些"新潮"人士的攻击和嘲骂。

综观你这些年的创作，一直是注重继承中国文学的民族传统和革命传统；一直顾及国情民意，用群众喜闻乐见的艺术手段写作；一直主张并实践根植生活，深入群众，为他们而写，做他们的代言人，一直倡导发展中国气派的乡土文学……简言之，你是一个忠诚党的文艺事业的"大众作家"。前几年，你虽未像某些人物那样"红极一时"，然而人民是自有评价自有公论的……

贤弟身罹重患仍矢志不渝，笔耕不辍，真令徒增马齿的愚兄汗颜。倘天假以年，定当以弟为镜，为我们共同的事业和理想竭尽薄绵。

你对我们这里的文友们向有感情。虽则我们共同的好友丁仁堂、万忆萱兄英年仙逝，常令我们悲悼追思，而一大批相知的文友健在，大家祈盼你早日康复，能来长春走走。以便把臂倾谈，一倾积愫。深信你将不负这种渴望。

少武　1991.4.7

少武兄：

很久不知你的消息，忽然见到你的来信，没有剪开信封便已热泪盈眶。

1980 年夏，我在长春扯旗放炮，首倡建立当代中国乡土文学，结下众多志同道合的密友。谁想仁堂、忆萱先后仓促离世，竟使我怕见长春这个伤怀地。因而，对于你，我挂念而又不安，不敢多想。

前几天，接到辽宁儿童文学作家胡景芳的约稿信。景芳1985 年身患肺癌，曾来京在我女儿服务的医院治疗。他动过手术已经七年，离休之后又应聘出任《下一代》杂志主编，要我写一篇回忆童年生活的文章给他。他的"复活"，使我惊喜，使我振奋，使我深受鼓舞；对于他的恳求，我敢不从命？马上放下手头创作，在感慨万端中写出 4000 字，如期交稿。

景芳的转危为安，预示着你的化险为夷。

咱们这一代人，甚至比咱们小几岁的同辈。都在进入老、弱、残的年界，躲也躲不开，怕也没有用。你的老同学曲啸，我的少年同窗、散文作家韩少华，吉林朋友们非常熟悉的朱春雨，都患上中风偏瘫，病情比我还严重。我深受此症之害，同病相怜而更心情沉重。

我争取多活一天，是为了多干一天活。病后四年，我出版了几本书。跟你联系较少的一年多，出版了一部长篇小说，一部中篇小说选，一部散文短论集。另信给你寄去我新出的《蝈笼絮语》和别人写我的传记《大运河之子刘绍棠》，供你在疗养中翻阅消遣。

　　我的肌体再生能力仍有进步，现在已能挂杖行走；只是走得很慢，也不能走远。外出参加活动还得乘坐轮椅。左臂完全残废了，但比起前几年也多少有些改善。

　　我搬了家。去年7月1日，国务院表彰我"为发展我国文化艺术事业做出突出贡献"，授予我特殊津贴。我分到一套大四室一厅新居。老伴与我朝夕相伴，全心全意全方位为我服务。

　　为纪念毛泽东同志《在延安文艺座谈会上的讲话》发表50周年，通县为我建立了规模不小的刘绍棠文学艺术档案库。在我入党40年的5月27日，举行了盛大隆重的揭幕式。国内各报和海外华文报纸都做了报道，我就不在信上自吹自擂了。

　　寄上《北京晚报》介绍北京同仁医院使喉癌患者回到有声世界的剪报。你如来京到该院学习食道语，我可请该院前院长帮忙。

　　李艳华同志受你之托来看我，建议恢复发表你我的书来信往。两个面对死亡挑战的老共产党员的所思所为，也会对年轻读者们有些启发和用处

　　紧紧地握手。拥抱你！

绍棠　　1992.6.2

绍棠贤弟：

　　你在病中，本来握笔不便；出于对我关心，还写来这样一封长信，捧读中，非因病后脆弱，竟至潸然泪下！

　　因为前段时间去了外地，你6月初的信，我7月初才看到。正如你和其他亲友所愿，手术后，我逐渐克服了颓唐、灰冷的

心绪，开始正视现实，积极地寻求由于手术造成缺憾的补救办法了。听说山东医大开展食道发声训练最早，在老伴儿陪护下，5月底去了济南。那里的医护人员是热情的。怎奈天公"热情"得让人受不了：每天气温都在34-35度之间，使得我这北方佬终日汗流浃背，如入蒸笼。加之练发声用力，呼吸道有些渗血，医生考虑到气候不适和我手术时间尚短，便宛然将我"劝退"了，嘱我秋凉后再学。

读你来信，翻看《蝈笼絮语》和《大运河之子刘绍棠》，面对这一年多时间你取得的斐然成绩，于由衷祝贺、自愧弗如同时也颇多感慨：回想自己这大半生诚惶诚恐"为人作嫁"，创作收获少得可怜。本打算于"到站"后，闲下来做些微弥补，孰料近年是迭遭凶险，凤愿难酬……当然，你会理解，对于干编辑这行我一直无怨不悔，恰恰由于弄文字，编刊物，坦诚直率对人，结识了许多相契相知的朋友。这次术后辗转病榻之时，有的文友想探望我又怕影响我休息，大老远跑到医院，趴门缝看一眼后竟悄然退走！山东有个郑增庆，与我通信八年却始终未曾谋面，开初他确是喜爱文学的，后来因"看透了文坛现状"不愿再跻身此道了，而书来信往结下的友情却不曾抛却，这次听说我到了济南，他竟从五百里外的东营两次跑去看我，怎不令人感动！归途中经大连、鞍山，朋友们得知，不许住旅店而留住其家，把臂倾谈……仅这一点似也足堪自慰了……

人是不易被击倒的！组织照顾，朋友同志关怀，老伴体贴，子、媳们孝顺，没有理由不"好好活着"，我也将如贤弟一样：

莫道半残身将老，昨宵犹梦笔生花！

秋凉后，可能遵嘱去京，成行前一定先同你打招呼，顺便到你的新居里话沧桑，诉衷肠。

夏安！紧紧地拥抱你！

少武　1992.7.20

谁引源头活水来

人在什么事情上花了劳动，便会对它关注綦切，产生难以割舍的感情。我在第二故乡长春已居留 46 年，因为曾在城市闹水荒的严重时刻，两次尽了微薄之力，从而深知：那原以为取之不尽用之不竭的水，竟是来之不易！为发展城市，繁荣经济，保障人民生活，一代又一代的城市供水人付出了怎样的艰辛……

远去的 1958 年，那是激情难抑的年代。在第一个五年计划期间，长春人"跑步前进"。进入第二个五年计划，这座城市更加百业俱兴，人口迅猛增长，于是便出现了严重水荒。为增加供水能力，经专家论证，政府决定：拦截伊通河，尽快在新立城建一个大水库。

那年 7 月，本来离大学毕业只有一个多月时光了，可听了修水库的动员报告，同学们心情振奋，都觉得为养育自己 4 年的城市稍尽些许力量，是对青春岁月的最好纪念。7 月 20 日那天，同数万建设者一道，脚踏扬尘的土路，一路歌声，我们急行军 20 公里，到达了工地，参加完开工典礼，大家便急着抢着担起了土篮，在坝基上奔跑如飞……开始时，挑一副；几天后就比赛着你一次挑 4 只土篮，他挑 6 只土篮……肩头先红肿，后起血泡，渐渐竟磨出了老茧。夕阳西下，收工哨子早已吹过，可为赶进度，为创纪录，星光月色下，依然有雁阵似的身影闪动。工地伙房的师傅们做饭供不上，干脆把馒头蒸得像今日市场上卖的切片面包那样大，每人发两个！中午，有的人就常常枕着那馒头小憩片刻……劳动间歇里，我动笔写了一组《水库工地短歌》，《长春日报》很快就把它发表了——其中一首是：

> 眼睛是不是懒蛋，
>
> 要用肩膀来考验——
>
> 看去无边一片土，
>
> 刹那之间全挑完！
>
> 领工员又来分任务，
>
> 脚步不停嘴里喊：
>
> "少啊，太少！——多添！"

至今回味那组短诗，仍觉那不是矫饰，虽在特定的历史环境下，却是真情流泻……

我们是在大坝崛起腰身的时候离开工地旋即被分配天各一方的。记得两年之后，一位分去海南岛的同学曾给留在这个城市的我写信，一往情深地询问那水库可曾建成。我回答她：那巍然矗立的大坝，拦蓄了近三亿立方米的水！不仅解了城市的"燃眉之急"，新水库成了长春市主要水源地，那里更成了林木森森，山清水秀，风光旖旎的风景区。

美丽的家园需要水的润泽，健康的生命需要水的浇灌。城市供水，更是城市发展的命脉。新立城水库建成没过几年，迅猛发展的城市建设很快又打破了水的供需平衡。正当人们寻觅发掘新的源头活水时，"文革"开始了，美好的蓝图难以实现，城市供水只能"头痛医头，脚痛医脚"。10年的滞误，终于导致了全市断水的危机——灾难频发的1976年，天旱少雨，地表水源几近枯竭，新立城水库库容急剧卜降，仅存水2400万立方米。南湖水源污染严重，已不能饮用。为了应对危机，当时的"市革委会"不得不发动市内各单位开掘自备井，同时动员几十万群众开挖"工农干渠"，引32公里之外的石头口门水库之水来长春救急。

本人与水有缘。就在粉碎"四人帮"后第二年年初，被借调到市供水工程总指挥部工作一年。每天跟随总指挥去干渠，下泵站，深入南岭水厂检查施工情况……如1958年那样，有时也泥里水里跟工人们一起劳动。就在那段时光里，我结识了为我们这座城市供水事业做出贡献的几位领路人：王兆良、毓磊、边桂品、宋景祯……他们几位从年轻时就在供水岗位工作，"文革"中都曾受过冲击，"四人帮"一朝覆亡，他们不顾及是否平反、恢复职务、恢复名誉；而是将蕴蓄已久的力量全部投入到了缓解供水紧张的战斗里。他们同供水事业一批新领导人一道怀着深重的使命感，团结本系统广大职工改造旧管网，铺设新线路，扩建、新建净水厂……城市供水能力比"文革"前翻了近两番……

进入 90 年代，随着改革开放的深入，长春市的经济建设步伐更快。面对水资源贫乏，被列为全国 17 个最缺水城市之一的现实，市委、市政府会同专家研究，把解决城市供水作为城市发展战略的重点，从经济效益、社会效益、环境效益相结合考虑，毅然决定实施"引松入长"工程。于是，从 1993 年开始，数万供水岗位上的职工，克服重重困难投入了铺设从丰满水库坝下马家取水泵站开始经过石头口门水库再至长春的 100 多公里的输水管道工程，历时八年，这条钻山越涵的钢筋混凝土管道终于建成。今夏又逢干旱，原有几处水源告急。近日，马家取水泵站正式开启，那清澈的松花江水已源源不断流向春城，汩汩流入千家万户，创造了"远水解近渴"的奇迹。

水啊，人们司空见惯，人们须臾难离；知晓了它来之不易，就该倍加珍惜！作为一个大城市的公民，我常想：在歆享着诸多现代生活设施带来的便利时，你我该想到如何尊重与珍视别人为你我进行的创造性劳动，并从而想到该像他们那样为我们的城市为我们的后代做些有益的事情……

（获"百万市民看长春"征文一等奖）

话说文学期刊

今年 8 月，回了一趟故乡。

种粮兼养猪的侄儿彼时正好有两头肥猪出栏。那几天正是一跌再跌的猪价开始反弹的时候，卖上个好价钱，侄儿自然十分高兴。可待猪贩子把猪赶走时，我见他却痴痴地目送了很久。

"猪羊本是一刀菜"，何况养猪就是为了卖钱，可从他那颇为恋恋的表情，可以证实：人，在什么事情上花了心血花了劳动，就会对它产生綦切的感情……

我的后半生，不期与文学刊物结缘，一干就是十三四年，直至退休离岗。本来不在其位不谋其政，该"不沾心，不惹乱"的，可本人生性愚钝，对今日文学刊物之处境，仍是"咸吃萝卜淡操心"。

回想 70 年代末 80 年代初，文学很是红火一阵子。那是因为粉碎了"四人帮"，思想大解放，文化被解禁，人们的心气向上，都啜露饮浆般地读书。作家们有的为一抒积郁有的想一展才情，纷纷提笔创作；一大批青年更被火热的生活激励、感染，也加入了创作队伍。那时的文学期刊，印数多是一增再增。受这样的热风吹拂，在市委、市政府以及新老作家广大读者支持下，我们办的小刊物，由创刊时的几千份竟增至 20 万份。

近 20 年过去了，而今，文学期刊处境大变，由昔日之繁荣滑向低谷，不少原来的"热码头"，眼下是"门庭冷落车马稀"，发行量一跌再跌。为了生存，一些刊物改弦易辙，趋向媚俗；有的因为缺钱，不得不无奈地停刊。

情况何以会如此？有识之士认为，这主要是当今人们的生活大改善，大鱼大肉吃腻了，正变着法儿去玩乐，去消遣，对精神需求已十分淡然，十分漠视；由于经济大潮的冲击，社会生活渐趋多元化，许多人的情感、心理状态更趋向实际：都在为如何赚更多的钱、成就个人更大事业而挖空心思，绞尽脑汁，因而告别阅读、远离文学，便势在必行、无须诧怪了。

当然，公平点儿说，文学期刊的受冷遇、不景气，也确有自身的原因，如有的办刊者刻意张扬些邪邪怪怪的东西，过于看重自己的审美趣味，严重脱离了群众，以致曲高和寡；有的不关心现实，不谙经营之道；有的则是政府紧缩财政不再给刊物以补贴，使它难以为继，不得不昧着心眼儿采取些本不心甘情愿的下策……

面对当前形势，恐怕谁也难以开出十分管用灵验的药方。

我以为在严峻形势面前，办刊人员应当重新审视刊物的定位与方向，在保持文学性的前提下，加强个性化，多发切近现实的作品以吸引读者；更应加强管理，开源节流，提高工效，降低成本，逐步增强自身的经济实力，争取逐步改变被动局面。

步履维艰，仍需撑持！有事业心有责任感的办刊者应看到：社会需要作家，需要文学，社会需要健康向上的真善美的引导！好的"精神食粮"毕竟为多数人所需求。一个国家若为了物质利益而远离精神文明，后果堪虞。社会不能总在充斥庸俗的低趣味的形态中生存，果如此，便邪祟丛生……

本人不敢苟同将文学期刊绝对地推向市场的说法与做法。窃以为文学与文学期刊乃是人们心灵之乐园。它体现着社会价值观念、意识形态的导向，是一种公益事业，需要政府及有关部门给些支持与投入；也须认识到文学是一切艺术之母种，文学之萎靡，文学期刊之走向绝路，受损失受伤害的恐绝不是文学自身……

不短视者，当慎思之。

1996 年

闲话副刊

《长春日报》纪念创刊55周年,我写了《结缘副刊一生之幸》就自己的成长,抒发了对报纸副刊扶植、提携的感激之情。小文写出后,似觉意犹未尽,便很想就当今报纸副刊的现状、处境,再说几句闲话。

说报纸副刊是张扬人文精神寄托审美情感的阵地、是培养作家的摇篮、是广大读者不可或缺的精神家园,并非空穴来风,故作褒扬。只要简单回顾一下历史,就可以得到鉴证。

20世纪初,五四新文化运动兴起之时,一些报纸副刊就首先摆脱"休闲娱乐"的姿势,以极大的热情去介绍、传播新思想、新学说。当时有《晨报》副刊等"四大副刊",各自利用自己的阵地着力培育、宣扬"新文学""新道德",向社会提供优秀作品和推介青年作家。可以说当时它们"支配了知识分子的兴味和信仰"。《晨报》副刊发表了鲁迅的《阿Q正传》振聋发聩,革命先驱李大钊曾一度担任该刊责编,在他的主持推动下,梁启超、蔡元培、陈独秀、周作人等新文学、新思想的建树者们都曾在该刊开设专栏、为该刊撰写评论，为我国的文学、史学领域留下了一批宝贵的论著。孙伏园接编《晨报副镌》后，着力扶植纯文艺作品，谢冰心、沈从文、叶圣陶、汪静之等新文学作家，正是从而实现了"为人生而艺术"的最初理想，从此走上文坛。

上海的《申报》，迄1932年具有民主思想的黎烈文接编《自由谈》副刊后，尽力倡导副刊应密切关怀社会关注人生，从兹，许多新文艺作家纷纷向它靠拢。一些新颖精辟的短文不时见诸报端，鲁迅更以"投枪匕首式的杂文"投入反帝反封建反对腐朽政权的斗争，一时间《自由谈》成了颇具震撼力和启迪鸿蒙作用的阵地。

抗战时期，延安《解放日报》和其他解放区的一些报纸、新中国成立后中央和诸多地方报纸都曾继承报界优秀传统，力争办好副刊，向广大读者提供健康有益的精神食粮。以我省为例，迄自20世纪50年代《吉林日报》副刊《沃土》和《长春日报》副刊《布谷》，都办得有声有色，发表了不少有影响的作品，培养扶掖了一批又一批文学青年，对促进思想文化建设起到了不可替代的作用。如今，我省有不少成绩卓著的作家、艺术家，大都得益于报纸文化副刊的陶冶培育，每念及此，他们都会对副刊的扶植感谢不已。

鉴知历史，能够更清醒地观照与认识现实。

在当今快节奏的浮躁与虚饰并生的年代里，不少媒体正拼命追赶时尚，迎合潮流，以图安身立命。有的为了媚俗，也为了小团体或一己之私利，正上演着钻"钱眼"的魔幻。有的报纸搔首弄姿，添油加醋地大肆追寻、宣扬卑俗的格调低下的"社会新闻”，有的则不惜篇幅爆炒名人隐私及星们腕儿们拈花惹草的桃色新闻以招徕读者，从而挤压吞噬着副刊版面，使得这块文化精神田园岌岌可危。难怪有识之士对此深为忧虑，尖锐指出“粉色尘沙对文化田园的淹没，必然带来精神萎缩的后果”，大声疾呼该“保卫文化副刊”。

纯文化是健康社会永不可缺的组成部分。有目共睹，《长春日报》和《长春晚报》多年来始终如一，执着于激浊扬清的信念，难能可贵地为读者、作者守望着精神家园。面对即将到来的新世纪，唯愿他们看重自己的职责与价值，更加旗帜鲜明地去张扬真善美，抨击假恶丑，以“润物无声”的精神潜移默化地去开启人们的心智，唤醒麻木者的心灵，激励人们为健全的社会人生，为我们的光明前途去奋争。

1999 年

听歌随想

在庆祝中华人民共和国 50 周年华诞的日子里，电台、电视台播出了诸多新中国成立以来流行的优秀歌曲。让人愉悦了视听，激荡了感情，引人回想起了历经的许多美好时光。

我从小喜欢唱歌，读初中时还曾是校合唱队的一员。老来因病被割去喉咙，虽然唱不出声来了，可每逢情感激越之时，我的心仍在歌唱；每当收音机、电视台里响起我熟悉又喜爱的歌曲，我会喜不自胜，以心唱和，激情难抑时往往会落下泪来。

什么歌曲是我所喜欢的呢？自然是那些由衷歌赞祖国、歌赞劳动、歌赞真善美、毫不晦涩造作的表抒真情的歌曲。

真正让人喜爱、久唱不衰的好歌，如同其他文艺品类的创作一样，必是来源于生活，代表着生命的真实与本质，必是词曲作者以及演唱者的真情倾注，心血滴出。《歌唱祖国》一经唱响，为什么能点燃人们心灵的火花，令一代又一代久唱不衰？就因为老作家王莘亲历了解放战争，深切感知从血与火中诞生的共和国创业维艰，作为她的儿女该义无反顾地热爱她捍卫她，倾尽全力把她建设得繁荣富强。《让我们荡起双桨》是一首电影歌曲，当年乔羽接受创作任务后，深入到孩子们中间去真切体味新中国儿童的幸福，又把自己对新生活的热爱融入创作，所以那首歌才亲切感人，广为流传。歌唱家李光羲，在"四人帮"肆虐年代频遭贬斥，心情压抑，便不再顾惜自己那嘹亮歌喉，常常以酒浇愁，排遣郁闷。忽然间雾散云开，"四人帮"一朝覆亡，使他重又焕发青春。他把自己的喜悦与振奋融进了那首《祝酒歌》，直唱得人们喜泪迸流，那歌声真的起到了"美酒浇旺心头火"的效果。曾经身处海外的歌唱家叶佩英，唱起那首《我爱你，中国》，何以会反响强烈？就因为她是带着个人的体验，既唱出了海外赤子对祖国的一往情深又表达了国内群众在粉碎了祸国殃民的"四人帮"后那如火山喷发般的激越情感……

50 年来长久流传的许多脍炙人口的抒情歌曲，一如《我为祖国献石油》《打起手鼓唱起歌》；许多优美健康的爱情歌曲，一如《草原之夜》《吐鲁番的葡萄熟了》，莫不是与其有着鲜明的时代印记和独特的风格、个性有关。越是民族的才越是世界的，我们一些流向域外的歌曲，常常都是饱蕴着浓烈民族风情的。

近 20 年来，随着改革开放的深入，歌坛出现了繁荣新气象。域外的、港台的歌曲、歌星的大量涌入，丰富了人们的视听，大开了人们的眼界。通俗唱法、通俗歌曲、卡拉 OK 在一段时间里走红，更加活跃了人们的思想，调动了人们的参与意识，这是可以称道的。不过，窃以为，很长时间以来，歌坛上宣泄个人情绪的歌曲特别是情爱歌曲比例大大增加了。这情景可能是在经济大潮冲击下社会必然出现的现象，但是，对于一个渴望振兴，渴望发达的国家和民族，励人振奋，催人向上的作品，无论如何是必不可少的，乃至该占主流的。何况，而今的情歌爱曲，低俗的矫情的占着相当大的比重。正如作家肖复兴所说："爱的流行曲太多，越是说着、唱着爱的不变的誓言，越是将花样翻新当作时髦，将逢场作戏当作风度，将拈花惹草当作本事，将忠诚当作分文不值，将背叛当作理直气壮。"

　　前些天看到报纸上讨论"新歌缘何少流传"，我很同意金铁林教授的意见。他指出，当今不少音乐家忙于抛头露面，都浮在生活表面。"创作中你抄我一句，我抄你一句，所以很多新歌都雷同。"整个歌坛文化程度低，"能写几句简谱的也敢称自己是音乐家"。听说有这样的人物：头些年写点小东西，难登大雅之堂，后闯入商界儿年，不知怎么发了大财，如今用"硬通货"开道，果然"所向披靡"，他写的东西可以颐指气使，让当红歌星演唱……"鱼目混珠，反而使许多职业音乐人远离了这个圈子。"有位男歌星，十人听了他的唱，会有八个人认定他"跑调儿"，可他却是"属穆桂英的"阵阵少不下，人们只能猜度他在唱功之外，其他"功夫"十分过硬。持"因为现在新歌太多宣传力度不够，所以不能流传"观点的，本人不想苟同——关键要看你的创作是不是撞击了人们心扉，那首《常回家看看》一唱走红，引得亿万人动情，便是明证！

　　企盼歌坛风气清正，更企盼有更多更好的新歌流传……

在老舍茶馆里

9月初的一天到了北京，老友安排我们住在繁华的前门西河沿儿。晚饭后信步走出招待所，但见街路两旁彩灯辉映，大街上仍是人流不减。沿前门西大街漫步，走出不远，明灼灼的灯光下豁然出现了老舍茶馆的招牌，衍忠停下脚步，颇带狡黠地一笑，指着门前的晚场海报说："嘿，今儿个咱们来着了。——'阿庆嫂'出场，还有京韵大鼓表演艺术家孙书筠……"这时我方悟出他领我们往这"遛弯儿"，绝非无意，正是"蓄谋"。我对京剧、评剧、曲艺、说唱等民族艺术一向情有独钟，这正中下怀的安排，可见老友对我的相知之深了。

这"老舍茶馆"几年前电视台曾有报道，开业以来不仅很受喜爱传统艺术的人们青睐，好几个国家的元首来京时，还曾来此观赏演出。

踏上雕饰花卉图案的木楼梯到了二楼，迎面是一尊老舍先生的塑像；上方悬挂着程思远先生的题匾。剧场内装饰得朴素典雅、古色古香。座位与当今所有的娱乐场合都不一样，清一色是老式八仙桌、太师椅。虽然离开演还有一段时间；可座位已近坐满，看客中上了些年纪的居多，也不乏年轻人，令人称奇的是还有不少"老外"！戏台上彩幔、宫灯相映，绮丽不俗。楹柱上那"龙音悦耳延年益寿，凤乐传神活力长生"和"振兴古国茶文化，扶植民族艺术花"的两副楹联；笔走龙蛇，其书法与含蕴都颇耐人寻味。

7点半，一派悠扬的京剧曲牌演奏拉开了演出序幕。接着，著名京剧演员洪雪飞出场，这位《沙家浜》中阿庆嫂的扮演者，当年一曲脍炙人口的"智斗"，曾风靡全国。今天，她一身青衣装束，通过委婉的唱腔、娴熟的台步和水袖功夫，将汤显祖笔下的杜丽娘形象活灵活现地表现了出来。优秀青年演员、女花旦邓敏，登台演出的是《八大锤》片段，她饰演的陆文龙扮相俊俏，武功扎实，一连串漂亮的武打动作，引得年轻观众和"老外"们忍俊不禁，连声叫好。

70高龄的孙书筠走上台来，台下掀起一片欢迎的掌声，对于这位老艺术家，我是心存尊敬的——不只是敬重她那与侯宝林、郭启儒、马增慧齐名的"广播说唱团四大台柱"的名声，更主要的是不久前我看过她以生动的笔触写下的23万字的回忆录《艺海沉浮》。我对于这位老人走过的坎坷、奋进的艺术道路十分叹服……

相声、单弦、琴书、快板……多种艺术形式异彩纷呈，令人耳目难以暇接，时时处于陶醉之中，以致两个小时的演出在不觉间倏然而过，回到招待所很长时间犹兴奋得不能入眠。在不眠中浮想：我所在的城市，不乏如我一样的"戏迷""曲迷"，可今天大多数的人似难有这样的欣赏机会；我所居住的城市，同样也不乏各种民族艺术的表演人才，可当今，毋庸讳言，他们中有的人渐渐没了"用武之地"，我们可不可以也效法首都，办办类似的"茶馆"以供艺术人才有施展技艺之机，以慰迷恋民族艺术之人的怀想呢？

我虽人微言轻，仅为满足个人的愿望吧，也想回家后跟市里主管文化的官员们说一说……

1993 年 12 月

为"短"喝彩

纪念鲁迅逝世 60 周年，大力弘扬鲁迅精神，在倡导精神文明建设的今天，有着特殊的现实意义。

昔年，鲁迅先生在一次演讲会前申明，他的讲演不仅简短，不愿听者还可中途退席——因为无端的占用别人的宝贵时间，其实无异于"图财害命"的——我们今天的某些文艺家们，是该用鲁迅这种为听众为读者负责的精神对照检查自己一番的。

当今，受经济大潮带来的负面影响，一些味同嚼蜡、游离情节、懒婆娘裹脚布似的长文，在诸多报纸杂志上屡见不鲜。有些胡编乱侃的电视剧，动辄十几集几十集……作者卖弄文采呢，还是"混"稿酬片酬呢……真是说不清楚，反正是不惜浪费读者、观众的宝贵时间。最近已有报纸披露：北京等地出现了一批"个体编剧"帮伙，这些人根本不写什么"剧本"，几个人凑在一块儿，经过一番神侃，就呼朋引类"排戏"，排完这集，再侃下集，他们心里想的就是每集能赚多少"银子"！

日前，出于好奇，看了一家地方电视台播出的三十几集的一个电视剧。剧情大意是一个司机刹车时恰在他车前倒下一个人。这人原来有很重的心脏病，虽不是被撞，却因惊吓而死。司机出于道义，一心要负担死者一家的生计，慨然允诺跟那比他大的死者的"未亡人"结成了夫妻……事情至此本该了结了，可编者却让这家那不满20岁的女儿热恋起这个后爹来；而这位后爹也死去活来地喜欢那姑娘，非要多方申明与之无血缘关系要名正言顺地与之结婚……如此又胡编了几集，弄得看了此剧的人极不舒服，连呼上当。窃以为这编法就不仅是"戏不够，爱情凑"可以一言以蔽之的了……再，就是受到普遍赞誉的电视剧《英雄无悔》，英雄高天同几个女人之间的爱情纠葛，有的确为情节所需，有的，笔者也以为有蛇足之嫌，是不敢恭维的……

"简洁是天才的姊妹。"古往今来，诸多文艺名家都奉作品的简明精当为上，以故意抻长、弄巧而赚取实惠者，实为下作！那些不屑为短，动辄洋洋万言，"萝卜快了不洗泥"者，并非什么"天才"。有关的出版、播映单位及管理部门，似应负起扬短风、抑长风之责（当然无味而短、优秀而长者又当别论）。

窃以为，当前，整个文艺在普通百姓读者心中贬值，遭到蔑视，不乏与文艺界也产生诸多假冒伪劣产品有关。

中央电视台近日连着播出的电视短剧，很慰观众悬想，令人耳目一新。《蓝色旅途》虽是个单本剧，其表达人们爱心的主旨，可谓挥洒得淋漓尽致！《金兰》虽只有两集，其笔墨集中，人物栩栩如生、呼之欲出，所作所为令人信服。这二者都收到了言简意赅、撼人情感的效果。

为精短的文章、精短的戏剧叫好！

空谷知音

我们的社会生活，不知为什么常常莫名其妙地受大轰大嗡的"浪涛"推动。

在前些年的一股读书浪潮里，我和几位同仁受命创办了这个城市的第一家文学刊物。即使是"扎蓬棵"在热风吹拂下也有凌空飞扬的时候。我们那小刊物出刊半年，发行量就达到 20 万册……不少文艺界名流都曾欣欣然在它上面发表大作，许多读者和文学青年，都自称是刊物的知音、文学的知音……

然而，曾几何时，说不清到底因了什么，这热浪"退潮"了。弄文字，不再是"热码头"，许多昔日十分红火的"阵地"，成了冷凄、沉寂的"涝洼地"。有趋时逐潮本领的"文人"们，有的已经"下海"，有的"跳槽"了，昔日张扬是"知音者"的，如今多绕路而行，避之犹恐鞋湿了……只留下尴尬，留下惶恐，留下无奈，给那些不会或不肯脑筋"急转弯"的人们……

有识之士说，当今的文学困境，是整个人文环境的一个缩影，不值得大惊小怪。然，本人生性愚钝，任谁耳提面命，脑袋转不过弯的事还是不少，我总觉得先哲们说的，"不义，富如何！""没有文化的军队是愚蠢的军队"等话，并不过时。

一位作家朋友诚挚地告诫说：看不清，弄不懂，写了书卖不出，还是龟缩一隅，"有口难言或哑口无言"为好。

在下，而今真的是"有口难言"这一类人了。这一方面因为病魔的肆虐，剥夺了我正常的讲话功能……再就是因为年龄、因为不会当"时装模特"什么时髦吆喝什么，自然在被淘汰之列。

"哀莫大于心死"，然而，我心未死。痴恋文学写作之人，会有一种难戒的"神瘾"。纵使沉默无语，我心仍在歌唱，喜欢在精神家园里点一盏心灯。喜欢让心灵自由无羁地遨游，偶尔也去翻搅沉积的记忆，将思绪之吉光片羽摄取，装进"漂流瓶"，放入精神世界的海洋，任其漂泊，任其搁浅，只为寄托，不思回应……

令人颇感诧异的是，当今，仍有痴人天真地捡拾那"漂流瓶"，并且"寻根"来了。今年3月底的一天，家里突然接到一个素不相识之人的电话，声称已"寻找"我半年多了：就为她在去年4月8日的报纸副刊上看过我写的《美食之忆》。从那篇抒发怀恋与追思的小文里，她猜测我一定是她的同乡，不然不会有那酷似的饮食习俗和生活情景。我爱人告诉对方我出生在辽北，不是九台。她略作沉默，仍然申明在方便时要来探望。想不到"五一"前夕，这位不速之客真的光临我家了。她40以上年纪，举止庄重，落落大方，在自报了家门之后一再申明，她的不揣冒昧，实在是想认知、鉴定一下自己读过那篇小文章后的揣想。她说：我猜想一个倾心眷念故乡、感戴母爱、挚爱自己妻儿的人，一定是个真实的好人……"今天看到了，我没有错。"她告诉我们，她的业余爱好就是读书：每看到好作品，就废寝忘食。一卷在手，扰攘喧嚣的世界就立刻遁去，自己从容地走进精神家园，去感受人生的大幸福大快乐……听着她思路清晰、见地新颖的谈吐，更使我确信文学的功能。它确实可以呼唤友善，呼唤良知，可以架设心灵桥梁，使原本陌生的人走近……

送走了这位客人，我心久久难以平静。获得这位原本陌生之人的理解、鼓励，自觉比获得花样翻新的这个奖、那个奖，还要激动。

我想对相知的文友说：点燃你的心灯吧！往精神世界的海洋投放你的装有文学种子的"漂流瓶"吧！只要纯挚，总有知音！

苦涩的回忆

　　近日读报，读到"全国教师文学表彰奖"在京揭晓、全国"十佳教师作家"产生的消息十分感慨，不由得使我忆及46年前的往事……

　　中华人民共和国成立初期，百废俱兴，百业待举，各条战线都急需人才，正是在此种形势下，国家做出了招收在职干部上大学深造的决定。

　　我们1954年考入东北师大中文系的140名本科生中，百分之九十都是调干生。我们这些调干生，已参加工作数年，有了一定的社会生活经验，有些人本来就喜爱文学，爱好写作，有的入学前已发表过作品，在创作上可以说已经是"半仙之体"。

　　1956年，那是怎样心齐气顺的年月啊……年初，毛泽东主席在最高国务会议上提出了"百花齐放，百家争鸣"的方针，整个思想界、文艺界空前活跃起来。用大作家萧乾的话说："1956年那气温暖得令人都想掏心窝子。"随着思想解放、向科学进军大形势的发展，学校党委也号召学生们要增长本领全面发展，毕业后争当"副博士"。很快，校内各系的"科研小组""兴趣小组"如雨后春笋般建立起来。彼时，入学已近两年的我们，课业基本上都能完成。蒋锡金、吴伯威教授们的《文学概论》课、《文选及习作》课……常常引领我们神思活跃，迷醉于文学的神圣，萌生着"既已做了燕子，总想飞飞"的心愿。这时，从黑龙江省委组织部东北林业总工会入学的姜照远、曲瑞瑜两位党员同学，提议在年级内成立"课余文学创作小组"。这提议很快得到了彼时已发表了很有影响的小说《松柏常青》《攀月亮》的袁庆望及由沈阳《好孩子》杂志社入学的李本良及由湖南某师范学校入学的曾仲的响应。本人因为彼时在东北大型刊物《文学月刊》上发表了小说《年猪》，也被吸收为小组成员。

我们六个人利用每个周日的下午时光，或在校园假山下、草坪旁，或在某教室的一角开展活动。有时，我们讨论共同喜爱的作家作品，有时则是品评小组成员的新作。至今我犹清晰记得我们讨论过刘绍棠的《大青骡子》、邓友梅的《在悬崖上》和彼时任教于师大的王肯老师的《自由三十天》。当然品评最多的还是我们各自的习作：有在《处女地》上发表的袁庆望的《松柏常青》、在《长春日报》上发表的曲瑞瑜的《森林里的歌声》以及本人在《吉林日报》上发表的《清河滩上》……从此，不仅我们几个人课余创作积极性高涨，也影响带动了周围的同学。一时间，吉长两报的副刊《沃土》和《布谷》上，便不时会出现同学们的作品。爱写诗的周南和下年级痴爱儿童文学的郭大森还提出想参加我们的创作小组，彼时一些老师对我们的活动，也很赞许。当时兼任长春作家协会主席的锡金老师就曾鼓励我们：

要走正创作路子、重视质量，不要以"创作丰富自乐"。何霭人老师和历史系宗向教授，还担当了我们年级金佩等同学创办的诗刊《国风》的指导教师。

正是天宇澄明、惠风和畅之时，怎么也不会料到 1957 年下半年，"疾风暴雨"骤至，砸得人们蒙头转向。不少平时喜爱的作家转眼间栽了跟头，正给我们上课的教授、讲师有的也被打入"另册"。我们创作小组的成员，在各自班内无一例外遭批判。因为"师大学生将来要当教师，迷恋写作就是专业思想不巩固"！是"走白专道路"，是相信丁玲的"一本书主义"想成名成家！我和曾仲所在班级的一位副班长，平时就嫉恨学有所长、在报刊上发表了作品之人，趁运动之风，她不仅在班内组织人批判我俩，还要求我们揭批创作小组另外成员……运动过后，我们分别被冠以"右倾""严重右倾""右倾情绪"的头衔……袁庆望同学 1950 年就考入了南京大学中文系，是投身"抗美援朝"的热情，激励他投笔从戎参了军；入师大前，他是东北军区"前进报"的编辑，是同学中最早被吸收为省作协会员的。"鸣放"中本无过激言辞与行动，但，他父亲在旧政府中做过官，他写的一篇作品，被认定是鼓吹"只专不红"便稀里糊涂地被划了进去，蒙受了 21 年不白之冤。本来他创作起点很高又具有潜质，身心备受摧残，严重影响了他的创作成就。

当时尽管心里委屈，表面还要拳拳服膺。1985 年毕业，离开学校回眸一瞥，竟是无限伤怀。我们迷恋文学创作，彼时真的只单纯地想增长本领，学以致用，哪有什么野心？欣欣禾苗，历经严霜，不唯蔫头耷脑，有的从此更心如死灰退避三舍了。

有的随政治气候的"多云转晴",由噤若寒蝉而"蠢蠢欲动",但也早已失去了青春锐气。可踏入工作岗位后的实践证明:长了翅膀想飞一飞,历练写作本领没有错误,绝非坏事。——创作小组成员曾仲毕业后分配至佳木斯市当了高中毕业班教员,由于他颇谙写作之道,讲析文章能做到鞭辟入里,入境入神,教出的学生大多成绩优异,纷纷踏入了理想的高等学府,以致他所在城市的不少家长,都想方设法要将子女转学至他所教的班里……曲瑞瑜虽然不再眷顾文学创作了,但担任省委主办的《党员之友》刊物主编之重担,却是游刃有余。本人入学之前,文化程度较低,正是自知资质差,才疏学浅,在校期间才较他人超常付出,利用课余多学习了写作本领,毕业后被分配到机关写材料,才得以应付;粉碎"四人帮"后,受命主办文学刊物才敢于担负主持笔政的重担。

……回忆是苦涩的,然,时间是良药——现如今还有谁认定"成名成家"是罪过呢?谁还会相信通过努力给自身增加一份本领是"无罪找枷扛"呢……窃以为这次全国评选出的十位"教师作家"更令人钦敬,因为他们一人做出了两种奉献!那获得"教师作家特别荣誉奖"和"终身成就奖"的梁晓声、曹文轩、金波和毛志成,则是实至名归,因为他们展现的是富有文学魅力的教师形象。

我们师大诸多爱好写作的校友们当然也不能妄自菲薄,在风清气正的现实中,一如朱春雨、张笑天等人在文学领域取得的斐然成绩做出的贡献,是绝不逊于那些中规中矩的教师的……

名人当自重

在刚刚过去的一年里，中国观众不唯在舞台上、荧屏里看到了演艺界诸多明星们异彩纷呈的表演，还幸运地看到了某些"大腕儿"在台下、幕后那令人瞠目结舌的"演出"——

年初，北京爆出了两个青年"新星"的罢演事件，接着又出现了某大腕儿女影星以投币方式决定是否去四川参加首映式的"精彩节目"。有几位歌星，自以为自己的"玉面"早已是"家喻户晓"了，便以脸为"通行证"，开车愣闯中央电视台。门卫照例盘查，他们便觉是受了奇耻大辱，因而大吵大闹。就在元旦前夕，又爆出了"95长沙新音乐巨星演出会"因出场费暂时拿不到手，"巨星"拒演的风波。

——据报载：有几位"摇滚巨星"，与长沙某主办单位签了演出合同。可那个能容6000人的演出场地总共只卖出800张票。主办者入不敷出，"骑虎难下"，与演出方协商可否暂缓付给演出费，可"巨星"们却坚持不拿到演出费决不登台，于是，演唱会只得"流产"。

主办者本想"赌一把"而落空,"巨星"们本想"捞一把"而未果;他们之间的是非曲直,笔者无意去探究评说,倒是想到了那倾慕"名流",想一聆其"仙音"、一睹其风采而不能的可怜的几百名观众:他们兴冲冲买了票,不得不花时间、花车费再去退票,有人是从贩子手中买的票,还得自认倒霉赔上一些钱……

"人民群众是文艺的母亲""观众是演员的上帝",这样的口号,我们喊了几十年了。以前也确有人"身体力行"过:如"乌兰牧骑"深入草原深处可为一家一户的牧民演出;解放军文艺小分队常赴边疆哨卡,为一两个在岗战士演唱……可如今,面对800名观众,倘稍有一点儿以观众为意的良知,可不可以来一场"艺德"演出,而不使他们失望?何况报酬的事,事后似不难解决……

——这想法、看法,在现今许多演艺界人士里,早被视为迂腐不堪了!他们礼拜最勤的是"孔方兄"。每一开金口,每一举手投足,都得听到叮叮当当那金钱的回响!稍不如意,他(她)就可出恶言,作恶态,而不惜名声,不顾廉耻。一位本来颇受歌迷宠爱的歌星,贪心太大,本来每次登台,她的收入都够几十个农民一年的收入总和,可她却惯于偷缴税款。另一位歌星近来因出场费不拿到手不肯登台,很令台下的观众听众愤怒。

当年鲁迅先生曾对左联文艺家们讲过:将来,革命胜利了,人民也不会更不该自己吃黑面包而专捧着白面包给艺术家吃……当今个别"艺术家"骄纵自恣,张狂无忌,贪钱如命,目中无人,除了他们的人品、艺德差劲之外,与社会上有些小报有些人的无聊吹捧、有意张扬、盲目喝彩大有关系！——我想起了一句很土但却极富哲理的歇后语："张三（狼）不吃死孩子——活人惯的！"今后，凡对于那些有了名气而不知自重者，大家就该少一些一厢情愿的"单恋"，说得不客气点儿就是少宠着他（她），少惯着他（她），少搭理他（她），管他（她）是什么"艳后""丑帝"、富婆富姐、天魔地怪、"玉女""金童"、三十六"天罡"、七十二"地煞"……

想起了一首儿歌

"看样学样，长个瓢样。"这是我小时候常唱的一首儿歌，"从小看大，三岁知老。"这是我小时候听惯了的一则俗谚。

缘何突然想起了这儿歌，这俗谚？

去年国庆节前后，中央电视台的"军事天地"节目，连续两期突出介绍了中华名将岳飞。那节目不仅表述了岳飞一生廉洁、无私无畏的业绩，更侧重讲了"岳母刺字"的故事，事实地说明一个伟大民族英雄的造就，有那伟大母亲的一半功劳。

恰在看完这节目之后，在读报时看到了一则《如此家教》的报道，使我"认识"了一位当代"十分了得"的母亲。她的言行，不仅令周围群众"目瞪口呆"，更使我这头脑中尚未淡去岳母故事之人惊诧不已。

那则报道说，在某路公共汽车上，有一位老者因没有座位一直站着，车行至某站时，他身边一位乘客起身下车，老者正慢慢挪步打算坐下，想不到"一个十岁左右男孩，猛地从老者腋下钻过去，抢先坐下"。一位中年乘客见了禁不住说："小孩子应该给老人让座，你怎么抢上了……"小男孩却趾高气扬地说："谁抢着是谁的！现在，谁让谁呀！"

瞧瞧，我们今日这少年何等"英勇"！那位中年乘客正摇头慨叹"真没家教"时，不料那小男孩的母亲却极为不满地反驳："现在社会得有竞争意识！公共汽车座位是大家的，凭实力抢座合理合法……小孩子从小就得教他树立竞争意识……"

一席话，惊得满车乘客目瞪口呆。

我相信，人们看过这幕活剧或看过这则报道，都会发问："现在，怎么了？现在不正是国际老年人年，人人该尊老爱老吗？现在不是社会主义社会吗？"

发现一点小利，就不择手段不顾一切去抢，去占，这就叫竞争意识？难道我们需要的就是这样的竞争意识？

真是大言不惭，混淆黑白，以歪理欺世！

笔者以为，这母子的言行虽为个别现象，却有着典型意义：

改革开放以来，西方世界在向我国输出它的高度物质文明的同时，也带来了它们美丑夹杂的伦理思想，其核心是个人主义，从而诱导了、激活了一些人思想中的以"我"为中心，追求绝对自由的个人利己主义和蔑视一切规范的道德虚无主义。以致一些人因财因利因私欲贪婪地不择手段地去占有，去攫取；以致一些人主张全盘西化，认为中国一切传统的东西都是"老封建"，都需扬弃。须知，我国优秀的传统道德长期以来影响着我们的思维方式、价值观念和道德观念，是中华儿女彼此认同的思想文化纽带。著名物理学家杨振宁说过："孝顺美德是华人传统，是中国几千年文化孕育的。"传统道德观念庞杂，有些糟粕的确需扬弃，一些优秀的传统道德观念，是具有超时代意义的，是应该继承和发扬的。党中央关于加强社会主义精神文明建设的决议中，就从传统文化特别是儒家道德伦理中吸取营养，着重强调"五爱""三德"的社会道德。

今日之社会，如果听任那种以"我"为中心、追求绝对自由的利己主义和蔑视一切规范的道德虚无主义泛滥，就会使私欲横流，歪理称雄。果如此，完全可以想见：再逢国难，恐怕不会再有令儿子"精忠报国"的岳母；我们的干部队伍里将不再会有孔繁森、焦裕禄；我们的军队里，也将不再产生黄继光、雷锋……

未来世界的竞争，是人的素质的竞争。中华民族能否立于世界先进民族之林，关键在现在一代或下几代的素质。这是国人谁也回避不了的严肃课题。稍有良知的父母亲应该懂得：你们是孩子人生的第一位老师，十岁左右，这是人生中的一个重要时刻，在这关键时刻对他们的教诲将影响他们的一生。

检点、规范你的言行，用自己正确的教育影响自己的孩子吧！要知道，这是对孩子一生负责啊！

"可做门闩"之类

往昔，有这样一则笑话：

一个挺聪明的姑娘，结婚后，发现自己的女婿有点儿弱智。同他一起回娘家，姑娘害怕女婿出言无状，惹人耻笑，就嘱咐他说："我家门前有棵棠棣树，看见我爸妈后，你可以告诉他们这树的名称，还可以说这种树质地坚硬，长大了可做门闩……碰到别的事情也可以按这个模式讲话……"傻姑爷记住了媳妇的嘱咐，来到岳丈家，果见门外有棵翁郁的小树，就倒背手，颇为儒雅地跟他岳丈岳母说："此乃棠棣树，长大了可做门闩。"二老一听十分高兴，心想：风传女婿有点儿痴呆，今日一见，不仅识得这稀有树种名称，还知晓它的用途，何等聪明！不免夸奖一番，傻姑爷听了自然得意忘形。丈母娘进厨房做饭，他也跟去了，见着饭勺，他说："这小勺长大了可做炒勺"；见着炉铲，他说："这炉铲长大了可做铁锹……"不是媳妇不放心跟着也进了厨房，再让他说下去，还不知会闹多少笑话……

现实中，我也听了一则新故事：

　　某位地方官员，被邀请出席当地举办的书画展览。随行者一大群，等候"指示"者不在少数，每每于此种场合，我们这位官员都是格外精神抖擞。这次他指着一幅行草，说："这幅连笔字儿写得不赖，就是字儿有大有小，不咋匀称"，又指着一幅墨梅，说："这幅画挺棒的，就是这树枝子，怎么画洇了？"一位颇通翰墨的同僚，见他总说外行话十分着急，忙向他递眼色，又走向前用小肘碰碰他，唯恐有人听了他的话忍俊不禁，憋不住，乐出声，闹出不尊重领导的后果来……

　　呜呼！"知之为知之，不知为不知，是知也"。领导干部并非万能，更不是"神"；权与位，有时并不能同聪明和学识等同。人应该贵有自知之明，不要以为越是权高位重，那学识本领就越"水涨船高"。不学无术妄自尊大，硬要装腔作势，难免麒麟皮下露出马脚，弄出贻笑大方的笑话来……

"广场文化"摭拾

1.广场，以"文化"命名，承载着城市的美誉，表达了市民的心声。

目无遮拦的空旷，耳少市声的喧嚣，净无纤尘的石板路，绿意盎然的草坪，像磁石一样吸引着人们。

晨风中，月夜里，年轻夫妇牵着牙牙学语的稚子来这儿蹒跚学步；鬓染秋霜的老者们，来这里舒臂踢腿活动筋骨；平时常在电视新闻中当"演员"的领导们，此刻也杂在人流中散步了；你看，那几位妙龄女郎，步态轻盈、旁若无人，其实，她们那是在向你展示刚着夏装的倩姿……

我看见，德高望重、须发皤然的公木老先生也欣欣然走进广场了，熟悉他的人走上前去问候，老人正绽开笑颜，颔首点头。

啊，广场，此刻你是城市最为亮丽的风景。

2.广场，以"文化"冠之，管理是不是也应多些文化韵味呢——"大盖帽"们脸上是否可以少些冷峻、多些儒雅？少些呵斥，多些规劝？

广播，可否少让"罚款、罚款"充耳，（当然，该罚的要罚！）少播些三四流歌手"爱你没个够"的歌；多放一点儿民乐"欢乐歌""小桃红"……多播一播《梁祝》和舒伯特的《小夜曲》呢……

3. 夜幕降临后的广场，常见几个离退休的老人聚在一块儿演奏民乐；纳凉的人总是驻足他们身边，怡然欣赏。

——自寻愉悦也给别人带来快乐，我觉得他们几位颇为可敬；那些总在喊要抓精神文明的文化官员们，该否从这里受点儿启示……

4. 汉朝有位姓张的大臣，在家里常给媳妇描眉。对此，某位同僚以轻佻的罪名，向皇帝打了"小报告"。

皇上问那张姓大臣：真有这样的事吗？

他回答："臣闻闺阁中事有甚于画眉者……"

——的确！闺阁中男女间缱绻的私情多着呢，帮媳妇描描眉，小事一桩，用不着大惊小怪。

可，那是在闺阁中！

而今，广场上为游人设置的排椅，多被相恋的男女占据着——这无可厚非；然而，他们中的一些对儿，两人偏要叠坐在一张不堪重负的椅子上，于光天化日下旁若无人地"啃咬"……是向人们显示其相恋之深呢，还是展示从某些影视中学来的开放"技巧"呢——

人们路过他们面前时，多是鄙夷地侧目而视或将眼光移开。我不是"道学先生"，然而，我只觉得丑陋。

5. 而今那广场中心，常是多家"气功师"的竞争场地。他们各自施展神通，吸引着善男信女。他们中确有为他人健康着想者，也确有假神假佛假道以骗财者。

前两天，一位40多岁面带菜色颇为瘦削的"中国××功"传人，挂出了学他的功法可治包括癌症等四十余种疾病的"布"告；不知为何，信徒一直寥寥，这几天只好无奈地偃旗息鼓了——我疑心是那功法"名字"起得不够动人：倘冠以"世界""宇宙"之类，是否会招徕多些徒众？

6. 我漫步广场，目光常常流连在两位颇有了一把年纪的人身上：一位无间寒暑，总是不厌其烦，耐心辅导人们学太极拳、习太极剑，俨如一位"白发剑客"；另一位，则是见谁的风筝飞不起来，总是上前耐心为之校正……

1996 年 10 月

酸葡萄（15 则）

人家的葡萄甜，我"种"的葡萄酸。酸葡萄似也未可全然抛弃：想开胃的，不妨一尝。

（1）

鲁迅先生说：创作总根于爱。

于今，先生这话在一些人那里怕是"过时"了。你没看这样的人：不仅炒自家本已馊了的"剩饭"，还"嚼别人嚼过的馍"，更剪刀加糨糊，东摘西凑。高雅严肃些的敢照量，龌龊卑俗的不却步。什么都能"写"，什么题材都涉足，俨然是个"天才"。管什么文人有行与无行？

斯人的信条就是：创作，总根于钱！

（2）

当今，某些官员乐以"青天大老爷"身份自许。更有的，以为官阶越高，他的本领就越多、越大，那聪明程度也似水涨船高。

——中国的书法，乃是一种特有的民族艺术，非经磨炼，是难达一定水准的。某商店，某报刊，某专栏，请有造诣的书法家为之题词写字，以彰其势，无可厚非。可某些头头，某位"长"，那笔字儿，脖子脑袋一般粗，实在令人不敢恭维，却也赫赫然，到处"龙飞凤舞"。善于转圜的人一见，会赶紧奉承：嗬！这字，气魄！有风骨！可那有一定欣赏水平却不善机变的见了，虽不敢公然品评，却难免要替那人脸红或竟腹诽了……

（3）

这栋居民楼，不是哪个单位的宿舍。六十多户人家，都是"来自五湖四海"。

一天，街道办来查卫生，让选出一户最清洁的。居民们不约而同齐指高高在上那家。因为从不见这家人往外拎垃圾——无冬历夏，她家的一扇窗子总见开阖——什么鱼骨头、瓜子皮、月经纸、烂菜叶……都做"天女散花"，满院抛撒……令人叹服的是有人证实，这户主人原来是这城市里本该最讲卫生的那单位的职工……

（4）

一天，跟儿子外出，路过他一个朋友家时，儿子不无艳羡地告诉我：这朋友的新居装饰得豪华气派，别致新颖，执意让我上楼去开开眼界。

门铃揿过，主人热情出迎，而且颇为自豪地引领我参观一番。果然，那棚顶是天花乱"缀"，那四周是金碧辉煌，那地板可映现人影，那沙发、橱柜，均为我闻所未闻，见所未见……不过，环顾室中良久，却不见一本书，一个书橱……

谁人不愿有个漂亮的家呢？可现代化的家，不该只重外在的物化，更该注重内在的充实与升华。物质，虽为家的基础，可作为家，它还少不了另外一根房梁的支撑——那就是精神……有没有书柜，读不读书，不是装样子，而在使这个家与知识、与科学、与文明更加靠近。

（5）

北方城市，严冬时节，为抵御寒冷，家家封窗闭户。这时节，本不该大肆装修了，可我们这栋楼里，上个月新迁来一户新贵或大款，却旁若无人，大兴土木。一个月来，换窗扒门，凿墙打洞，叮叮当当，轰响不止，迄清晨直至深夜，最甚时，害得住在这家楼下的七旬老夫妇，不得不穿着臃肿，跑到家外躲"灾"。

此类事，如今谁也不管——谁也管不了！两老者告诉无门，只得喃喃咒骂：如今，这类人家的字典上，全无"道德"二字……

（6）

俄罗斯大作家契诃夫说：你想得到异性的青睐吗？那就标新立异好了——我有位朋友无冬历夏穿着毡靴，结果女人便爱上了他。

我们邻居家的小二，近日把头发染成了亚麻色，并"做"成了鸟窝状，一些人不以为然。我告诉他们：今日人们标新立异的劲头，已远非契诃夫那时代相比——说不定明天小二就会被一个染了绿头发的女孩儿相中……见"潮流"不紧跟，那你就是"时代落伍者"。

（7）

过去的年代，做人讲究"谦虚谨慎"。眼下，不少敢于瞒天过海、三吹六哨、言行乖戾、有骆驼不说牛者，倒是很吃得开——

君如不信，你看看文艺界那沉寂多年的文艺批评，近期忽而热闹起来：盖缘于几个前两年"走红"的作家如今没东西抛出来，便以贬损他人无端詈骂为能事；于是乎，他的"名望"陡增……

在本人几个放风筝的朋友中，"J"某无论在扎制还是放飞的技艺方面都是最差的。可他却"自我感觉良好"："你知道吗？""你懂吗？"常以教训别人为能事，俨然一派教师爷风度，因之，许多初迷此道者，便常围护其左右，几欲尊崇其为大师……

（8）

"五一"节，没敢随同大批旅游者去"挤"名山大川，而是去了30年前插过队的乡下，想看看昔日的房东们生活可有改变。

路过镇上原来的公社所在地、如今的乡政府，很想下去拜望一下当地的"父母官"，却怯于不认识。司机笑着指点我："……现在的乡镇干部，从外表上就能看得出来：多是留平头，梳'板寸'，穿西装，不扎领带，不系扣儿，露着啤酒肚儿，常站在临街的台阶上，手擎大哥大，旁若无人地大声打电话的，那准是……"

（9）

封建时代留下的"官本位"余毒，至今阴魂不散，令不少人性格发生扭曲。十数年前，一位昔日态度谦和与我辈比肩的技术员，忽而"高官得做"，从兹，渐渐地见了我辈凡人便懒抬眼皮。听说对其下属更是颐指气使，稍不如意，就横加指斥……叵耐岁月无情，如今此人再留恋，也不能复坐那把交椅，成了杂入诸离退休者一早一晚在广场闲步的散淡之人；然，我看见与之打招呼者，鲜矣！一位昔日那人的部下说：看见他迎面走来我便想绕道走开。昔日是敬而远之，今日是……

（10）

我们居住的家园，是全国17个严重缺水城市之一！政府不得不千方百计寻找水源，不得不动员数万人，历经数年，耗资数亿，从百公里之外"引松入长"。

本是"水贵如油"的今日，我看有的洗车房，毫不顾惜，正用粗水管喷洗汽车，让水流满地；几家私心极大的住户，正引自来水浇他家窗外的"小片荒"……

我想大喊一声：你们究竟生着怎样的心肠？然而，我是个没了"开口告人"依凭之人，只能如阿Q似的，怒目而视……

（11）

为什么诸多群众痛恨与厌恶的贪赃枉法、徇私舞弊、鼠窃狗偷之类的恶德与丑行，常是由记者们"暗访"得来才得曝光？
负责制约与管理者都干什么去了？

《焦点访谈》曾披露成都音像市场有人在光天化日之下兜售
淫秽光盘的事实。笔者以为那黑心商贩固属可恶、该予惩处；
可那一脸尴尬、支支吾吾、答非所问的市场管理员，该不是与
之沆瀣一气吧？

猫替老鼠望风，老鼠才敢胆大妄为。

（12）

某地查出了假药制造窝点，记者问一当地主管领导，该怎
样看待此事？那领导的回答令人瞠目：

"我看人们……得提高辨别真假的能力……"听了真是叫人
哭笑不得。

呜呼，如今凡上了一把年纪的人，多年受党的教导与熏陶，
都笃信并身体力行"做老实人,说老实话,办老实事"。谁能想到，
而今蒙人的东西比比皆是，花样翻新，几可乱真！愚钝的小民，
哪会有那位领导"辨别力"高明！

（13）

"多病所需唯药物，微躯此外复何求。"这是杜甫老先生说
过的话，——倘杜甫老先生生活在当世，你得提醒他：买点儿
药物,可得当心——近日有报道,连首都北京的某些药店与医院,
也发现有假冒伪劣药物在销售、在使用……

（14）

谁说今日"世无英雄"？

一位坚持晨练的老者讲：

一天，他见一个小青年在广场边上以抛石子击碎路灯为乐，便上前制止。那青年问：

"……是你家的？"

"不是，可这是公家的。"

"公家的，用你管？——我看你有病！"

老者怕被饱以拳脚，后退中暗自思忖：真的，如今或许我真的得了"病"……

（15）

看足球赛引发的联想——

英气凛然的守门员，静如处子，动如脱兔，敏锐如鹰；依凭他那瞬间准确之判断，施展闪跃腾挪之功夫，可以力保"城池"不失。

我们居住着的城市，太需要这样的"守门员"了——让假币、毒品、三陪小姐、191办证、办文凭之类，堂皇闯入我们的"城池"，毒化社会风气、危害百姓生活，那该是"守门员"的奇耻大辱……

小说篇

我和爱犬大青

　　别看我已是个 60 岁的半大老头儿，可胸膛里跳动着的仍然是一颗孩子似的心——仍然爱玩儿，爱热闹；没事儿的时候总爱东想西想，常常沿着"记忆的小道"跑回到那久已逝去的遥远的少年时代……

　　一个星期天，我跟老伴儿到一位画家朋友家里去做客。门铃揿过之后，首先蹦出来欢迎我们的是一条长得跟波斯猫差不多大浑身毛色如雪的巴儿狗。

　　女主人将我们让进屋，略作寒暄后，紧接着就炫耀起她的宠物"小奔儿"来。在她的得意指挥下，只见小奔儿一会儿竖起身子用两个前爪向你"作揖"，一会儿又躺在地板上"打个滚儿"，忽然又蹦进你怀里向你要吃的……真是聪明乖巧、媚态可掬。妻子啧啧称羡，赞不绝口，回到家后，还一再认真地撺掇我也淘弄一条。

　　我用沉默或"顾左右而言他"敷衍着——这一方面是因为当今养宠物成风，听说够点儿档次的狗，身价昂贵得成千累万，非我的经济力量所及；更主要的是我从心里并不喜欢它！当今不是很讲什么"人性"吗？我以为狗也是有"狗性"的。我不喜欢那种被豢养得已经变异、丧失了'狗性'的甜腻腻的媚态狗！

因它，我想起我少年时代的朋友——我的爱犬——大青……

一、我救了它一命

1945 年初秋，我刚念完小学四年级，"满洲国"垮台，东北光复了！眼瞅着旗杆上的膏药旗和红蓝白黑黄破布拼成似的"满洲国旗"被扯下来，看到平时总是欺侮我们的日本小子都像耗子钻洞一样再也不敢走出家门；想到从此不再在日本老师呵斥下去"勤劳奉仕"了，不再为"日语"不好而挨板子了，我们都乐得不知怎么"疯"才好。那时节，大人们也像被关久了的鸟儿，虽被放出了笼子，可不知道该怎样展翅儿。他们都被纷乱的世事迷惑着，没有工夫管束孩子，我们这些十三四岁的"半大小子"就成了没笼头的小野马，可以自由自在地到处撒欢儿。

一天，我在屯里我的"抹泥之交"高得民家玩儿，住在邻村二寨子的他老姨正好也来他家串门儿。她顺便还牵来一条半大的瘦骨嶙峋的青毛狗，说是老母狗一窝下了三个崽，另两条送人了。这个小家伙机灵顽皮、招人喜爱，本来想自己养着，可家里吃了上顿没下顿，再难顾惜它，觉得饿死怪可惜的，就牵来这个村儿，说谁能养得起它，就给谁吧。松开它的脖绳，那狗立刻就摇着尾巴，围前围后地跟我俩玩儿。我一下子就喜欢上它了，急忙跑回家，偷了一个早饭剩下的苞米饼子，掰了半个喂了它，小家伙一口吞下去，眼睛紧盯着我，再不肯离我一步。看着它那稀稀拉拉皮毛下暴露的搓衣板似的肋骨，我猜想，这小家伙准是好几天没吃食物了。

看高得民不停手摩挲、逗弄它，猜得出他也挺喜爱这条小狗，忙悄声跟他说："嘻……你可不能要它——你小名叫狗剩儿，你要了它，不怕别人说你们是哥俩？"

高得民听了举起拳头满院子追着打我，小狗也跟着绕圈子。高婶儿不明就里，还以为我俩争这条狗打起来了呢，就嚷：

"别争啦，别争啦，二祥！我看这狗跟你挺有缘分，你领去好好养着，算救它一条小命吧！"

我看高得民有点不乐意的样子，就主动上前讲和，跟他拉钩，告诉他：狗由我养，可它是咱俩共有的。

他听了，脸上露出了笑容。

扔掉了绑缚小狗的绳子，我依据它的毛色，喊它"大青"。小家伙机灵地歪着脑袋注视我一会儿。再喊，它便晃尾巴，知道是喊它了。我把手中那半块饼子扔给它，撒腿跑出了高家，大青叼起饼子，回头依恋地瞧了瞧原来的主人，便寸步不离地跟我回家了。

"从哪儿弄来这么条癞皮狗？快点送回去！"

那年，我爸妈都有病，大哥在外地干活，是大嫂主持家务，她一见我领回大青，气就不打一处来：

"……这兵荒马乱的年月，人吃的还不足呢，哪有东西喂它？再说，刚孵出一窝鸡崽子，还不得都让这'饿鬼'偷吃了？"

不知是让嫂子的大嗓门儿吓着了，还是它听懂了这话？大青那竖立着的耳朵耷拉下来了，紧紧用身子靠住我的大腿，抬头可怜巴巴地望着我，那意思好像让我为它求情。

爷爷看出我真喜欢这条狗，就讲情说："二祥这么喜欢它，就留下吧——没粮食喂它，就给点饭米汤、刷锅水……如果它真祸害人，再收拾它也不晚……"

谁家的母鸡孵了窝，都会被主人高看一眼，得到平时难以得到的赏赐。我们说话的工夫，家里那只芦花母鸡率领十几只鸡雏儿咯咯地叫着，像得胜将军似的从村街雄赳赳地回到院子来了。大青一见忙悄悄躲到墙角趴下，嘴巴子搁在伸出的前爪上，一动也不敢动。那副低眉顺眼的样子，逗得大嫂扑哧一声笑了。

二、大青成了嫌疑犯

大青进到我家第三天，果然成了嫌疑犯。

那天一大早，嫂子起来抱柴做饭时，发现鸡架门外有血迹和鸡毛。她忙将鸡架门打开，老母鸡惊慌地叫着冲了出来，一数鸡崽子，少了三只！

"二祥，二祥！快起来——一准是你弄来的这败家狗偷吃了鸡崽子！"

大嫂吼着，抢起烧火棍向大青打去，只听大青嗷嗷地叫着，向当街跑去了。

我忙披上衣裳去追大青，心想，如果真是它偷吃了，非狠狠揍它一顿不可。

忽听爷爷在背后说："鸡崽子要真是小狗偷吃了，它嘴丫子得有血……"

这话提醒了我。我撵上大青后认真看了看，它脸上、嘴巴子上都干爽爽的，不像是做贼的样子，又到它睡觉的山墙边察看一下，也没发现什么可疑之处。

鸡架在院子里前檐墙底下，没发现有别的野牲口进来，那鸡崽儿是谁偷吃的呢？……那夜，爷爷让我把大青牵到离鸡窝不远的地方睡觉。拴它的绳子也换了一根细的。睡到半夜时，只听大青"呜呜"地吼了两声，紧接着就听院子里"乒乒"地有响动。

爷爷忙喊："快点灯，快点灯！"

大嫂从炕上一跃下了地，我也跟着她跑出了屋。借着手电筒的光亮，我们看到了一幅令人惊异的战斗场面。只见挣脱了脖绳的大青，不停地呜呜着，左扑右按，在跟一个二尺多长的黄鼠狼搏斗，那黄鼠狼着急了，眼看要钻入墙豁里，只见那大青纵身一跃，准确地用爪子踩住了黄鼠狼的后腰……

用自个儿的行动洗去了不白之冤，大青再不用我偷偷地去喂啦！嫂子每逢给猪、鸡喂食，也吆喝着给它开饭。这还不算，大嫂还极为宽容地命令我："用房后那百十块青砖，在鸡架旁给它搭个像点样的窝。"

母鸡带领着八九只鸡雏又到院外散步、找食儿去了，大青远远地保护着不让别家的猪、狗靠近它们。天上飞来了老鹞鹰，大青就汪汪地叫几声，给老母鸡"报警"……

三、陈三丫落水

由于不再挨饿，大青到我家一个月的光景，完全变了模样，身子蹿得高高大大，四条"板凳腿"长得粗粗壮壮，浑身毛管像缎子一样黑亮黑亮。两只尖尖的耳朵总是机灵地竖立着，眼圈周围各长一个褐色的眼环，显得格外有精神。它跟着我真是形影不离，无论我进城到火车站去看缴了械的日本兵向南撤退，还是到村外大凌河洗澡，或是下瓜地看瓜，它都一步不落地跟着我，我怎样训练它，它都听话，许多"能耐"还一学就会。

那是香瓜快罢园，高粱晒粉米的日子。一天过晌，"秋老虎"日头毒，我跟狗剩还有另外几个小伙伴蹦进紧靠大河边的一条稻沟子去摸鱼。正当我们几个紧张地围抓一条大鲤鱼时，忽然，站在沟沿上的大青竖着耳朵冲我们"汪、汪"地叫了几声——每逢遇到什么意外情况，它都会这样向我"报告"。

"别吱声了，你们听——"我一喊，大家都坐在水里，停止和弄水了，静下来一听，远远地传来了几个女孩子带着哭腔的喊叫：

"快来人哪，快来人哪！"

"谁会水呀！谁会水呀！"

"有人挨淹了，快救命啊……"

我领头爬上了沟沿，狗剩紧跟着也爬出了河沟，大青汪汪地叫着向那发出喊声的大凌河边，箭一样跑去了……

我边跑边向远处张望，远远地就看明白了。隔河喊叫的是和我们一般大小的几个丫头片子。岸边的卵石滩上晾着洗过的几件衣裳。顺她们手指的方向看去，急流下梢的深水里，一个穿花布衫的人正一沉一浮地乱扑腾。

大青撒开四蹄，沿着河堤飞奔，工夫不大，已经绕到离落水人不远的对岸。

我边跑边大声喊："大青，快往下跳！"

大青真听话，从高高的河岸上，猛地一跃，就窜进了河中，向落水人游去。

村西这条大凌河，是我和几个"抹泥之交"再熟悉不过的地方：春天我们从这里蹚过西岸到荒甸去挖野菜；夏季几乎整天泡在这儿打水仗、摸鱼；冬天跟大人们一块儿凿冰窟窿下串笼网……对每个河段的深深浅浅，我们都了如指掌。——眼下淹着人的这个深潭叫黑鱼汀，那水深得扎猛子老半天也够不着底儿……

我和狗剩先后跑到出事地点，甩了手里拎着的小布衫和鱼串儿，扑入河中急急向落水的人游去。眼看着那花布衫，蹿了最后两下沉下去再没冒出水面，只见赶到的大青猛地潜入水中，咬住了那人的一角衣衫浮出了水面。

我边凫边喊："大青，别撒嘴！往浅地方拽……"

因为着急喊话，脑袋一浸，我呛了一口水，可也顾不得了，还是拼命向落水人游去。

我游到了落水人身边，怕她乱抓挠，抱住我不得脱身，我想绕到她身后去。可那人碰到了我的胳膊便死死拽住不放，扯得我一块儿跟她往下沉。我拼力用一只手划水，挣扎着浮出水面往浅处游，大青叼着那人的布衫后退着向岸边拽，狗剩儿这时也赶到了，在拽、拉、推中，终于将落水人弄出了深汀，在岸上人的呼喊声里，最后把那"喝"饱了水的人拉上了河滩。

人们急忙把那落水人翻扣过来控水。我喘息过后，近前一看，哟，原来是她——村西头老陈家的三丫！

原来，她和邻居几个女孩子在河边洗衣裳，她们叽叽嘎嘎地笑着闹着，一不注意，一件布衫被急流冲走，陈三丫赶忙去捞，谁知脚下踩着了光滑的鹅卵石，一咕噜，就跌进了深潭……

那天，我和大青成了村里的"英雄"，傍晚回家从村街走过时，不少人都指指点点地议论："……就是这吴家的二祥和那条黑毛狗，救了老陈家的丫头……"

那晚上，我们刚吃完饭，陈三丫的妈手里托着个蓝布包，里边装了十几个鸡蛋到我家来了，后边还跟着与我家沾点远亲的一个姑奶。

陈三丫的妈拙嘴笨腮，进了门就往我爷手里塞那布包儿，哼哧半天就会说一句："不知咋谢好，不知咋谢好。"那个姑奶见状着急了，急忙接过话去，跟我爷唠了起来。

她先夸我"懂事，没白念书"，后夸大青"仁义"，"真通人性"，紧接着就拍手打掌地说："这可是缘分——缘分哪，要不三丫挨淹，咋就偏巧让二祥赶上，救了她！——这是月下老牵的红线哪——"

她说到这里，爷爷、大嫂和我都愣住了。接着她便"胡同赶驴——直出直入"地说出了来意："我这是给二祥保媒来了——这门亲事我算说定了——那三丫头是我看着长大的，会做针线，能管家，长得也受端详，细眉大眼的……"

我越听越觉不对劲儿，急忙从后窗户跳了出去。——倒不是觉着救了人家，再要她做媳妇不够"仗义"，主要是那时自个儿已经有点儿"知识分子"的优越感了：寻思我都小学毕业了，可三丫一天书没念过，是个睁眼瞎，更何况她还比我大一岁！早就听说找媳妇不能找比自个儿大一岁的："女大一，哭啼啼！"

四、在危难的日子里

大青遇到危难的日子，是在割倒了庄稼以后。

足有两个月的光景，日本侵略军、开拓团以及他们的家属，挤火车、挤汽车或者步行，陆陆续续地都走光了。苏联红军开进县城不到半个月，八路军的前哨部队从关内开来了。老百姓刚做好红旗欢迎他们，可没几天他们又悄悄撤到北边去了。

一时间，满县哄嚷国民党、中央军要来，可始终也没见他们露面。这期间，当地的汉奸地主武装勾结伪满的兵痞跟土匪纠合在一起，却打起了"青天白日"的旗号，成立了什么"中央军先遣队"夜夜外出抢劫、抓人，闹得四乡不安。

幸好他们一有行动，城郊各村屯的狗便"汪汪"地狂吠不止，使得四邻乡里都有了应变准备，使匪徒们常常达不到目的。

就为这，那些家伙恨透了各村的狗，专门成立了一个疯狂的捕杀狗的"红眼队"。

一天，天刚蒙蒙亮，趁打场过于劳累的庄稼人还在梦中，红眼队那台破汽车，呜呜吼叫着开进了我们吴家堡子。

汽车停在村街中央，那些凶神恶煞的红眼队队员，有的抢着钉满铁钉的"杀威棒"，有的擎着用粗铁丝做成的套狗工具，三五个一伙，踹门跳墙，挨家围堵。

头几次这帮匪徒来打狗，都是未等他们进院子，我们便带领大青翻出后墙，跑到野外去躲起来。这回，还没等我穿好衣裳，五个面目狰狞的家伙，已经翻过围墙，跳进了院子。

一个粗粗壮壮的匪徒一见大青就乐得喊了起来："这条黑狗真大呀！抓住它烀熟了，真解馋哪……"

大青知道不好，呜呜龇牙低吼着，躲闪着，寻找退路。可四周围墙很高，大门这时已被两个拿狼牙棒和铁丝套子的人一左一右牢牢堵住，后院门也被堵得严严实实。那个矮胖的家伙举起棒子直冲大青打来。

我急了，推开窗子冲大青喊：

"咬他们！大青，快奔大门，往外冲——"

大青灵活地一下跳上了鸡架。那个矮个子狠劲一下却劈了个空，还没等他再次砸下，大青趁势高高跃起，跳到了那人背后，迅疾地照着他的大腿狠狠地咬了一口！

"哎呀，妈呀！"那个小个子一声惨叫，顿时就扔了棒子痛得满地打滚了。

另几个匪徒一见真的红了眼，纷纷上来围打。大青见大门出了空隙，左突右闪奔了过去，想从那个挥套杆的人头顶跃过去。可想不到那个大个子手疾眼快，趁大青纵身的刹那，一举套杆，一下就勒住了大青的脖子！

我吓得妈呀一声，心好像让人揪住了。

可睁眼一看大青，它可不是熊蛋，脖子被人套住了反而更加劲地一蹦再蹦想要挣脱。

那几个红眼队员见了，忙喊："攥住杆子，可别撒手！"可那个大个子经不住大青左翻右转地狂跳，一个趔趄跌倒在地上，把大青也扯倒了。这样一来，一人一狗左翻右覆地滚在了一起。

几个红眼队队员举着手里的家伙嗷嗷地喊着围了上来，可怕伤着同伙都没敢往下打。只听一个人吼了一声："快取枪去！"

那躺在地上的家伙忙喊：

"开枪？想要打死我呀？！"他一走神，大青猛地一蹿，只听"咔"一声，套杆折断了！大青用后爪狠劲朝那人脸上一蹬，带着铁圈套子冲出了大门……

那两个受了伤的坏蛋，哼呀哎呀地被人抬出了院子。

这帮匪徒，高声叫骂着，起誓发愿地吵着，非要逮住大青报仇不可。

五、与狼搏斗

那天，打狗队从吴家堡子又逮走十多只狗。那些狗有的浑身鲜血淋漓，已经奄奄一息，有的恻恻哀号。它们的主人都围着破汽车上的囚笼转，有的哀求，有的叫骂，但都无济于事。我怕大青跳出家门被别的匪徒抓住，便围着打狗队的汽车转圈儿搜寻，见没有大青，才放下心来。

汽车嗥叫着开走了。我顾不上回家吃饭，忙到野外去寻找大青。

溜了东塘串西洼，过了北甸上南岗，眼看日头偏西了，也未见它的踪影。

我懊丧地回到家，嫂子端上饭来，我也不想吃。

眼看天已经黑了，爷爷刚要去锁大门，大青悄没声地跑回来了。

它脖子上还戴着那个铁箍，身上又扎满了山蒺藜。

我急忙跑出去，一下搂住了它的脖子。大青用它那湿湿的舌头一个劲儿舔我。

我用铁钳子掰掉了它脖子上的铁"项圈"，又耐心地往下摘蒺藜刺儿——看来，它是怕匪徒们找到它，竟跑到10里外南山上猫着去了。

大嫂也心疼大青，端出半盆饭来喂它。

爷爷端着烟袋，坐在炕沿上自言自语：

"咱们屯离城这么近，红眼队抬腿就到……全村的狗，差不多让他们打光啦。大青又咬伤了他们的人，那帮杂种绝不能善罢甘休……看来，咱家，它是待不住了……"

听了爷的话，我差点哭出声来：

"爷！你……是不是怕那帮坏蛋把大青抓去，也像西院七叔那样，把狗勒死，自家闹个吃肉哇？"

爷爷嗑了烟袋，说得斩钉截铁：

"那不能！绝不能！大青是救过人的狗，是'义犬'哪！就是将来它老死喽，也不准吃它的肉！……我是想，咱家它待不得了，得想法把它寄藏起来。"

"它是个喘气的活物，往哪儿藏啊？再说，十里八村的，红眼队都能翻到哇！"

爷爷胸有成竹地说："东山里，小狮子沟你大姨家，离县城五十多里，那儿，红眼队不会去。"

爷真好！真懂我的心！真疼大青。明白了爷的主意，我乐得赶紧又给他装了一袋烟。

嫂子起大早做好了饭，我和爷爷草草吃了，趁天未大亮，就带领大青，悄悄绕过县城，直奔向东山里的小狮子沟。

一路上，大青颠颠地小跑跟着我们，不过隔一会儿便要去树根下或电线杆上撒点尿。

我发烦地喊它："快点，你的尿咋这么多！"

爷爷听了一笑："它可不是尿多，它是用尿做记号呢——狗的鼻子特别好使，就闻这气味，跑多远也丢不了，一准能找回家……"

过晌，我们才赶到大山深处的姨家。

一年多没见到姨和姨夫了，见了面格外亲热，姨捧出山里红、榛子招待我，还说临回家时，带上一些。爷爷跟姨夫说明了来意。想不到姨夫分外高兴。他说："太巧啦！一两天之内母牛要生牛犊，我正愁今年家里没养狗，怕野牲口祸害呢，有这么一条大狗守夜，那就放心了！"

大姨告诉我，这大山里，人烟少，野兽多，每逢牛羊下崽儿，草狼就三五成群地围着牛羊栏转，有时一个不注意，它们就敢跳进圈里叼走羊羔或牛犊。

我告诉大姨和姨夫：大青可是个看家护院的好帮手，不久前，它还帮我和狗剩摁住过狐狸呢。

那夜，大姨留我和爷爷住一宿，我因为走路多了困乏，躺下就睡着了。可到了半夜，爷爷却把我捅了起来：

"二祥，醒醒！老牛下犊把野狼引来了，快去把大青的脖绳解开！"

从后窗往外望去，牛栏外不远处，有四只鬼火样闪着绿光的"小灯"晃来晃去，爷爷告诉我，那就是狼的眼睛。

我忙跳下地到门外解开了大青的脖绳——这时的大青，早已发现了敌情，浑身的毛抖动着，尾巴变得很粗，嘴里呜呜着，一纵身跃进了牛栏里。

圈里的那头牤牛和刚生下牛犊的母牛还有大青，十分默契地摆成了一个"三角阵"，把小牛犊护在中间，跟两只饿狼转着圈圈对阵，大青并不虚张声势地乱汪汪，而是龇牙张口摆出一副决战到底的架势。

一个个头跟大青差不多大的狼，耐不住了，"噌"地跳上了护栏，准备蹦进牛圈，大青决不示弱，趁那狼还未站稳，猛扑下去，照它后腿狠劲咬了一口！那狼可能是被咬疼了，转身又跳到了圈外。大青"嗖"地一纵身，也跟了出去。爷爷、姨夫怕大青吃亏，赶紧让我吹口哨，把它唤了回来。

这时的大青，十分兴奋，躁动不安。我浑身上下摸了摸它，一点儿没受伤，嘴巴上还沾点血，显然那狼是被它咬伤了。

姨夫一见，不停地夸大青，说从来没见这么有能耐的狗，如果我舍得，他想把大青长久地留在这里。

我说啥也没答应。爷见拗不过我，就说："啥时候红眼队不闹腾，没危险了，我们再接大青回家。"他告诉姨夫："我们走后，一定要拴住它，小心它逃回吴家堡子。"

我们离开小狮子沟时，我一再叮咛大青，让它好好在这儿保护小牛，它用舌头舔我，紧摇尾巴，表示听话，可当我们远远离开时，却见它蹦着跳着，想挣脱那锁链……

六、面对匪徒的枪口

进了腊月门儿，时局更加紧张。听说已经改叫"民主联军"的八路军正从江北步步反攻过来，中央军还没在县城露面，就缩回到大城市沈阳,兵痞土匪们组成的"中央军先遣队"吓慌了，也张罗着向南撤退。为准备逃跑,他们更加疯狂地到处抢掠粮食、马匹和财物。

一天下晌，我正跟两个小伙伴站在村街上，听大人们议论时局，忽然觉出有人从背后攀扶我两肩，还呼呼地向我后脖颈呼热气，我还以为是谁跟我闹着玩儿呢。可一摸那"手"，毛茸茸的！回头一瞅,天！是大青！它正立起两个前腿跟我亲热呢！

看见了日思夜想的大青，心里真高兴，两个月不见，它长得更高大结实了。可转念一想又犯了愁，现在是最危险的时候，你咋偏在这时候回来！你是偷着跑回来的？还是跟姨家的人回来的？

——过了不到一个钟头的时间，大姨父进村了——这个久居深山不闻世事的老头儿，不知从哪听说汉奸队跑光了，"天下太平"了，所以下山来办年货顺便就把大青送回来了。

吃晚饭时，姨夫正眉飞色舞地讲大青如何跟狼搏斗帮他保护家畜家禽的故事，忽然，"乒乓啪啪"村头响起了枪声！

"中央军先遣队"的几十名匪徒包围了村子，他们如狼似虎地挨家逐户抢劫衣物、家畜和家禽。

一时间，全村孩子哭妇女叫。"哐！哐！"一个小个子带领四五个匪徒，砸开大门闯进了我家院子。

那小子进院就高声叫骂："我就是在这家让条黑狗咬伤的，跟我搜！"

这帮坏蛋用刺刀捅翻了鸡鸭鹅架和狗窝，满院子追赶乱跑乱飞的鸡鸭。他们有的用刺刀捅，有的用枪打，顿时，满院子是鸡鸭惨死前的鸣叫声。

外面枪声刚响过，我早就把大青叫到屋里，知道它逃不出村了，就一直紧紧地把它按在屋地炕墙下。可是听着院子里鸡鸭的惨叫、匪徒们的狞笑声，我再用力也按不住它了！这时的大青，两耳高竖，两眼大睁，呜呜地低吼着，冷不丁跃起，蹿上了炕，又撞碎窗纸，蹦入了院心。径直向匪徒们冲击，一下子就扑倒了领头的那个小个子！

"开枪打——快开枪啊！"被扑倒的那个坏蛋声嘶力竭的一声叫喊，另外几个家伙，举起枪一起瞄准了大青——

眨眼工夫，大青便惨烈地死在一阵乱枪之下！

……霎时间，我不再害怕，也没流泪，真想跳出窗去跟匪徒们拼命！可家里人和姨夫死死抱住我，不让我脱身……

——当年，正是因为我亲身经历了战乱，目睹了匪徒们的暴行，懂得了民主联军是跟他们势不两立的，才在刚够16岁时就偷着离开家投奔了民主联军的队伍。当时的动机真不太高尚。记得班长曾问我"为啥参军"时，我竟脱口而出："为大青报仇！"幸而班长没往下追究，他不知大青是一条心爱的狗，还以为是我的什么亲人呢……

依稀记起爱憎分明的鲁迅先生在一篇文章中说过这样的话："其实，人禽之辨，本不必那样严格……"——我的少年时的爱犬大青，我真是把你当作了此生最早结交的最为忠诚的朋友——

这样的朋友，远比那些在你春风得意时同你甜哥蜜姐、在你背运或罹难时避之犹恐不及的所谓"朋友"要好……

复仇的弹弓

不久前，一次偶然的机会，我走进了靶场。十发子弹打出去后，报靶员说：只三枪打在靶子上，其他子弹都不翼而飞了！……遭受了同伴们的戏谑，自己也摇头叹气之后，忽然阿Q似的想到了"从前"——怎么搞的？少年时代，自己不曾经是"显赫一时"的射手吗？

我的家，住在辽北开原县城边上的一个小屯子。到了入学年龄，本该就近上屯中的小学，可一心巴望改换门庭的父亲，却把我送进了离家七里的县城里的"国民优级小学校"。一个屯堡的土孩子，走进洋学堂，免不了要受城里孩子的白眼和欺侮。为了寻找自己的乐趣，也为在忍无可忍的情况下进行自卫，我偷偷地爱上了弹弓。

寻觅到一块废自行车里胎，用它铰了弹弓皮筋，又选了根两枝匀称的唐槭树杈做了弹弓把儿。这弹弓，成了我形影不离的朋友：上学时放在书包里，晚上睡觉也压在枕下。为练瞄准，我在自家土墙上用粉笔画个圈圈。做完功课或干完活儿，就面对土墙练几下子。开初，"子弹"总不走正道儿——手背上，常是旧伤未愈，新伤又添。可"功夫不负苦心人"，时间长了，竟然发生了"奇迹"：无论麻雀落在房脊、谷垛、秫秸障子上，或是村街旁的柳枝上，我只要悄悄走近它，也不用咋瞄准，手一抬，噗的一声，那麻雀就会嘴丫子淌血、扑扑啦啦地滚下来。有时，放学回家，一路上就能捧下三四只。

开头，我是捡拾河滩上的小石子儿做子弹的。有了真本事，屯里"宾服"我的孩子们，就主动团小泥弹儿用灶火烧过送我当子弹，当然我也毫不吝啬地将猎获物分给他们。每逢星期天，我大模大样拎着弹弓在村街走过，准会有几个小嘎子跟着磨叽："二哥，二哥！给我打个家雀吧，我给你烧一百个泥球！"

几个常欺侮我的同学知道了这情况后，有一次，在校园外截住了我："喂！听说你弹弓打得准，照量一下，让我们看看！如果你是瞎吹的话……"

他们在离我20步远的地方撮堆土，竖了一根铅笔。他们刚站起来，我的子弹就飞到了——嘤一声，那铅笔飞出了两丈远。

从此，我真的再很少挨欺侮了。

1945年，我上四年级。

记得那年，春天来得特别晚。三月中旬又飘了一场大雪。尾巴上有白翎子的雪雀儿，叽溜叽溜满天飞。这些小家伙傻头傻脑。成帮地落一棵树上，你捧下一只来，其他的也不知道飞走。一天，课间休息时，一个同学指着校园里那棵大柳树上的雪雀，说："神弹弓，能打下一只来吗？"

我仰脸一瞅，几个傻家伙，站在树枝上毫无警惕。打下一只，扬手可得。

但，我怕在学校里打弹弓——主要是怕让级任老师——那个凶神恶煞似的日本人桥本发现。

桥本从二年级起担任我们班的级任。他在日本教师中是个少有的高个儿。背有些驼，屁股上常挂一块白毛巾。脚上终年穿一双大脚趾与其他四趾分开的那种水袜子。他走起路来总是一跶一跶的。倒背手低着头，总像在想心事。

他有什么心思呢——无非总琢磨怎样凌辱我们这些"满洲孩子"。他担任我们"日语"课，无论上课、布置作业、安排"勤劳奉仕"，都讲日语。谁在他面前说一句"满语"就要受罚。有时，让你举根短秫秸，跪在墙角。有时，让你平伸手臂、手掌朝上——他打手心，不用板子用的是一根藤条，忽地往下一劈，小手心上，登时就暴出一条"檩子"。每逢要惩罚学生时，桥本平时那张总是沉思着的哲学家式的面孔，总要闪过得意的狡黠的微笑。戴着黑框近视镜的长脸，也随即拉得老长。每逢见了他这"微笑"，同学们总是条件反射地不寒而栗。

受不住同学的怂恿，我刚举起弹弓，倒霉的事发生了，桥本幽灵似的出现在校门前的台阶下。

"歹歹辜以！"（过来！）

我倒背着手，惴惴地蹭到了他面前，撩眼一瞅，他嘴角耷拉着，脸上正挂着那狡诈的笑。他一把抢过弹弓，"欣赏"了一会儿，又漫不经心地抻了两下，忽然一使劲，就扯断了皮弦、捏碎了把儿。

他薅住我脖领子，往怀中一带，脚下一绊；一个前趴，我被重重地掼在地上，立时口鼻出血。刚刚爬起来，接着又是两下、三下……幸亏这时上课铃声响了，我才不再挨摔。桥本把我带进教室，让我在墙角足足跪了一堂课……

五六月份以后，桥本的脾气似乎更古怪了。他脸上再很少有那种沉思的表情，只存留着那种阴冷的笑。折磨起学生来，更是花样翻新了。

"筋包答晒！筋包答晒！"（把小鸡子拿出来！）——我们班没有女生，五十几个人是清一色"小和尚"。一天，桥本让几个小些的同学站到课堂前，就这样抢着藤条吼叫着。

那几个同学吓得直哭，谁也不肯动手。桥本就去解他们的裤子，然后用墨笔在他们小鸡鸡上方各画了几撇"胡子"……

一天，他要惩罚一个刚刚从河北转学来的学生。他名叫任镜清（不知为什么，时隔40多年，我还清晰地记着他的名字）。大多数同学，当时只有十二三岁。任镜清已经十六七了。桥本让他"筋包答晒"，他死活不肯，而且一直怒视着桥本，一任藤条雨点儿般打在身上。

桥本第一次没能随心所欲。他悻悻地走出教室后，任镜清仍然直直地立在讲桌旁。同学们鸦雀无声地直视着他，这时，他才开始流泪。大声地向同学们说："他这样戏耍侮辱咱们，纯粹是野兽！咱们为啥总受他的……等着吧，总有一天……"我坐在前排，清楚地看到他用牙把自己的下唇咬得青紫。

那一天，终于等到了。

"八一五"日本侵略者宣布无条件投降。大多数学生这时才知道自己原来是中国人。多年备受欺凌，原来因为自己没有了祖国。

所有的日本教师连同那些当官的、当兵的、工头们都龟缩到"日本街"里，不敢露面了。怕中国人、朝鲜人报复，他们还在街口用板床、榻榻米……修筑了"碉堡"。可他们毕竟得吃饭哪——不到半月，为了生计，那些昔日耀武扬威的家伙，试探着溜出日本街，异常谦卑地逢人便点头哈腰，一个个钻进了市场小商贩的队伍。他们有的兜售和服、花洋布;有的叫卖"磨吉"（日本甜食）和清酒。就在这拥挤、嘈杂的队伍边儿上，同学们发现了曾经严酷虐待过我们的桥本。

由任镜清领头，我们约20个同学在校园那棵大柳树下开了个会。听任镜清一讲，我们才明白。桥本是个一心为军国主义卖命的家伙。他看到"大东亚圣战"前景黯淡，就把愤恨全发泄到我们这些弱小者的身上……

我们设计了周密的惩罚桥本的"计划"，而那关键一招，就看我的本事了。

我重新作了一把结实的弹弓。

傍晌，桥本用手推车推着一桶"源氏"酱油，来到市场，摇铃叫卖。"观察哨"瞅准了时机，向我发出了信号。

我渐渐接近了桥本。悄悄摸出了弹弓——同学们要求我：这一弹弓打下去,必须准确打掉他的近视镜,又别打瞎他的眼睛。我站在他右侧,寻思一下,决定瞄准那眼镜的左角。就在"子弹"即将飞出的时刻,桥本忽然侧过脸来朝我这边看。我急忙收了弹弓,侧转身,蹲了下去。

看来桥本没发现我,过一会儿,他又恢复了原来的姿势。

我举起弹弓，瞄了瞄，子弹飞出，只听啪的一声，桥本的眼镜掉在了地下。

桥本先是一愣，接着"嗷"的一声叫喊，疯了似的向我这边扑来。在同学们的掩护下，左拐右拐，我几步就跑进了人群。

那边，任镜清领着几个力气大些的同学，一下掀翻了手推车，"源氏"酱油，小河般地流满当街……

人过了15岁，脸皮再厚，也没法打弹弓了。后来我想参军，练习打枪，可却鬼使神差，操起了笔杆儿。桥本后来怎样了呢？听说，那年11月，他跟其他日本人一起回国了。在以后的漫长岁月里，不知他对自己的军国主义意识及对弱小者的肆虐，可曾做了反省？——他若活着，算来，如今早已是年逾古稀之人了。

登　山

一

　　小朋友，你一定很爱自己的爸爸，可是，你真正了解你的爸爸吗？

　　祁小东的家，原来住在县城郊区一个地质大队的队部里。年初,他爸爸被省地质局调来任副总工程师,全家才搬到了省城。局里分给他家的住房，宽敞极了，漂亮极了：三室一厅，朝阳的两大间，还有宽宽的阳台呢！这和地质大队的那两间窄小的泥坯房怎么比呀——小东高兴得连梦里都是笑。

　　可是，过了一两个月，当他看到一户户的邻居家里又有写字台、沙发，又有落地灯、电视柜……收拾得漂漂亮亮的，就觉着自己那没有一点现代化味道的家，太寒酸，太土气了。

　　最令人气恼的是：爸爸还像在乡镇住着那时一样——

　　又把他那些"老古董"摆了出来，有的还挂到了墙上；什么一张张红红绿绿的地质图呀，磕得坑坑洼洼的铝背壶呀，那件从他记事起就有的大襟和两肘打着补丁的棉袄呀，还有那一双又一双底子厚厚的笨重的登山鞋！

这些东西，摆在白墙绿裙红地板的新房子里，真是太不协调不雅观了。小东弄不明白：爸爸都是副总工程师啦，还能像过去那样总"跑野外"吗？你看三楼小伟家多带劲儿——客厅里摆着冰箱、彩电、长沙发，地上还铺着毛茸茸的地毯。听说小伟他爸是办公室主任，"官儿"还没自己的爸爸大呢……想到这儿，他蹬着椅子把那些"零零碎碎"都摘下来，偷偷地塞到了床下……

祁小东的妈妈调到省里来后，工作比在地质大队时还忙，照顾小东的时间更少了，可近来她还是发现了小东的变化。一天夜里，她跟小东的爸爸说："征岩，我们每天各自忙自己的事儿，对孩子关心太少……近来小东总是嫌这烦那，和别家的孩子攀这比那……看来，他太不理解咱们……"

小东的爸爸听着，沉吟了好久说："暑假就要到了，我正好这几天要到飞鹰岭矿点去，让小东跟我跑一趟怎样？"

小东的妈妈听了会心地一笑："好！这是个好主意……"

二

打从记事起，爸爸就很少和自己玩过。这次听说他要带自己到几百里外的大山里去玩儿，小东高兴得一连几宿都未睡好觉。出发前，在打点行装时，妈妈要他带上铝壶登山鞋和棉袄。

他觉着好笑：现在哪儿都有卖饮料的，带水壶干什么？我的白胶鞋又轻便又漂亮，穿你那又笨又重的登山鞋干吗？飞鹰岭在省城的南方，这天气热得穿衬衫都出汗，还让带棉袄，妈妈是不是热昏了？……

坐了一夜火车，远离了大城市的喧嚣，又听到山野的鸟鸣，闻到了野花野草的芳香，小东忘掉了疲劳，显得格外兴奋。在地质队队部吃完早饭，他就催着爸爸登山。上路了，爸爸指着前面隐在云雾里的一座高山告诉小东说，钻机在 900 米高的山顶上打钻，等会儿太阳升高，雾气散了，会看到钻塔上飘动的小红旗。小东提出要和爸爸来个比赛；他想自己一定会最先攀上峰顶。所以，还没等爸爸答应呢，他就噔噔地跑开了。可是跑了不到十分钟，他就上喘了。原来山上只有钻探工们踩出的羊肠小道，经过早露打湿的小路又陡又滑。他试着在小路边的青草棵里走，这样果然不滑了，可是没走上几步，一棵尖利的荆条茬子"哧"地扎进他的鞋里，吓得他"哎呀"一声，跌坐在地上。

爸爸闻声赶上来，急忙为他脱掉了那只鞋——幸好荆条茬穿在两个脚趾中间，只划破了一点皮……

爸爸挨着小东坐下来，指着自己的登山鞋，又指着扎破的白胶鞋，笑着说："怎么样，小聪明，哪样的鞋好哇？"看小东默不作声，他摘下自己的地质包，变魔术似的一下摸出一双鞋来（正是妈妈穿过的那双鞋！），放到了小东的脚边。接着，给小东讲起了故事：

"这登山鞋，别看样子憨笨，可是地质队员离不开的宝贝！

"1956年秋天，我有一次在山脊上走，一脚踏进了老乡套野猪的套子——'机关'一动，弯倒的碗口粗的毛竹弹起来，一下将我吊在了空中！铁丝套紧紧地勒住我的左脚——若不是穿着登山鞋，脚掌骨就得勒断……国家为地质队员想得周到——这鞋底里嵌着一块钢板哪！"

小东听爸爸讲那骇人的经历，不知不觉把登山鞋穿在了脚上。跳起来，走几步，哎呀，脚下再不打滑了！

三

天近中午，父子俩爬上了半山腰，太阳毒花花地照射大地。大山里热气蒸腾，祁小东脱下海魂衫，汗水还是顺着脸顺着前胸往下淌。口渴得真难受呀！小东停下来东张张西望望，想找水喝。他看见东山脚下，确实流着一股亮亮的小溪，可是要走到那里，起码也得两个小时……爸爸看他热得直喘，渴得嘴唇干干的，就笑着招呼他坐在树荫里歇一会儿。忽然，手往背包里一伸，爸爸变戏法似的拎出一个背壶（正是那个磕得坑坑包包的铝壶！），一下举到了小东面前……小东惊喜地接过来，咚咚咚，一口气喝了半壶，才想起来，该让爸爸喝了。

爸爸笑笑说："你喝个够吧——我不渴。忘了，你妈常跟我开玩笑管我叫'骆驼'了？"

小东点点头。他确实听妈妈这样叫过爸爸，可不知道是啥意思。

"那是说，我这老地质队员既能吃又能喝，既耐饥又耐渴……常'出野外'的人，为了减轻负担，出发时一顿可以吃七八个馒头，喝四斤水！这样，一整天再不吃不喝也挺得住。若知道，为了完成任务，我们常常当天下不了山，有时在渺无人烟的地方一转就是三四天哪。没吃的了，还可以采点山果嚼嚼，喝不到水是最可怕的——记得1963年我和另外两个人在湖西找矿，三天找不到水，只好嚼树叶、啃草根解渴！……可见，这水壶也是地质队员离不开的一件宝呀！别以为爸爸当了总工程师，你妈当了化验室主任，就再不'出野外'了；不，我们离不开大山！若是撇了这个宝贝，再不进山，不下基层了，怎么能完成党交给的任务……"

小东静静地听爸爸讲故事，他身上的汗消了，可眼睛却不知不觉湿润了，差一点要淌下"汗"来……

四

"七月的天，孩儿的脸——说变就变。"大山里更是这样。当小东和他爸快要到达山顶，已经能清晰地听到钻机的隆隆声时，从西北方横飘过来一团乌云。一霎时，乌云罩住了山巅，在他们耳边"咔咔"地响起了炸雷。冷风，像一群狂怒的野兽冲下山来，猛烈地摇撼着森林。森林发出了怕人的吼声。几颗硬币样的雨点敲下来，打在人脸上，好疼！"不好，来大雨了！"爸爸拉着小东的手，飞快地跑了几十步，一闪身躲进了一个刚好能容下两个人的山洞里。那瓢泼似的大雨，好像追赶他们似的倾泻下来，白亮亮，遮住了眼前的一切。

气温骤然下降了！半小时前，小东还热得恨不得脱光衣服。

此刻把海魂衫系进裤带里，还冷得浑身起鸡皮疙瘩。爸爸看见儿子的狼狈样，竟呵呵笑起来："这就是大山的脾气呀！一天里，又让你过夏，又让你过冬！给，快穿上！"说着，他又一次解开"万宝囊"把一件棉衣抖开（正是那件打了补丁的！），披在了小东的身上。

"地质队员三件宝：登山鞋、背壶、破棉袄。想不到你爬了一次山，三件宝都用上了……"小东听着，忽然想起出发前不听爸妈劝说的情景，不禁惭愧地低下了头。"小东，我想告诉你，这棉袄，不是咱家的东西……"小东抬起头来，看见爸爸眼睛正直直地凝视着雨雾迷蒙的远方，语气变得沉重又严肃，"这是我的同班同学，最要好的朋友，你没见过面的一个叔叔的遗物……他叫顾怀山。1961年我们毕业前，在广西十万大山中实习找矿，在山上转了七天七夜，好不容易发现了汞矿矿苗，我们争着往山顶追寻，可那时候正是困难时期呀，人人身体虚弱，又累得筋疲力尽了。这时，就是那位顾叔叔，说啥也不让别人追了，他咬牙自己爬上了山顶。可没想到，山上雾大，他一脚踩空，咕噜噜滑倒，竟跌下了悬崖……等我们绕下山赶到他身边时，他已经奄奄一息了，可还是挣扎着跟我说，'征岩，我不行了……我这件棉衣你留个纪念吧……国家培养我四年白费工夫了……够朋友，你今后要用双倍努力去找矿，替我补上一份……'"

爸爸讲到这儿，眼里闪着晶莹的泪花，小东听得十分动情，心怦怦猛跳不止……

五

雨，停了。云，散了。风，止了。

斜阳给远山近岭、高树矮林镀上了金辉。不知名的鸟雀又放开了歌喉。

小东跟在爸爸的身后，开始了最后的攀登。看着爸爸那高大的身影，迈出的坚实的步伐，想着他一天来给自己讲的"故事"，小东的心情怎么也不能平静了。他觉得今天他才真正认识了爸爸，理解了爸爸。他过去曾经埋怨过他，觉得他对家里对自己关心太少；其实，他的心多热呀！原来他一心想的是怕自己对党和国家贡献太少，怕辜负了顾叔叔的嘱托……

祁小东低头看了看脚蹬的皮鞋，摸了摸肩上的背壶和腋下夹着的棉袄，一边追赶爸爸，一边暗自下着决心：长大了，要继承顾叔叔、爸爸妈妈的事业。即使当不上地质队员，无论做什么，都要像爸爸那样，心里装着坚定的信念，一步一个脚印，扎扎实实地前进，去攀登前面那一座座"高山"……

1984 年

忧患童年

六一国际儿童节前的一个周末，读小学的孙儿聪聪回到我的身边，又缠着我让我讲故事，讲我小时候是怎样过儿童节的。

我苦笑着告诉他：爷爷小的时候，没有儿童节。因为我童年时没有了祖国，是个在日本侵略者统治下尽挨欺侮的"满洲孩子"。

我本来出身贫苦的农家，可一心巴望改换门庭的家长们到了我该入学的年龄却拗着我的性子，将我送进了县城里的"国民优级小学校"。学校在城东花园旁侧，我家住在城西，每天上学往返得走七八公里路。上学路上，要经过一条日本人聚居的"日本街"。日本街北侧两百米远的一个高阜之处，在一个"开"字形大柱子后面建有一座日本"神社"，据说这座神秘高大的庙里供奉的是"天照大神"。日本人经过这里，无论大人孩子都停下来"塞开来"（行"最敬礼"）。中国人经过这里，也得深鞠躬，如果你不"塞开来"，一旦让日本人发现，就会被拳打脚踢。

我小时候本来也很淘气，在屯里一般大的小伙伴儿中是从来不挨欺负的。可到城里去念书却常受城里孩子的欺负，更倒霉的是有时还得忍受日本小子的凌辱。

本来自己打心眼里不愿意从日本街走，可绕路上学每天就得多走一公里路，为怕迟到挨板子只能硬着头皮急匆匆从那里穿过。到了"神社"那拐弯处，先向四周瞥望一下，如果没人注意，三步并两步也就跑了过去。可"常在河边站，哪能不湿鞋？"上小学四年级那年春季里的一天，我因为路过"神社"没有"塞开来"，让两个背书包的日本小子碰上了。

那个比我大一两岁的日本孩子凶神恶煞般冲我大吼一声："歹歹辜以！"（快过来！）

我向周围看了一下，见正有几个日本人围了上来，知道逃不掉，只好一动不动站在了那里。那个日本小子走上前来，薅住我脖领子往怀中一带，脚下一使绊子，一下就将我摔了个嘴啃泥。接着，他又让那个同我差不多大的弟弟"次郎"将我打了一顿，还抢走了我的帽子。从次郎那书包带上绣的名字"细蔑子"，我记住了他们哥俩姓"清水"……

挨欺侮而不思反抗，那是纯粹的孬种。在忍无可忍的情况下，我偷偷地练习着打弹弓。

寻觅到一块旧的自行车里胎，又选了一个枝杈匀称的唐槭树杈，我做了一把可心的弹弓。从此，每逢放学后或星期天，我就偷着练习瞄准。几个月下来，"奇迹"就发生啦：房檐上、树枝间落的麻雀，只要我一抻弹弓，它就得扑扑棱棱嘴丫子滴血滚落下来！两个常欺负我的同班同学,有一天对我说:"听说你弹弓子打得准? 照量一下,我们看看,若是瞎吹,就揍扁你……"他俩在离我二十步开外地方撮堆土,插了一根铅笔。他俩刚站起身,我那"子弹"就飞到了,将铅笔射出了几米远……

从此,我真的再很少挨他俩欺负了。

入夏的一天,放学后从日本街走过,冤家路窄,恰巧又碰上了刚刚放学的清水次郎和他哥哥。那个"太郎"发现我后,卡着腰十分傲慢地摆着手,让我"歹歹辜以"。我前后看了看,街上只有他们俩,下意识地摸摸书兜——弹弓子还在,我就没有害怕,想绕路走开。不想,这下激怒了太郎,他抬脚就追,次郎也"呀、呀"地喊叫着跟了上来。我边跑边掏出弹弓,扣上烧过的泥球子弹,回身扬手就射了出去,登时太郎的前额上就起了个大包,蹲在了地上。二郎发疯似的追到我身边,我扣好了"子弹",转回身抻圆了弹弓,刚想要射,那小子一见,马上用双手捂住了脑袋,抹回身就往回跑。稍一瞄准,子弹就狠狠地敲在了他屁股上！想不到这小子没有他哥"刚强":用手捂住屁股,竟杀猪似的干号起来……

自然,从那以后,我只好起早贪黑,绕过日本街去上学。好在到了那年的"八一五"日本人就无条件投降了。11月间,我和小伙伴儿亲眼看着清水次郎兄弟俩背着包袱跟在大人身后撤退回国了。

故事讲完后,我提醒孙儿聪聪:从老祖宗那里继承下来的,咱们世世代代都讲善良、忍让,从来没有想欺侮别人；可遇到那恶意欺人的家伙，你也不能太软弱，总是躲闪，也该挥挥胳膊，反抗一下。让他打倒，无非拍拍尘土，再站起来……爷爷的童年充满忧患，但愿你们和你们的下一代，永远不再有爷爷那样的童年。

榛柴岭上的歌声

一

林小菊的姑姑家住在省城。暑假前，姑姑和表妹李月兰几次写信约她到城里去，度个愉快的假期。

小菊盼呀盼，好不容易盼到了暑假。

临上车之前，小菊不光买了队上新下的头喷香瓜，摘了后园里刚熟的沙果；还特地钻进山坡上的小树林，给姑姑采了一小篮鲜嫩的蘑菇。

到了姑姑家，姑姑待小菊可好啦，变着样儿给她做好吃的。表妹李月兰对她非常热情，领她参观"四人帮"垮台后城里新盖的一幢幢高楼，带她逛公园，看大老虎，小猴子……小菊每天过得既新鲜又有趣。

可是，住到第五天头上，小菊说啥也不待了，一个劲儿央告姑姑放她回家去。

这可是为啥呢？

姑妈着急地问："是不是月兰欺负你啦？"

只比小菊小三个月的月兰，虽说是表妹，可这几天却是以大姐姐的样儿照顾小菊的。妈这不是冤枉人吗？——她嗔怪地瞪了妈妈一眼：

"瞧——这……也是为了欺负她吗？"月兰的手里举着两张《哪吒闹海》的电影票。小菊知道，那是她费了两个钟头，排队买到的。

林小菊赶忙向姑姑解释说，她要走，实在因为家里有事儿：临来之前，妈妈说过，要她趁放假期间，帮着拆洗拆洗被褥；今年又多养了猪，每天得多采野菜喂它们；再呢，她是少先队的中队长，还要帮老师安排同学们的假期活动。

林小菊是个顶诚实的孩子。她跟姑姑说的，都是实话。不过，促使她想插上翅膀立刻飞回小山村的，倒是昨夜突然产生的一个想法。

可这个秘密的想法呀，这会儿，还没法跟姑姑讲清……

昨天傍晚，姑姑的儿子、在省外贸公司储运队工作的表哥，从外地公出回来了。在吃晚饭的时候，表哥给小菊讲了不少他在外地的见闻：什么大连港口停着的外国货轮足有十层楼高呀，今年全省的外贸出口计划比上一年又成倍增加了呀……小菊越听越高兴。可是，表哥吃了她带来的鲜蘑菇，先是直夸好吃，接着却停下筷子了，挺认真地问她："这东西，难采吗？"

小菊不明白他问这个干啥，照直说："不难采呀——三伏过了，一场雨，一茬蘑。"

"那为什么收购上来的那么少呢？"表哥皱着眉头问，"嘻，外国朋友顶喜欢咱们的鲜蘑菇呢！可就是供不应求！就这个品种，完不成出口任务。"

听他这么一说，林小菊和月兰几乎异口同声地问："外国朋友为啥喜欢吃它呢？"

"主要因为它含有大量维生素。听说，吃鲜蘑，还可以防癌症。"

"那么，这东西很值钱？"

"当然！——出口一吨盐渍鲜蘑，就能换回不少外汇呀！"表哥既惋惜又埋怨地说，"这东西，是自生自长，又不用侍弄，为什么就收购不上来呢？都怪宣传工作没有做好。一些山区供销社还怕麻烦，不重视……我还给我舅——你爸写过信呢，他收到了吗？你们那里搞起盐渍鲜蘑了吗？"

别看林小菊不到13岁，她可是个爱思索的孩子。

夜里，躺在床上，她翻来覆去，再也睡不着了，总想着表哥问自己的问题。是啊，她家住的榛柴岭，是产蘑菇最多最多的地方。可是供销社只收购一点干蘑菇，一些人家自采自吃了些，好多茬蘑菇没人采，都白白地烂掉了。在供销社工作的爸爸，就喜欢收购毛皮呀、党参呀一些值钱的山货、特产。搞盐渍鲜蘑的事儿，也听他们张罗过，可后来因为强调人手少、条件差，没搞成。这事情，爸爸他们有责任，不过，红领巾是不是也有责任呢？——拣蘑菇，可不能全靠大人哪。再说，这既可以给家庭和学校增加点收入，还可以为"四化"建设积累资金哪！

林小菊想呀想的，忽听窗外淅沥沥地下起雨来了，小菊懂得，这初秋的夜雨，是最爱长蘑菇的。朦胧中，她好像看见那静静的白桦林里，墨绿的榛柴棵下，绿茸茸的林中草地上，到处一团团一簇簇地钻出了油光光的鸡腿蘑、花脸蘑、灰蘑、"松伞"……它们是那样鲜亮娇嫩，可是，渐渐地它们失去了光泽，变成黑黑的颜色，烂了……

天一亮，林小菊下定了回家的决心，为了说服姑姑，她悄悄地加劲儿向月兰渲染了八月山村的美妙，逗得月兰简直被那奇异世界里的一切迷住了，果然就帮着小菊缠她妈妈，让她答应快点儿放她们走。

姑姑没有办法，又嗔又爱地指点着小菊说："你可真是个怪孩子，不是答应多住些日子吗？咋说走就要走呢？你走不算，还得把表妹也拐跑。"

小菊调皮地回答："姑妈，您放心，月兰不会像我这样'没常性'。她一定能在山沟待得住，不到开学，她一定不想回来！"

二

在雨后明丽的晚霞里，火车开到了榛柴岭车站。

林小菊拉着李月兰的手，欢蹦乱跳地向榛柴岗的小山村走去。

金秋八月的榛柴岭，多像一幅色彩浓郁的油画呀——

岭上，老树苍绿，幼林翠青，半山腰的果园，一片红紫橙黄……

岭下，庄稼快熟了。大片大片的高粱，好像精神抖擞的"红领巾"，排着整齐的队伍，等待着检阅。金黄的谷穗儿，在轻风中摇曳、歌唱；村边的向日葵，仰着它们那黄黄的小圆脸，互相推推搡搡，向着夕阳微笑……

在城里，李月兰每天看到的除了大楼、汽车，就是数不尽的人流。眼前这新奇的景象，简直把她迷住了。

三

山村小路旁，遍开着紫色的马莲花，蓝色的蓝雀花，黄色的假烟花，白色的猫尾巴花……这五颜六色的野花，看得月兰简直眼睛不够用了。她从小就喜欢花儿，每次到公园，她都要到花房子转悠一阵。可那一盆一盆的花，只能看不能摘呀，干眼馋没办法。这回，她见一朵掐一朵，使得小菊走几步就得停下来等着她。

"哎呀，天快黑啦。这路边的花儿，采它有啥意思？赶明儿带你进山。什么好看的花儿都有，采一抱，采一车都有！再说，等咱们干上那件顶有意思的事情呀，你准乐得把采花的事儿忘了！"

"什么？还有更有意思的？"

"当然啦——我们去采蘑菇。"

一听采蘑菇，月兰乐坏了：

"就采你那天带去的那么好吃的蘑菇吗？能采很多很多吗？"

"光咱俩，当然采不多。可咱们要跟老师说说——动员全体红领巾上山。"

"要那么多人干啥呢？"

"忘了昨天夜里咱哥说的了——咱得让他们那外贸汽车队的车上，都装上盐渍蘑菇！"

"呀？怪不得叫你多在城里待几天，你不待，原来为这个着急呀！"李月兰又惊异又赞佩地瞅着她的表姐问：

"那你为啥不把这想法告诉给我妈呢？"

"少先队员，没办成的事儿，能瞎说吗！"

山村的夜晚，是清幽恬静的。

晚风里弥散着白艾、黄蒿、青麻和瓜果的浓浓的气味。

在辅导员老师家的葡萄架下，林小菊带着表妹李月兰，在向老师汇报她进城的见闻和自己急急赶回山村的想法。

大串大串新剪下来的葡萄，递到了"城里来的小客人"和林小菊的手上。听了她的建议，辅导员老师的脸上，分明流露着赞许的表情；葡萄架上那浓密的绿叶，也掀起一片笑语。

抚着两个孩子的肩头，送她们回家的时候，辅导员老师亲切和蔼地说："放假一个星期了，同学们都在忙着各自感兴趣的事情，要把你的想法，变成大家的行动，最好先开中队委员会商量一下——更该把开展这项活动的意义，让每个队员都明白……另外，也要同你爸爸和供销社管收购的几位叔叔谈谈——万一咱们热情很高，采了很多，人家有困难还不收呢？看看咱们能不能给他们做小帮手。"

"老师，您能参加我们的活动吗？"

"当然参加呀！从明天起，我到镇里开两天会，回来就跟你们一块儿上山。我还要把你的建议，报告给校长和镇党委。"

秋夜的晴空啊，许许多多的星星在闪耀。辅导员老师的指点呀，就像那明亮的星星，点亮在小菊的心头。

爸爸听了两个孩子一阵鸟雀似的吵嚷，并不动气，还是摆了一堆难搞盐渍蘑菇的理由：

"我也明白……那又支援了出口，又增加了社员收入——可我们人手太少啊；想想，收鲜蘑，得晾晒，得分类，得水洗……"

"这活儿，我们少先队员可以帮着干！一准不毛手毛脚的。"

"上哪儿弄那么多容器呢？"

是啊，这可确实是个大难题。

城里来的月兰，想不出办法来。

林小菊咬着嘴唇儿，低下头，想呀想的，忽然她眼睛一亮，考虑了一个好主意——她指指墙角装粮食的大缸说：

"每年上冻之前，你们不是要给社员准备一批渍菜的缸吗？能不能提前进货，先用它腌蘑菇呢？"

"先用大缸？"……是啊，这想法，够聪明，难为她想得出……看着女儿那黑亮亮的眼睛里，流露着那样热烈、期望的神情，做父亲的有些惭愧了。

四

一大早，林小菊吃完饭，帮妈妈喂完猪，就跑去找另外几个中队委员，合计开会的事。

她说明了自己的想法，先找到的那两个中队委员，表示赞成。

她又兴冲冲地跑到村西头，找吴小虎和董林。

董林正在他家后园大槐树下，挥着镐头，"哼哧哼哧"地刨地呢。林小菊走上前去一看，他身边放着一个小铁盒。铁盒里，几条肥胖的蚯蚓在湿土里钻动。

一下让人发现了秘密，董林有点儿不高兴，冷冷地冲小菊说："检查作业来了吗？——完成了！跟小虎一块儿做的！"说完，他又挥起了镐头。

林小菊知道董林和吴小虎是一对儿形影不离的好朋友。他俩又是出名的"钓鱼迷"，好不容易盼到放假了，他们是不乐意离开细鳞河岸的。

她耐心地蹲下身来，跟董林说："知道你俩能完成作业。我现在找你们，是想商量一下——"

董林怕让林小菊缠住，把镐头往大树上一靠，说："这会儿，小虎不在，有事咱们下晚再合计。"说着，他拎起小铁盒，一溜烟跑了。

"瞧你神的，没你俩，不照样！"林小菊刚这么一想，忽然又记起了老师的嘱咐，觉得还是得找着他们，讲清道理。她不用猜，准知道董林往哪跑了。绕过村西小树林，沿着稻田间的小径，她直向那草木葱茏的河岸奔去。细鳞河像一条银白的宽宽的带子，弯弯曲曲绕村而过，流向远方。河两岸长着绿森森的柳茅子和比人还要高的芦苇。河面上，闪闪地漾着细密的波纹。

离河甩弯地方很远呢，林小菊就看见吴小虎戴着草帽儿，像个老渔翁那样，一动不动地蹲在河岸边。

"吴——小——虎——"她清亮地叫了一声，接着山谷里也响起了回音。

小虎回过头来，使劲向她摆手，把手指头竖在嘴唇上，示意她不要吵嚷。董林呢，干脆噘起了嘴巴，不搭理她。

小菊悄悄走近一看：河里的鱼漂儿，轻轻地“点头”呢！冷不丁地，那鱼漂往深一沉，小虎猛劲儿一拎，一条半尺多长的鲫瓜儿甩到岸上来了！董林和小虎同时扑了上去。

“你不是上省城了吗？咋这么快回来了呢？城里好玩吗？”小虎一边从鱼钩上往下摘鱼，一边问林小菊。

“我急着回来，是因为……”小菊一口气说出了自己的想法，希望小伙伴支持。

董林不加思索地反对：“放假了，谁爱干啥就干啥呗……干啥也没有钓鱼来瘾……哎呀，那把竿——”

他一喊，吴小虎抬头一看：可不，另一把柳条鱼竿溜到水里去了，鱼漂儿也没影了。两个孩子争抢着跳进水里，握住了钓竿。往起一提，鱼线绷得溜直！竿梢成了弓形——准是大鱼吞钩啦，小虎没敢甩，小心翼翼地擎着鱼竿，把翻闹着搅起水花的鱼，往岸边溜。董林手疾眼快地伸抄网舀上来——嗬，一尺多长的一条老鲶儿！

这一下，董林更来精神了。嘴里哼着歌儿，忙乎着，将两副钓钩重新“消”上蚯蚓，甩进了水中，他看也没再看小菊，好像河岸上再没有这个人。吴小虎呢，可跟他不一样，坐在一边，老半天才说一句话：“把这条大鲶鱼拿去吧——招待城里来的客人。”

“人家是馋你鱼来了吗？”小菊走近吴小虎说，“在暑假前，贯彻'小学生守则'的会上，你俩不是带头说要'学雷锋，做好事'吗？……集体上山，不是既过了愉快的'队日'又能为支援"四化"做点儿实际贡献吗？"

"你说的对，那玩意儿太麻烦，又得翻晒，又得晾干……这个假期，不用干别的了。"

"供销社收鲜的了——随采随收，用大缸腌起来……"

"这是真的？"

"我爸说的，今儿早晨就上县拉缸去了！"

"能把同学们都找齐？再说，老师知道吗？"

"她让咱们先开个会，她有了工夫，跟咱一块儿进山……"

"那好！吃完晌饭，咱就开会……"小虎不光是钓鱼迷，更是采山货的快手。他一下子来了精神。

董林一看小虎这样，有点不高兴了。看着阴得水罐儿似的天，他还是舍不得离开河岸，小声嘟囔着："这天气鱼可爱咬钩啦……"

吴小虎一边往鱼竿上缠鱼线，一边说："鱼在甩弯里，跑不了，蘑菇不采，三天就烂……"林小菊也说："一早一晚，露水大，进不了山，你俩还可以钓鱼。"

听他们说得有理，董林也不再迟疑，愉快地往起收钓竿了。

五

昨夜，林小菊、吴小虎、董林他们，披着雨衣，顶着蒙蒙秋雨，分头传达完中队决议的时候，月亮从云层里悄悄露出了笑脸。

一大早，全家人还没起来呢，小菊就悄悄捅醒了表妹月兰，跑到院子里看天。

曙光初透的天空，瓦蓝瓦蓝的，没有一缕云彩，好像昨夜谁偷偷用水洗过。

吃完早饭，林小菊前街后街地吹了一阵哨子，各家白桦障子里的荆条篱笆门都开了。小伙伴们，有的背着爷爷编的采山背篓，有的挎着奶奶编的笤条筐，蹦着跳着，在村头集合，向那薄雾笼罩着的榛柴岭出发了。

早起的山雀儿，在林子边上叽叽喳喳，唱着好听的歌。像是欢迎他们。

女孩子们特别喜欢跟城里来的月兰亲近。一路上，向她打听城里的新鲜事儿，也回答她对山村一些天真的疑问。李月兰挎着一只长条筐。怕蚊虫咬，她的裤腿儿，袖口，都让舅妈给扎上了。她还是不放心地问："能遇到蛇吗？蛇往袖筒里钻吗？"

女孩子们嘎嘎地笑开了："咱们这么多人还怕长虫吗？逮着了，就拎它尾巴，抡死它，再不就用棍子，打它的'七寸'……"说话工夫，不知是谁，把一根又结实又柔软的采山用的梭拨棍，递到了月兰的手上。

走进榛柴岭了。岭上，有数不清的青冈、白桦、黄菠萝和青翠的松柏，墨绿的椴榆。那火红的枫树，橙黄的榛棵，枝丫搭着枝丫，叶子覆着叶子，一层层，一片片，真是好看极了。小鸟成帮结队在树丛中穿梭，啾啾地叫着。淘气的男孩子，甩了几块石子，它们便噗噗地飞走了，它们一飞走，林子里又显得格外的寂静。

林中，到处是沁人心脾的清香味儿，露水珠在绿叶上滴溜溜地滚动。小风一吹，吧嗒吧嗒，落在湿润的土地上。

走在大伙前头的董林，从林中空地的剑草丛里，采来几棵猩红的欧李儿，给李月兰送来了。几个女孩子也从附近的矮树上发现了山里红、野海棠，嘻嘻哈哈地抢着去摘。林小菊手指着爬上榛棵的山葡萄藤让月兰看，李月兰看见了那顶尖上挂着两串紫莹莹的山葡萄。

她跷脚去摘，个子小，胳膊短，够不着；后来，蹬着旁边一棵榆树的树杈，把葡萄摘下来了，可是，蹦下树来，却踩着了滑光光的东西，大伙低头一看：哎呀，好一团油光光的大白蘑菇！

孩子们打着口哨，吵嚷着，像鸟雀一样飞散到林子深处去了。

那斜筛进林子的斑斑驳驳的阳光，不停地晃动着，好像故意要把孩子们晃得眼花缭乱，使他们找不到一簇簇蘑菇躲在哪里。可是，它们怎能逃过红领巾那明亮的眼睛？——看吧，青草棵里那雪团一样的白蘑，让小菊他们一帮女孩子采来了，躲在落叶松幼林里胖胖的"松伞"也被她们逮住了。李月兰干着急，采不多。几个小姐妹就教他辨认'蘑菇圈'。会找"蘑菇圈"啦，月兰的长筐，也渐渐地沉了。那些珍贵的小鹅一样颜色的黄蘑、榛蘑，都猫在菠萝蕻子、榛柴棵里，小虎董林他们那帮男孩子，弓着腰钻进矮树丛中，一采就是一大捧……

日头过了中午。

中队长林小菊的哨子，吱吱地在林中深处响起了。这是招呼伙伴们"返航"。紧接着，四处就响起了画眉、百灵子、鹅鹏儿好听的啼鸣——那是孩子们回答她的信号。

按照出发前约定的，孩子们一个个都来到老林边沿的白桦丛旁集合。

比一比，赛一赛吧，谁采的多呀——

一个个，背篓满了，筥条筐挂了尖；有的，还把长裤子脱下来，塞了满满两裤筒。

沿着山间蜿蜒的小径，孩子们小雁似的排成一溜。中队长高兴地喊："咱们抓紧去送蘑菇。下响还能来一趟……夜里分小组写作业……"

孩子们欢快地答应着，快步向山下供销社走去。李月兰走在后边，跟表姐小声合计着："今晚，我要给妈写信，告诉她，到开学再回去。"小菊高兴地嘱咐她："别忘了，告诉哥哥——让他们准备好汽车拉蘑菇。"

是谁起个头，孩子们一齐唱起了《我爱我的红领巾》。歌声，和着林边小鸟儿婉转的鸣唱，山下哗哗的大豆摇铃声，在广阔的田野里飘扬，飞上了高高的榛柴岭。

1982 年

碧绿的瓜园

花鲜果香的季节到了。

公路旁,村子西南那片瓜地,今年的瓜秧长得格外招人喜爱。

铲三遍地的时候,乡亲们经过瓜地,看见墨绿肥厚的叶子下,一个个毛茸茸的青瓜蛋儿,像淘气孩子似的伸头露脸儿,都喜眉笑眼地说:"今年,该有'口福'啦!"起完土豆,秋萝卜展叶、小白菜拱土前后,晚风,常把那混着青麻、黄蒿和香瓜的诱人气味送到村里来。人们说:"快了,快开园了,'老瓜头'要给各家送瓜来了……"

一

"老瓜头"是谁? 就是四年级学生小强的爷爷呀!

小强的爷爷, 71 岁, 大号叫郑喜田。不过这大号,不光孩子们、青年人很少知道,就是当着村里上了年纪的人提起来,他们也要打个愣神儿;可若一提"老瓜头",三里五村的老人们都会说："谢花甜哪？知道！知道！"

郑喜田咋叫"谢花甜"？这是因为爷爷年轻时就种瓜。他种的一种谢花甜瓜，开园早，香酥嘣脆可口甜，远远近近，都有名声。"谢花甜"就成了人的绰号。也就为这，屯里的地主"史老抠"把爷爷看成了"摇钱树"，硬逼着给他种瓜。那时候，爷爷刚从山东德州府逃荒过来，穷得连个饭碗也没有。他无冬历夏，一锹一镐在荒岗上开了片地，种上香瓜、西瓜。史老抠得了这项"外财"，三年工夫，又添车又买马，可到头来一算账，爷爷白干不算，还倒亏他五斗高粱！……

解放后，斗倒了地主，爷爷结束了给别人送香甜自个儿喝苦水的生活。他在互助组里种过瓜，在初级社里、高级社、公社生产队都种过瓜，可万没想到，老了，老了，因为种瓜，又受了一顿窝囊气！他跟孙子小强和全家人磨叨过：这辈子，再不进瓜窝棚，不摆弄瓜秧了！

那是前年刚入夏，广播匣子里净吵吵"反翻案风"的时候，镇上新调来个从省青干班毕业的副主任，乍来几天，他就说这欢喜岭生产队是"假典型"，社员收入多，是搞了"邪门歪道"，非得"掐尖打叉"不可。有一天，这小子带几个人凶神恶煞似的进了村，命令老队长卜献青召集全队社员，在瓜地边开什么"路线分析会"。还把小强他们一帮小学生也轰来"受教育"。

那年的瓜秧，长得也是格外的好。那个家伙，嘴吐白沫子，左一个"割资本主义尾巴"，右一个"舍得一年丢，换来万年红"，非让老队长和爷爷带头铲掉瓜秧不可。从来也不跟别人发火的老队长，急眼了："我们队，八十垧地就种这三亩瓜，按市价供应城市，给大伙改善改善……不是走资本主义道路！"

"你……敢顶撞上级，我撤了你！"

"撤了也不铲！"

爷爷脸色铁青地质问："现在毁地，种啥还能赶趟？存心，是坑人！"

"宁让它空着，也比走——"

那家伙"资本主义"还没出口，爷爷的烟袋直指他的鼻子："我看你呀，比二茬地主还邪乎！"副主任翻白眼的工夫，爷爷倒拎着烟袋，胡子一撅一撅，头也不回地走了……

二

瓜秧被铲，队长挨撸，爷爷再也不到队上干活去了。小强的爸爸安慰爷爷说："挨了一辈子累啦，在家享几年清福吧。"可爷爷是个"闲不住"呀，除了侍弄园子，喂喂鸡，没啥事干，只好坐在炕上闷闷地一袋接一袋抽烟，日子过得并不舒心坦意。自打那年冬底，爷爷到隔壁老队长家，给他们老两口子拉一回"仗"，脸上这才又见了笑容。

那是打倒"四人帮"以后的事了。一天傍黑，小强和弟弟在院子里玩呢，忽听隔壁卜大娘猪食瓢蹾得"叮当"山响，跟卜大爷干起"仗"来了：

"你个棒打不回的死脑筋——这些年，你挨斗、挨撸，这队长还没干够？真是吃一百个生豆不嫌腥！"

老队长卜大爷虽然也是高声大嗓，可话音里好像没那么大火气："如今打倒了祸害人的'四人帮'，眼前的道更豁亮了！大伙儿信得过我，干社会主义，我……就是'不嫌腥'！"

"哈哈！那就好。"不知啥时候爷爷过那院去了。他是去"添油拨灯"呢，还是去拉"仗"呢？"头行人不嫌腥，乡亲们就不蒙登！"

……今年春起，广播匣子里总讲"新时期总任务"，爷爷越侧棱耳朵听，越坐不住炕沿，一天夜里，生产队敲钟开会。等小强做完作业，爷爷装上一袋烟说："走吧，咱爷俩听听会去。"

队部里，落实新时期总任务安排全年生产的会，开得可真红火。队委会归拢大伙儿的意见，制订了兼顾国家、集体、社员利益的农林牧副渔全面发展的种植计划，人人都赞成。只见老队长站起来补充说："还有美中不足啊——咱们两年没种瓜了。若是老郑大叔……"

话刚说到这儿，几个嘴尖舌快的小青年就嚷开了：

"老瓜头来啦！"

"老瓜头在这儿哪！"

大伙散开灯影，一看两年没登会场的老人坐在墙角里，都分外惊喜，老队长喊："小强！快扶你爷爷前边来坐！"灯下的小伙子，呼啦一下就让出三四条板凳。社员让爷爷发表意见。好半天，他嘿嘿地笑着说："全队大小孩伢都要为总任务用劲，我老头，能落后？俺没别的能耐，也琢磨个小计划，给俺一垧孬地就行，到时候。准让蜜糖罐儿塞你们的嘴！还得收入它个两千三千的……"

哗哗的拍巴掌声，掩盖了爷爷的话。队长问："要不要给你配个帮手？"这时候，小强像在课堂上发言似的站起来，"我一定不耽误功课，利用课余、放假，做爷爷的小帮手！"

又是一阵哗哗的掌声。是高兴？是激动？爷爷把一袋烟装撒了。孙子的脸，红得像胸前的红领巾……

三

4 月里，冰化雪消的一个星期天，小强跟爷爷到 15 里以外的敬老院去。

院里的老爷爷、老奶奶们，热情地欢迎这一老一少，听了来意，一个白眉毛白胡子的老爷爷说："那中！去年俺们种的瓜都留了籽儿，一垧半垧的，准够你种！……还算什么钱？当年，这羊角蜜、铁把香、灰鼠子、白糖罐，籽儿，不都是从你那淘弄来的？拿去、拿去，快别说寒碜人的话……"

回家路上，小强问爷爷："种瓜上不上粪？上啥粪好？"

听了爷爷的回答，到家后，他拉上几个小伙伴和弟弟小勇，背着粪筐去村外拣鸡鸭粪，掏灶灰。胖二嫂故意逗他们："小强啊，馋香瓜，小心馋掉牙！"

小强也不示弱："等着吧，你等着吃我们剩下的瓜蒂巴……"

学校放暑假的时候，队里给爷爷搭瓜窝棚来了。今年的窝棚，搭得宽宽绰绰，砌了灶，盘了炕，炕上铺了一层滑麦秸，保管员还扛来一领秫秸席。

小强、小勇伸不上手，蹲在一边想啥呢？——

小勇想：得央告爷爷，能让他夜里也在这儿睡——闻着瓜香，看着亮晶晶的星星，听着四周的虫子唧唧叫唤……多新鲜！多美气！

小强想：得给爷爷往这儿拿啥呢？小铁锅、酒壶、蝇甩儿、防雨的塑料布……对了！还有一宗爷爷顶离不开的东西——想到这儿，他撒腿就往家里跑。弟弟小勇莫名其妙，跟着就追。回到家，小强蹑手蹑脚地从墙上摘下广播喇叭，猛然想起，有了喇叭，还没有线，这可咋整？小哥俩在当街上犯愁的工夫，老队长收工回来了。他夸小强想得周到。告诉他去找保管员，解决几百米铁线，一准能办到……

傍晚，瓜窝棚的四周轻烟缭绕。在缭绕的轻烟里，混合着广播喇叭的欢快的音乐。

爷爷坐在凉棚底下搓火绳，胡子尖儿上也满挂着笑……

四

瓜香时节到了。一天，吃完晌午饭，爷爷倒背手，沿着瓜地中间的小路，来回走了两趟。回到窝棚前，跟正在写作业的小强说，"日头一压山，咱摘头喷瓜……"

"真的吗？"小强盼呀盼，这一天来到啦，他心里多么快活呀！

夕阳斜照屋顶时，爷爷挎上长条筐，脚步轻轻地走进瓜地，把熟了的瓜一个个摘下来，倒在田间小道上。小强学着爷爷的样儿，把瓜轻轻地装进土篮子里，一趟一趟运到窝棚跟前。不大工夫，就堆成一座"瓜山"。

　　挎完最后一篮，小强看爷爷手上举着两个大瓜，一脸不高兴的样子回来了。走到跟前，他才看清：瓜盖儿不知让啥啃了，露出了白籽青瓤。

　　"爷，是啥祸害的？""豆畜子——大眼贼！"爷爷拿起火绳点烟，像是对小强又像自言自语："我前天看，这两个瓜还没咬，这就是新搬来的！专挑熟的、甜的瓜祸害……"

　　这一夜，小强睡在瓜棚里，透过小窗，星星对他眨着眼睛，他很久也没睡着；那可恨的大眼贼的偷袭，给他愉快的心境渗进了许多烦恼……

　　天亮前，突突突的手扶拖拉机声把小强惊醒，睁眼一看：爷爷正跟拖拉机手往拖车上装瓜呢。

　　爷爷告诉小强："队上让我把这些头喷瓜送到敬老院去……留下的这两筐，是慰劳在南山打石头修公路的工人。"

　　太阳出来两竿子高，小勇送饭来了。看见筐里有瓜，伸手就拿。小强劈手抢下来："这瓜是慰劳打石头叔叔的。地下那几个，是爷爷给咱的。"小勇摸起一个，用抹布擦了擦，嘎巴一下掰开了，"哎呀，真甜！"乐得他直蹦高。就在这时，小窗外一下伸进来三个脑袋："哈！哥俩吃瓜，不告诉咱们一声，不够意思。"来的三个调皮蛋，都是小强的同学——二锁、李光、三胖。进了窝棚，摸起筐里的瓜就要掰。小强赶忙给他们解释。

　　"那……你就给摘！""谁也不能进地……"

　　看着满筐满地的瓜，李光不高兴地说："刚当一天瓜倌，瞧你神气的！大人们不是说，到瓜园吃瓜不给钱，管饱吗？"

　　"那是旧规矩，爷爷说了，得改！"小强看几个伙伴都嘟起小嘴,忙说:"咱们红领巾得带头遵守纪律。香瓜是集体财产,'谁见准咬',生产队该受多少损失呀!"说着,他把床下几个瓜拿出来擦净:"咱先吃这几个吧。先尝尝,爷爷说晚上还下瓜,给大伙分……"几个孩子听小强说得有理,拿起瓜来,你推我让,都不生气了。

"咱们不光不祸害瓜地,还得保卫它呢,你看——"小强说着,从窝棚外捡回来那两个啃坏的大瓜,让伙伴看。

一听有了"敌情",平时好玩"打鬼子"的小淘气们都来了精神。

保管员把两筐瓜挑走以后,小强领着小勇、三胖藏到了瓜地西南面的高粱地。傍午的太阳火辣辣的。庄稼地又闷又热。蚊子小咬还嗡嗡地来进攻。看小勇紧皱眉毛,小强就给弟弟小声讲邱少云的故事。等呀,等呀,差不多过了一堂课时间,大眼贼来了!小强一个信号,两边的孩子都扁扁地趴在地上。

大眼贼来到瓜地头,先站直了身子东张西望一阵,见没危险,才放下前爪,出出溜溜进了瓜地。生怕它咬坏瓜呀,小勇沉不住气啦,嗷地叫了一声。只见两个大眼贼箭打一样,蹿出了瓜地,钻进了长满荒草的甸格里,孩子们差不多把甸格上所有的黄蒿、白艾都踩倒了,也没发现大眼贼。三胖把小勇埋怨得差点儿哭出声来。就在大伙灰心丧气的时候,小强冷丁喊了一声:"在这里!"

多狡猾的坏蛋呀!它们在马蔺堆下盗的洞,不细心,谁也发现不了!小强记起了爷爷说的"大眼贼有两个洞眼"的话,让伙伴们赶紧找,李光果然从另一个马蔺堆下发现一个洞口。二锁用削瓜的刀，挖了半天，也不见大眼贼，小强说："不行，得用水灌！"他们分了任务：两人分头看住洞口，三个人回村去找扁担和水桶。

足足往洞里灌了两桶水，大眼贼才受不住，湿漉漉地爬出洞来——两个大的，还带两个小崽儿。

二锁和小勇跺着脚骂："原来是'四人帮'啊，怪不得这么坏！"

五

像芨芨草一样颜色的晚霞抹在青纱帐上的时候，爷爷又挎起了长条筐。他让孩子们回村去报信：今晚给各家分瓜，让大家们尝尝鲜；明早晨拖拉机和胶车要准备好，香瓜上市。

孩子们一群鸟雀似的叫嚷着，飞进了村子。

村子里，家家房顶正袅起晚炊的轻烟。

整个村庄，整个田野，整个瓜园，都笼罩在弥散着轻烟的浓浓香气里……

金灿灿的葵花

一、多亏两个孩子

全国科技大会快召开了，全县突出的科研成果是啥呢？

广播站记者小王给县科技局摇了电话。

"喂！你是科技局吗？"

"是呀，你是哪里？"

当小王说明自己是县广播站记者之后，听筒里回话的声音，既高昂又兴奋：

"哎呀！……可有一项顶新的科研成果！地区粮食局、科技局都来人总结经验了！……对，植物油厂，找车悯农工程师。"

挂上电话，跟同志们交换一下意见，小王背起录音机跨上自行车，兴冲冲地直奔植物油厂。

粉碎"四人帮"后，植物油厂完全变了样儿：高大的烟囱在喷吐缕缕轻烟，轰轰的机器声，离厂门挺远就能听见，成排成队的大"解放"和蓝色的"日野"车，正往厂里运葵花子；伸进厂里的铁路专用线上，停着三节平板车，工人们正往车上滚油桶。

小王看到这景象，真是高兴。他跨进工厂领导的办公室，说明了自己的来意，一位领导同志就领着他去化验室。化验室里人不少，可是却非常肃静，人们正紧张地等待着化验员的报告。

不一会儿，化验员把"兴农一号"葵花出油率报告单，递给了一个头发花白戴着眼镜的人。这人，就是小王要找的车工程师。

只听车工程师看着报告单说：

"这是第三次的化验结果了。每次化验都证明'兴农一号'葵花出油率高达百分之三十九！"

有人打断了车工程师的话：

"咱们当地葵花的出油率是多少？"

"最高百分之二十六！"

"呀！差不离多了一倍！"

"是啊，种这种葵花，一亩顶两亩！"

人们发出由衷的赞叹和热烈的祝贺。机灵的小王，这时候，早就不露声色地撅动了录音机开关，录下了真实的生动场景。

接着，小王走到车工程师身旁，想请他谈谈培育"兴农一号"的经过。车工程师抱歉地跟他说："这会儿我正跟上级做汇报，要谈，咱们只好另找时间。"

"除了您本人，哪个同志还能向我介绍点情况呢？我先找他谈谈……"

小王这样一提，老工程师略带神秘地笑了，他小声地说：

"有这样的人！……其实，这'兴农一号'培植成功，倒是多亏了两个孩子！"

"什么？两个孩子？他们现在在哪儿？"

记者小王提出了一连串问题。车工程师笑着答道：

"是啊！没有他俩，不会有'兴农一号'，他俩，现在……向阳小学，五年级……"

二、庄严的中队会

阳光透过明亮的玻璃窗，射进向阳小学五年级一班的教室。

黑板前，班主任沈老师，正神采飞扬地向同学们讲话：

"下午，少先队员一律要佩戴红领巾。学校领导、大队辅导员也要出席我们的中队会。大家吃完中午饭，快点儿赶回来，抓紧把教室布置一下。"

同学们陆续走出教室的时候，老师把两个男同学留了下来：

"车小萌、刘二力，你俩等一等。"她拍着这两个孩子的肩膀，亲切抚爱地说："学校接到了农业局和植物油厂党委写来的表扬信。你们做了好事，过去瞒着，可以理解。现在你们就用不着有什么顾虑了，在下午的中队会上，可要从根到梢，好好地向同学们介绍。让大家学习你们那不怕打击，热爱科学的精神。"

那个个子高高的，平时敢说敢讲的车小萌，不知为啥，这下子"卡壳"了。他脸红红地好半天才说出一句话："老师，真……真没啥可说的。"

老师把目光转向了那个个子稍矮、翘鼻子、方额头的刘二力，同学们都管他叫小萌的"尾巴星"："他不好意思讲……"

"我讲! 本来那件事干得真棒, 我早就憋不住了, 可他硬是不让说!"

悦耳的钟声响了。

佩戴着红领巾的少先队员们, 都挺直身子, 精精神神地坐到了自己的位置上。

班主任、大队辅导员和头发花白的女校长, 陪着一个背录音机的年轻人也走进了教室。

在哗哗的掌声里, 大队辅导员读完了县农业局、植物油厂党委写来的信。

在哗哗的掌声里, 刘二力走到了讲台前……

三、吃一百个生豆不嫌腥的人

"咱班不少同学都见过车小萌他爸吧? ——就是油厂那个戴近视眼镜的老头, 走路老低着脑袋, 像是丢了啥东西……" 谁能想到刘二力还会这样生动有趣地讲"故事"呢? 它不仅吸引着红领巾们, 连记者小王, 也被深深地吸引了。

刘二力的家, 就住在车小萌家隔壁。

别看小萌好说好笑的, 二力自打认识小萌他爸那天起, 好像就没见他爸说笑过。向他问个好, 他只点点头, 用鼻子"嗯"一声。

车伯伯咋这么怪呢?

一天, 二力忍不住, 就向爷爷提出了这么个问题。因为爷爷和小萌他爸多年来都在油厂上班。

爷爷听了，先打个唉声，接着一拍大腿，吼了起来："还不是这几年给折腾的！"

这一声吼，把二力吓了一跳。

爷爷平息了激愤的心情以后，才把车伯伯的为人，讲给了二力。

"那可是个好人哪！给咱油厂立过功，给党做过贡献……"

原来，车悯农"文化大革命"前就是植物油厂的工程师。那时候，他就是个"闲不住"的人，整天不坐办公室，净在车间里转悠，跟工人们一块儿干活，一起解决生产上的难题。

当时，榨100斤葵花子，最多能出19斤油。车工程师就琢磨改进榨油机、滤油器……一连搞成八项革新，百斤葵花能榨出21斤油了，他不满足，又研究成功了"皮仁儿自动分离机"，提高了榨油水平，创造了全国新纪录。可他呀，还是不停步，又琢磨着培育向日葵新品种。想种一坰地葵花，叫它顶两坰出油。

那时的工厂领导，支持他这大胆的设想。车悯农和科技小组的几十人，在厂门外开了一亩"试验田"，种上了五个品种的向日葵。

向日葵，在他们精心侍弄下，很快地伸腰、展叶、开花了。

就在这时候，林彪、"四人帮"登了台，刮起了黑风。那年月，不光大大小小的当权派都挨斗，知识分子也被当作"全面专政"的对象。厂里，几个喝了"迷魂汤"的人，把车工程师打成了"走白专道路的黑样板"，骂他是专拉资本主义车的"臭老九"。不仅斗了他，停止了他的工作，更不准他再去试验田里。

试验田的葵花儿，长得格外茂盛，可是还没等成熟，就遭到了厄运。为了"割资本主义尾巴"，那几十造反"英雄"，挥起镰刀，闯进试验田，把葵花砍了个精光。

从那年开始，那曾经开过金灿灿葵花的试验田，每到夏季，就长满青青的蒿草。

每次经过这里，车悯农的心，就像给谁掂着似的难受。

但是，他不是那种挨斗完了就啥也不想干的人。虽然工程师的衔儿给他下了，也不准他进车间操纵机器，只让他做个勤杂工，可他还着了魔似的一门心思搞实验。每到秋天，他利用厂休日，就带个小面袋儿，蹬上车子，到离城老远的乡下去，搜集葵花优良品种，还给亲戚朋友们写信，四下淘弄。

刘二力家，房前屋后，种了不少白菜、萝卜、苞米、豆角……可车小萌家的小院子，年年种的是高高矮矮的向日葵。

刘二力常听小萌他妈妈叨咕小萌他爸：

"你呀，你呀，一条道跑到黑！撞一百堵墙也不回头，吃一百个生豆不嫌腥……"

四、海外邮包

周总理逝世那年，春天来得特别晚，都3月底了，又降了一场大雪。

车小萌他爸想种向日葵，可是大地迟迟不肯化冻。

一个星期天，刘二力跑到小萌家去玩。刚走进院子，只见小萌手里拿着一张纸，朝他挥了挥，说：

"走，跟我上一趟邮局。"

"上邮局干啥？"

"取一样东西。"

"啥好东西？"

"听我爸说，是从老远老远地方，寄来的……"

两个孩子从邮局的窗口里，接过来不大的一个邮包。那上面，盖着红的蓝的邮戳，贴着色彩鲜艳的邮票，写着中国字还有外国字。他们抱着邮包乐呵呵地跑回家，问小萌他爸，才知道这是小萌一个远在国外的舅舅寄来的。

邮包被打开，里边是一个漂漂亮亮的塑料匣子。二力和小萌猜想：匣里一准装着非常非常稀罕的东西。可是小心地打开一看——

哟，原来是一匣普普通通的生葵花籽儿！

小萌泄气地大声嚷了起来：

"我这个没见过面的大舅，可真怪了——大老远的，从国外邮点啥来不好呢？"

二力嘴上没说，心里也嘀咕：是呀，咱好歹都是植物油厂的家属，要嗑瓜子儿，还不有的是！用得着从国外寄来吗？

小萌他爸，这时候正低头看信。听了小萌的话，他抬起头来，忽然一反常态，嘿嘿地笑了起来：

"真是个小傻瓜！——你以为这是寄给你吃的吗？这是给我寄来的，再好也不过的宝贝呀！"

看到车伯伯流露这样喜悦的神色，刘二力简直吃惊了。

车伯伯看完了那封信，把他和小萌叫到自己身边，亲切地给他们讲起了那个远方的舅舅。讲他为啥不远万里，寄来这么一匣葵花子……

车小萌这位舅舅，老家在南方。他小时候，家里很穷。还在新中国成立之前，为了活命，在他12岁那年，跟着亲友们一块儿闯了外洋。

他先后在几个资本家开办的农场做苦工。

外国老板不拿他当人看，欺侮他这个没有知识的"小华工"，总是让他干最脏最累的活儿，给他最少最少的工钱。

别看这位舅舅当时年龄小，志气可不小。他白天干活儿，夜里刻苦读书。挣的工钱，除了吃饭，差不多都叫他买了书；结合着自己干的活儿，他拼命钻研农作物栽培技术。几年以后，他成了既有实践经验，又有创造发明的农业技术专家了，培育出了不少农作物新品种。这样一来，原来那些欺侮他的资本家们互相吵架，争着聘请他经营自己的农场，还出高价买他培育的新农作物的"专利"。

小萌的爸爸讲到这里，拿起了那封海外来信，给两个孩子读了起来：

"……敬爱的周总理，1964年曾经来到我侨居的这个国家访问，特地接见了我们这些海外游子，同我们亲切地合影留念。

"听到他逝世的消息，我捧着他和我们的合影，悲痛得几日饭菜难以下咽。为了实现他老人家的遗愿，使祖国早日实现四个现代化，我这个侨居国外的人，能做些什么呢？……现在我决定，把自己花了十年心血培育的一个向日葵新品种寄给你——希望你结合当地土壤、气候等条件，继续培育、繁殖；让它在哺育过我的祖国土地上，开花结果。这，就算为祖国的四个现代化做的一点微薄贡献吧！身居海外的人，多么盼望我们亲爱的祖国日渐强盛……"

车小萌的爸爸读到这里，手颤颤地抖着，眼角湿润了。小萌和二力更是格外激动。他们不约而同地捧起了那匣葵花子——这跨越万水千山的种子，多么珍贵呀！它分明是海外亲人热爱祖国那火热的心……

五、沉重的打击

车悯农工程师虽说三年前就被"解放"了，可是厂里并不让他做技术工作；虽然不再让他当勤杂了，可是，只允许他在锅炉车间跟班劳动。他要求继续搞科研，厂里新的掌权人说"工厂搞科研是修正主义路线"；他请求利用业余时间继续种试验田，回答是："宁让它长草，也不让它长资本主义的苗。"

接到了那包远方寄来的种子，车工程师按捺不住激动的心情。第二天，他捧了那包种子，来到了厂革委会办公室。

厂里新调来个"一把手"。他是从省"青干班"刚毕业的。车悯农走进办公室的时候，他正坐在转椅里，刷刷刷地写着"关于反击右倾翻案风的动员报告"。

车工程师恳切地跟"一把手"说：

"这样珍贵的种子，当年不种，隔了年，就再没了价值……"他要求恢复试验。

那个"一把手"一听说车工程师捧的是"国外洋货"，一下子从转椅上站了起来。他冷笑一声，说：

"'文化大革命'不是批了你多次？还这么崇洋媚外？你真是个……难得的'教员'！"

他把车工程师撵走后，操起电话，叫来了秘书："这是'阶级斗争新动向'！给反击右倾翻案添了活教材！……动员会要改成批判会，下午停产开会！"

……

那天下午，厂里的机器停转了，高音大喇叭刺耳地吼叫着，把工人们赶进了大食堂。

大食堂墙壁上，临时贴上了"打退资产阶级新的进攻！""狠狠反击右倾翻案风！"的标语。

"一把手"派人把住食堂门口，进屋的，谁也不准出去。

食堂有现成的炉子，他不让生火，为的叫大家"头脑清醒"。

他一个人口吐白沫子地讲了一个钟头，然后让工人们发言批判。

工人们你瞅瞅我，我看看你，大眼瞪小眼，谁也不吱声。这家伙发火了，让车悯农"检查交代"。

车悯农抬起头来，看看大家，沉着地说：

"我认为建设社会主义光喊口号不行！……'隔年的日历不翻它，隔年的种子不发芽'……厂里不允许，把那包种子还给我，我自己想法儿试种。"

"不许你放毒！"那家伙听到这里，气得发疯："……你可真是崇洋媚外的死顽固！——让你的洋奴哲学见鬼去吧——"说着，他举起那包珍贵的种子，一下子抛进了炉坑！看着人们对他的"革命行动"没有赞同的反应，他眼珠一转，当即做了决定：让车悯农到农场去参加一年劳动，明天就启程。

六、只剩十九颗

批判会开完，天黑下来了。

小萌他爸，由几个老工人陪伴着，脚步踉跄地跨进了家门。

看着爸爸那气愤难过的样子，车小萌急得直跺脚，他把饭菜端到爸爸跟前，爸爸轻轻地推开了，根本不想吃。

"难道舅舅那美好的愿望，爸爸那坚定的信念，真的不能实现了吗？"小萌想着想着，一宿都没睡好觉。

窗外刚蒙蒙亮，他一骨碌爬起来，跑到了二力家。

把刘二力捅醒，小萌趴他耳根上说："快穿衣裳，有重要事儿跟你商量！"

他俩走到屋外，二力着急地催小萌："说呀！"

"昨天厂里的事儿，你听说了吧？新来的那个坏家伙逼我爸今天就走，……试种向日葵的事儿，我打算接着干，……好朋友，你能答应替我保密、帮我……"

"咱俩一块儿干！"刘二力郑重其事地跟小萌打手击掌了。

"第一步，咱们得想法儿找回那些种子。听说，批我爸的会，是在大食堂开的。……能不能找你爷爷想想法子呢？"

二力的爷爷在工厂食堂上班，每天他都起大早进厂。小萌这么一说，二力拉起他的手，就往工厂跑。

穿过两条胡同，他们蹑手蹑脚地绕过工厂大门（怕传达室的老倔头看见），转到了工厂的西南角。这儿有个墙豁口。小萌蹬在二力肩头上，攀上了墙头，又俯身把二力拉上来，跳进了院里，悄悄地溜进了雾气腾腾的食堂。

二力找到了爷爷，一把将爷爷拽出了厨房。

听两个孩子说明了来意。老人家气得一跺脚：

"新来的这个官，真够歹毒的了——也许他料到有人要走这着棋？一开完会，他让人把炉膛的灰，都掏了！"

"这家伙真坏得头顶长疮、脚底板流脓啊。"刘二力听爷爷一说，丧气得差点哭出声来。

车小萌听了这情况当然更急。可是他转着眼珠，想了想说："咦？一包葵花子散开了，谁能扫那么干净？"

他拽起二力，到那个火炉子旁边，弯下身子细心地找……忽然眼前一亮，他从炉门旁发现了三颗！二力一回身，从砖地缝里发现两颗！

爷爷一见，抹回身进厨房，拿来了炉铲和笤帚。爷孙三个人，从掏过的炉膛里，撮着剩下的灰土，细心地扒拉着，找呀找的，竟又找出了 14 颗。

哈！别看只有 19 颗葵花子儿了，这可比 19 麻袋葵花籽还要珍贵呀！怕让那个家伙和他手下的人撞见，小萌紧紧地攥着它们，跑出了食堂。

这时候，天大亮了，已经有人来上班了。怕跳墙引起麻烦，两个孩子一合计：干脆猫下腰，从收发室前溜出去！

收发室的老倔头果然没发现他们，可是"冤家路窄"，刚跨出工厂大门，抬头一看，那个"一把手"骑着车子奔厂门来了！

这可咋办呢？

想躲没处躲，返身往回跑，必然引起他的疑心，干脆闯出去吧！

他俩刚想走，那家伙已经下了车，冲他俩喊了起来：

"站住！你俩是谁家的小孩？进工厂干啥来了？说！"

小萌看着他，心里恨得牙根直痒，真想抢上前跟他拼命，可是，这 19 颗种子……他急得脸上冒了汗，把拳头背到了身后。

一看小萌没吱声，二力"我……我……"了两声，也没编出个理由来。

"好哇，你们准是进厂来偷东西的！……都进收发室去！"

正在他要翻两个孩子挎兜的时候，忽听后面有人高声喊道：

"主任哪！——那是我孙子！"

"一把手"一看是食堂的老刘头，就停了手说："大清早他们干啥来了？"

"是这么回事，我把家里开仓房的钥匙揣来了，家里等着往出拿东西，让孩子跑来取钥匙……"

说着，他冲小萌、二力一挥手：

"还不快回家！……"

两个孩子会意地点点头，撒腿就跑。

跑出厂子很远啦，他俩才放慢了脚步，"忽哧忽哧"地喘气。二力问小萌：

"要是那家伙翻出咱的葵花籽儿，你咋办？"

小萌说："我就拿牙咬他！"

二力说："我就使'绊子'……"

别看车小萌的爸爸快 50 岁了，当他意外地看到两个孩子淘弄回来 19 颗葵花种子，激动得泪花在眼圈里直打转。

他一面收拾着行李，一面深情地望着两个懂事的孩子，说："真没想到你们这样中用，这样懂得大人的心。地上，冰要化透了，春天马上就要来了，一定要想法把它们种上，保护好，上秋能收获一个花盘，我回来后，就能接下去研究。"

小萌咬着嘴唇说，"爸，你放心！"

二力也说："车伯伯，啥困难，我们都能克服。"

七、秧长墙高

小萌和二力，别看才 12 岁，可是，好像一下子都长成了大人。

他们再也不跟班上那几个淘气包打成伙恋成块了。再也不满街乱跑，做些没意义的游戏了。放学一回家，他俩就找出装着"宝贝"的那个小匣子——好像一天不看，那 19 颗向日葵能自个儿飞走似的。

他们盼呀盼的，只等春雷一声，几场喜雨……

雪化冰融的日子过去以后，他俩动手在两家的院墙边，深深地翻了土，精心地掺了马粪。

一天，他们正要往地里下种，"秘密"被小萌的妈妈发现了。

小萌他妈，几天来看见两个孩子在墙边翻土，还以为河开化了，他们是挖蚯蚓准备钓鱼呢！谁知道又是种向日葵！她说啥也不让。

手指头点着小萌的脑门儿，她数叨着："你爸因为鼓捣这玩意儿，招灾惹祸，弄得咱全家不得安生，你咋也鼓捣这个？快别种它了，馋瓜子，上秋，咱多买点儿，还不行吗？"

妈妈为啥不理解爸爸的心意？

小萌气嘟嘟地说："我们种它，不是为了玩，也不为解馋！爸爸一门心思培育优良种子，难道是为他自个儿，为咱一家吗？他想得远呢！"

"想得远有啥用？自打当了工程师，他就挨整，远不如当个工人！"

"我跟二力送他上汽车的时候，他还嘱咐我们，要好好学习功课。他说，国家总不能乱糟糟的，将来科学总要发展。……我们不听他的话，对吗？"

看着两个孩子大人似的站在眼前，听着他们那坚定的话语，妈妈让了步。只是嘱咐他们格外小心，别让外人知道，再招惹麻烦。

小萌家养了三只白洛克母鸡，因为一冬天喂养得精心，开春以来，它们一天一个蛋。可是，怕他们满院子乱刨，祸害向日葵，小萌又说服他妈，最后狠一狠心把它们都"处理"了。

刘二力原来爱养鸽子，什么毛头、红嘴、蓝翎……他都养过。去年他忽然又喜欢养兔了，从乡下他姨家抱来一对"安格拉"兔。这一对小兔子，灰毛毛，红眼睛。真是好玩极了，母兔眼看就要下崽儿，可是怕它们祸害向日葵呀，二力也学小萌的样子，把两个小兔送回了姨家。

播下种子，他俩一天三遍地跑去看，恨不得它们立时拱土、发芽、长叶儿，蹿得老高。

一放学，他们做完作业，就忙着给向日葵夹障子。

因为这，有两天他们迟到了。老师当着全班同学的面，问他们：

"你俩淘啥气去了？咋一块儿迟到呢？"

二力看小萌一眼，也跟着耷拉下脑袋，硬着头皮听批评。

从向日葵长出两个叶芽开始，每星期，小萌和二力都给小萌他爸写信，报告向日葵的生长情况。他爸也常来信，告诉两个孩子：什么时候锄草、浇水，什么时候捉虫、施肥……按着他的嘱咐，向日葵移栽以后，长得格外快。他又来信说，"我估计，葵花长得有桌子高了吧？那要赶快追施钾肥。"

钾肥？钾肥是什么肥呢？

小萌问妈妈，妈说大概是鸡鸭粪吧……搞科学，"大概"怎么行？

二力问爷爷，爷爷文化不高，连那个"钾"字也不认得。

问过老师，才知道草木灰是钾肥。

若在秋天，草木灰可好淘弄：到郊外去搂些柴火，一烧，不就成了？可现在是夏天，郊外到处是绿绿的庄稼，青青的高草。

二力搔搔脑袋，给了小萌一拳："有办法了！"小萌问他想到了啥法子。二力说：

"我姨家做饭烧毛柴，能没有草木灰？咱快上那儿弄去！"

那个星期天，两个孩子从农村弄回了草木灰，施到向日葵的根部，又浇了水，坐下来写信："……为了找这钾肥，我们跑了15里路……"

盛夏到来了。

在车小萌、刘二力的精心侍弄下，19棵苗壮的向日葵，先后开了金灿灿的花儿。惹得蜜蜂儿嘤嘤地飞来采蜜，蝴蝶儿飞来跳舞。

按着小萌爸爸的嘱咐，他俩还站在凳子上把葵花脸对脸地往一起磕，进行"人工授粉"。

暑假里，粗粗壮壮的向日葵，都结了洗脸盆一样大的花盘，可把小萌和二力乐坏啦。这事若在往常，他们一准得邀请同学们，来参观参观。可这又怎么敢呢？——要是传扬开去，泄了密，油厂那个顶坏的家伙知道了，咋办呢！

向日葵，好像不理解小萌跟二力的心思，它们那金灿灿的大花盘，总是向着太阳，好像孩子们一张张笑盈盈的脸；那墨绿肥大的叶子，在轻风里哗哗地响，好像孩子们欢快的笑声。

这时节，路过墙外的人，若是停住脚步，往院里多看几眼，或者啧啧地夸赞几声，两个孩子的心就蹦蹦跳。后来，他们想出了法子：每天下了学，就到处拣砖头——把院墙加高了一层又一层。

多亏这种向日葵长得杆粗棵矮，若像当地葵花那样高大，一长过了房檐，啥样的墙能遮得住呢？

八、十月的收获

金色的秋天来到了。

收获的季节就要开始了。

车小萌、刘二力的 19 棵向日葵，齐齐地低下了头，像是给它们辛勤的小主人深深地鞠躬。

两个孩子小心翼翼地削下了大花盘，没有碰丢一粒葵花籽。

19 个花盘的葵花子，搓了满满一筐箩。

刘二力 5 岁的妹妹小燕，看到收了这么多葵花籽儿，蹦着嚷着要吃。

二力怎么哄劝也不听，急了，竟打她一巴掌。这下子可捅了马蜂窝——小燕哭叫着这院追到那院，二力的妈妈心疼闺女，也来"助战"。

看到二力为保卫他们的"胜利果实"就要挨揍，车小萌真是着急：该怎样帮他解围呢？

忽然，发生了意外的事情——

大街上，小巷里，人声喧嚷，传来了"咚咚锵！咚咚锵！"的锣鼓声。

听着震动人心的锣鼓和响亮的口号声，最爱看热闹的小燕，扔下二力，转身就往大街上跑。

二力的妈妈，转身就去追赶小燕。

小萌和二力，你看看我，我瞅瞅你，手拉着手，一齐跑上了街心。

到底发生了什么事情啊？发生了什么事情？

原来，万恶的"四人帮"垮台的消息，传到了县里，人们啊，都走上了大街，在庆祝游行。

这一夜，全城的人们，不，全国人民都兴奋得睡不着觉吧！小萌和二力，趴在灯下，在给小萌他爸写信，报告着这十月的收获。

不久，他们就接到了老长老长的回信。

那信，赞扬他们的机智、勇敢；夸奖他们不怕累不怕苦的劲头和热爱科学的精神。

尤其让他们高兴的是：信上说，他就要回来了！在他回城之前，让二力、小萌，按照他开来的地址，先给国外的舅舅写信，向他报告十月收获的喜讯……

油厂那个跟在"四人帮"屁股后净干坏事的"一把手"下台了。工厂给车工程师恢复了职位，把他从乡下接回来了。

他回家第一件事，就是看二力、小萌收获的葵花子。他拿起一个体重个大的葵花子，剥出胖仁儿，往指甲上一按，油汪汪的，高兴得眉开眼笑："这就是说，这远方的种子适应我们这里的土壤气候条件，它将在我们的大地上牢牢地扎根。"

九、广播站的新节目

广播站记者小王，参加了向阳小学五年级的中队会后，怀着兴奋的心情，连夜又访问了车悯农。

车工程师向他详细谈了一年来利用那远方的种子与本地葵花杂交、培育"兴农一号"的过程。告诉他，地区和县里正做出决定：明年大面积播种。

这时候，车小萌、刘二力吃完饭跑到了他们跟前。小萌一脸兴奋地说："小王叔叔！我们刚刚接到了舅舅的来信——他说，明年春天他应邀回国参加科技大会，会后就要来看望我们。"

车工程师接过来说，"到时候，我要赶到省城去接他，把小萌、二力也带去，希望记者同志……"

"一定去！到时候，你们千万通知一声！"

录音报道《金灿灿的葵花》，在 10 月 2 日的《国庆专题节目》里播出了。这一天，差不多全县的人都收听到了这个节目。

人们由衷地赞叹车悯农工程师，为了实现四个现代化，那种不屈不挠的奋斗精神，同时也夸赞两个孩子做出的贡献。

不少小学生都给广播站来了信。

信上说，他们要学习刘二力、车小萌；还建立了课余"红领巾科研小组"……

"早日实现四个现代化，这可是咱全国大人小孩都得关心的大事情。"

1980 年 10 月

摸　鱼

一

　　海清大爷有一种抽旱烟的"瘾"——他那杆玛瑙嘴儿的小烟袋儿，老在腰里别着，铲地歇气儿的时候，总是"吱啦、吱啦"一袋接一袋地抽；我呢，也有一种"瘾"，就是摸鱼——见着水泡子、稻沟子，我的脚板儿就痒痒，非得蹦下去不可！想想，有什么能比按住一条活蹦乱跳的鲫瓜子，攥住一条滑光光肉滚似的鲶鱼，更叫人高兴呢！

　　可就是因为摸鱼，差一点误了大事儿。

　　十几天以前下的那场秋雨，把稻子催得都打了苞。有几块稻田没薅完三遍，老村长海清大爷和乡亲们急得火苗钻天的，人人恨不得多长两只手。我们十几个高小新毕业的"小青年"（海清大爷总这样叫我们），组成一个突击组，向海清大爷提出包薅大甸子那块地。

刚下手薅的时候，大伙儿干得挺欢，谁也不直腰。过了一会儿，几只"叼鱼郎"飞到我们头顶上，"啾、啾"地叫着，逗引得我们抬起头来看。有两只在稻沟顶上，忽高忽低地飞了一阵，一抿翅儿，扎进稻沟子里，叼走了银子一样的小白鱼儿。

这样一来，我们那贪玩的心，就像河里的鱼漂儿，再也熬不下去了。

"走，看看去！"我领头一喊，噼喳啪喳，大伙儿光着脚丫，往稻沟子那边儿跑去。

稻沟子里的水，不像平时那样湛清湛清的了，而是酱浑酱浑的。正看着，冷不丁地，从上游的水面上顶过几个尖浪来。只见三四条一拃多长的浮鱼，一闪一闪的，箭打一样，从眼前蹿了过去。

"好家伙，真有哇！"我们脱下小布衫，折根细柳条当鱼串儿，噗喳噗喳，全蹦进了稻沟子。

摸起鱼来，我就把什么都忘啦！一心一意地张着两只手，包抄水葱子堆儿和蒲草棵。眨眼工夫，嘴里叼着的细柳条上，就穿上了四五条一拃长的鲫鱼。在一堆绿扎草旁，一条大鲶鱼撞了我的腿。我紧张起来——可千万逮住它呀！掐住它的嗝水，举出水面来，谁敢不佩服我的本事！

其实，哪里知道，这时候海清大爷早站在沟沿上啦！别人看他来了，都爬出河沟，溜回稻田里去了。我正一心围攻那条鲶鱼，怎么喊我也没听见。眼看着把鲶鱼脑袋按住啦，可就在这时有人在我露出水皮儿的光脊梁上，轻轻地拍了一巴掌。同时，耳朵也叫人拎了一下。

我只当是谁跟我闹着玩儿，挨一巴掌也没撒手，到底把那条一尺多长的鲶鱼掐上来了。可是抬头一看，糟啦！海清大爷瞪着我，胡渣子抿掉着，伸着巴掌，呼呼地喘粗气呢！

这时，好像有一瓢凉水当头泼下来，我立刻想到向海清大爷提出的"保证"，特别是想到，要把稻沟子踩坏，那会出多大的乱子呀！我手里那条鲶鱼，"叭唧"一下掉在壤楞上，滚回了稻沟里……

今天，上午干完活，我惦记着稻子拉齐穗儿没有，就绕着道儿到大甸子来看看。这时候的稻田，齐刷刷的，一色深绿。每棵稻穗上，都挂着一层雾一样的绿灰儿，看不见一根"黄谷懒"、水稗草和红蓼花；这稻田，我们薅得多么干净啊！

稻子扬灰吐穗，稻沟里的水就撤下去了。沟两旁，露出一些横七竖八的脚丫子印儿。看见这些脚印儿，我又想起海清大爷打我那一巴掌了。

咳，那一巴掌打的倒是不疼，可当时我多么难受呀；等我明白过来，在那生产大忙的时候，竟自领头下河摸鱼，实在不应该。每次想起来，总觉脊梁上火燎燎的，心也火燎燎的。一见海清大爷的面儿，就更觉得脸没处搁了。那次摸鱼以后，海清大爷总也不肯离开我们这帮"小青年"了。他每天总要抽出时间来和我们一块儿薅稻子。看着他不慌不忙的，可不一会儿，就把我们远远地甩在后边。我想追上他，不知怎么，一着急，手就更没有摸鱼那么灵巧了：明明是奔水稗去的，可薅下来的，偏是水灵灵的稻秧！

海清大爷见我落得太远，就抹回身来接我。等我赶上去，他亲切地说："干什么都是熟能生巧，就拿薅稻子来说，顶数稻稗不好拿，可是要薅长了，一伸手它就倒下了。"我注意观察，海清大爷在薅稻子的时候，眼睛不是盯着这个，就是看着那个，可他薅过的地方，却一棵稻稗也落不下。又过了一阵，我渐渐觉得稻稗果然比稻苗软，手一碰就倒，果然应了海清大爷的话。这时我觉得海清大爷不但不可怕，而且是多么亲切可敬啊！

收工回家的路上，我拽着海清大爷的衣襟向他认错。嘻！想不到，他不但没吆吆喝喝、吹胡子瞪眼，反倒笑啦！跟我说："宝祥啊，你刚参加生产半年，还不太懂得咱种庄稼的讲究哇！——种庄稼，最讲究节令、气候，若是该侍弄的，侍弄不上，粮食就要减产。眼下抢薅一遍草，上秋多收百斤稻哇！……不用说你喜欢抓鱼，连我老头儿也有这个瘾呢！可抓鱼得看什么时候——等咱村的高粱晒米儿，稻子拉齐穗儿，乐意摸鱼，放你假，你整天都泡在河里也行！想学抛网，我教！唰啦，一网下河，扣它几条金翅金鳞的鲤子……"

从那以后，我更喜欢海清大爷，更听他的话了。我跟大伙儿起早贪黑，几天工夫，薅完了大甸子那片稻田，还支援了薅东塘那一组。我决心要做一个像海清大爷那样的庄稼手，把稻薅的一棵草不剩。从那以后，海清大爷每次检查完我薅过的稻池子之后，就抱出小烟袋来，点上烟，眯缝起眼睛，笑盈盈地看我。

现在，我站在壕沿上，瞅着半干的稻沟子发愣，冷不丁地，有人从背后拍我肩头，回头一看，正是海清大爷。他扛着锹，大概是上南洼放水去来的。

"呵哈，宝祥！你还恋着稻沟子，又想偷偷地摸鱼呀！"

"不，不，我……是来看看咱队的稻子。"

"嗬……"大爷眯缝起眼睛笑了，"我知道，知道你把这些稻子都挂在心坎儿上了。是不是把摸鱼的事全忘啦？"

"摸鱼？……水都干了！"我指了指沟底那没不了脚踝的浑水洼。水洼里有两条小"川丁子"没随水撒走，还不知好歹地撒欢呢。

"这儿就是有水，能逮住大鱼吗？今晚上收工后，咱们下清河！"

"下清河？"

"对，你砍三根带软梢的柳条儿，准备三副钓钩，再抓几个蚂蚱。"

"抓蚂蚱？"我不明白海清大爷的用意，他笑着说：

"到时候你就明白了，反正要多教你一手！"

下晌，我去铲荞麦。铺地盖垄的荞麦花，叫风吹着，在我眼前翻翻滚滚，一时间，都化成了银子般的小鱼儿……

二

吃完晚饭，带上柳条和钓钩，我就往海清大爷家里跑。一进院子，就看他正把渔网吊在一根长竿子上拴网兜。我见过别的渔网，底脚子都是铅做的。可海清大爷这盘网却是铜脚儿，一抖动，稀里哗啦山响，晚霞一照，金光闪亮的。

海清大爷背着渔网在前头走，我背着鱼篓紧紧跟随。这时候太阳快下山了，斜阳给谷穗儿抹上一层金。晚风里，那些晒红了脸儿的高粱，你高我低，推推挤挤，唰啦唰啦地响，好像在讲悄悄话。空气里弥散着毛豆馋人的清香味儿。

海清大爷，一路上走走停停。一会儿仰脸看看高粱，一会儿低头看看豆子，路过稻田，还掐掐稻粒儿，看灌满浆没有。他脸上总是笑盈盈的，可就是不回头看我，好像忘了他后边还跟着个人！

小清河离屯三里地。太阳要落的时候，我们来到了河沿上。穿过一排绿森森的柳毛子，冷不防，打草棵里冲起两只野鸭。它们哑着嗓子叫了几声，贴水皮儿朝西天飞去了。残阳照在河面上，跳荡着万道金光。小清河活像一条金翅金鳞的大鲤鱼，摇头摆尾地向前游着。

海清大爷走到一个浅水溜的地方坐了下来，我以为他要脱鞋过河，可是，他却从腰间摘下小烟袋儿，不慌不忙地抽起烟来。

我急了："这么浅，能有大鱼吗？"

"深水里的鱼，这会儿全出来喽！等会儿，它们都要上这浅水溜的地方来找食儿，咱们就在这儿逮它！……你贴水皮儿看，鱼不是顶浪了？你看，那三个圆浪是鲤子，还不小呢；那几个尖浪是鳊花……"

"在哪？我怎么看不见？"

尽管我脱了鞋，蹦下水去，还是分辨不清哪些水纹是风吹起来的，哪些是鱼顶起来的。海清大爷在我身后哈哈大笑：

"你若是也有这能耐，不也成了'老鱼鹰'？"

"那……你这能耐是咋学来的呀？"我刨根问底，想把这能耐也学到手。

想不到我这一问，海清大爷低下了头。他轻轻地打了一个咳声，跟我说："孩子，这能耐，是从小拿命换来的呀！……你现在学打鱼，是为了玩儿，会撒一手好网，将来给咱队当一个出色的渔业组长；可是，大爷小时候打鱼是为了活命，为了还渔霸的债呀！"

海清大爷告诉我，他是在海边长大的。十四五岁，就能在齐胸的海水里甩网，扣辫子鱼、撵"小黄花"。宽阔无边的海水，他敢游出十里路远，一个猛子扎到深海里礁石旁去拣海参、海蚌。他常常跟爸爸登船出海，虽然浪高三尺，可是在船头上，他仍然能看清湛蓝的海水中的鱼群。有一回，他爸爸出远海没带他去，在海上遇到了暴风，连船带人就再也没有回来。为了赔偿渔霸的船，他白白给人家打了三年鱼，渔霸还说抵不上船钱。海清大爷一气之下，砸漏了船底，拎着他父亲给他留下的铜脚网，逃到了北方……

听海清大爷讲他苦难的过去，讲共产党来了，他翻身后的心情，不知不觉，天黑了下来。河边两沿的庄稼，变成了黑黢黢模模糊糊的一片。小清河变成了一条白里透粉的宽带子。哑嗓儿的野鸭不叫了，静静的河面，偶尔有大鱼打跳落水"咕咚咚"的响声……

"是时候了！"海清大爷磕掉烟灰腾地站起身来，掀一掀大襟，紧了一下腰带。

他拿过那三副钓钩，拴在细柳条上，"消"上蚂蚱，告诉我把它下到急水流下边的蒲草棵旁，"让蚂蚱在紧水里冲着，一动一动地，大鲶鱼见着准来吞；它要在急水里吞了软梢钩啊，怎么能耐也逃不掉了！"

我蹚过河，按他的话，下钓钩。

下好鱼钩我想喊他来看看，可是一抬头，却见他正向我摆手呢！按他的手势，我趴到了河边的草地上。

月亮，这时候从黑黝黝的林子后面探出头来，河面顿时明亮起来，我往河对岸一看，海清大爷两手掐着网，蹲在沙滩上，木雕泥塑般一动不动地盯着河里。

忽然，他端起网，猫着腰，几步抢到了河边。刚想抢网，想不到，月光照射下的急流里，几个快浪，唰地一响，激起一串水花儿，噌噌地，都窜回了宽阔的河湾……

"真机灵，鬼东西们！"只听海清大爷低低地骂了一声，又回到原来地方，一动不动地蹲下了。

又过了约莫一袋烟工夫，虽然我看不出急流有什么变化，可是从海清大爷的动作上，我知道鱼又顶上来了。只见他先趴下来，接着，身子一纵——也不知那网是怎么出手的，只听唰啦一声就落进了急流里。一个箭步，海清大爷也跟了上去……

"扣住啦！"

听他一喊，我跳起来，也蹦下了河。海清大爷并不忙着拽上缰。先围着底脚儿踩了一圈，然后才拢网苗、掐底脚，连鱼带网，一块儿捧上了河滩。

三四条一尺多长的红毛大鲤子呀！它们在河卵石上蹦着，跳着，我乐得张着两只手都不知道先去抱哪一条好了！

三

夜，黑得浓了。

群星低头瞅着鱼篓笑。

海清大爷揽着渔网朝家走，我背着鱼篓紧跟随。露出篓口的鲤鱼尾巴，忽扇忽扇地，直拍我脊梁。

走到一堆马莲跟前，海清大爷要我劈下几缕把鱼儿穿上。借着一明一灭的火亮儿，我看他挺神秘地笑着，低头问我；

"宝祥啊，你说这鱼可怎么个吃法呢？"

"什么'怎么个吃法'？"我没明白他的意思，仰脸儿问他。

"我是说，这鱼应该给谁吃？……"

"给谁？大爷你呗！"

"不，打鱼可比吃鱼都香……我看，这几条鲤子，咱们送给你喜山爷爷——这一夏半秋，成宿隔夜地，牲口槽简直拴在他的腰上了！你看咱队那菊花青、小黄膘，大灰骡……一头头，让他伺候得滚瓜流油！"

我说："那鲶鱼，就送给春凤二嫂吃，她前天刚添了个胖小子。"

"对，对呀！咱村阵阵少不下的穆桂英，该犒劳犒劳，宝祥，你比大爷想得周到啊！"

"可那几条鳊花，大爷，可不兴再东给西给，一定得你吃啦！"

"……唔，那几条鳊花嘛，宝祥，给你！你参加农业生产这半年多，庄稼活儿学得正经不赖！对集体正经不赖！……再说，等你学会了使网，大爷吃鱼的日子还能少吗？……"

我用马莲把鱼穿好，放回鱼篓里，背起来，跟在海清大爷身后往村里走。心里不由地回味着海清大爷方才那一番话，回想着老人家的为人行事……集体的抚育，劳动的光荣，温暖着我。我的心，像那波澜闪动的小清河水，不能平静。

1963 年

逮 鸟 儿

隔壁兴林二哥家养着一个山雀儿，名叫红颏。

红颏下巴底下那块红，就跟火盆里的火炭一样。我先前以为是兴林二哥拿水彩染的，可是它在大水碗里扑扑啦啦地洗澡，那颜色越洗越新鲜，一点儿也不褪；问兴林二哥，才知道它生来就是这样的。

我围着鸟笼子转圈儿，心里想着，要是也有这么一只红颏，那该多有意思！兴林二哥好像看出了我这心思似的，说："这容易——谷雨过后，山雀飞来，带上鸟夹子，到南河湾下梢树棵子里，'啪'……"

我蹦高乐！飞似的跑到东街那爱养山雀的齐爷爷家里，哀求他给我扎一个鸟笼子。回家来，我又把哥哥小时候用过的死夹子呀、活扣网呀，都收拾好了。可就是还缺一个装秫秸虫的小盒，我到处寻觅着……

昨天是星期六。兴林二哥大清早就用一根竹竿挑着鸟笼子，挂到了他家院里那棵歪脖柳树的枝丫上。吃完饭，我背着书包去上学，红颏好像招呼我似的，撞着笼子"叽溜——叽溜——"地叫，叫得我心里直痒痒。

放学回来，我把书包往炕梢一甩，就跑去问爷爷："这时候南河湾能不能来山雀？"爷爷掐了老半天手指头，然后哼了一声："你看看皇历吧——哪天是小满，'立夏鹅毛住，小满雀来全'……"

我跑进里屋跷起脚来翻墙上的日历，一看刚好到"立夏"——离"小满"还有十四五天，正是有鸟儿的时候！

我一抬头，又看见大箱盖上的雪花膏瓶儿了——头好几天我就相中这个里外光溜的瓶啦！用它装虫真棒！盖一拧，一条也爬不出来！瓶儿里的雪花膏本来剩不多了，可你瞧姐姐那个'细'劲儿——一回就用小指头挖那么一点点儿往脸上擦。真的，我不撒谎！这几天，她每回抹雪花膏，我都趴门缝看过的。

我忍不住了，上箱盖把瓶儿拧开，嘿，剩不多啦！赶忙抠了出来，看看也没处放，就学姐姐那样，也摊在手心上匀匀，都抹到脑瓜盖和脸蛋子上了。

怕她收工回来看见，我揣了雪花膏瓶就去找我同桌二锁。我们俩溜秫秸障子、串楂子垛，足足抓了一瓶胖胖的秫秸虫儿……

星期天一早，天刚麻麻亮我就醒了（往天都是等妈来'揭窝'才醒）。伸手摸摸昨晚上偷着揣在兜里的饼子和虫盒还在，就猫手猫脚地起来，把被蓬成一个窝窝——做成像我还在被窝里睡着一样；然后拿上夹子，悄悄地溜出了屋子，去喊二锁。

天，晴得好像昨夜谁偷偷用水洗过、用抹布擦过似的，没有一缕云彩。

"特楞、特楞"，一帮一帮的山雀儿都往南河湾飞。打个旋儿，都钻进了南河湾的柳树毛子。

南河湾上那一排柳毛子，绿榛榛的像一堵墙。从老远就听见各式各样的鸟儿在林子里叫，简直像小学生在课堂上比赛唱歌；细听，好像还有谁摇银铃、吹口笛、按风琴……

我跟二锁，怕惊跑了它们，就特意绕大圈子钻进林子当中。

我们乐得心跳，腿和手直打哆嗦。忙着把夹子支好，埋在树棵外。地面上只露着几个小虫儿曲曲连连地动弹。

我俩分了工：他上西头，我上东头，把鸟儿往当中"遛"。

"遛"完雀儿，我们俩就趴在就近的麦田里了。麦苗儿还没长到饭桌子高，藏不住人。怕让鸟儿看见，只得扁扁地趴着。鼻子尖都快贴地了，顺着麦垄往林子里看。

那些鸟儿蹦着跳着朝夹子跟前来了！跳一下，大尾巴一张，就露出几根白翎毛。它们从高枝跳下低枝，挨近夹子了，近了，哎呀！它们大概看见夹子啦！——都停在树枝上不动弹。

我心跳得厉害，只等着吧嗒一声……

"突突——"不知道为什么这样倒霉！它们一下子都飞啦！是打住一只吗？不！我没眨眼地一直盯着，夹子一个也没"犯"。

我急得一手攥紧虫盒，一手抓了一大把土。二锁气得两只脚乱踢乱蹬，把麦苗儿踢得"唰啦唰啦"山响。

就在这时候，我觉得背上冷不丁一沉——回手一摸，一只大手按在上面！斜眼一看，二锁脊梁上也按着一只……糟啦！

"大清早你们就跑来祸害麦子……"

是兴林二哥的声音，不过这声音可不像平时那么温和了，我赶快分辩了一句：

"我……我们不是……"

"瞧，这……还犟嘴！"我顺着他手指的地方一看，可不是——二锁刚才踢倒了好几棵麦子。我斜楞二锁一眼，趴到地上去扶。二锁耷拉着脑袋站着，嘴好像让夹子钳住了。扶完麦子，兴林二哥倒笑了："那么你们是干啥来啦？"他已经看见我手里的虫盒了，可还明知故问。

"逮鸟儿来啦！"

"那，去看看夹子吧。"

我和二锁跟着他到林子里一看，夹子照样摆着，一动未动。

扑哧一声，兴林二哥笑啦！说我跟二锁是"苞米翁和粪壳螂交朋友——一对儿笨虫"：

"这怎么能逮住鸟儿呢？夹子放得多密呀，不到一尺远一个，像排队似的……鸟儿，你别看它小，可是百精百灵呢！一看到这种情形，它们准惊了，知道要逮它，就飞走啦！……另外，下完夹子不能留下手印儿和脚印儿，夹子放在那里，要先看看林子里有什么鸟儿……"

我和二锁，老老实实地听兴林二哥给上"逮鸟课"。

他退出林子外，侧着耳朵听了听，就说："'吱——吱——'的声音多，这是青头鬼儿，尾巴上面有白翎子……"

他一听声，就知道是什么鸟儿，这多不简单！

若是林子里有"青头鬼儿"和"蓝靛缸"（他说这种鸟儿全

身通蓝，就好像在钢笔水瓶里洗过澡一样），夹子就要放在林子的外边……

咳，到现在我才明白，难做的事，不光是在课堂上演算术……

兴林二哥帮我们在树林里下好三把夹子，剩下的几把，他说应该放到河边去。因为太阳升起来，鸟儿都要到河边去喝水，准保能逮住它们。

我叫二锁看着林子里的夹子，我到河滩上去下那几把。

兴林二哥一直指点我下完夹子，才回家去吃早饭。他是起五更上稻田放水去来的。

我趴在河岸边的草地上，掏出饼子来吃。

兴林二哥吹着口哨，挺着胸脯往村里走去，他倒栽在河里的影子又细又长。想着他这一身"能耐"，我可真是羡慕极了。

真的，不光是打雀，他还有不少别的能耐呢——

夏天在河里洗澡，谁扎猛子扎得最远，在水里待的工夫最长？——就数兴林二哥！"噗噔"从这岸跳下去，"咕噜"从那岸钻出来，简直像个大蛤蟆。

再说打鱼吧。那网抛得比谁都远、都圆。等网沉到水底，他拽着上缯，要说"扣住啦"，拉上来，网里就真有鱼儿噼里啪啦地蹦——就好像那鱼先在水里给他打了电话似的……

兴林二哥是前年参加农业生产的初中毕业生。村里的人都夸他能文能武，会写会算。记得去年村里收麦子，我来拣麦穗。休息的时候，看见村副主任杨大伯的烟袋上有个红石头，我问是啥玩意儿。杨大伯说："这是块玛瑙，我的宝贝疙瘩。"这时，正巧兴林二哥坐在马拉收割机上从旁边走过，杨大伯乐得眼睛眯成一条线，指着兴林二哥说："他呀，可是咱全村的宝贝疙瘩！……"

兴林二哥还懂得不少种庄稼的"科学"；什么种小麦要宽垄密植呀，要拌赛力粉哪……这些，都是姐姐在吃饭时候跟妈讲的。姐姐常在妈妈面前夸他。不过，我可不知道为啥姐姐一夸他脸就红，就端起饭碗来，把脸遮上……

我是得向兴林二哥学习！学他那全身的本事和全套"科学"。当然，现在得先学打鸟儿——若是逮住鸟儿，就是姐姐怪我拿了她的雪花膏瓶也不要紧。我可以跟她说：

"姐……嘻，这是跟兴林二哥学的！"

她那样"宾服"兴林二哥，也许就不恼我啦。

太阳不知不觉地爬了两竿子多高，照得脊梁热乎乎直痒痒。我翻过身来仰颈躺着。这时，鸟儿一群一群地从天上飞过。忽然，一帮金黄金黄的我叫不上名字的鸟儿，在河岸边打旋，一圈儿，一圈儿……翅膀一抿，"突突"地落到了河沿上，有的就落到我的夹子旁边了。

我的心像给谁揪着似的。

我想喊二锁，不行！一喊非把鸟儿惊跑不可。

这些像小鸡崽似的黄鸟儿，有的伸着脖子到河边去喝水，有的一跳一跳地已经凑到了夹子跟前……

"呼啦"一下，它们都飞上天了。我想，又糟啦！可是往扣网里一看，哎呀！"锁、二……黄……扣住啦！"我大喊着跑下河滩，全身扑到了扣网上，二锁起了林子里的夹子也跑来了。我乐得顾不上拍打身上的土，就捧着扣网，挺起胸脯，从街东头进村，往齐爷爷家里走去。一路上，黄鸟儿睁着大眼睛害怕地望着我们。它长得真俊！真的——这一身嫩黄的毛呀，我敢说，过生日那天，妈给我煮的鸡蛋，那蛋黄儿，也没这鸟的翎毛黄。

齐爷爷抖抖擞擞地接过扣网一看，就说："打住好鸟儿啦！这是'公老黄'！吃硬食、开哨早，比红颏好养活……保祥，二锁，你们好能耐呀！……"

齐爷爷这一夸，我从心眼里往外乐。可是看着他笑得像自个儿得了啥宝贝似的样子，听着他咂嘴咂舌地夸鸟，我倒为难起来了：齐爷爷干了一辈子庄稼活儿，如今他70岁了，腿脚不灵便，眼神又不好，大家伙儿不让他劳动了。可他是个老光棍，多孤单呀！要养几只鸟儿，给他做做伴儿，在身旁吱吱哇哇地唱一唱，那该多好……

可是，这鸟儿又是多么不容易才逮住的呀！

"保祥，你求爷爷扎的笼子明晚上才能完，这么着，你先用我的旧鸟笼子……"

"不！这鸟儿……"我停了停，回头看看二锁，二锁对我挤眼睛摇头，还扯我的后衣襟。我寻思了一会儿，没管他，一鼓劲儿还是说了：

"齐爷爷，这鸟儿，你养着吧！我们一有空再去逮，能逮住好多呢……"

从齐爷爷家出来，二锁直"煞后"，"吐噜、吐噜"直劲儿抽鼻子，招呼也不答应，我知道他不乐意了。

走过村前的谷草垛，一群大家贼（麻雀）"加加加、加加加"地在草垛上叫唤。我冷不丁地想起一件事，转身攥住二锁的袖子：

　　"咱们去问问兴林二哥怎样逮大家贼……大家贼正孵蛋儿呢，这咱逮一个，就顶上秋逮几十个！若是把祸害庄稼的大家贼消灭光，哈！说不定杨大伯也管咱叫'宝贝疙瘩'呢！说不定县报社那个拎相匣子的人，也像给兴林二哥照相那样，给咱'拉一光'呢！"

　　二锁听了"扑哧"一乐。甩开我，撒丫子就往兴林二哥家跑。

1957 年

捉"怪"记

去年，我们水产研究院附设的"大专班"，又恢复招生了。

新生报到前的一天晚上，我刚回到家，就听见有人敲门。我喊了声"请进！"随着门被推开，跨进来一个壮健、灵巧的高挑个儿的小伙子。他站在门边，嘻嘻地笑着，轻声说：

"闻叔，您……不认识我了？"

我走近他，端详了一阵——咦？这微微上翘的嘴角，这天真中略带狡黠的笑脸，在哪儿见过呢……

"哎呀，想起来了！想起来了——"我大笑着，一把攥住他的手："你呀，是那个捉'水怪'的孩子！"

一

大学毕业后的八年，我一直在省水产研究院工作，想不到，1970年，在"斗批改"高潮中，研究院被彻底"砸烂"了，我们这些再无用处的"老九"们，都带着家眷，被"光荣地"下放到农村去当农民。

我插队的那地方，是偏僻的半山区。那儿，土地瘠薄，小屯里一色是马架子草房，从村民们的衣着以及孩子们用惊奇的眼光围看汽车的神情上，我很快意识到了：我的这个"第二故乡"是多么贫穷和落后……

我的房东，是一个浑厚、朴实的中年人，名叫王福顺。从他那儿，我知道离屯三里远的地方有座"青山水库"。他原是屯里的社员，因为水性好、会撑船，建库那会儿，被调去当了渔工。知道了这个情况，我竟天真地产生了联想：让我到这个小屯子插队，会不会与这水库有关系呢？……啊，是了，也许哪位有心的领导想过，我毕竟搞过水产研究——如今即使当了农民，也会帮水库干点儿什么的……

从此，每逢去乡里开会，我就多绕些路，细心地踏勘青山水库。我觉得这座水库水域宽阔，河蚌多，又是泥沙底儿，很适合发展人工育珠。若是建个"珍珠养殖场"，那会吸收不少劳力，肯定会有一笔可观的收入！

我兴冲冲地把我的设想规划，向乡里一位管农副业的副主任谈了。想不到，他淡然一笑，瞥了我一眼："不劳费心……上边交代过，你们'五七战士'下来，就一个任务——老老实实在队里劳动，接受再教育……"

妻子知道了这事儿，更是嘲笑我，说我是"书念多了的糊涂虫，忘记自己是老几了……"

有什么办法呢，吃一堑长一智吧。妻子从此为我订了条"戒律"：不该管的事儿，甭管！不该闻、不该问的，就装聋作哑！

可我毕竟耳不聋、眼不瞎呀……

每天干完活以后，除了看看书，我就到房东那屋去串门儿。一天，在和王福顺大哥闲扯中，我忘了那条"戒律"，又谈起了水库，还建议由他向领导提出搞河蚌育珠。

"真是好主意哟……"王福顺听了，竟然十分感兴趣，眼里闪现出少有的兴奋，把噙在嘴里的小烟袋拿下来，说："有时候，我们下到河底摘挂网，蛤蜊多得直硌脚……可……"

他只说了半句，就用烟袋把话堵回去了。经我再三追问，他才打个唉声："咱们别'操心不经老'啦——这年头，'抓革命'要紧，弄不好……"

"……"我沉默了。

"闻叔！你说的珍珠是啥呀？听我姥姥讲，珍珠是宝贝呀——龙宫里才有，人，咋能'培养'呢？"

这时，房东的小儿子、13岁的海祥，看我俩都不再说什么，忽然插嘴问道。

我早就注意到了：每逢我到他家串门，海祥总是格外高兴。他抢着为我搬凳子、倒水，然后就坐在炕沿上，两手托着下颏，眼睛睁得大大的，听我和他爸唠嗑。而且，更招人喜爱的是，我们住下不久，他就成了我儿子威威形影不离的朋友。不光给威威送来了他套住的松鼠、用扣网打住的蜡嘴鸟，还常带着威威进山采野菜、下河摸鱼……乡亲们都夸他百灵百巧，不仅砍柴割草干农活顶个大人，还下套子擒住过山鸡、挖陷阱逮住过狍子呢。

我更喜欢海祥那凡事爱动脑筋、肯于钻研的执着劲儿——

看我有时间，他就提出些"公鱼和母鱼咋区分"哪，"冬天，蛤蟆到哪里去了呀"等等问题。我给他解答时，他总是眼睛睁得大大的，一字不漏地听……

"夜深了，让你闻叔回去睡吧。再说，你就是学明白了，顶啥用？一个山沟里的孩子……"每逢小海祥缠着我问这问那时，他爸总要这样"干预"。

我忙说："大哥，可不能这么讲——知识，到啥时候都是有用的！海祥有心劲，我乐意教……"

想不到，这个老实人，只用一句话说"揉"得我没法儿驳他了：

"嗯——你是个念过大书的，有学问，心眼儿也好——可如今，还不是来咱这儿翻土垃块……"

我明白，他这绝不是挖苦我。

但我寻思，我们这一代人也许"如此而已"了；海祥和威威，可有很长的生活道路呀，浑浑噩噩地活着，那是会受生活惩罚的……

——谁会想到，就在第二年，因为一桩偶然事件，王福顺竟意想不到地受到了"惩罚"呢……

二

1971 年迎秋时节，连着下了三天三夜的大雨。青山河上游山洪暴发，水库的蓄水量一下子扩大了几倍。那水，一直涨到了我们小屯子边上。平时，一蹦就可以越过的河沟，忽然扩展到一里多宽。

大雨过后，从上游夹带来许多新鲜的食物。这时，几乎满库的鱼儿，都抢到上游来觅食。每天傍黑时节，渔工们便赶到我们村后的河滩来下网，第二天清晨，再来起网。

有一天起大早，王福顺摇着船，同一个年轻的渔工一块儿来收隔夜的挂子。收了几片，他俩发现挂住的大鱼比往日少得出奇。正纳闷时，王福顺发现离船头不远、朝雾翳遮的水面上，冷丁蹿出一颗毛茸茸的脑袋！

他一惊，忙招呼起挂网的："快看——那是个啥东西？"

这一喊，显然惊动了它。只听"泼棱"一声，打了一个水花，那家伙一下沉入了水里，等收挂网的人回过头来，只影影绰绰看见了一只攥着鱼的毛茸茸的"手"……

"是不是哪个淘气的孩子偷摘鱼呀？"

"你不也见了？那东西手上长着毛呢！"

"再不，是水耗子？"

"不对，那家伙，脑袋比猫的还大！"

"库里出'水怪'了！"

这消息，一传十，十传百，不胫而走，不少好奇的人们还专门跑到水库来看水怪，不过，什么也没有看见……

三

当时，我正给队里看瓜，一连几宿都住在瓜地窝棚里。只是在海祥和威威急匆匆跑来找我那天，才得知这个消息。

"闻叔，快想法救救我爸吧！人家把他带到镇里去，办他的'学习班'啦！"海祥平时那总是笑嘻嘻的翘着的嘴角，此刻耷拉下来了，狡黠聪慧的眼神也变得暗淡了。

我吃了一惊，忙问："为啥呢？"

"还不就是因为他俩看见'水怪'那事……县民兵指挥部派人来追查了，说他俩是造谣，说这是'阶级斗争新动向'……"

接着，海祥讲了这样一个情况：这个公社原来有个"造反司令"，在全县都"响当当"。县里成立民兵指挥部，他由公社副主任，一下升为县"副总指挥"。全乡的人谁敢惹这样的人呢？可又憨又直的王福顺，却看不出"眉眼高低"——那家伙几次到水库吃鱼、拿鱼，别人都笑脸迎送，王福顺却追着那家伙的汽车，要鱼钱……

啊，我明白了，王福顺大哥这次受"惩罚"，还不光是由于他缺乏知识，没认出水里的怪物；更由于他不识"眉眼高低"，看不清人群里的怪物……

如何解救他呢？想来想去，觉得还是应当尽快查清"水怪"的秘密。

那夜，我向队长请了假，吃完了饭，我让两个孩子带上手电，跟我到水库岸边草盛鱼多的浅湾处，去做实地"侦察"。

月亮明晃晃地升上东天，映得库区水面一片银白。两岸的村庄睡了，只有草丛中的虫子"唧唧"地叫个不停，四野显得十分静谧。

借着月光和手电筒的光亮我弯腰在河岸边密匝匝的水稗草和红蓼花中穿行，查看着有没有可疑的踪迹。

走了几处地方，花费了好大气力也没发现什么。威威首先不耐烦了，嘟嘟囔囔地说："……那怪物是大清早在水里发现的……你在夜里、在岸边，咋能找到它？"

我刚想向他俩说明我的想法，可在我眼前的湿泥地上，忽然出现了一行清晰的动物趾印、一摊腥秽的排泄物。我忙蹲下身子，打亮手电，细细观察起来。

琢磨了一阵，我直起身问海祥："村里的鸭鹅，这阵还下河吗？"

海祥说："自打涨了大水，怕它们游到对岸或深汀，夜里赶不回来，被野牲口糟践，各家早圈起来啦。"

是呀，这似狗非狗、像鸭非鸭、趾间有蹼的脚印儿，是谁踩下的呢；这新排泄的、多半是鱼骨鱼鳞的腥臭粪便，是谁拉的呢？

"我知道这是什么怪物了！"琢磨了一会儿我兴奋得不禁失声喊了起来。两个孩子感到莫名其妙，忙问：

"什么？你说什么？"

"这是水獭！"

"水獭？啥是水獭呀？"两个孩子，你看看我，我看看你，显然听也没听过这个名字。

这也难怪——水獭，是珍贵、稀有的动物，在北方就更为稀少。它一般生活在人迹罕至的河流源头的山涧水畔，人们轻易发现不了它。它是怎么蹿到水库里来的呢？——哦，可能是这几十年不遇的特大山洪，把它冲下来的！……难怪海祥他爸、那个年轻的渔工以及当地老乡都不认得它……

虽然猜出这是水獭，可要证实海祥他爸不是造谣惑众，得拿出"真凭实据"呀……瞥望着月光下漫无边际的白亮亮的水面，我犯难了。"这茫茫大水，可怎么能抓到它呢？"

聪明细心的海祥，听我自言自语，忙拽住我的衣襟，说："它到底是啥东西？快告诉我……咱想法儿逮它！"

看着他那急切的神情，我就把水獭如何珍贵以及它喜欢吃鲜鱼、爱玩弄死鱼、又狡猾又胆小、昼伏夜出、凫水本领高强等习性和特点，都讲给了他们。海祥先是睁大眼睛，一字不漏地听着，后来就低下头……要走进村子了，他突然停住脚，仰起脸问我："那……水獭在啥地方睡觉？它的窝在哪儿呢？"

"水獭的洞，多在有水草或树根的极隐蔽的岸边，可洞口，却开在水底下……"

"真是个嘎咕的家伙呀！"海祥轻轻骂了一声。威威以为他泄气了，忙问："想不出逮它的招儿？"

"思量思量呗。"他没做肯定也没否定。

四

一连几天，因为忙着下"头喷瓜"，我没工夫回家，更没见到海祥；可心里却一直惦记他想没想出捉水獭的办法。虽说他是逮鸟的行家、摸鱼的能手，可这是狡猾的水獭呀，他对付得了吗？

第三天傍晚，我忙完了活计，从瓜园回到家，刚端起饭碗，只见海祥拎个麻袋闯进屋来。原来他是让我看他琢磨的网具来了。他放下麻袋，掏出一个前有"铁门"后有尼龙兜的网具，跟我说："您不是说那家伙有点儿像山狸子吗？我就用这样的网，逮住过山狸子……"他寻思：水獭既然胆小，必定也跟山狸、野兔一样，出入口总是重复走自己的脚印儿。"咱就把网下到他来回经过的路上，尼龙兜里装上点死鱼……它一钻进去……"

我赞佩这孩子想得奇巧，却后悔忘了告诉他：水库面积这么大，食物很难捕捉，所以水獭才冒险到挂网上去摘鱼。填不饱肚子，它是没心思玩网里的死鱼的……

听了我的解释，海祥一点儿也不泄气，变戏法似的，弯腰又从麻袋里掏出两个仿照鼠笼制作的长方形铁丝网笼。掀动着带弹簧的"翻口"，他比画着告诉我：

"在里边装上鲜鱼当'诱子'，把它放在刚没脚脖的浅水里……那家伙往里一钻，准碰上'活销儿'，'翻口'啪的一声，就把它关了'禁闭'！"

我懂了他的"设计意图"，打心里佩服他的灵巧，忙问："你的'诱子'呢？"

"嘻……那还不现成！"小家伙脸上又恢复了狡黠的神色，冲门外努了努嘴。嗬，门外房檐下，戳着两杆拴着秫秸漂儿的柳条钓竿！

海祥冲威威挤了挤眼睛，威威急忙跑出去抓起了钓竿，他们俩手拉手地向河边跑去……

五

那夜，月光格外的好。

我跟俩孩子来到了发现水獭足迹的河岸边。经过再次细心观察，我发现，"脚印"明显地增多了……

海祥蹑手蹑脚地蹚进浅水里，把刚刚钓到的三条活蹦乱跳的鲫鱼，用细铁丝拴牢背鳍，悬空拧在了铁丝网笼里。

下好了笼子，我们就悄悄地埋伏在离河岸不远的黄蒿棵子里。

夜深了。蚊子、小咬嗡嗡嘤嘤地打着团团来进攻，两个孩子硬是咬牙挺着。他们不错眼珠地盯着浅水湾，谁也不动弹。

又过了一阵，浅水湾里"哗啦、哗啦"地有了响动。静静的水面，忽然泛起了一圈比一圈大的波纹……水边的蒲草，被什么东西撞得东倒西歪……

唔，是"水怪"出来觅食了！

我和两个孩子紧张得扁扁地趴在了蒿棵子里。可就在这时候，忽然从水库方向传来了"啪哒、啪哒"的脚步声！浅水湾里立刻就没了动静。是谁这么捣蛋呢？我们抬起头一看，暗夜里，两颗火亮在一明一灭地闪动。

"是民兵，查夜的。"海祥警觉起来。

"平时，他们也出来吗？"我悄声问。

海祥回答说："他们傍晚或者早晨偶尔遇一趟，主要是怕人偷挂子……可为什么深更半夜也出来呢？"

工夫不大，两个嘴上叼着烟卷、斜背着大枪的人，走到了我们跟前。

"谁？干什么的？"

这俩人发现了我们，大声吆喝起来。

"钓鱼的。"海祥毫不慌张，机敏地顺手抖开了放在草地上的钓竿。

"钓的鱼呢？"

"刚送回家。"

他俩围着我们转了一圈儿，没发现什么可疑情况。其中一个挂着枪，对海祥说，"你是王福顺的崽子吧？——你爹瞎造谣，连累我们睡不好觉！……"说着他还斜楞我一眼："怎么？一个'五七战士'，也跟着乱掺和！"

六

第二天中午，乡政府就给大队部打来电话，让我马上到乡里去一趟！

还用怀疑吗？这是传讯！

其实，我的心情十分坦然。只是为没有抓到那"真凭实据"，而感到遗憾！

上路了，我才想起海祥和威威：一上午没见他俩的影子，跑哪儿去了呢？

下晌，我赶到了乡里。院子里停着一辆崭新的"北京吉普"。

屋里沙发上斜歪着一个过早"发福"的中年人。这人眼睛和脸红红的，显然刚喝过酒。

有人向我介绍说，他，就是县民兵指挥部副总指挥。

这个人假惺惺地先问了几句"下来生活怎样？""锻炼得一定有收获吧？"接着，就带威胁性地说：

"我这次来，是办一个案子……什么'水库出了妖精'，全县都传开了……这是他妈造谣惑众，破坏当前的运动！——一个渔工怎敢这么大胆？他背后肯定有坏人指使……"

他看我没有害怕，停了一阵，又旁敲侧击地说："听说你……是这方面的专家……不，是权威（他故意使用当时最有刺激性的字眼）！一定不会相信有什么水怪吧？"

"不！真有！""什么？你敢说……"他听我刚一回答，没容我说清，竟吼叫起来，气急败坏地制止我说下去。

我没管他，接着说："水库里确实发现了一种动物——我是经过踏勘的……不过，它不是什么'妖精'，也不是什么'水怪'……"

"那是什么？抓来我看看？要是抓不来……哼！"

他正在发怒的时候，门开处，走进一个衣着朴素的老头儿。这人，在乡里开大会的时候，我见过。听说他是原县委书记，被"打倒"五年，刚"站"起来到这个乡当了主任。老书记走进屋来，心平气和地跟那位威风凛凛的副总指挥说：

"……既然你管这位同志叫'专家'，那就该好好听听人家的意见，让人家把话讲完……"

谁想到，那家伙见老书记进来，更加不耐烦了，他陡地从沙发上弹起来：

"今儿个没工夫听了——我还有别的事！"他向身边站着的一个"卫兵"使了个眼色，吩咐道："天不早了，让这位专家住下吧，你们……可要好好照顾……"

我当然明白他的用意。

夜里，老书记坚持要陪我在办公室里间的小炕上住。几个"副总指挥"的亲信，探头探脑，瞅了几回，见老书记在，不好说什么，都溜走了。

我们躺在土炕上，围绕水库发生的这桩"奇案"，小声地唠了半宿……

第二天早晨，我们刚起来，就听见有人"咚咚咚"大声敲门。我急忙把门打开，竟吃了一惊：只见海祥背个麻袋，威威裤子湿了半截，俩人累得气喘吁吁，闯进屋来。"你俩……这是怎么了？"

威威冷得直打哆嗦，脖子上起了鸡皮疙瘩，可掩饰不住一脸高兴劲儿，往地上那湿漉漉的麻袋踢了一脚，大喊"逮住水怪啦！逮住水怪啦！""什么？在哪儿，我看看……"老书记比我还兴奋。威威抢着告诉我："听说把你也叫来啦，海祥哥都急哭了！……昨天，我们又新编了一个铁网笼，钓了几条鱼……我们在柳茅子里躲过半夜，等查夜的回去了，才下的网。我们等啊等啊……这个黑家伙真出洞啦——它围着网笼转了三圈儿——真馋急了，忽地它就钻了进去！……"老书记听了，忙吩咐人去通知伙房，让快点儿给孩子们做热汤面。

这时候，屋里、窗外已经站了不少人。我走上前去，抖落掉湿麻袋，铁笼子里的水獭，见了光亮和这么多人，"扑棱扑棱"，东碰西撞，狂跳不停，还用尖尖的牙齿，咔咔地咬铁丝网，人们伸长脖子，用惊奇的目光看着这个黑褐色的比猫大得多的"怪物"，发出了嗡嗡的议论声。"……闪开，这是干什么哪？弄个山狸子来干什么？"这时，那个副总指挥，睡眼惺忪地分开众人，大咧咧地走了进来。"这就是我爸他看见的'水怪'，他、他没撒谎！"进屋来一直没吱声的海祥，这会儿瞪起了明亮的双眼，冲那个他恨透了的人，大声喊了起来。

"胡说嘛——这是狸子！别唬人！……"显然他想用威慑掩饰自己的尴尬，镇住海祥。

我转身到屋角，端起了洗脸水，尽量抑制着激愤，冲他也冲着大家说：

"这，好区别——狸子是山野陆地上的，一沾水，他的毛就湿渍渍的，这家伙，是水中的怪物——"

说着，我把半盆水哗地浇到了它身上。只见水獭轻轻一抖，浑身的毛管，益加发亮，连一滴水珠也没沾……

"这是水獭！水獭！"我冲着那位"副总指挥"不无嘲讽地说，"你……可能没听说过它，可总会知道水獭皮能做高级大衣的领子吧……"

"水怪"，终于让海祥提到了。其实，人群里的"怪物"也露了原形。只不过在那年月，谁敢"捉"呢……

老书记拉着两个孩子的手，把我们送出很远。他答应要"做工作"尽快把海祥他爸放回家。我在受感动之余，又犯了"老毛病"——告诉老书记：根据我的观察、判断，库里的水獭绝不止三只、五只，上冻前，要设法把它们全捕到，精心养起来；另外，珍珠养殖场，应当快点办……

老书记一面听，一面点头。

七

"四人帮"覆灭以前，我离开了那个偏僻的山乡，重新回到省城工作，还常常想起那位老书记，那个捉"水怪"的孩子——他该20岁了，如今干啥呢？

——真是想不到啊，此刻，他奇迹般地出现在我的眼前了！海祥告诉我：这三年来，在老书记重回县委主持工作后，县里几座大型水库，都办起了水产养殖场。他已经当上了养殖场的技术员，这次，是老书记亲自点名送他来深造的……

他滔滔不绝地向我讲述着那山乡的喜人变化，眼睛里闪现着讨人喜欢的狡黠神色，这使我想起了那难忘的河滨月夜……

啊……聪明的海祥，在你面前铺展开的是多么宽广的路……

放马那天

期考前，就盼着快点儿放暑假。一眨眼，暑假过去三天啦。

吃完晌午饭，妈临下地的时候跟我说："下晌在家做做功课吧，别东跑西颠、像个没笼头的小野马似的，净贪玩……"

妈冤枉人——谁净玩来着？我们不是一边帮生产队干活，一边做作业，一边……几下不耽误还不好？

……还剩一道算术题没做完，偏偏困劲儿来了，上眼皮和下眼皮直往一块儿"逗"。

"困了就睡一觉吧——别装秀才啦。"

我不知道啥叫"秀才"，可我猜出爷爷看见我伸懒腰、打哈欠，是在笑我。

爷爷真是怪——他以为小孩子也跟他们老年人一样：困了，躺在炕上眯一觉就精神了。其实，要让我到那野地去撒撒欢儿，这困劲儿，准会像落在身上的苍蝇，挥挥胳膊就会飞的。

我和爷爷并排躺在炕上，拿他的蝇甩儿盖住脸——让他看不清我的眼睛是闭着还是睁着。

后窗外，白杨树的叶子，在轻风里一绿一白地翻动。树梢顶上的蓝天，飘着片片白云；有的像个绵羊，有的像个猴子。我要能变个灵巧的猫儿多好——爬上那高高的白杨树，看看妈在哪块地里薅稻秧，看看爸在哪块旱田锄草……想着想着，困劲儿真飞了。身旁的爷爷可一长声一短声地打起了呼噜。

我悄悄地穿上鞋，溜出了屋子，来到了街上。

人们都下地干活去了。村街静悄悄的。只有几个蝈蝈儿，不知藏在谁家菜地里，一声声挺均匀地叫唤。

我正想不出该干啥事好，忽然，我的同学长庆和福民一人骑一匹马，还牵着"菊花青"骡子向我走来：

"咱屯副业队的大车给供销社拉货刚回来，你看牲口累得通身是汗……咱们拉出去放放吧。"

一个"鹞子翻身"，我就跨在"菊花青"的脊梁上了。

说真的，我们几个都喜欢牲口。借着放马的机会，都爱挺起胸脯，像个骑兵似的骑在牲口背上，在村里走来走去。

我们更爱骑着牲口在野地里撒欢赛跑。赛起跑来，长庆灵巧。他抓住马鬃，身子就像黏在马身上一样，马跑得不论多快他也摔不下来。因为这个，大人们都管他叫"小马膏药"。可福民就不成啦！他是个小胖子，马一跑起来，他就勒不住缰绳，常像个球似的，从马背上摔下来。可他好像不知道啥叫疼：爬起来，拍拍屁股照样骑……就因为这个，人们就不管他叫福民啦，都管他叫"铁蛋儿"……

我们穿过了村前大片的谷地，穿过了骑在牲口背上伸手也够不着穗儿的高粱地，来到了南大洼的稻沟旁。这里有水稗、苜蓿，黄谷懒……都是鲜绿嫩肥的好草，一撒缰绳，牲口就唰唰地吃开了。

我们躺在草地上，听长庆讲故事。一个故事还没讲完，头顶上忽然飞来几只"叼鱼郎"，"啾啾"地叫着上下翻飞，有的，一个猛子扎下来，从稻沟里叼走了银子般的小鱼儿。

"稻子薅完三遍，水撒了！……"福民吐出嘴里叼着的草棍儿说。

"前天刚下过雨，说不定从大清河又'顶'上鱼来了——"

说话工夫，只见小桥旁"啪"地打了个浑水花！我们都扁扁地趴在了草地上。

只见一条比筷子还长的鲇鱼，晃动着破草鞋一样的脑袋，在浅水旁曲曲连连地游了一会儿，才钻进深水里。

"扑通通！"还是长庆麻利，他脱下布衫，一下蹦进了稻沟子。

小福民着急得好半天也没拽下背心，就叽里咕噜滚下水了。

我急得干跺脚。

想下去——怕牲口没人看着偷吃庄稼。不下去——你听他们俩在河里喊的：

"哎呀——真多！直劲儿撞大腿！"

"喂，快截住；往你那边儿跑了！"

"嘻——这是条滑叽溜的鲇鱼，直往胯裆钻……"

忽地，长庆在小河里站起身来露着身子冲我喊："还愣着干啥呀——快下来，咱们来个'包围'战术……"

"牲口谁看着？"

"'迷'上呀！——把缰绳往长放一放，拴在小柳树或者马蔺堆上……"

我听了撒开腿就去抓牲口。折了三根细柳条做鱼串儿，两手挓挲开，"扑通"一声，也蹦进河里。

我们这"包围战术"可真好使，顺着河沟往下梢摸，不大一会儿，就都摸了半串儿鱼。要到稻池口了，福民冷不丁喊起来："喂！注意大鲫鱼！"

鱼大真是不好逮，碰了儿回手掌，可就是按不住它。想不到它顺着往稻田去的淌水沟"蹭"地一蹿，跳进稻田里去了！

稻地水太浅，眼看着大鲤鱼放扁了翻白了，干扑拉也游不动。

这么大的鱼，谁还能让它白白跑掉？争着抢着，推着挤着，我们都爬进了稻田里……

鱼，眼看着要抓到手啦！可就在这时候，不知道谁这么捣蛋，大声喊起来："放牲口的哪儿去喽——马吃了谷子！"

我们三个一惊，一下子都坐起来。这下子可糟啦！看稻埂放水的老金大爷扛着锹来啦！我们冷不丁地明白过来，这是闯了多么大的祸！老金大爷一眼看见我们了："哎呀，你们三个泥猴——长庆、保祥，还有你，铁蛋儿！……我……我一锹拍扁你们！"

噼喳叭喳……踩倒了稻田里刚甩穗儿的稻秧；踩趴下沟渠旁的黄蒿和白艾。我们谁也没敢回头看——好像那铁锹真的要飞到后脑勺上。一口气儿跑到小桥旁，拣起衣衫也顾不得穿了就去牵牲口。该死！它们都在新出穗的谷子地里摇头晃脑、细嚼慢咽地品滋味！

跨上牲口，一夹肚子，一溜烟地往村里跑。

老金大爷准是怕踩颓了稻池埂，并未赶来，只站在原地方吵吵：

"你们这几个……都是属破车的——到时候不紧楔子不行！"

跑进村前的小树林，我们才停下来。牲口因为没有吃饱，挣拽着啃道旁的猪芽草和车轱辘菜。

我们后悔因为不专心放马闯了祸：真怕那老倔头把这事告诉家里要挨一顿揍。我们三个坐在林子里，大眼瞪小眼，谁也没想出好主意。

长庆这时候，正把那些半死不活的鱼放进林子边儿的一个小水坑里，他忽然说："我看把这些鱼送给老金大爷吧——"

"你这是讨好他，让他饶了咱们？"福民和我一时还弄不清他为啥要说这个。

"我知道他那倔脾气，谁做错了事，害了集体他是不饶的……可我知道他爱吃鱼。"

"那咱们就把鱼送给他……可也得向队里承认错误，认错之前咱们最好……"

长庆和福民都同意我这办法。商量了一阵，等到日头压山，便把牲口牵上井台饮了水,送回队去;悄悄地溜进家门吃了点饭，天刚擦黑，我们就又在柳树林边集合了。

我们向着白天闯了祸的稻田走去。这时，月亮刚刚出来，庄稼都变成黑幽幽模模糊糊的，晚风刮过，唰啦唰啦地响，可是我们忘了害怕。

就在我们闯祸的地方，闪动着一个黑影。起初，我们都不敢近前，后来那个黑影直起弯来，我们才看清那是老金大爷！哎呀，这么晚了，他还没有回家去吃饭！

我们轻轻地凑上前去。他看见了，又大声吆喝起来：

"咋着？你们三个小淘气，还没祸害够……又来了？"

"不……大爷……"我们抢着分辩："我们是想把踩趴下的……扶起来。"

"嗯。"金大爷长出了一口气："这还像话……"一听他口气不那么"硬"了，我们跳过稻池埂，看见那一片稻子，有的被老金大爷扶起来了，有的还像病人似的，伤心地躺在泥里……

我的心好不难受——像挨了重重一拳头。大概长庆和福民也挺不是滋味：一个低着头用脚踢土块；一个晃着脑袋咬一根草棍儿。

学着老金大爷的样子，我们都蹲下，一棵一棵挺细心地往起扶稻秧。看我们认真地干活啦，老金大爷高兴地说："我给你们讲个故事吧，愿不愿意听啊？"

我们都是"故事迷"，咋能不愿意听？

"我像你们这样大的时候，正给财主家放猪。一天，不小心老母猪钻了穄子地。那狼财主看见了，他不帮我找猪，倒先把我按在地上，扒开裤子，拍了我一顿大鞋底子……"老金大爷讲开了，我们细心地听着。

"我忍住眼泪，实在气不过，夜里偷偷地爬起来，跑到他那刚出穗的稻田里，东踢西踹，躺下身子打滚儿……"

嘿！大爷小时候也淘过气呀！我刚想笑，他瞧了我一眼接着说："……可那是对待财主呀！……这是咱集体的稻子，集体的东西，咋能大着胆子到这来撒欢儿？……稻子长成这样多么不容易——为开水渠，全村磨秃了多少把铁锹？再去问问你妈，薅草摔碎了多少颗汗珠……"

听着听着，我明白过来啦：这哪里是讲故事？老金大爷原来是借讲故事转弯抹角地批评我们呀！

可我们谁也没有生气。

把稻子扶完，我们又挖土捧泥修整池埂。老金大爷一边指点着我们怎样使锹，嘴里还不停地叨咕："对，唉，对……干活就像个干活样。又想干活又想玩儿，扯心拉肝的，管保啥事也办不成！长大了也没本事……玩，不算毛病，可得有时有响！就连大人也一样——你们都看见了：村副主任青山，正月里闹秧歌，踩高跷，扮个大妞儿多像样！可是玩完了，办起正事来，也是干净利索……"

唉，这些话，妈过去跟我嘀咕过多少遍，我总当耳旁风。……老金大爷若早给我们这样讲说讲说，今天哪能……借着月光我看老金大爷——就连他那眼角旁的皱纹也满透着笑哩！谁说他光会吆吆喝喝、吹胡子瞪眼？

回家的路上，我们争着替老金大爷扛锹。在蛐蛐的唧唧声和蛤蟆的呱呱声里，我们三个悄声细语地合计着明天，后天……这整个暑假要给家里和邻居干好那些活计……

当然，看着老金大爷那劳累了一天，跌跌跄跄的背影，我们也惦记着藏在柳林边小水坑里的鱼——

它们可千万别让野猫叼去啊！

1958 年

麦收以后

马拉收割机开进金黄的麦田里的时候，真热闹极啦。乡亲们跟着打麦捆，妇女们前来送水，我们小学生在老师带领下拣麦穗儿；就连我那 70 多岁的爷爷也来参观了：

"活这么大岁数，没见过这么好的收成啊！……"

"用机器割麦，在咱黄旗寨可是头一回……"

几个婶子、大娘围上了爷爷："老爷子，要分新麦子啦，可得先借给我筛面箩……"

是呀！去年麦秋，家家磨面烙饼尝鲜，就都借我家的箩。真怪——听家里人说，解放前，我家连糠窝窝也是吃了上顿没下顿，咋会有个筛白面的细箩呢？……

那还是前年夏天的事。有一回，我到杂物棚找东西，忽然看见棚顶上挂着一个筛白面的细箩。那箩上积着厚厚的尘土，结满了蜘蛛网。我很纳闷，回屋就问爷爷：

"……咱家解放前，穷得不是跟土改分来的座钟一样叮当山响吗？咋会有那样一个物件呢？"

爷爷听了哑声一笑。那时他正在外屋拉磨，听了我的话，把磨停了。到里屋让我坐在他身旁，点起烟，给我讲了筛面箩的来历，讲了十几年来一提起就使他愤怒的往事。

原来 15 年前，我还有个二爷。二爷是个穷得一辈子没结婚的老光棍。老哥俩给本屯屯长、地主高大马棒当了半辈子长工，可是两个人的工钱还养活不了一家五口。爷爷火气大，不甘心再这样活下去。哥俩依仗"穷骨头穷筋浑身是劲"，就借了债，买了一匹老马，租了几亩熟地，开了几亩生荒，自起炉灶地干起来了。因为哥俩不论风里雨里常在地里侍弄，麦秋竟收了不少麦子。

爷爷很乐，以为这下总能还上一点"饥荒"了。可是，在那吃人的旧社会，狼财主咋能让穷人有活路？看见珍珠似的好麦子没拉进高家粮仓，高大马棒眼珠一转，就生了毒计，他跑进城里，拉拢一个无赖，假扮成"买卖人"来到了我家。他俩左说右劝，讲桌麦子不合算，磨白面是"一本万利"。二爷说："咱是老实庄稼人，这行道，咱干不来！"那个"买卖人"就假惺惺地说："你们只管磨面，跑外的事，我兜着！赚了钱，二一添作五，亏了本，我掏腰包！"看看爷爷摇头，高大马棒又是威胁又是利诱地说，"……真是穷骨头……这是城里大粮栈的二掌柜，信不着，我做个'中保'，怕出事？我那点家产还抵得上你那几担麦子！……"

一怕高大马棒的权势，二来也想尽快抖掉背上的"饥荒"，二爷和爷爷，只好勉强答应了。

磨坊开业，那个"商人"只从城里拿来这个筛面箩。

爷爷在老马的外套边，又加上一根杠子，帮助一走三晃腰、直打趔趄的老马拉磨。筛面的时候，怕糟损，老哥俩总是轻轻地筛。还把落在身上的面粉，用小笤帚扫到笸箩里……他们一心想着摆脱自己的困境，哪想到，等自家麦子磨完、卖掉，那个狐狸似的"商人"，竟拐了钱，无影无踪了！

爷爷气得找高大马棒算账。那家伙翻脸说"根本不认识"那个"买卖人"，反而说这是"讹诈屯长"。二爷气得到县里告状，结果是挨了一顿痛打……

就在二爷被抬回来那天，黑心狼高大马棒又来到我家。他阴险地奸笑着，说："……那筛面箩，怕是这辈子甚至连你儿孙也用不着喽！……还是给我吧，换给你几升粮食……"

爷爷气得两眼冒火："给你？我，我把它劈八半，填灶坑！"……

可是，事情过后，爷爷一想：跟物件赌气有啥用呢，就把它高高地挂在棚子里了。

多年来，在它身上积存着尘土，封裹着蛛网，更积蓄着爷爷的恨，埋藏着他的希望：难道世事总是这样？穷人几辈子吃不上自己种的麦子？

爷爷这个愿望，解放后，才真的实现啦。自从土改斗倒了高大马棒后，不但自家吃到了白面，村里家家户户都吃到了。爷爷闲搁多年的筛面箩，成了"大忙人"啦——西家"迎"，东家"请"！今年麦收前，爷爷就把箩拿进屋了，戴上老花镜，把箩圈破的地方，补了又补，绽了又绽……

麦收以后，爷爷一看张罗磨面的人家太多了，村东村西的都来借箩，就想了一个主意。他看我放学后写完了作业，就招呼我说："小祥啊，你把这筛面箩送到村里去，把它挂在办公室的墙上。再告诉主任，晚上开会的时候跟大伙说一声——用箩就到那儿去取，这不就省了不少麻烦？可就是要精心，弄坏了？大伙没使的！"

我把筛面箩送到了村里，向主任学了爷爷的话。主任拍着我的肩膀说："老人家在旧社会苦大仇深，所以对咱新社会，才格外热爱……他热爱集体、关心别人的行动，咱们可得好好学习呀……"

我刚回来，偏巧住在村办公室隔壁的廉二嫂就来借箩。我笑着把情况一说。她故意气爷爷说："这老爷子！不早告诉人家，我要知道……大忙时候能白跑这趟腿？……烙出饼，若给你吃才怪！""哈哈……瞧这媳妇多'歪'！"爷爷捋着胡子，对已经走出院心的廉二嫂喊："二媳妇，可别忘了——用完箩快送回去，别耽误别人使用……烙饼，要多搁糖，待会儿我准去吃……"

1957 年

妈妈的眼睛

大人们常说：老闺女，有人疼，自来娇。

我是我妈的老姑娘，可她一点儿也不娇我。

天刚刚放亮，妈妈就把我叫起来："爱华！快起床，帮妈洗菜，喂鸡……"给我分派一大堆活儿。嘴里饭还没嚼完呢，她拎起兜子就要上班；回头又布置下一连串"任务"："下晌放学，抓紧写作业，完了帮隔壁林爷爷家拎水，这两天他病了，家又没别人，缸准没水……"

——怪不怪，她咋知道人家缸里没水了呢？难道她长的是"千里眼"？

真的，妈妈的怪事可多呢——

她是县食品商店的营业员。商店就在我家的斜对门儿。可她偏向领导提出在三里外的火车站，建个小卖部。每天，她就跑老远到那儿去上班。晚上回家，她还常常拐个大弯到胜利街一个孤老太太家，帮她拆被子，洗衣裳。可我的衣服脏了，她却说："爱华，你都十三了，自个儿的活，应当自己干呀。"

有个星期天，我跑到车站去看妈妈。走进屋一看，嗬，这哪是食品小卖部？这儿除了食品，又有毛巾、牙膏、手提包，又有晕得宁、克感敏、清凉油……只放得下两张床的一间小屋，隔板一层层搭到棚顶，放了几百样商品，简直成了百货公司了！我正惊奇地看这看那，听见妈喊我："爱华，快倒杯开水。"我以为她渴了，就把水递到她眼前，她忙着答对别的顾客，向窗外候车室一个来回走着的老头指了指，意思是让我给他端去。我来到老爷爷身边，这才明白，原来，他手里捏着两个药片……

——怪不怪，妈这么忙，咋知道老人家找水吃药呢？

又一个星期天的早晨，妈没有喊我起床。她一面做饭，一面忙着糊一个小木箱。这小木箱是她求别人做的，里外两层，用白纸一糊，真是漂亮——她这是做啥呢？问她，她只笑没回答。我决定找机会揭穿这秘密……

中午，我做完功课，忙完家里的活儿，跑到车站，正赶上北来的客车开进站里。一进候车室，我看小卖部门锁了。妈妈背着那个沉甸甸的白色木箱，正急忙忙地挤上站台。

"冰棍儿，解热败火的冰棍儿！"听到妈妈的喊声，我一下子全明白了。赶忙跑过去帮她。

火车，像一匹跑累了的马儿，停下来"呼哧、呼哧"地喘气。大热天看到站台上叫卖冰棍儿，各节车厢的窗子都打开了——

"同志呀，太好了，给我来五根！"

"我要十根！……"

"小姑娘，快，我要……"

我跟妈妈在火辣辣的太阳下，从车头跑到车尾。开车的铃声响了。一箱子冰棍儿也全没了。

妈妈笑着和车上的旅客招手告别。我看见她衣服湿透了，汗水把头发粘到了脸上，就赶忙掏出手绢儿，踮起脚尖给她擦汗。

妈妈咯咯地笑着说："这叫'火车一进站，妈出一身汗'。"我心疼地责备她："商店总表扬你一个人完成两三个人的任务，就这几分钟的工夫，你也不歇会儿……"

"好孩子，你看，这么热的天，叔叔阿姨们坐火车多渴呀……我累点，心里高兴……"

看着妈妈这兴奋的眼神，我忽然想起了照片上雷锋叔叔那双明亮的眼睛，现在我才真正明白了：凡是一心想着别人，处处为着别人的人，才会有这样明亮的眼睛……

1979 年

墙上的鸡

墙上的鸡？

——你要说的，是站在高墙上喔喔啼鸣的大公鸡，还是刚生完蛋站在矮墙上"咯嗒咯嗒"叫唤的母鸡？

不，不，都不是……

一

今年夏天，我家从绿园街搬迁到乐民路。我也转学进了乐民小学。

真巧！我们班的学习委员、全校的"三好生"戚芳芳，就住在隔壁。说实话，半年来，若不是她下了学就跟我一块儿做作业，复习功课，管住了我这个"没笼头的小野马"，期中考试我哪会占第二十名？一准还得像上学期似的——给全班"打狼"……

我妈妈非常佩服芳芳，总嘟囔我："凡事儿，就要照芳芳的样儿学！……"

可今天的事儿，我能学她吗？——哪有一个 13 岁的小姑娘跟 70 多岁的老奶奶"干仗"的？……

二

今天傍晚，她做完了作业，笑着问我一个很"怪"的问题："大力，你……敢杀鸡吗？"

"嘿，那可不是吹牛，去年春节，我家买了三只大公鸡，都是我给抹的脖子……"我说。

"那好！一会儿到张奶奶家来吧。"

做完最后一道题，收拾起书包，我就往张奶奶家跑。刚要开门，想不到，里边却传出了一老一少"吵架"的声音：

"……快给我拎走！"

"……你不吃，我就给姐姐写信，告你！"

"鬼丫头，比你姐还厉害……我，偏不吃！"

"这是'药'……我把同学刘大力都喊来啦，他可有劲呢——我俩……灌你！"我闯进了门，芳芳一脸诡谲的样子，直冲我递眼色："愣着干啥？快进屋杀鸡呀……"

我被弄得莫名其妙，急忙把张奶奶搀进了屋里："奶奶，这到底是咋回事儿？……您别生气……"

听了我的话，张奶奶忽然变了脸色，扑簌簌掉开眼泪了：

"我怎么会生气呀……孩子，你哪里知道，若是没有芳芳和她姐，我这把老骨头，也许早烂了……"

三

张奶奶的老伴儿去世早。只有一个儿子，又在抗美援朝的战场上牺牲了。到了退休年龄，老人家患了严重的哮喘病——有时几天起不了炕，屋子里冷得冻了冰。"还活个啥意思呢……"当时，她恨不得立刻就永远闭上眼睛……

就在这个时候，一个与她非亲非故的小姑娘，来到了她的面前。这个小姑娘就是芳芳的姐姐戚芬芬。芬芬每天利用早晚放学时间，默默地为张奶奶生炉子，买米买柴，煎药做饭，洗衣裳，倒便盆……一连七个冬春，没有一天间断。"人上了岁数，嘴馋，不知好歹呀——有一年春节，我无意中念叨要吃点小海米儿——谁知道芬芬就搁在心上了，顶风冒雪的，她差不多跑遍了所有的副食商店哪，到底把小海米儿，给我倒腾回来了……孩子，你说，就是亲孙女儿，能做到吗？"

张奶奶说着说着，眼泪又刷刷地淌下来："今年夏天，芬芬考上了大学，临上火车的前一天，她把芳芳领到了我跟前，嘱咐她妹妹，要接好她的'班'——把我照顾好……芳芳的耐心劲儿也不比她姐差，你看那窗户镜，她擦得多亮，这几盆花儿让她侍弄的，开得多兴旺……"

（啊，怪不得芳芳每天早晨起那么早，中午不睡午觉！）

"那……这鸡，到底是咋回事儿？"张奶奶说："芬芬当了大学生，也没忘了我这老婆子。她省吃俭用攒下10元钱寄回来了，一定让我买只鸡炖人参、黄芪。说吃这个偏方，一冬天不会犯病……你说，这鸡，我怎能吃得下去……"

啊，这就是方才一老一少"吵架"的原因！该向着谁？那还用问——我急忙跑进厨房，摸起了菜刀。张奶奶拦不住我，只是着急的嘱咐：

"别剁脑袋，别褪毛，整张皮儿剥下来，有用项……"

四

第二天放了学，我和芳芳跑进张奶奶家，一进门，都愣住了——

大公鸡不是明明让我杀了，让芳芳炖熟给奶奶吃了吗？怎么它又活着跳上了北墙的搁板？

张奶奶见我们愣在那里，咯咯地笑出声来："没看出它是假的？它呀，揎一肚子稻草……"

谁能想到张奶奶的手会这样灵巧、会有这样了不起的本事！我俩把大公鸡抱到炕上，左看右看，也没弄明白，它肚子里的草是怎么楦进去的，眼珠儿是怎么换的。

张奶奶告诉我俩：她年轻时，学过制作生物标本的手艺。昨天杀鸡，她让留整张的皮，就为的试试眼睛和手"还好不好使"……

看来，她对自己的这个"作品"也是满意的。她让我俩去把街道主任请来。

街道主任一进屋，张奶奶攥住她手说："……这些年，多亏党和政府的关心，街道上和芬芬她们姐俩的帮助，我才活到了今天……我老婆子，如今也想为"四化"做点贡献……"

谁能想到张奶奶会有这样的心胸和这样周全的考虑呢——她建议把全街几个待业青年组织起来，成立个"生物标本厂"由她当指导，专做各种教学用的模型、标本……

没有厂房，张奶奶的家就作了临时"作坊"。

需要的材料十分简单：麻绳、胶水、稻草、铁丝……很快就准备齐全了。

那些待业的大哥哥、大姐姐一旦有了工作，多高兴啊！他们采购的采购，制作的制作……几天工夫，墙上那两层搁板上就"站"满了神态各异、栩栩如生的鸡、鸭、兔、鸽、松鼠、山雀……那间屋子呀，简直成了小小动物园啦！

——哪个学校不需要生物标本呢？小工厂的"产品"一开始就"供不应求"，听说省外贸部门还派人来订货，准备让这些"产品"出国呢……

五

一冬天，张奶奶的病也没犯——是吃那"偏方"起了作用，还是因为她心里高兴，把病忙"忘"了？……我盼望着寒假快点儿到来：不知为什么，我是那么想见见芬芬大姐……

当然，我也盼寒假前全校要召开的总结表彰大会——

那一天，我要勇敢地跳上台去，告诉全校的老师和同学：戚芳芳姐俩是怎样用自己的行动，唤醒了一个老人的心，使那颗心迸发出火样的热情……

1980 年

红波和他的小伙伴

　　太阳暖融融地照射大地，鹅鹕儿在空中叽叽溜溜地唱歌。轻风吹着电线，嗡嗡地响，好像奏着扬琴。大清早，红波和他的小伙伴，听着村子里大喇叭播送的歌曲，欢蹦喜跳地上学去。

　　通往镇上的山村小路，如今，修成又平又直能跑拖拉机的大路了。可是好怪呀，红波他们上学，为啥不走大道，每天总是又绕远又爬坡越坎地沿着有线广播的线路走呢？……

　　山里孩子，跟大人一样，都喜爱墙上那小喇叭。12岁的红波，从小就爱听歌曲，爱听各种各样的新鲜事儿。夏天，小学毕了业，他跟叔伯兄弟红声，队里老保管的小闺女爱华上了镇中学。每天早晨，他总是听着村头大喇叭里的歌曲离开家，到学校去。

　　入秋下的这场暴雨，好像故意跟红波他们捣蛋：牤牛水把通往大队的广播冲得杆也倒了，线也断了。听不到喇叭声，红波好像丢了心爱的东西，上学也没精打采。

　　放学回家，红波跟爸爸念叨这事儿，爸爸眉头皱个大疙瘩，冷冷地说："……小孩子家，别管这些——学好功课要紧！"

爸爸是村长，他不张罗修线路，多急人！咦，有了！红波忽然想到了镇广播站的杨叔叔，他就去"蘑菇"，求杨叔叔快点儿把广播接上。杨叔叔笑着说："哈，你倒比你爸那'广播迷'还积极——修线路，缺500米铁线，20根柱，让你爸快淘弄吧……"

红波刚和爸一说，又被挡了回来："如今，这广播听腻烦了……先搁一搁吧。"

这哪像爸爸说的话？爸爸是全乡出了名的"广播迷"，再早，谁家的小喇叭坏了，他总心急火燎地帮着找人修，如今，全队的广播都断了，他为啥倒不着急了呢？

还没等小红波猜透爸爸的心思，咱们的国家呀，发生了惊天动地的大事情……

打倒"四人帮"的消息传来的那几天，红波看见几个月来结在爸爸眉心的大疙瘩终于舒展开了。连那清虚虚的胡渣子也满透着笑。在庆祝会上，只听爸爸高兴地说："这回把坏东西收拾了，可给咱解了恨、出了气！这半年，他们在匣子里天天喊揪走资派、反翻案风。还有什么'舍得一年丢，换来万年红'——越听越叫人烦，原来，这帮坏家伙存心要搅乱咱们的江山哪！这回打倒了'四人帮'，称心事儿，准保一桩接一桩，咱那直通北京的广播，可得赶紧收拾好！……"

"对呀，一分一秒也别耽误……"乡亲们齐声叫好。

可是，割地、打场、秋翻，搞农田基本建设……活计这么紧，从哪儿抽人？上哪儿去淘弄杆、线？

红波和他的小伙伴，小声嘀咕一阵，呼啦一下全举起了手：

"把任务交给我们！"

老村长让他们说说有啥"妙计"，孩子们诡秘地笑着不肯讲。红波上前跟爸爸咬了一阵耳朵，只听老村长呵呵地笑着说："……那好！办成了，给你们记一大功。若误了大事，可要按'军令'论处！"

别看现在小红波大模大样的，兜盖上也卡上了钢笔，像个"知识分子"的样子了，其实，两个月前，他一直是村里那帮小淘气的"头儿"。

——他有一身叫别人"宾服"的能耐，春天种苞米，怕老鸹祸害苗，上山去捅老鸹窝，他"蹭、蹭、蹭"几下子就能蹿到树顶。冬天打祸害家禽的黄鼠狼，他拧的夹子，又紧又灵，瞄准了脚踪下夹子，十拿九准逮住。若是玩"打鬼子"，他率领一帮"战士"，撒开飞毛腿，"冲啊——"一声喊，准会最先占领"高地"，逼得"敌人"乖乖地"缴枪"……

而今，虽说上了中学，可他的"将令"，伙伴们还听。

星期天一大早，按预先约好的暗号，红波在村子里吹了一遍口哨，很多人家的篱笆门儿，都吱吱呀呀地开了。孩子们一个个腰系麻绳，别着磨得锋快的柴镰，悄悄地出了村子，爬上了东山。打柴火，山里的孩子都干过，可从来没像今天这样用劲儿。一想到这是为全村办大事，累得通身是汗，谁也不想歇着；小松鼠从这棵树跳到那棵树，好像故意逗弄孩子们，可他们谁也不去逮它；谁也没去打树梢上剩下的山里红，拣落地的榛子。爱华的手叫刺玫棵划破了，她掏出手绢儿包上，照样干。二锁呢，树茬子穿透了鞋底儿，一拐一瘸地，还飞快地抡着镰刀。

多半天，十几个孩子割了 400 多捆山柴。红波带头，背的背，扛的扛，还求过路的拖拉机捎了一大车，把柴火送到了镇上大车店。他们用得到的钱，买了几十根又结实又漂亮的尼龙绳。回家的路上，红波给大伙儿分了工：女孩子去换铁线；男孩子趁月亮地挖线柱坑。

撂下饭碗，爱华领几个小姑娘，挨家挨户地"串门儿"。

"二奶……你看这尼龙绳，不上锈，又结实，把你家晾衣裳的铁线换下来吧……"

"好哇，好哇，孩子！广播不响，这个憋屈……"

月亮地里，红波和几个男孩子抠线柱坑。锹声、镐声响成一片，谁也不愿停手。

第二天放学，红波和伙伴们帮杨叔叔埋杆架线，干得非常麻利。杨叔叔问他们：动员各家献出棚杆做广播线柱、打柴火换铁线，这法子，谁想的？红波向小伙伴们挤挤眼睛，孩子们低着头，只是笑……

傍晚，家家烟囱升起炊烟的时候，村里老山榆树上的大喇叭响了！红波家墙上的小喇叭也响了！粉碎"四人帮"后的广播呀，一句比一句甜，听着，就像喝了蜜酒……

还没等红波乐够呢，门外"噔噔噔"跑进几个人来。有二锁、铁蛋妈、东航的爷爷……

"哎呀，你家的喇叭，哇哇地唱，我家的咋像蚊子哼哼？……"

"我家的，耳朵贴匣子上也听不真亮……简直成了哑巴！"

"小波呀，全队广播你们都能整响，小喇叭有病，也能治吧？"

看着一双双期待的眼睛，红波蒙登了：他不明白，为啥一样的喇叭，有的声大有的声小。他后悔没把杨叔叔留住，挨家检查一遍。可又一想啊，杨叔叔管着全镇上百个村屯的广播，没看他刚才架好线，汗没擦干，饭没吃一口，蹬上车子又上别的队去了？怎么能让他光顾咱一个队呢⋯⋯

见硬就回，那是孬蛋！敢上高高的树梢捅老鸹窝的人，偏不信捅不响小小的喇叭！第二天在上学路上，红波把想认杨叔叔做"师傅"，学好本领、治响喇叭的决心，跟两个伙伴讲了。红声点头同意；爱华说，遇到困难，还可以请物理课董老师帮助。

拜师求艺，就得心诚。放了学，红波他们还饿着肚子，绕七里山路，在李家炉村的田野里，找到了杨叔叔。听了孩子们的"申请"，杨叔叔打心眼里高兴；若是各队都有这样的"业余维护员"，有线广播，保证天天畅通。他心里这样想，可是怕孩子们没常性，就说："想学本领，是好事，可不能三天新鲜，图玩儿啊！"

"图希玩儿，上山打雀、下河摸鱼，比这有意思！⋯⋯"红波肚子饿得咕咕直叫，觉着师傅不理解"徒弟"的心胸，委屈得话里带刺。

"能保证不耽误功课？"

"我们起早贪黑⋯⋯"三个孩子一齐回答。

杨叔叔从工具袋里掏出两本边角皱破了的书，一本是《舌簧喇叭修理》、一本是《有线广播技术》交给了红波，他穿上铁脚镫子，爬到线杆上一边安瓷瓶，一边给红波他们上"绝缘"课。

告诉他们喇叭声小，就因为绝缘不好："本来总线路和各家的支线，都应当安上瓷瓶；可是，你们村前两年受灾，底子薄，瓷瓶，得花很多钱……"

"那能不能用别的东西代替呢？"

"对！你们想的真对呀……"

一进家门，红波看也没看桌子上摆的饭菜，忙问妈："有废胶鞋没有？"妈妈看他那毛愣愣的样儿，猜想他又要淘啥气，不给找。红波放下书包，钻进旧仓房，翻出两双旧胶鞋，扯下鞋底儿拿跑了。见到二锁，他传下"将令"：在生产队队部门前的黑板上，快登一条——收集废旧胶鞋启事……

一连几个晚上，许多家的前后房檐上，都有手电筒的光亮晃动。是淘气孩子在掏家雀？不，那是红波和他的小伙伴在贪黑检查广播支线。真像杨叔叔说的那样啊：不少人家广播线挨着了房檐，刮着障子，碰上了柴火垛、歪脖树。他们细心地在树干上、柴火垛旁、房檐下钉了代用"瓷瓶"——废旧胶鞋底儿。这一下，家家的喇叭，都高声大嗓地唱上啦！喜得铁蛋妈、东航的爷爷，直劲儿往红波他们手上、兜里，塞山梨、核桃……

头场雪，红波下夹子逮住两只黄鼠狼。供销社给这两张原皮评了"一等"。用这钱，红波买了三个舌簧喇叭，两把电烙铁。每逢星期天，他和伙伴做完功课，再不漫山遍野地去玩了，猫在家里，把那新买的喇叭，拆了装上，装上再拆开；有时还拎到广播站去鼓捣，到底揭开了它的秘密。

就这样，生产队门前的板报，改换了启事：

"包修喇叭，五天就取！"

黄叶纷飞的日子过去了。

大雪飘飘的季节过去了。

山花烂漫的春天来到了。

红波、爱华和红声，为了巡查广播线路，天天沿着广播杆子走——遇着沟坎儿跳过去；扎蓬棵挡路，挑开它；线路哪儿出了毛病，都逃不出"巡逻兵"的眼睛：散放的牲畜蹭痒痒，碰歪了线杆，他们就到附近借来锹镐，马上扶正；大风刮断了电线，从书包里掏出钳子就接上……

上学路上，爱华问红波："别的大队也往咱这儿送喇叭了，咱们给不给修呢？"

红声也问："老光棍儿严爷爷，今年要给队里看瓜，瓜窝棚该不该扯根线去？"

红波笑着点点头："咱还得跟师傅一块儿赶紧把'广播自动开闭机'搞成，这不光能保证雷雨天安全，每个村还能节省一名劳力呢！……"

孩子们的话，山花听见了，小树听见了。粉石竹花、红山丹花，黄假烟花，向他们点头微笑；青冈柳、小白桦、钻天杨，在春风里向他们哗哗地鼓掌……

1978 年

红缨弹弓和铜脚渔网

一、打弹弓闯祸

1976 年的春天来得特别晚。

已经是三月底四月初了，宽阔的嫩江，还被厚厚的冰层覆盖着。胆大的孩子们，照样支起冰滑子，"噜、噜"地划进江心。

往年这时候，大江两岸早就见到春天的气息了。远方飞来的大雁，早就"嘎、嘎"地叫着，在江滩上打旋儿降落了。可眼下，天空蒙着灰暗的云彩，大地上残雪迟迟不肯化尽，既看不见成行的大雁，也看不到散飞的野鸭。江岸边，渔业队的打鱼船，还跟严冬时节一样，翻扣在那里。离码头不远的沿江小学，静悄悄的，房顶上那断茎的枯草，在西北风里，索索地抖着。

学校里显得没有生气——听不见琅琅的读书声，也听不见那银铃般的歌声，这不是没有原因的：一连 20 天了，全校老师都被叫到镇上，开什么"反击右倾翻案风"批判会，没人给孩子们上课,各班的学生都"大撒羊"了;低年级的孩子们到校的很少。五年级的学生,虽然规定在学校上自习,也来的不多。来到教室的,也没几个人看书,差不多都在摆弄心爱的物件。——几年来,学校不正规上课,谁能不琢磨好玩的物件呢?江边的孩子们,每到开江时节,都有无穷的乐趣,此刻,有的正专心修饰着鱼竿,有的,正栓结长串儿底钩。

唯独坐在后排的沈小青,跟别人不一样:他在摆弄他那把心爱的弹弓。

沈小青今年13岁了,个子比别的同学高半个头,脸色黑里透红,一对大眼睛闪闪发亮,显得挺有精神。他穿着对襟儿黑棉袄,大襟上一边缝了一个挎兜,就为装"子弹"和弹弓。

他的弹弓,可不一般呢:皮弦,是用他爷爷粘水衩剩下的新自行车内胎做的,既柔软又结实有劲;把儿,是求在铁匠炉干活的哥哥,用八号粗铁线特制的,缠着绿色的塑料绳不算,还系了一个醒眼的红缨缨。

自从有了这把弹弓,沈小青一心想练出一套真本领。

他在学校的山墙上,自家屋后的土墙上,用粉笔画了一个又一个靶子,得工夫,就练瞄准儿。开头,弹弓把握不稳,把自个儿的虎口都打肿了,后来,能握稳弹弓把儿了,可打出去的"子弹",不是偏上,就是偏下;有的,飞越了房脊;有的,把墙角下的土打得直冒烟。

可是,练着练着,时间一长,怪事儿来了——"啪、啪",随便扣上"子弹",也不用咋样瞄了,十拿九稳地都敲中靶心。

这一下,家雀儿可遭殃了。

不管它们是落在生产队的马草垛上、社员家的房脊上，还是在枝头"加、加"地叫着亮翅儿；小青悄悄走过去，不停脚，只抬手——那雀儿就得嘴丫子淌血，扑拉着翅膀栽到地上来。从村东到村西，他来回走一趟，麻绳上就能拴一串家雀。他的几个小伙伴咋能不羡慕这本事？都争着为他到江滩上拣圆溜溜的小石头，或者用灶坑里的余火烧泥球。谁给的"子弹"多，小青就慷慨地多分给谁一只家雀儿。

就为这，同学们不管他叫沈小青啦，都叫他"神弹弓"。

这会儿，小青坐在教室里。根本看不下书。正要溜出教室，他的好朋友——邻桌的张二锁捅了他一下："快看，神弹弓！那是啥鸟儿？"

顺着二锁手指的方向，小青看见了：在一年级教室外那棵老榆树上，落着十多只尾巴上有白翎子的雪雀儿。

这种雀，不知道夏天飞到哪儿去了，也不知道秋天在哪里度过：每年，只有在雪化冰消的时节，江滩一带才能听到它们那"叽溜——叽溜——"的叫声，看到他们那白尾巴一扇一扇的影子。

"得揍下一只来，让大伙瞧瞧！"小青想着，习惯地从挎兜掏出弹弓和泥球，一个箭步蹿出了教室。

"瞧吧，他准能撂下一只！"

听二锁一吹乎，屋里十几个同学，呼啦一下围到了窗户跟前。

沈小青贴墙根溜到老榆树前，还没等抬手呢，雪雀儿很贼，先瞧见了他，都"突、突"地串上了高枝，唯独有两只，还傻愣愣地在低枝上落着，没动弹。

沈小青急了，扬手就是一发“子弹”。

真是忙中有错！他忘了“隔枝不打鸟”的忌讳了，眼瞅着子弹奔那雪雀儿白肚皮去了，想不到树枝一碰，对面教室的窗玻璃，“豁啷啷”响了一声！

“糟了！”小青一看闯了祸，书包也顾不得背，撒脚就往家跑。

跑出操场，还没停住脚步。他想着：会不会有谁去告密？二锁能不能把我的书包给捎回来？……冷不丁，跟两个老头撞了个满怀！

“站住！往哪儿跑！”

一听声音，小青就知道坏了：碰上爷爷了。抬头一看，可不，在渔业队当队长的爷爷跟大队党支书老耿爷，站在自己的面前。

“作……作业忘在家了，我回家……”小青想撒个谎，赶忙溜掉，没想到，爷爷一把拽住了他：

“打老远我们就听到‘豁啷’一声。”

“不是我……我……”小青不敢抬头分辩。赶忙往兜里塞弹弓。平时他顶喜欢的红缨子，这会儿可真是讨厌极啦：怎么塞，还有一个角露在兜外。

“交出来！书不好好念，钻心磨眼地鼓捣弹弓。”爷爷铁青着脸，胡子挓挲着吆吆喝喝，小青赶忙“缴械”了。

“打碎了玻璃，咱得赔！快到老师那儿认个错。”

老耿爷插一句：“老师们都在镇里！”

“那，明儿个到老师家去。反正办了错事得承认。”

被缴了“械”，已经够难堪了，还得像个“俘虏”似的，跟在俩老头后面回村子。小青这会儿，可不像每次打回很多很多家雀那样，希望更多人看见自己了。

一路上，两个老人这样唠着：

"现如今，学校的事，比生产上的事更难弄。老师不敢好好教，学生不能好好学。打零蛋的是英雄，孩子们咋能不变成没笼头的小野马？咱当老人的，可得多操点心！"

"是啊，是得多操点……"

"得让他们瞄咱的脚印儿走，不然……"

"对呀，明白你的意思！"

二、铜脚网的来历

尽管又下了两场小雪，但是严寒毕竟抵挡不住春天的脚步。

清明节后，伴着和煦的南风，春天来到了嫩江岸边。

田野在蒸腾热气。天空不时有鸣叫的雁阵飞过。江滩上柳毛子的枝条，已经由灰紫转成暗红，钻出了"毛毛狗"的白尖尖。背风向阳的岗坡上，隐隐约约地可以看到青青的草色了。

院子里，鸡鸭们快活地扇着翅膀，"喔、喔""呷、呷"地叫个不停。

打弹弓闯祸，被关了"禁闭"的沈小青，这两天，在屋子里可实在憋坏啦。

其实，爷爷是最疼爱小青的。平时，吃点啥好东西，首先想着他。对他从来都不吹胡子瞪眼睛。自打这次打碎了学校玻璃，爷爷好像变成了另外一个人，脸，总阴沉沉的不开晴。小青放学一进家门，爷爷就下命令：

"吃完饭不准出屋，看书！写字！"

家雀们好像知道了他的处境，三五成群地飞到屋檐下"加、加"地叫着，有的还探头探脑往屋里瞅瞅，好像故意气他。

昨天夜里，吼了一宿大南风，今天天气晴朗。小青放学吃着饭，偷看爷爷一眼：爷爷脸上的阴云，好像也让南风刮走了。

刚撂下饭碗，爷爷问他：

"这两天功课跟上了吗？"

"跟上啦。"

"那，乐意出去玩一会，就去吧。——只是不准再乱打弹弓。"

"是！"小青响亮地答应一声，飞跑出去找到二锁、铁虎几个小朋友，痛痛快快地玩了一大阵。

沈小青走回家里的时候，一看爷爷把去年新"血"的渔网找出来，系到一根长长的木竿子上，正拴吊底兜。旋网的底脚儿碰在一起"叮叮"地响，让晚霞一照，金光闪亮的。

爷爷这盘旋网，可勾起了小青的好奇心。

是啊，小青是在嫩江边上长大的，无论泼网、"母猪"网、袖网、旋网……他都看见过，无论用三股线、尼龙绳、胶丝、蜡线织的网，他都能辨别，可不论啥样的网，都是用铅做网坠呀！爷爷这旋网，脚儿咋是铜的呢？为啥网衣一茬换一茬，铜脚儿爷爷总是不肯换呢？

天真的小青哪里知道——就是这铜脚网啊，裹着爷爷对过去深深的仇恨，拴着爷爷对未来无限美好的希望……

那是35年前的事了。

35 年前，沈小青的爷爷沈海清，带领一家四口，从山东蓬莱逃荒到了这嫩江岸边的双河屯。

当时，嫩江岸边的良田，嫩江里的渔船，差不多全归大地主兼网户姓黑的"黑鱼精"所有。外地来这儿逃荒的，不是给姓黑的当佃户、长工，就得给他撑船使网。若是租他的船网自家打鱼，"黑鱼精"规定：每天要交 50 斤鲜鱼，还得把捕到的鱼，低价卖给他的鱼行。

沈海清想：天下乌鸦一般黑，在山东老家受不住地主老财的欺压，我才逃荒到这里，难道逃出狼窝还能进虎口？

他租了一条破船，没有租网，就使着从山东老家带来的一盘过了"性"的糟烂网，自起炉灶地干起来了。他虽然从 13 岁上就赶海捕鱼，下海捞参，本领高强，可是因为旋网糟烂，使几回，就得补一阵，怎么也交不上船租。万般无奈，他只得又走进"黑鱼精"的大门。

看着沈海清高大健壮的身躯，又听说他打鱼的本事大，"黑鱼精"心想：一定得从这人身上多榨点油水！他皮笑肉不笑地嘿嘿两声：

"'大鱼满河跑，早晚归深汀'——我就知道你还得来求我！不过，一般的网，我这儿没了，要用，可有一盘轻易不拿出来的铜脚网——"

说着，他一努嘴，手下人把一盘崭新的插四铜脚网拎了出来。

"黑鱼精"哑声地干笑着，又说：

"'丝网铜脚，龙王难逃'哇！使上我这神网，保你天天鲜鱼满舱。看你老实厚道，交个朋友嘛！拿去吧，不过，每天得多给我交 50 斤鱼。"

为了全家活命，沈海清咬一咬牙，租下了那盘铜脚旋网。

那一年，从春四月开江到冬至月封江，沈海清单人独船，早起晚归，顶风冒雨地在江上拼命抢网。他一心想交完租税，全家能有个温饱。想不到心黑手狠的渔霸，就在停船歇网的前一天夜里，指使狗腿子偷走了那盘铜脚旋网。

第二天，"黑鱼精"带着打手，围住了沈海清一家住的马架子。

"黑鱼精"举着黄藤子马棒怪叫：

"我黑某人瞧得起你，才把我的'神网'租给你，想不到你这穷小子坏了良心，竟想昧下！知趣一点，赶快把网交出来，不然的话，跟我到县衙门走一趟！要赔，明年，后年……你得不要工钱，给我打三年鱼！"

几乎气疯了的沈海清，摸起鱼叉，就要拼命。

一些穷网户哥们，怕他吃更大的亏，死活地抱住了他。

那夜，月亮隐在云层里。家里人蹲在破马架里嘤嘤地哭泣着。沈海清按不下心头的火气，摸起一把尖刀，直奔"黑鱼精"那深宅大院。

"黑鱼精"家，高墙大院。那院墙，足有两人多高，石条砌的墙脚，青砖垒的墙身，墙头上还插着玻璃碴子。院墙四角，是用水泥修的炮楼。炮楼里，此刻都亮着灯光。转了一圈儿，沈海清进不了院子，就又转回到大门前。那门又厚又重，外层有铁皮包着，铁皮上钉着一排排馒头那么大的黄铜钉子。

推了推这关得严严实实的大门，它纹丝不动。

那么，这口气就不能出、这仇就报不了吗？沈海清忽然想起了街西黑家那网房子。

黑家的网房子，由两个看门人管着。怕他们发现，沈海清绕到墙后，先爬上一棵柳树，从柳树上一跃，蹦进了院里。门房里的两个人呼呼打盹儿，没有发现他。他用尖刀拨开了门闩，闪身进了黑洞洞的仓房，划根火柴一看：十盘旋网、挂网——包括他使的那盘铜脚网，都吊在网杆上。

沈海清，手握尖刀，仇恨满胸腔，刷刷地把这些网具割得七零八碎。

逃出双河屯第三天，不幸，他被日本鬼子抓住了，被打得皮开肉绽。以后，鬼子兵把他押进了鹤岗煤窑。

1945 年 9 月，伪满洲国垮台了。东北民主联军把奄奄一息的沈海清从煤矿深井里救了出来。在共产党的启发教育下，他很快懂得了阶级仇、民族恨。

1946 年，轰轰烈烈的土改运动开始了。沈海清回到双河屯，带领穷网户、佃农们，斗争了大恶霸"黑鱼精"。土改后期，分胜利果实的时候，农会给沈海清分了不少好东西。可是他别的都不要，单单要了那盘铜脚渔网。

从打办互助组以来，沈海清一连 20 多年当着渔业队的队长。

每年春潮秋汛，他都拎上自己那盘铜脚儿旋网，带头撑船下江。他常说："抡起这盘网，我就恨那黑心的网户，恨那吃人的旧社会！就想一下子给咱社会主义捞一座金山！让儿孙后代都过上富裕日子"。他是这样说的，也是这样做的。他当渔业队长的 20 来年，渔业队给集体增加的收入，够买两台"东方红"

不算，还外带五台解放牌大汽车！

听爷爷讲铜脚网的来历，讲过往年代的故事。沈小青的大眼睛忽闪忽闪地，更加明亮了。他开始明白：爷爷为啥老寒腿犯病也不肯歇工；我不爱学习、贪玩闯祸，爷爷会生那么大的气。

爷爷好像猜出了小青在想什么，一面系着最后几个网兜，一面和颜悦色地对小青说：

"你也不小啦，又长挺大的个子，光练打弹弓，算啥真本事？我像你这么大的时候，早顶个大人干活了。还是要好好念书。毕了业，咱也不'这山望那山高'，你就接爷爷这盘网吧。别看现在有人穷折腾，'水流千遭归大海'，农村总得建设，渔业总要发展，没本事能行？"

"爷，我听你的话，一定不贪玩了，要学真本领！"

三、开江的日子

第二天赶上星期日，爷爷要到江边试网，小青背上鱼篓，也跟着去了。

一连几场南风，吹开了封冻半年的大江。桃花水从上游下来，把重重叠叠的大冰排，都赶跑了。只是因为夜里气温很低，江湾水稳的地方，又冻了玻璃似的一层薄冰。

江边已经有人在打鱼。沈小青好奇地跑过去看了看，他们的鱼篓里，只有一拃长的小鲫鱼、鲤拐子，没打上大鱼来。

爷爷背着渔网，站在江堤上抽烟，好像他不是来抛网打鱼的，而是看热闹来了。

小青着急地喊：“爷爷，快点儿抛呀！”

“急什么。”爷爷慢悠悠地说，“瞅不准鱼藏在哪儿，瞎使劲？”

“这么宽的江，这么深的水，咋能看见鱼在哪儿？”

“那不是——”爷爷说着，用烟袋指了指江湾深水的地方：“瞧见薄冰下那水泡泡了吗？”

小青顺着爷爷手指的方向看去，薄冰下确实有一圈一圈的水纹和泡泡。

“‘冰下有霜，大鱼深藏’……这就跟冬天人在屋里哈气，玻璃镜要挂霜是一样道理……”爷爷说着，磕了烟袋，坐在江堤上，开始穿水袄。

沿江十里八村，谁不知道沈海清老汉是“老鱼鹰”？看他在比比划划，江下梢那些打鱼的人，都拎着网，跑过来了。

他们敲碎薄冰，争着抢着抢网。可是，搜出水面的网里，只有小鱼儿和裹带上来不顶网眼的毛虾。小青心里犯了疑：爷爷是没看准，还是故意逗那些打鱼的呢？

爷爷穿好水袄，又看他们抛了一阵，呵呵地笑着，说话了：“怎么，寻思我老头骗你们啦？……年轻力壮的，差半拉‘网窝’够不上？闪开，闪开，我老头试试！”

说着，他紧好腰带，几步跨到水边，屈腿弓身，把网唰地扔出手去。别人抛的网，出手就散开，可小青爷爷的网，扔出好远，还裹成一团，直到快贴水皮儿了，才哗啦一散，大笸箩似的张开，落进江心。

那几个打鱼人，一看老头抛得比他们远一个网窝，都泄气地放下手里的网，呆呆地看着小青爷爷那轻轻抖动的网缰。估摸着网沉到了江底，有的人禁不住问："真叫你扣上了？……够个吗？"

爷爷轻声一笑："唔……个头不大，三四斤沉吧。"

让小青给装一袋烟点着，爷爷蹲了下去，轻倒慢拽着网缰，过了好一阵，才见网衣钻出水面。

是网拖带的稀泥，还是鱼闹网呢？——浑水花滚滚翻翻地，一直涌到岸边。

十几双眼睛，都集中到爷爷的网上了。只见他探身掐紧了底脚儿，把网猛地拎上了岸——

哎呀，五六条二尺来长的红毛大鲤子呀！乐得小青光顾拍手蹦高了。

打了三四网，鱼篓就满啦！小青逞能地要背，压得他直劲儿龇牙咧嘴。

爷爷说："走吧，再打，非把你压个好歹的不可。"

回家路上，爷爷问小青："鱼咋个处理法？"

小青没明白爷爷的意思，说："到家我就刮鳞，开腔，让妈妈炖上……"

爷爷说，"这开江鲤鱼嫩又鲜，你馋，咱可以留两条，不过得称一称……余下的，给队上送去。"

小青一听愣了："咱打的鱼，干吗要往队上送？"

"爷爷今天算出工啊！队上给我记工分。"

"一篓鱼跟半天工，咋比啊……再说，队干部又没看见。"

"没看见，咱也不能那样做。你爷一辈子不干那让人家指脊梁骨的事……"

看见爷爷一脸严肃的表情，小青不敢犟嘴了。他知道，爷爷平时最讨厌占公家便宜的人，最恨糟蹋集体财产的行为。再说，执拗下去，下晌渔业队要撑船下江了，爷爷不让我跟着，可咋办呢？

中午。天气响晴。

吃完了饭，爷爷背起旋网，小青扛着船桨，跟捕鱼队的人们一起来到了江边。

翻扣了一冬天的小船，一条条被推下江了。

太阳暖烘烘的，没有一丝风。江水像绿缎子似的光滑明净。

几只黑脑瓜、白膀梢的叼鱼郎，不知从哪儿飞来了，追着船尾翻起的浪花，"啾、啾"地叫，小青听它们叫的好像是"饿了，饿了！"

13 条小船儿，雁阵似的一字排开"哗、哗"地泼水前进。小青跟他爷爷在头只船上，望着这绿水，蓝天，白翅膀的水鸟儿，想着能参加开江第一场战斗，心里又美气，又有点儿紧张。

捕鱼队的人，可能因为憋闷一冬天，这下盼到开江了，也都格外高兴。他们大声地说笑着。几个年轻的，一边荡桨，一边喝喝咧咧地唱了起来——

嫩江水，长又长，
一队队船儿捕鱼忙，
紧摇船来慢撒网，
丰收的鱼儿装满舱。

喝啦喝呢那呀，

喝啦喝啦喝呢哪……

爷爷站在船头抽两袋烟的工夫，船队来到了水深流缓的"黑鱼汀"，他让各条船都停下来，看了看地势，就指挥船队星散开，组成了一个包围圈儿。各船都用最麻利的动作，把白胶丝挂网，一片一片地下到了江里。

各船把挂子卜完了，爷爷又第一个撒开了他那铜脚旋网。小青猜：这大概是无声的命令——紧接着，那 12 条船上，一张张白色的、红色的网，也都刷刷地张开，像大蘑菇似的落进了江心。

小青不错眼珠地盯着爷爷倒动的网缰绳——网苗子钻出水面了，银子似的鳊花，蹿到网衣上来了！底兜里，两条又大又肥的鳌花在跳。

看着爷爷不大的工夫，就打上来半舱活蹦乱跳的鱼，小青的手"刺痒"了。他哀求爷爷："你抽袋烟歇会儿吧！我练着扔几下，行吗？"

爷爷爱抚地瞅瞅小青，急忙把系在腕上的网缰解了下来："行！可得格外小心！后脚要使劲踏住船，这么凉的水，闪下去可不是玩的。"

头几下，小青抛的网，黑乎乎一团，根本没张嘴。

邻近几条船上的人，见蹦起老高的水柱，是小青扔的，都哈哈大笑："你这不是扣鱼，是'砸'鱼呀！"小青可一点没觉得害臊和灰心，在爷爷指点下，他重新拣网，抛了出去。这回，网张嘴了，成了个"老牛槽"……心怦怦地跳着，把网拽上船来——还真有两条小鲫鱼儿，可把小青乐坏了！

除了旋网打的，又摘两遍挂子上的鱼，各船都够"载"了。

爷爷站在船头涮网的时候，鲜艳明丽的晚霞，铺在西天边上。返航的信号发出后，小船儿又一字排开，驶回村子。不知为啥，爷爷这回亲自操起桨板，缓缓地划着，煞在最后。

傍近码头的时候，沈小青看见生产队长、鱼库保管员，还有不少自己的同学，都聚在那儿等着。

一看小青在船上，二锁他们一帮都喊："你咋也去啦？打了多少？有大个的吗？……"等船靠岸，看见满船的活鱼，他们争着抢着往岸上抬筐、搬运网具。

小青像个得胜将军似的走下船来，一眼看见支书老耿爷也杂在人群里。人们为开江第一次的丰收，高兴得合不拢嘴巴，为啥老耿爷一脸不高兴的样子呢？

小青一回头：爷爷为啥一声不吭地蹲在船尾抽烟，不下船呢？

鱼卸光了，网具搬完了。这时候老耿爷冲小青的爷爷说话了：

"支部不是做了决定，今年另分配你工作，不兴你登船了吗？咋越老越不听话呢！"

老沈头吧嗒吧嗒地抽烟，还不下船。

"你就赖在船上吧，今儿个也不用回家吃饭……"

小青听着，不明白耿书记这是啥意思。捕鱼队几个年青叔叔不让了，直冲老耿爷说：

"我们看着他——不让他抛网，光当指挥，还不行吗？"

"把老鱼鹰赶下船，今年订的捕捞计划，没法完成！……"

老耿爷听着听着，有点生气啦：

"这又不是逼他退休养老！大队考虑有更重的担子让他担，也为的让他养养老寒腿。你们成心让他一趴下就再甭想起炕吗？"

听着，看着，小青渐渐明白了：一个心眼为大伙的爷爷，是这样受人敬重和疼爱呀！

四、没有"便宜"给他

对于小青他爷沈海清老汉，大队是这样考虑的：老人家风风雨雨在嫩江上撑船使网40年，落下了"寒腿"病，如今傍70的人了，怎么还能让他干呢？况且，大队还有个最合适的工作等着他。

可是，沈海清老汉跟江和船，打了多半辈子交道，真有点儿扔不下、撂不了，开江第一仗，他还是瞒着大队，跟大伙一块儿下江了。

为了说服他，老支书在回村路上，一再嘀咕："老党员，组织决定，没二话，得执行！再说，没便宜给你，管养鱼的担子不轻，够你挑的！明儿个，说啥也得上任！"

"那是个'细活计'，得找个有文化，能'研究'的人。"

"嗨嗨！你没看现在管渔场的那位倒是有点文化，可成天干些啥吗？再让他管下去，不用说鱼，怕是连水都得让他'研究'没了！"

老耿爷这是指的谁,不用捕鱼队的叔叔伯伯说,小青都知道。

住在沈小青家隔壁的黄文治,是耿支书一个远房外甥。这个人在小学念书的时候,就是个出了名的捣蛋鬼。回乡参加生产以后,因为占尖取巧、拿轻躲重,老耿头没少批评他。

十年前,那场磨难开始以后,黄文治扔下锄头,窜到公社,跟几个不三不四的家伙串联起来"造反"了。斗完公社书记,他又带人回村斗他舅舅,说什么"革命就要大义灭亲",把老耿头游斗了半年。前年落实政策,老耿头虽然恢复了工作,可是那个混进大队革委会、当了副主任的黄文治,因为"上头"有根子,凭着能把死人说活的嘴片子,还是揽着大队实权。听说省里要突击"选青",这家伙更是乐得后脑勺开花。他的几个溜须拍马的朋友,到处散布说:老家伙都是民主派、走资派,得下台,"一把手"得让给黄主任……

那些人管黄文治叫主任,社员们当面不说,背后却管他叫"坏坯子""不能结穗的狗尾巴草""黄苗子"……

本来,双河屯大队从 1958 年起,改造了江堤里边的低洼地,修建了三个小水库,年年放养鱼苗,是队里很好的一宗收入。黄苗子当了革委会副主任以后,硬要兼管养鱼场的工作。从他管了渔场,库里的鱼就愈来愈少。乡亲们背地里气嘟嘟地说:"养鱼场该改名了——叫'馋猫的饭碗'"。

黄文治还打着搞"科研"的旗号,跟县里的一些人拉关系,走后门,用飞机从南方运来的"锦鲤"鱼苗,放进库里两万条,只活了二百条。这二百条还没等长够个呢,他就偷吃了几十条,剩下的,全拿去送礼了。

三个鱼池边上都长着高高的榆、杨、柳树，这是五八年建库时，支书老耿领人栽的，现在棵棵都有一搂多粗。黄苗子天天"研究"哪棵可以做大梁，哪棵可以当檩木。一天夜里，水库旁的大树丢了十几棵，谁也没敢查问，过了不久，黄苗子家老房子推倒了，新"长"出了五间大瓦房。

老耿头恢复工作以后，召集党支部成员和大队革委会成员一起开会，做出了决定：养鱼场要换人经管，黄苗子眼珠一转，反而脸上带笑，表示"服从决定"。

"……别以为不让你下江，就轻快了！老伙计，没有便宜给你！这副担子更不好挑！"快进家门了，老耿爷跟小青的爷爷肩并肩地走着，越唠声音越小。

小青早听他爷说过：他们老哥俩，是当年闹土改的时候，一块儿入的党。30年来，他们一心一意领着乡亲们走合作化道路，奔社会主义，不论遇到啥沟沟坎坎，也没分过心眼，是个拆不了帮的"老伙计"。虽说，他们有时为一件事儿，也吵得脸红脖子粗，可过后，谁的理对就服谁，还跟没吵时一样，能同喝一碗粥，同抽一锅烟。

暗夜里，听不见爷爷吱声，借着烟锅里一明一灭的火亮，小青看着爷爷的表情，知道又被他那"老伙伴"给说服啦。

第二天，老沈头终于对老耿爷说出了那句话："明白你的意思了。明天就上养鱼场。"

五、"叼鱼郎"来了

小青的爷爷沈海清老汉，第二天一大早跟新提升的捕捞队队长二锁他哥长锁交代了些什么，就赶到养鱼场上班去了。

太阳出山一竿子高了，渔场的人还没来上工。办公室土炕上，炊事员老头，懒沓沓地躺着，睡得正香。

他"咣"地带上门，倒背手，到仓库、食堂、网房子转了一圈儿，到处都是乱糟糟的。近处的一个水库边，蒿草长得挺高，他操起家什就干了起来。

太阳窜过了房脊，人们才陆陆续续地来上工。一看，沈海清老头真的到渔场上班了，都暗自高兴，不等谁告诉，也操起铁锹、锄头，跟在老头后面干起活来。

夜里，老沈头跟水库技术员睡在炕梢，一唠半宿。水库技术员告诉他：县城南的二龙水库早就自己孵化鲢鱼苗了，可黄苗子不让咱搞。

"你估摸咱也能搞成？"

"在二龙当技术员的，就是我同学。"

"对，活到老，学到老，明儿个，咱俩一块儿去学。"

第二天，小青的爷爷跟党支部做了汇报，安排了全场的活计。

第三天，他背起路上吃的干粮，跟技术员搭上长途汽车，取"经"走了。

就在沈海清外出学习的日子里，公社往双河屯大队，派了

"路线教育工作组"。

工作组一进村就召开大会，说这个大队"不学小靳庄"，是"政治没挂帅"，搞农林牧副渔五业并举，是"唯生产力论"，想自己孵化鱼苗，更是"走资本主义歪歪道"。老耿被说成是"不肯改悔的走资派"，重新停止了他的工作，被送进了"路线爬坡学习班"，黄苗子被宣布为大队"一把手"。

黄苗子一登台，就像苣荬菜沾水格外支棱，为了开展"反击右倾翻案风"，他让翻地的牲口卸了犁杖，下江捕鱼的晒了网具，修整水库的把锹镐锁了起来。热气腾腾的春耕大忙季节，双河屯却变得冷冷清清。

过了半个月，小青的爷爷取经回来了。

一进家门，小青就报告他说："老耿爷进学习班啦！"

左邻右舍的乡亲来看他，都说，眼下是"干的不如不干的，不干的不如捣乱的，搞啥鱼苗孵化？那是自讨苦吃了！"

沈海清听了队里的情况，气得胡子直挓挲："地里不种庄稼，库里不养鱼虾，让咱一千多口人喝西北风活着？"

他回到养鱼场，跟技术员一道合计怎样搞法。鱼苗孵化，是有节令的，公开搞，工作组和黄苗子一准不答应，他们就决定夜里干。

果然，他回场第二天，黄苗子和工作组的人就到养鱼场来"蹲点"了。白天他们把职工召集在一块儿搞运动，老沈头一带头，大家都跟着眯起眼睛打瞌睡；这帮家伙一离开，老沈头就领着大伙挖孵化池，种鱼池，不分白天黑夜地忙了30多天，孵化池清清的水里，忽然有了黑乎乎一团团的小东西——小鲢鱼像一根根大头针似的摇头摆尾游着，可把全渔场的人乐坏了！

为了管理好小鱼苗，沈海清日夜守在孵化池边。只是吃饭时候，才回三趟家。

一天，他回家跟孙子小青说："星期天或者平时放学没事儿，跟我去看着孵化池吧，叼鱼郎子老来打旋儿，带上你的弹弓子。"

"知道咧！"小青痛快地答应一声。

能给爷爷做帮手，跟他学本领，小青打心眼里往外高兴。他重新揣起弹弓的时候，故意把红缨缨留在兜口外面，大模大样地在村里走。当天放了学，他就跟二锁、铁虎几个好朋友，来到孵化池边的柳树下，隐蔽了起来。

等了不大一会儿，几只黑脑瓜，白翅膀的叼鱼郎，果真来了，它们飞到了孵化池上空，停住身子，扇着翅膀不动了，眼看小鱼苗要遭殃，小青、二锁、铁虎他们，拍、拍地射出了"子弹"，吓得叼鱼郎"啾啾"地叫着，飞远了，再也不来了。

天上飞的叼鱼郎，让孩子们斗败啦，可没想到，地上走的"叼鱼郎"，可真邪乎，连"老鱼鹰"也没斗过……

六、"老鱼鹰"没斗过"叼鱼郎"

原先，镇供销社有个营业员，名叫刁玉章。这家伙卖酒偷酒喝，卖鱼偷鱼吃，是个嘴馋心坏的人。没想到，在坏人猖狂的那些年月，刁玉章却成了全公社响当当的造反头儿。

成立革委会那阵，跟老干部捣乱，撤换双河屯大队党支部书记，就是他背后出的主意。

因为他长得尖嘴巴，小脑瓜，嘴馋心坏，人们把他名字改了，不叫他刁玉章，都叫他"叼鱼郎"。

双河屯进去工作队，黄苗子当了大队一把手，人们的头上就像压了一块乌云，闷得透不过气来。这一天，刁玉章骑着崭新的自行车，"视察"来了。

那个黄苗子嘻嘻地围着刁玉章转，活像小青家那条小狗二黑。"叼鱼郎"抹馋嘴惯了，下乡就专往渔场、果园、瓜窝棚溜达，今天，黄苗子又把他领到养鱼场来了。

见老沈头没在场里，黄苗子吆吆喝喝地格外精神，他支使几个人赶紧下洼子逮鱼，又让管理员快去弄酒打醋。

来照看孵化池的小青，看着他们吆五喝六地，又是买酒，又是打醋，他想："得赶紧把情况报告给爷爷！"可是，爷爷干啥去了呢？

问了渔场一位叔叔，才知道他到三里外的副业场，给鱼苗挑豆浆去了。

小青跑到半路接他。都傍晌午了，才见爷爷一脸汗水，颤颤悠悠地挑着满满两桶豆浆回来，

他一见小青，停下脚步问：

"不好好看着小鱼苗，跑这儿干啥来了？"

"看那玩意儿，没用！"小青甩弄着弹弓子，没好气地回答。

"这是什么话？"

"光看住带膀儿的叼鱼郎顶屁用——大鱼可都让人叼跑了。"

"你是说，有人来祸害渔场了？谁？"

"还能是谁？一帮馋嘴巴子！"

爷爷听明白了情况，挑着豆浆桶，大步流星地赶回了渔场食堂。

他把扁担、浆桶往房檐下一放，汗也没顾得擦，就闯进屋子。

小青趴玻璃窗往屋里一看，嗬！热闹极啦：地桌上摆着干炸鱼、清炖鱼，红烧鱼……炕上放着东倒西歪的酒瓶子。"叼鱼郎"、黄苗子还有工作组的三个人，正端着酒盅哈哈嘻嘻大呼小叫地"碰杯"呢！

一见老沈头掀门帘进了里屋，小脑瓜流着汗、大嘴巴淌着油的"叼鱼郎"，趔趔趄趄地站了起来：

"……你们大队……反翻案风有成果呀……路线对头嘛，来，我借花献佛，干一杯吧，干！"

沈海清冷冷地笑一声，"不会！咱没这口福！"

黄苗子觉着事情有点儿尴尬，又摆手又努嘴地往出赶他："快去帮老师傅一把，领导们爱吃生鱼片，再拌个生鱼片，多搁点辣椒油、韭菜花……"

"你先出来一趟。"爷爷把黄苗子招到了外间屋。

"库里够斤数的鱼不多了，县食品公司的交货任务还是没有完成……"

"哎呀，你小点声。"

"左一盘，右一碗，做了这么多——"

"你咋这么死心眼！上级来咱这儿检查工作，这是瞧得起咱们。不好好招待哪行！"

"哼，这两年库里的鱼，都快'招待'光了。"

小青他爷这话直冲黄苗子的肺管子，气得他红头涨脸想发作，又不敢大声吵嚷；只是直瞪着老沈头的脸，从牙缝里挤出一句威胁话：

"哼！别像老耿那样顽固！"

小青他爷，也"哼"了一声：

"谁好谁孬，人人心里都有杆秤！"

"好吧。走着瞧吧，这儿没你的事了。"

"是大队让我在这儿负责！"

"我现在是'一把手'！"

没等黄苗子说完，老沈头甩了一下胳膊，吐了一口唾沫，"咣当"一摔门，走出了食堂。

只听屋里那几个人，压低嗓音嘀咕："咋用这么个倔老头子？"

"老耿的主意呗！"

"老家伙，没好东西。"

"赶明儿个，快撤了！"

小青再也听不下去了！他"咚、咚"地擂了两下窗户框，转身就跑。没抬头，一下子碰到晾竿上了。

"咦？铜脚网？它咋会湿漉漉地挂在这儿？"

一气儿跑到种鱼池旁边，渔场的一个叔叔告诉他："叨鱼郎"要吃生拌鱼，挂网没逮住大个的，黄苗子急得直搓手，看见种鱼池里现成的大鱼，他眼珠一转，拎来旋网，就捞了一条。

小青找见爷爷，把这情况一说，爷爷狠劲儿一摔扁担，跺着脚骂：

"这帮小子，吃蛋还要杀鸡，真是二茬渔霸呀！我找他们去！"爷爷返回食堂，管理员说：那帮家伙酒足饭饱，回队部了。爷爷又追到大队，跟那帮家伙吵了一场。

捅了马蜂窝，能不挨蜇？干完仗第二天，小青爷爷被扣上"只抓钱不看线""目无领导"等罪名，也被送进了爬坡学习班，两个月不准回家。

爷爷一走，大队那个"黄苗子"又管养鱼场了，"叼鱼郎"们来了，光吃不算，临走的时候，自行车把上还挂两条。

七、伏雨哗哗

沈小青气得再也不到鱼池去了。

他把弹弓藏到了妈妈的衣柜里，赌气地想：让天上的叼鱼郎都飞到水库、孵化池来吧！省得长大了，白喂那帮害人精！

盛夏的一天，小青跑到镇上去看爷爷的时候，把这个想法告诉了他。小青满以为爷爷会支持自己呢，想不到爷爷却批评他想得不对：

"庄稼人，能因为蝼蛄叫，就不种黄豆吗？别看那些小子胡作非为，我觉着党不会不管，早晚得跟他们算账。渔场，那是集体的财产，得想法儿保护，让它少受损失。"

爷爷还告诉小青，这两天，他那两条腿又酸又痛，怕是天气要变化，回家后，要赶快通知渔场，让他们连夜闸好通江的口子。

回家的路上，沈小青抬头看看天，响晴响晴的。虽说西天边有一些毛毛云，可是太阳毒花花的，晒得人脊背疼。这样的天，咋会下大雨？爷爷呀，他是惦记鱼苗儿，想渔场想疯啦。

谁知道爷爷的老寒腿，竟是再灵验不过的"晴雨表"呢——傍黑的时候，一道闪电划破夜空，接着震耳欲聋的炸雷，狂风夹着暴雨一块儿来了。眨眼工夫，天上、地下，到处是雨声哗哗。小青帮妈收拾完晾晒的干菜，盖好酱缸的工夫，院子里的水就淌成河了，……后悔没及时把爷爷的嘱咐转告给渔场，小青连觉也睡不着了，他趴窗户凝望着灰黑的天空，盼雨快点儿停下来，可是，那雨，好像故意跟他找别扭，"哗哗哗"，越下越猛，一刻不停。

第二天一大早，尽管雨还在淅淅沥沥地下着，小青顾不得吃饭，披了块塑料布，就往渔场跑。

这一夜大雨，下得沟满壕平，地垄沟积水。泥泞的土道，一步一滑，非常难走。连着摔了几个跟头，小青滚成个"泥猴"了，可他爬起来还是跑。

穿过高粱地，越过杨树林，哎呀，江堤怎么矮了？鱼苗池和水库连成了一片了！大江里的水，泛着白沫子，浑酱酱地直往库区里边流……

看着白亮亮的大水，看着水中"孤岛"上渔场的小房子，想到爷爷嘱咐的话语，小青急哭啦。眼泪掺着雨点儿，顺着脸蛋子往下淌。

八、"坏东西，都狡猾"

深秋割地、拉场那几天，进驻双河屯的工作组，悄悄地撤了。往日耀武扬威的黄苗子，冷不丁地变成了霜打的茄子——耷拉头了。

这是为啥呢？人们窃窃私语的时候，大队门前老榆树上的广播喇叭响啦——

"四人帮"倒台的消息，传到村里来，人们用不同的形式，表达自己的欢乐。

刚刚从爬坡学习班放回来的老支书，跟几个小青年，搬出了逢年过节才动用的大鼓、铜钹，"咚咚锵锵"地敲打了起来。

小青他爷沈海清老汉，因为几十年在风浪中捕鱼，养成了上岸后喝杯烧酒的习惯，听了那振奋人心的广播，他一连喝了两壶。

沈小青呢，向家里要了钱，跟二锁、铁虎跑到供销社买回了一挂"麻雷子"，20多"二踢脚"，一进村子，就"嘣！叭！"地放了起来。

在大队的庆祝会上，很多人都说，这些年，又是"割资本主义尾巴"，又是"舍得一年丢，换来万代红"……把人心都搅散了，把国家、集体、个人都折腾得精穷！过去，"光听辘轳把响，不知井在哪儿"，这下子可明白了，原是这些个妖精，存心糟害咱社会主义江山。

也有的说："四人帮"在台上叫，他们的喽啰就在台下跳。咱双河屯大队，一直是全县农林牧副渔五业齐发展的大队，看看这两年成啥样啦？——不是耿支书、老沈头这些老党员变着招法软磨硬顶，这一千多口人，真得喝西北风。"

是啊，人们回头一看，春天以来，若不是"学小靳庄""反翻案风"，怎能有四分之一土地没种上？捕捞队不是因为搞"运动"，三天下河两天晒网，收入咋会越来越低？老沈大叔若不被赶进学习班，渔场咋会受那么大损失？……

"四人帮"带来的祸患哪，三天三宿也说不完。

越是恨这帮坏东西，咱越要加劲儿干！得把他们给咱造成的损失补回来！大队耿书记，这半年虽然又受了不少窝囊气，可那身板儿好像更硬朗了，说话的声音更响亮了。

在大队统一安排下，农田队要随拉随打，做到颗粒归仓；

捕捞队，抓紧封江前的半个多月，要顶寒风，起大早，出远江，补回上半年的损失；

养鱼场的职工们，一致要求沈海清场长快点回来，带着他们清理江水倒灌后的灾害，重建鱼苗孵化池。

小青他爷离开养鱼场这几个月，网房子倒了山墙，挂网丢了七八片，水库冲出了大豁口……

"把咱们坑苦了，混账东西！"养鱼场的人们知道老场长骂的，不光是那场暴雨。

顶着寒风修网房子山墙，刨着冻土整建孵化池……一冬天小青他爷和场里职工都没得闲。

1977 年的春天来了，小青想吃几条开江鲤鱼，可爷爷硬是倒不开工夫。

立夏以后，养鱼场新孵化的鱼苗儿要放进水库了，爷爷日夜忙在库边，连回家吃饭的工夫都没了。小青每天下了学，要跑到养鱼场去给爷爷送饭。

为了防止江水再倒灌进来，爷爷还带人泥里水里抢修涵闸，想着去年夏天那场大水，看着眼前的情景，小青的心里，总觉着不是滋味。

一天傍晚，太阳快落山的时候，小青拿着饭包，给他爷送饭来了。

傍近水库，他看见落霞把水面染成了橘红色，水皮儿上像有无数尾金鱼儿在打跳。在薄雾升腾的岸边，他冷不丁地发现爷爷背冲着他，像一尊石像似的蹲在那里。

"您干啥呀？爷爷！"小青喊了一声。

爷爷没回答，他又喊了一声。爷爷回头示意：不让他吱声。

小青猫着腰，悄悄走近一看，爷爷手里掐着铜脚网呢！往池中一看，靠岸边，大鱼正翻起水花。爷爷手疾眼快，抛出了手中的网。

一个黑乎乎的家伙，"哗"地一下，在网里蹿起老高。

"扣住大个儿的了！"小青高兴地吵嚷起来。

"扣倒是扣住了。可这东西忒猾！拿上来拿不上来，还不能保准。"爷爷一面说着，叫小青绷紧网绳，他挽挽裤子就下水了。

还没等他走近网前，只听"哗"的一声，网里的大鱼蹿出去了！爷爷一拍巴掌：

"真鬼道，又让它跑了！"

把饭包打开，小青递到爷爷跟前，可是爷爷看也没看，坐在岸上"吧嗒，吧嗒"地抽烟，自言自语地说：

"怪不得这两天鱼苗儿起浮、见少呢，原来水底下藏着坏蛋！"

小青想了一阵，冷丁明白了，蹲在爷爷面前，揉着爷爷的腿说：

"这一准是大黑鱼！去年江水倒灌，从大江顶进来的！"

"对。这黑鱼、狗鱼、大老鲶，嘎伢子，就是水里的'四人帮'，专祸害小鱼苗。……不是'叼鱼郎子'们跟咱捣蛋，怎能让江水倒灌呢？"

爷爷这么一说，小青难过地低下了头：

"这事儿，我有挺大的责任——那回，我没能早点儿把你的话，告诉给……"

"别说这个了，不光孩子你呀，这些年，人们的心让'四人帮'搅散啦，公家的事情没人经心……让'叼鱼郎'、黄文治这帮人在渔场胡作非为，造成这么大损失，能怪你一个孩子？"

听了爷爷的话，小青难过地低着头，一声不吱。

"别后悔了，咱想法子逮它们就是了——"

"铜脚网这么厉害，扣住它了，还让它逃跑了！咋逮呀？……"小青这时真想有一种本领：一下子把库水抽干，把那些猫在水底下的坏蛋们统统掐死！

"凡是坏东西，都狡猾……黑鱼这东西，鬼道的很！——遇到危险，它把脑袋使劲往稀泥、软沙里插。网脚搂伤了它，它都不动弹。等瞅准了空子，它就猛劲一'撅哒'，蹿出网外去了……"

"那么，网拿不住它了？"

"除非扣住，不拽——赶紧下水，用网衣把它缠住……可水又这么深……"

"那……那……"

爷爷一看小青犯愁着急的样子，忙安慰他说：

"甭急！再狡猾的东西，咱也有法儿治它！"爷爷磕掉烟灰，指着水库边说："这不——日头一压山，或者天下小雨儿，它们乐意从水底下钻出来，撵小鱼……咱就得豁出工夫，盯住它。"

"那，我天天把饭给您送这儿来。"

提起饭，爷爷这时真感到饿了，赶忙拿起饼子吃起来。看见孙子对除害鱼这样上心，老人家真是高兴。一面吃着，他又告诉孙子："不过，我估摸从江里进来的'四人帮'，怕有几十条，上百条，咋能一下子打净？想连窝端，可得冬天……"

"得冬天？"

"是啊。上大冻以后……"

"那时候，冰都封住了，可咋逮呀？"

爷爷告诉了跟水下坏蛋作斗争的高招，可把小青乐坏啦！

虽然，在一年中，小青是那样喜欢过夏天、秋天；喜欢跟二锁、铁虎他们到江汉子打"狗刨儿"、钻苇塘拣雁蛋、下套子逮大鹌鹑、进瓜园吃瓜；上山采榛蘑、山里红，到野外搂豆叶儿烧毛毛豆……可是为了快点消灭水底下的坏蛋们。他宁愿这一夏一秋快些过去，那冰封雪飘、嘎冷嘎冷的季节，早点儿到来。

九、跟"鱼霸"算总账的日子

嫩江的冬天终于来到了。

它是跟着呼呼吼叫的老北风来的。

它是追着飘飞的巴掌大的雪片儿来的。

无论是水库还是大江，都封得严严实实的了。大地冻得刀削斧砍一般裂开了条条缝子。人们走在路上，把皮帽子护耳扎得结结实实，还是感到风像刀子一样刮脸。

这时节，江滩上往日那"呷呷""嘎嘎"的鸭雁鸣叫声，早听不见了。所有的野兽，早就钻进山林树洞子里去避风。即使是有太阳的中午，小家雀也缩着脑袋不肯离窝，只是可怜巴巴地躲在房檐下"加、加"地叫唤。赶上刮"炮烟雪"的天气，地上的雪雾和天上的冻云搅成一团，狂风和雪粉掺合在一起，漫过草地、江滩、村庄、树林……天上地下，到处是白茫茫一片。

"腊七腊八，冻掉下巴"，这样的天气，若在过去，人们都躲在屋里炕上烤火盆，可是，粉碎"四人帮"后，正在落实经济政策的双河屯大队，跟以前大不一样啦。村头大粪堆旁，农田队的人，正"哼哼"地抡着大镐刨粪；网房子里，捕捞队的队员和女社员们，摽着劲儿修补旧网、赶织新网；大队部里，正在热烈认真地讨论养鱼场负责人沈海清老汉提出的剿灭害鱼的计划。

天刚蒙蒙亮，爷爷就把小青捅醒了：

"这两天，寒假作业做完了吗？"

"全做完了。"小青揉着眼睛回答。

"那，就快点穿衣裳——上铁匠炉找你哥去。"

"找他干啥呀？"

"你不是从夏天就盼着吗？——今儿个，你老耿爷带旱田队的劳力都来支援我们——帮着凿冰窟窿下串笼网……"

"为了逮水下霸王？"

"对，更主要的是给养的鱼换新鲜空气，别把它们闷坏了。"

小青听到这儿，一个鲤鱼打挺，腾地从被窝里蹦了出来。

他急三火四地扒了一碗饭，撒腿跑出院子，就去找好朋友铁虎和二锁。小狗二黑以为有什么好玩的事，一直晃着尾巴跟在他身边。小青看着二黑，灵机一动，忙跟铁虎咬了一阵耳朵。铁虎就到狗窝里，把他家的大狗"四眼儿"也唤了出来。

三个孩子驾上狗爬犁，一溜雪烟，往铁匠炉直跑。

他们走进铁匠炉当院，屋里"叮当叮当"的锤声，刚刚停下。

推门进屋一看：屋地下摆着十几把新打的锋快的"冰镩"。原来，为了支援养鱼场的战斗，小青哥哥和他的师傅，忙得一宿都没合眼。这时候，他们正把刚打完的最后一支冰镩，浸在冷水里"淬火"，水吱吱地叫着，冒起白气。

把冰镩抱上狗爬犁，捆住后，三个孩子一路欢叫着，向渔场奔去。

太阳刚一露脸儿，就像怕冷似的，又躲到灰云彩里去了。天上飘起了细粉一样的雪粒儿。棉胶鞋踩在雪地上，"咯吱咯吱"地响。忘带手闷子的铁虎，手冻得像胡萝卜。他把两只手放在嘴边哈气取暖，眉毛上、帽耳上，登时挂满了白霜。

厚雪覆盖的水库，这会儿变得热闹极啦。人们说着笑着铲雪，"咔、咔"地镩冰。尽管雪越下越大，落了人们一身一脸，可是谁也不管它，有的人越干越欢，干脆甩了棉袄，还有的摘下了帽子；脑袋上腾腾地冒热气，像是开了饭锅。

人们按照小青他爷的指挥，先在水库东边和西边，各镩出一道大冰槽子。（为的下网和出网）紧接着，人分两伙，沿南北两边，隔两丈远凿一个冰眼。

"咔、咔、咔"，上百个冰眼穿开了，清水咕嘟咕嘟地，直朝冰面上涌。

"下网！"老场长吆喝一声，二十几个人齐动手，把那一人多高、60米长的大眼"泼网"，下到了冰槽子里。两边网头上各拴一根长扁担，用它穿过一个一个冰窟窿，再拖着网在冰下前进。

小青他们几个孩子，一会儿帮着勾扁担，一会儿帮着拽网绳，手冻得像猫咬似的疼，可让谁待着，谁也不答应。

沈小青跟在爷爷身后拉大绳，冷不丁地，他想起了个重要问题，急忙问爷爷：

"大黑鱼明知道要逮它，再把脑袋往稀泥里一插，跟咱打起'桩'来，不是照样拉不上来它吗？"

爷爷捋掉胡子上的冰花，呵呵地笑了：

"这回呀，你可没说对！——我不是说过，只有冬天，才容易把它们'连窝端'吗？这是因为，到了这季节，你别看它活着，可就跟山上熊瞎子蹲仓一样，不吃食儿不爱动弹，身板儿发挺，再不能像夏天那样活蹦乱跳了。……快拿个抄捞子，等着鱼吧——"

　　说话工夫，水下的扁担，蹿出了最后一个冰眼，紧拉一阵，网头钻出了水面。一边儿十几个人扔开大绳又紧张又兴奋地捯着网衣，余下的，都摸起了抄捞子。

　　临近网尾，一些裹带来不顶网眼的小鱼翻腾一阵，又扎下去了。沈小青不错眼珠地瞅着瞅着……冷不丁地，他看见一块碎冰下露出个黑乎乎的破鞋底似的一个大脑袋，那长着两根长须子的家伙，不是专欺负小鱼儿的大鲶鱼吗？

　　二锁手疾眼快，一挥抄捞子就抓住了它。

　　咦？那黑黑的身上长着暗花、跟车轴一样胖的家伙，是啥东西？——正是"水下霸王"黑鱼棒子呀！小青几步抢上前，伸出抄捞子舀住了它。可那么深的抄网，才能搁下它半截身子！怕小青拎不到岸上来，支书老耿爷赶紧上前帮着，才把它提到岸上……大人们说，这家伙，起码有 10 斤重！

　　一条条"水下霸王"被扔在雪地上了，它们有的拨楞几下，有的翘翘尾巴，很快地就冻僵了……

　　一边收着网，支书老耿爷一边冲小青他爷喊起来：

　　"老伙计呀——咱们批了'四人帮'，把'叼鱼郎'的嘴巴掰折了，这又清除了暗藏的坏蛋，往后，这养鱼事业，准有个大发展吧？"

　　爷爷挺了挺腰杆回答：

　　"病根子除了，咋干咋顺心哪！不是要给机械化添力量？——三年，准保让你从这儿拽出两台拖拉机。那时候，就是把你们都变成了长嘴巴的'叼鱼郎子'，咱也喂得起呀！"

在人们的哄笑声里，老耿爷逗小青：

"那不行啊——我们成了'叼鱼郎'，可怕你孙子那神弹弓。"
沈小青听了，红着脸赶忙说："我早不玩弹弓了！我要接我爷那
盘铜脚网！"

欢笑声，在广阔的嫩江岸边传扬，震得水库旁边的榆、杨、
柳树上的"树挂"簌簌下落。天上的雪花儿，好像也被这笑声感
染，飘舞得越来越欢……

附　录

《东北儿童文学史》专章评介

第二十四章　张少武的儿童小说

　　张少武是吉林省著名的儿童小说家。50 年代中期他还在大学学习期间就开始了儿童小说创作，已出版的作品有短篇小说集《远方的种子》、短篇小说《登山》及中篇小说《九月的枪声》等。

　　《远方的种子》中的 10 个短篇是张少武历时 20 多年辛勤创作、不懈努力的结晶。作家的处女作《逮鸟儿》，作于 1956 年，小说情节并不复杂，主要写小主人公"我"与同桌二锁逮鸟的故事，但逮鸟过程写得细腻，生趣盎然。小说先从"我"看到隔壁兴林二哥的"红颏"写起，从惊奇"红颏"下巴底下那一块水彩染过一般的红，到围着鸟笼转圈，都侧面写出了"我"对"红颏"的喜爱之情。接着作家正面描写了"我"渴望得到"红颏"的心理活动："要是也有这么一只红颏，那该多有意思！"待听到兴林说逮它很容易时，"我蹦高乐"，"飞似的"去做一切捕鸟的准备，直到第二天天刚麻麻亮就起床，到南河湾去下了夹子、张了网。作家通过"我"从见"红颏"到准备逮红颏的一系列描写，将"我"对"红颏"的喜爱，及急切地想得到它的躁动不安的心情，活脱脱地写了出来。

在捕鸟过程中，"我"怕惊走鸟儿，特意绕大圈进入树林的小心翼翼的神情，下夹子时"乐得心跳，手脚直打哆嗦"的紧张气氛，还有遛鸟之后，怕鸟发现了自己，就"扁扁地趴"在麦地里，"鼻子尖都快贴地了"的描写，真是出神入化地将"我"的机灵、谨慎和盼鸟心切之情，都透视般地显现出来。"我"经过兴林二哥帮助终于逮住鸟后，"心像给谁揪着似的"先是不敢相信，直到确认真的逮到鸟了，"乐得顾不上拍打身上的土"，"挺起胸脯"往回走，又写尽了一个孩子梦想成真后的喜悦。在"我"和二锁对逮鸟的专注与激动的描写中，我们看到了孩子的心是怎样的单纯、诚挚。当"我"看到好心的齐爷爷是那么孤独，而决定将新逮的心爱的"公老黄"鸟送给他做伴时，我们又感到了童心是那么善良，那么可贵。而这些，正是小说的闪光之处。它不但使小说情节陡然一转，而且深化了主题，充分显示了儿童的心灵与情感之美。

小说中对兴林二哥的介绍及对姐姐的表现虽然是穿插性的，着墨不多，但却从一个侧面反映了社会主义新青年的精神风貌和农村火热的生活，使小说反映的生活更为厚实、深广。兴林与姐姐关系的描写，体现了新社会青年一代热爱劳动、热爱集体、热爱科学的新价值取向，和人与人之间真诚、友爱的人情美。《逮鸟儿》在50年代的东北文坛上是一篇难得的佳作。

《放马那天》是小说集中的又一佳作。它表现了以保祥为首的三个孩子利用暑假帮助生产队放马的故事。小说情节简单，但对儿童心理的描写却颇为出色。保祥做算术题还没做完，"偏偏困劲儿来了"。爷爷让他去睡觉，可他却想："爷爷真是怪——他以为小孩子也跟他们老年人一样：困了，躺在炕上眯一觉就精神了。其实，要让我上那野地里撒撒欢儿，这困劲儿，准会像落在身上的苍蝇，挥挥胳膊就会飞的。"这段心理描写既符合儿童的生活实际，又符合儿童的思维逻辑。保祥与爷爷并排躺在炕上，拿爷爷的"蝇甩儿盖住脸——让他看不清我的眼睛是闭着还是睁着"，一会儿爷爷发出了呼噜声，而他却悄悄溜出了家门。这段睡觉过程的描写，将一个好动的机灵鬼的形象写活了。另一段放马过程的描写，既写出了孩子们热爱集体的思想，又表现了他们贪玩，做事毛手毛脚，不考虑后果的"孩子气"。这两方面的描写对形象的塑造都是准确的，这种儿童心理也是推动小说情节发展的内在动力。

这篇小说表明作家善于在儿童日常生活中提炼素材，通过儿童的一言一行，一刹那间闪光的念头来捕捉儿童的美好心灵，又通过人物活动背景的描写，表现更为广阔的社会生活。

《远方的种子》中其他几个短篇差不多都是反映农村儿童生活的。这些小说的时代背景各不相同。作家善于通过一些典型事件的描写来突出浓郁的时代气氛，写出不同历史条件下，少年儿童心灵美的不同表现。在语言上，《远方的种子》运用淳朴的乡音绘物描人，适当地用一些有特色的土语，这不但恰切地塑造了人物的性格，而且渲染了浓浓的乡情，为小说增添了朴素的美。

《登山》是一篇写城市儿童生活的作品。小说通过祁小东登山前后的思想变化，提出了 80 年代的少年儿童由于生活条件的日益优越而思想上正面临一种危机，及如何解决的问题。

祁小东是一个地质队员的儿子，随父亲进城以后，他开始羡慕同学家豪华的家具及同学漂亮的穿戴，感到自己及自己的家太土气，厌弃爸爸的那些"宝贝"：笨重的登山鞋、磕得坑坑洼洼的铝背壶及破棉袄。但当爸爸带他到矿区登了一次山之后，他才真正领教了爸爸这三件"宝贝"的用处，并受到深刻的革命传统教育，从此他转变了。他立志继承父辈开创的事业，"要像爸爸那样，心里装着坚定的信念，一步一个脚印，扎扎实实地前进，去攀登那一座座'高山'"。

祁小东登山的过程正是他思想由"滑坡"到上升的过程。作家以雄健的笔力将这一过程写得自然、生动，有说服力。比起以前的几个短篇，这篇小说文笔更加凝练，布局谋篇更为缜密，这标志着作家在小说艺术上的进步。

中篇小说《九月的枪声》以抗日战争和解放战争为背景，通过二祥一家的遭遇，控诉了日本鬼子和国民党统治给东北人民带来的深重灾难，同时也表现了东北人民不甘做亡国奴、誓与敌人血战到底的精神。

小说中的主人公二祥是个出身贫苦的孩子，父亲为地主赶车压断了腿，母亲因病早逝。当爸爸摊上劳工，爷爷向地主、汉奸高大马棒求情，而高大马棒硬向他家勒索一百张老绵羊票子时，二祥一边为人放猪，一边帮助哥哥大祥摸鱼卖钱。艰苦的生活不但磨炼了他的筋骨，也锻炼了他的意志。阶级与民族的仇恨更擦亮了他的双眼。当高大马棒拿走了钱，又让日本鬼子抓走父亲以后，复仇的怒火在他心中燃烧。大祥一气之下打死高家的恶狗，又烧了高家的后场院。哥哥去找抗日联军，更令二祥佩服和向往。当他知道那个设法营救爷爷的人是好人，就偷偷告诉那人，表示自己愿意帮好人做事。从此二祥小小肩头也开始承担起革命任务：搜集情报，侦察敌情，送信……完成了许多大人难以完成的任务。他救抗联战士秀田大哥，为我军送情报路上被俘巧脱身，都表现了二祥过人的机智和勇敢。正是在革命斗争的风雨中，他终于将自己锻炼成一个立场坚定、智勇双全的小英雄。二祥、大祥及爷爷从觉醒到反抗的过程，正是东北人民从苦难中抬起头，站立起来的过程。事实表明，觉醒了的人民团结奋斗的力量是不可战胜的。小说热情地歌颂了东北抗日联军及广大人民的抗日斗争，并揭示了人民解放战争的正义性。

小说的语言是令人称道的，那是经过提炼的东北口语。既大众化，又不俗气，满载情感色彩和童心韵味，显示出东北方言动人的美感。

《九月的枪声》突出发挥了作家善于写农村儿童生活的优势，又能深入挖掘生活底蕴，表现时代的本质特征，使人物立足于一个更高的基点上，小说主题达到相当的深度。在情节结构上，显示了《登山》式的匠心，而其规模又是《登山》不可比的。在风格上，这部小说具有开朗的情调和幽默感。这是一部乡土味浓、意境隽永、情趣盎然的中篇佳作。

（《东北儿童文学史》，1995 年辽宁少年儿童出版社出版）

《九月的枪声》序言

锡　金

　　为了要给颇为喜爱的中篇少年儿童小说《九月的枪声》写序言，很费了我一番思忖。怎么写好呢？该是写给谁读的？是写给大人和家长看的呢，还是写给少年和儿童读的？既然小说的读者对象已经确定了，那就序言也写给少年儿童罢。

　　还是让我编个小故事，开个头。

　　很久很久以前,有那么一回——故事通常就这样子开头——张小龙从园田地里摘回许多香瓜，请新邻居李小虎尝尝。瓜很熟了，又甜，又面，又香，汁水直流。小虎是去年才从厦门回到长春的。小龙说，厦门那地方四季如春，繁花似锦，美极了！

　　什么都好，就一样，吃不到这样好的香瓜。

　　小虎说，哟，看你说的！你们这瓜皮是绿的，倒也挺好，可是总不如我们厦门的，我们的瓜皮是黄的，很细发，比这更甜、更脆、更香。

小龙听了不佩服，说那黄皮的有什么好？我们也有，那就不能叫香瓜，该叫黄金瓜，"就是黄皮的香瓜好！"

"就是绿皮的香瓜好！"

说着说着，两人就大声争执起来。

王老爹听得他们大吵大嚷，走过来问了原因，笑了。他说，"快别吵了，香瓜有什么好吃的？香瓜只能算西瓜的崽！还是等我园田地里熟了吃我的大西瓜罢，它有这么大，它的汁水更多，味道比砂糖还甜。"

故事到这里就完了。两个孩子的争吵真没有多大道理。香瓜有黄皮的、有绿皮的，各有不同的味，去了瓤子吃瓜肉，不吃它的皮，怎么能说这个一定比那个好呢？所以小龙小虎都有错。可是老爹似乎更不对，西瓜吃瓤不吃皮和肉，——它的皮和肉也可以腌了吃，酱了吃，还可以炒了吃、炖了吃，那就成了咸菜和熟菜，成了菜蔬而不成其为瓜果了。——西瓜，它和那成熟以后专收瓜籽称为"打瓜"的才是一类种；香瓜，它和新疆的哈密瓜、甘肃的由外国传教士从美洲传入的白兰瓜又是另一类种，怎么能说香瓜是西瓜的崽子呢？可见，这位老爹有点儿倚老卖老——老糊涂了，他其实也并不是真的很地道。

说起瓜来，虽然它们从植物学的分类上大都是属于葫芦科的，可若是从它们的形状、颜色，味道、用途上说起来那可实在也太多了。除了球形或圆柱形的大大小小带有甜味的香瓜和西瓜以外，还有颜色淡青，模样相似而淡味的东瓜和冬瓜；还有长条的带刺或不带刺的生熟吃都可以的王瓜或黄瓜；还有比较粗壮而略带酸味生熟都可吃的梢瓜；还有细而长的可以炒熟作为美味的菜肴，可是许多人还不大懂得怎样吃它，却留着等它老了剥出它的筋络来搓澡或擦洗器皿或当作药材用的丝瓜；还有彩色斑斓、满身疙瘩而具有苦味的苦瓜；还有扁厚而带有沟棱，矮墩墩的具有另一种甜味可以煮了当饭吃的南瓜，也叫做饭瓜、番瓜、番南瓜或倭瓜，它们长老了不能食用保存起来当作陈列品的就叫作北瓜。此外还有比丝瓜还细还长的蛇瓜，真像吓人的蛇，市场上能见到有卖的，但不知道怎么吃和有什么用，因此就不提它。自然界贡献给我们的瓜类真多，其中还有不能吃的和有毒的，还有到现在还不明白它们是不是有用的，人们只有通过培养和试验才能逐渐充分了解它。因此，除了学植物学的瓜类专家，恐怕谁也说不清能有多少种瓜。

给《九月的枪声》写序而忽然想到来编故事和谈瓜，这是由于想到，我们对于文学作品也往往有类似的情况。人们常常习惯了喜爱自己最熟悉的作品，这是有原因的，也是有理由的，可是理由又不一定常常都很充分。又比如说我们的文学作品有两类：少年儿童文学和成人文学，它们的作品在外形上有大小长短之分，如对内容细加品味之后，却又能发现它们其实很不一样。它们之间谁是谁的父辈，这是很难说得清楚的，就像"鸡生蛋、蛋生鸡"，究竟是谁在先那就很难说得清楚一样。——这其实从理论上是能说清楚的，不过说起来太烦，我们就先不去牵涉它。——一般说来，我们有许多成人文学作家大都是从小就领受过大量少年儿童文学的教养的，他们后来成长了才成为成人文学的作家，有的人在成了成人文学作家之后就向着新境界继续垦拓下去，以至于成了专门的成人文学作家，也有的在成为成人文学作家之后，还继续热爱着少年儿童文学，因而就成了成人文学和少年儿童文学的两栖作家。——就像蛙类大都是由水里的蝌蚪变成的，它们虽然在长了腿以后能登上陆地找寻到更多的食物，却也仍然恋恋不舍于幼年时期的水居生活一样。

我之所以想到这点，是由于我们这篇《九月的枪声》的作者张少武同志，正是这后一类的由写成人小说入手，从1956年起就发表过《年猪》《清河滩上》等引人瞩目的篇章，1957年起才转而发表少年儿童小说和诗歌、散文，难能可贵地对这一工作坚持了30年，——我们中国人是把30年称为"一世"的呀！——产生了不少蜚声载誉于文坛和小读者之口的好作品的少年儿童文学作家。我过去读过他的不少作品，特别让我喜爱的有《逮鸟儿》《摸鱼》《瓜香时节》《红缨弹弓和铜脚渔网》等等。每读到这些作品，就让自己领会到了一种早已离开自己很遥远、很遥远的童年时的欢乐。我自己是先后在好几个大城市里长大的，虽然在青壮年时期，由于抗日战争和解放战争的缘故，我也曾闯荡过南北各省的农村，结识过不少农村的可爱的小朋友，有水乡的，有山区的，有海滨的，有草原的，可是都不能耽搁得太久，没等到所混得太熟就只好离开了。他们都长大了，或者现在有的也老了罢？读了少武同志的作品，就像和他们重新结识了一样。是的，少武同志的特长，不仅在善于刻画东北农村的景色，他在这方面确乎非常擅长，许多带有地方特点的风物，一到他的笔下就被写得十分生动而且美好，然而更为突出的，却更在于他的善于捕捉东北孩子的心理和感情，乐他们的所乐，想他们的所想。所以，在他的作品里也写到不少大人，那都是孩子眼中所见到的各种大人，以至于孩子们自己的各种活动，也都好像其中就有未出面的作者正和他们在一起一样。我是早已过了被称为"古稀"之年的70岁以上的老年人了，读了这部小说，还觉得好像是回到了自己的童年，我不禁想，这些内容让现在的少年儿童读了该会觉得怎样呢？他们读了以后，该会感到扩大了他们的伙伴，经历到了许多他们很不容易再经历到的情况的罢？

这篇小说写了东北松辽平原一带的人民和孩子，怎样经历了"光复"和"解放"这两个伟大、光荣而且重要的历史阶段。这其实是我们一切人都不可以忘记的。小说写到吴家堡子村中吴老三一家祖孙三代（其中以孙子一辈为主），终于看到了人们在中国共产党的领导下，把招摇于东北大地上的"膏药旗"（日本旗）和"满洲国旗"（汉奸旗）给拔掉，孩子们也终于在和艰危和苦难的搏斗之中，历受锻炼而成了坚韧不可折挠的英雄。这里面的小英雄吴二祥以及他的哥哥大祥，姐姐小云，还有他的伙伴二锁、狗剩、三丫，以及他的表兄妹二铁子和小芹，都是非常可爱的，他们的劳动人民家庭生活使他们从小就具有善良、勤劳、勇敢的素质。试看：他们在牧放猪群的时候互相帮助，并且分享着不期然而得到的收获，姐弟俩迫于无奈到姑姑家去避难时，首先想到的是会增加他家的粮食负担，就努力去拾荒和打柴草来多少加以补贴，更动人的是，在被捆吊在马棚里的极度危急的关头，喂马大爷要豁出自身帮助二祥逃走，他竟不肯独自脱身。这小小的胸怀有多么善良和博大啊！且不说在家里补网打鱼捞虾以赎救爸爸是多么勤劳；我特别喜爱小说中的《飘零岁月》这一章（这在全书中是最长的一章）。姐弟俩在表哥的支助下收拾好了河湾地的网房子，度过了荒野里的寒秋，捡粮搓粮、挖鼠洞掏鱼，以至于抵敌来犯的饿狼，这些情景，我觉得即使放在世界水平的少年儿童文学作品之中也能算得上是精彩杰出的一段了。孩子们的勇敢精神也应该是从多磨难的生活环境中给陶养而成的。这是一些从来没有被娇生惯养过的孩子，所以他们完全不是那种被宠爱坏了的、娇弱无能而又骄纵自恣、好逸恶劳的"秧子货"。他们几乎是无所畏惧也不怕疲劳的，只要在他们感到有实在应该去做而不能不去的事时，就立刻挺身而往。如二祥：他刚从河边的弹雨横飞之中救回了已经参加民主联军而回乡做侦察工作的秀田哥，立刻就为他潜入吴家堡子老家去取药和进城送信，再又排除万难摸进老家的敌营探知其中虚实，紧接着又出生入死突破了敌人的封锁，到70里外的民主联军根据地去报告了敌情，以致取得了歼灭敌人的胜利。这一切，真都是大人难以做到而孩子却能完成了的事，二祥不但勇敢而且机智，把一切在生产劳动和游戏之中学会的技能都用上了，把任务完成得出色极了！

我之所以十分喜爱这篇小说，主要是由于它的内容实在丰富。而且作者也真会写，在不大的篇幅中，他写了老少三辈的不同人物共有40多个。其中有正面人物，也有反面人物，每个人物都有自己的特点，活生生地呼之欲出。而且他，还很会组织情节，在长短不同的每一章里，人物的出现最少的只有4个，最多的却有19个之多——没有姓名和特征的群体不算。——

他还非常节约笔墨，从不去写孩子们所不能关心的和不易理解的事，凡是前面写到的情节后面都有交代。每个人物的出现都带有本身的特征，每次出现都推动情节的发展，收到生动和紧张的效果，加强了明确的思想和认识的意义。

是不是有点夸奖过火了？有人会说，我这样称赞这篇小说，恐怕是一种"后台鼓掌"，不过是给自己的学生吹嘘，借以抬高自己了吧？这当然不是的。首先我要声明：张少武同志虽然是从东北师大中文系毕业的，我却只教过他"文学概论"这样的共同课，所以算不得是他的老师。那大概是他入学不久的时候。到后来"反右"的运动过去，我已经被剥夺了站上讲台讲课的权利和义务，只能待在家里给学生批改"习作"的文本了。我从来并不认为一切的运动都不好，但认为那种"大哄大嗡"的做法却只能是给一些莫名其妙的人乱钻空子，那是十分有害，一点好效果也产生不了的。少武在校时大概学过"儿童文学"这门课，可是那并不是由我教的，而是由我培养的研究生教的。——虽然我也曾遵嘱看过他们的讲稿，提过一些能提的意见。——至于给那门"习作"课改文，我更不认为它能培养出什么作家来，理由很简单，因为作品的真正根源总是来自生活，人们绝没有办法用讲课来补足作者想从事创作时在生活和思想认识方面的缺欠，那是用任何的技法都不足以救济其穷的。"作文"和"习作"之类的课程从小学，中学开到大学，效果可说不佳，至少是太慢。但有人指责说这门课程没有培养出一位小说家来，这就有点期望过高了，情况虽符合实际，但那门课程原来就不能够承担那样的任务的。就像每位介绍人都不保证新夫妇的生活都美满能生育出英雄豪杰一样。所以，我决不愿意贪天之功以为己功，得机会就为学生和自己大吹大擂。那还像话吗！

少武同志之所以能够取得自己这样高的成就，据我所知，那是由于他原来出生于东北农村的满族家庭，而普通的非贵族的满族的孩子是有他们有关渔猎生活的民族传统的老习惯的。因此，他自幼就有那些方面的生活知识的丰富积累，所以写起这些方面的孩童生活和心理活动来就非常得心应手，内容就特别鲜明生动，并且饶有情趣。他后来虽然也生活于城市多年，但对于童年时期的渔猎活动的兴趣还依然很浓，并没有失掉他的赤子之心，他之所以能从已经开始了的为成人创作又转入为少年儿童创作，坚持到积 30 年而未懈，对他的这种精神我从来是非常钦佩和敬慕的，但这也不能不说，那是与他的原来就有如此丰富的生活积累有关的。我至今没有读过他的全部作品，但也读了不少，我觉得他的好多作品都反映了东北松辽平原一带少年儿童在不同时期所经历的不同生活，几乎社会生活每发生变动，那里的少年儿童生活中的变动也就会在他的作品中得到表现，所以我觉得，我们若是把少武的作品汇集起来读时，它是几乎反映了这一地区的少年儿童生活史的。1985 年以后，少武又渐渐关心起如何帮助孩子理解他们的父辈这类主题来，这很好。他写过一篇《登山》，我还未能读到。《九月的枪声》是他怀着同样的目的产生的又一篇力作，读了它会令人感到，这样的作品对我们"新时期"的孩子说来现在不是太多而是太少，因而就更显得它的出现的重要。是的，80 年代我们的社会经济大有好转，人们一般地"富裕"起来了。这种大好形势，其实也是和我们的节育运动密切关联着的。每个家庭的孩子的比例缩小了，孩子在大人的心中就变得矜贵起来，怎样帮助他们更好地成长，就变成了当前的迫切任务。恐怕不能仅限于尽量使他们吃得好、穿得美，还要让他们更多地理解他们的父辈以至于祖辈，让他们理解当前的美好生活的由来，让他们具有敢于去建立和创造更新更美的生活的信心和抱负。看来，我们的少年儿童文学的主题还是十分壮阔的。

千万不要把少年儿童文学和成人文学等同起来。据说有人以为现在的孩子都住进了高楼大厦，因此他们渐渐地与世隔绝了，各种家庭电气用具的增多，使他们丧失了对神话的兴趣，他们只能看到动物园里铁笼子里装着的动物，因此也就无法体会寓言，……少年儿童文学的主题越来越狭隘了，孩子们太可怜了，因此就应该去多写新时期的孩子的"寂寞"。难道真是如此吗？我看不然。正因为这样，我们更应该通过少年儿童文学帮助他们更多地理解生活，更多地理解社会和自然，理解古今中外的事件，理解过去和未来。我们要写的东西更多了，任务更重了，难度也增加着。

本来想把这篇序文写成给少年儿童读者读的，然而写来写去没能写好，仍然写成了给大人和家长读的了。没有法子，就这样把自己读了少武同志新作想到的种种拉杂记下，就此作为这篇小说的序言罢。

幽美的田园　闪光的心灵

——读张少武的两本儿童小说集

邢志　景林

张少武同志是我省一位较有影响的儿童文学作家。多年来他创作了数十篇反映少年儿童生活的短篇小说，颇受小读者们的欢迎。最近我们读了他这几年出版的两本小说集《远方的种子》（吉林人民出版社 1979 年）、《红樱弹弓和铜脚渔网》（陕西人民出版社 1981 年），深被其中田园牧歌式的纯朴、浓郁的泥土气息和丰富多彩的情趣，以及小主人公美好的心灵所感染，使人不能不珍爱作者笔下那彩色斑斓的风光景物，那些生活在优美环境中的小主人公们。

作者以细腻的笔触，首先逼真地为读者描绘了一幅绚丽多彩的社会主义新农村的风光景物图。这两本小说集共收入十四篇作品，其中十二篇是反映农村儿童生活的。乡土情，自然美充溢于字里行间。无论是嫩江两岸旖旎多姿的风光，小清河上金光闪耀的夕照，还是榛柴岭下的白蘑菇，农村小院的红樱桃；无论是柳林里打鸟，小溪里抓鱼，还是田头上放马，瓜园下看瓜，无不如诗如画。你看，"穿过一排绿森森的柳毛子，冷不防，打草棵里冲起两只野鸭。它们哑着嗓子叫了几声，贴水皮儿朝西天边飞去了。残阳照在河面上，跳荡着万道金光。小清河活像一条金翅金鳞的大鲤鱼，摇头摆尾地向前游着"。(《摸鱼》)还有"南河湾上那一排柳毛子，绿榛榛的像一堵墙。从老远就听见各式各样的鸟儿在林子里叫，简直像小学生在课堂上比赛唱歌；细听，好像还有谁摇银铃、吹口笛、按风琴……"(《逮鸟儿》)谁接触着这有声有色，生机盎然的描写，不会登时置身于幽美的大自然之中，不会为这秀丽的景色所感染，所陶醉！

作者笔下的自然景色不仅柔美奇丽，还充盈着鲜活的生活情趣。这里不妨再看看他对看瓜情景的描写："傍午的太阳火辣辣的。庄稼地又闷又热。蚊子小咬还嗡嗡地来进攻。……等呀，等呀，差不多过了一堂课时间，大眼贼真来了！小强一个信号，两边的孩子都扁扁地趴在地上。大眼贼来到瓜地头，先站直了身子东张西望一阵，见没危险，才放下前爪，出出溜溜进了瓜地。生怕它咬坏了瓜呀，小勇沉不住气啦，嗷地叫了一声。只见两个大眼贼箭打一样，蹿出了瓜地，钻进了地头上长满荒草的甸格子里。"(《瓜香时节》)看到这段精彩的文字，使人易于勾起对孩提时代生活的温馨回忆，仿佛重新回到故乡的原野里撒欢打滚，不禁令人神思遐想。

一切优秀文学作品都不乏出色的景物描写，因为写景对于表现生活，衬托人物都是不可或缺的。特别是之于儿童文学作品，生动的景物描写，更是尤为必要，写景不仅可以给小读者以美的享受，美的感染，同时，有助于陶冶他们的思想情操，培养他们的审美观念，当然，写景绝不是心造的幻影，而是对现实景物的恰切选取和精心描绘，这就要求作家要有选取景物的眼力和描写景物的笔力。张少武同志熟悉北方农村生活，热爱故乡的山水风光，加之对生活的深刻理解，因此，他选景和写景，无论是浓墨重彩，还是淡抹轻描，都能恰到好处，都能为表现作品的主题和塑造人物服务。

在这两本小说集中作者还以饱满的热情，深邃的思想，塑造了一批崭新的少年儿童形象，让读者看到了一颗颗美好心灵的闪光。高尔基说："新人的成长在儿童身上特别鲜明可见。"张少武同志善于把儿童身上耀眼的东西凝聚在自己的笔下，使小主人公们都具有高尚的情操，真挚细腻的感情，闪射着一代新人的光彩。他（她）们热爱劳动，关心集体。像《摸鱼》中的宝祥这个刚刚参加劳动的少年：不仅虚心向老一辈学习劳动本领，也非常关心集体的利益，他把自己和集体紧紧地联结在一起。他时刻惦记着队里的稻子拉齐穗没有，每当干完活，就绕到大甸子看看，当他看到稻子齐刷刷一色深绿，每棵稻穗上都挂着一层绿灰儿时，心里就充满了由衷的喜悦。而小勇和小强（《瓜香时节》），当他们看到大眼贼祸害队里瓜地时，非常心痛。他们顶着火辣辣的太阳，忍受着蚊子噬咬，趴在瓜地里监视大眼贼，保护瓜田不受损失。还有小青和他的小伙伴们（《红樱弹弓和铜脚渔网》），为了保护队里的鱼苗，每天放学就守在池塘旁和叼鱼郎做斗争。这是一些多么质朴可爱的形象啊，在他们身上使人看到了集体主义思想已深深扎根于新一代的心灵之中。如果说在宝祥、小青和小勇、小强身上，作者侧重描绘的是集体主义思想的升华，那么在林小菊和车小萌的身上则主要展示的是爱国主义思想在少年儿童身上的闪光。《榛柴岭上的歌声》中的林小菊，她进城到姑姑家度假，偶尔听表哥说出口一吨鲜磨可换回十几吨钢材，于是就出于一种强烈的爱国主义思想，邀表妹李月兰偷偷回到家乡，和小伙伴们一起采集鲜蘑，供外贸出口，支援国家建设。而车小萌呢（《金灿灿的葵花》），当他得知舅舅——一个爱国老华侨，把自己花费十年心血培育出来的向日葵新品种，遥寄回祖国支援"四化"建设，可这跨越万水千山的珍贵种子，竟被造反派无端地当洋奴哲学批判并被扔进炉膛时，不由怒火中烧，他同好朋友刘二力一起，不顾个人安危，在炉门边的灰堆里，好不容易拣出 19 颗种子，种到院子里，让它在祖国的土地上开花结籽，为祖国培育了一个优良品种。在这里，孩子们已经自觉地把自己的命运同祖国的事业联系在一起了，这是多么崇高的精神啊！与宝祥、林小菊等人物的集体主义思想和爱国主义思想相辉映，作者在《逮鸟儿》和《红波和他的小伙伴》中，又集中描绘了新一代少年儿童的崭新道德风貌。《逮鸟儿》中的小主人公保祥，他日日夜夜都想着要逮一只美丽的小鸟，当他和二锁逮住一只黄鸟后，却把它送给了齐爷爷。而《红波和他的小伙伴》中的小主人公红波，看到队里的广播电线杆子被水冲倒，缺 500 米铁线，就自动组织小伙伴们上山打柴卖钱，买了尼龙绳和老乡换了铁线，把电线杆子架上了。当他发现左邻右舍的喇叭出了毛病，就和小伙伴们到广播站学艺，帮助各家修好喇叭。这是多么美好的心灵。在这些光彩熠熠的儿童身上，使人感到他们的童心是热烈的，热得像一团火；是纯洁的，纯洁得像一池清水。从他们身上我们看到了祖国的未来，民族的希望。

文学作品贵在真实。真实才有生命，才有感染力，才能教育人。张少武同志的小说，不论描写自然风光和生活场景，还是塑造人物形象，都能给人以真实亲切之感。写景如临其境，写人如闻其声。他写的景色，细鳞河淙淙的流水，榛柴岭盛开的百花，白桦林啾啾的鸟叫，嫩江两岸茫茫的白雪，亲切清新，如诗似画，但又是那么自然真实，看不出人工雕饰的痕迹，使人感到如似家乡胜似家乡，能激起对祖国广袤而富饶的土地的无限眷恋之情。他写的人，精神是高尚的、纯洁的，但又不是高不可攀、超尘脱俗的，他没有把孩子们写成"神童"。在他们身上有优点也有缺点。你看，为了抓鱼，他们踩倒了队里的庄稼；为了打鸟，他们打碎了学校的玻璃。不过，每次做了错事，他们都能主动地去承担责任，知错就改，天天向上。这些孩子们新的思想品质，新的道德风貌，令人看得见，学得到，不是望尘莫及。这就能使小读者们感到书中的主人公们就是他们的朋友，或者是他们自己，感到亲切，产生共鸣。

文学是语言的艺术，对于儿童文学作品来说，采用什么样的语言写作，更是至关重要的。张少武同志的小说语言，朴实自然，朴实中不失风趣，自然中不乏生动。作者善于用简洁的口语化、个性化的语言塑造人物，使人物具有鲜明的个性。生活是创作的源泉，文学创作必须以坚实的社会生活为基础。一个作家只有具备扎实的生活功底，才能在创作的海洋上惬意地畅游。张少武同志生活积累较为丰厚，他创作的成功，主要在于顺应了自己的生活经历，其中特别是孩童时代的生活体验。作者出生在东北农村，少年时代是在农村的泥土中度过的。他熟悉农村的生活，对故乡明镜般的小河，柔丝般的岸柳，如茵的草地，似锦的繁花，碧绿的稻田，火红的高粱都异常熟悉。对于儿时的朋友在柳林中打鸟，在小河里摸鱼，在草丛中捉蝈蝈，在树棵下采蘑菇，都饱含着浓烈诚挚的爱恋。因此，他反映农村的儿童小说，写起来就得心应手，充满了乡土气、泥土味。他参加工作后，当过记者，做过编辑，职业的方便，使他走过很多地方，接触过更多的人物，生活中涉猎面广了，经历丰富了，视野更开阔了，这就给他创作提供了更丰富的营养。张少武在大学学习时就喜欢儿童文学，阅读了大量儿童文学作品，并注意研究儿童文学理论。当时，他立志要做一名教师，准备和孩子们打一辈子交道。他对儿童有一种特殊的感情。尽管因为工作需要，他毕业后未能如愿地从事教育工作，但他对儿童的感情并没因此减退。在后来的岁月里，他找一切机会接近儿童，细心观察他们活动，注意收集他们的故事。这种感情当然也常常唤起他对儿时的回忆：夕阳牧归的少年，瓜田看瓜的孩子，摘樱桃的小姑娘，采蘑菇的小伙伴，都牵引起他眷恋的情思。而当他一旦有机会将自己的生活体验付诸艺术表现时，就使他的儿童文学作品，具有清新秀丽的风光，娓娓有致的故事，个性鲜明的人物，质朴自然的语言，如诗如画的情景，人与自然的和谐为一，产生了激动人心的魅力。

（载 1982 年《长春》）

景美人更美
——读张少武短篇小说札记

孙钧政

　　走进工艺美术作品展览会，琳琅满目：色彩斑斓的壁毯，金光闪闪的屏风，玲珑剔透的牙雕，巧夺天工的刺绣，造型精美的竹编……令人赞叹不已。在工艺品中还有另一个门类，这就是那些小型的料兽，羽毛制品，花、鸟、鱼、虫，精巧、生动，颇有艺术魅力。这些小型的工艺品，形态自然，天趣盎然，儿童们见了它们像见了老朋友一样兴奋、喜悦。在这些小工艺品中，我们看到了自然界的美，看到了艺术家们的健康的审美情趣，幽默感和智慧。最近读了张少武同志的《远方的种子》这本短篇小说集，像看到那些栩栩如生的小型工艺品一样，让人喜爱。作者在生活真实的基础上又精心地进行了艺术的提炼、加工，怀着深深的爱描写了自然美和纯朴天真的儿童们的心灵美。

　　读张少武这本书，在你面前展现了一个生机勃勃的自然界：清河上金翅金鳞的残照，稻子穗上雾一般的绿灰儿，红了脸的高粱，清香诱人的羊角蜜瓜；傍午火辣辣的太阳，夏夜小树林上空的月亮，春天玛瑙般的樱桃，秋天榛柴岭下的蘑菇；麦地的山雀，河流的红毛鲤子，这一切都像一幅幅画一样呈现在读者面前，再加上玉米地里的蝈蝈叫，歪脖柳上公老黄的啼鸣，真是一派天籁。在这儿你可以看到绚丽的色彩，闻到清甜的瓜香，听到婉转的鸟鸣，读着这本书，觉得作者写的这个地方连空气都是甜的。作者写山则情满于山，写水则情满于水，这些景色的描绘，渗透了作者对社会主义新农村的热爱。凡事由爱则产生情，情注了景，此景就活，景中有情景中有话，一抹景色，能代替作者一大片情语，这能使作品写得更简洁，富有诗情。

在儿童文学里写点景色，对陶冶儿童性情，培养他们的审美观有好处。农村儿童的审美观总是跟劳动密切地联系在一起，宝祥（《远方的种子》里的小主人公之一）很关心社里的事儿，他干完活，惦着稻子拉齐穗没有，就绕到大甸子来看看，他看到稻子"齐刷刷的，一色深绿。每棵稻穗上，都挂着一层雾一样的绿灰儿，看不见一根'黄谷懒'、水稗草和红蓼花；这稻田，我们薅得多干净啊！"（《摸鱼》）宝祥眼中的景色，饱含着对劳动的赞美。

有些景物的描写并不是借景抒情，而是写出环境的真实性："稻子扬灰吐穗，稻沟里的水就撒下去了。沟两旁，露出一些横七竖八的脚丫子印儿。"（《摸鱼》）这段写得真高明，"脚印子"就是劳动的印记，这是多么真实的写照。景不是心造的幻影，不熟悉生活，就没有选取景物的眼睛，张少武十分熟悉生活，因此他选取的景都能为表现他的创作意图服务。

张少武写的景色是美的，但他写的人物心灵比景还美，他是用这些美景来衬托、渲染人的心灵之美。

《远方的种子》主要写了东北农村的儿童们在逮鸟、摸鱼、采蘑菇、摘樱桃中所表现出来的高尚的情操。

宝祥这个小主人公，他在几个短篇中都出现了，这是一位心地善良、热爱劳动、尊敬长者、聪明伶俐又有些淘气的孩子。他多么想有一只"红颏"鸟，他日思夜盼，费尽心机才逮到一只"公老黄"，如获至宝，但当他看到一心为社的老保管齐爷爷 70 多岁了，觉得他怪孤单的，宝祥不顾小伙伴二锁的坚决反对，毅然地把"公老黄"送给了齐爷爷，好让这老人在空闲时解解闷。宝祥有摸鱼的瘾，一见水，手就痒痒，为摸鱼还挨了海清大爷一巴掌，可是他在海清大爷指导下网到了鱼之后，自己并不吃，分给老饲养员和邻居。宝祥和伙伴们采的白蘑、榛蘑全交给集体，凡事他都是先人后己。有时他为了逮鸟、摸鱼也会踩坏了庄稼，可每次做了错事都主动地去承担责任，想方设法把踩坏的庄稼再扶起来。宝祥他们认真地向大爷、叔叔、哥哥、姐姐们学习生产技术，尊重长者的意见。作者极力描写这些农村孩子的纯洁、朴实、高尚。

《逮鸟儿》中的宝祥是一个典型形象。作者通过极细致的心理描写，把宝祥这个儿童形象写得非常丰满。宝祥看到兴林二哥有一只红颏鸟羡慕得心里直痒痒，兴林二哥答应帮他逮一只的时候，他蹦高乐。宝祥让齐爷爷帮着扎笼子，自己找了夹子，可就缺少一个放秋蚰虫的瓶儿，作者用了极为生动的细致的饶有风趣的笔调描写了宝祥"偷"他姐姐雪花膏瓶儿的情节，这段描写，在儿童心理描写中是一段妙文，不引他的原文，难以传达出这段文字的精彩劲儿来——

我一抬头，又看见大箱盖上的雪花膏瓶儿了——头好几天我就相中这个里外光溜的瓶啦！用它装虫真棒！盖一拧，一条也爬不出来！瓶儿里的雪花膏本来剩不多了，可你瞧姐姐那个'细'劲儿——一回就用小指头挖那么一点点儿往脸上擦。真的，我不撒谎！这几天，她每回抹雪花膏，我都趴门缝看过的。

我忍不住了，上箱盖把瓶儿拧开，嘿，剩不多啦！赶忙抠了出来，看看也没处放，就学姐姐那样，也摊在手心上匀匀，都抹到脑瓜盖和脸蛋子上了。

这段描写逼真、生动，惟妙惟肖，作者把宝祥"忍不住"的急切心情全通过心理和动作刻画出来了。

作者写宝祥的心理活动很有层次，写他以在麦地看到鸟儿快跳到夹子跟前来时，他激动、兴奋，心里急得开了锅，可身子趴着一动也不能动，鼻子尖都快贴着地了。这儿写出孩子们的另一个特点：应该必须忍耐的时候，他还真能耐得住哩！鸟逮住了，宝祥表现出狂喜的心情，连二锁的名字都叫不全了。宝祥要把鸟送给齐爷爷，可是二锁对宝祥挤眼睛摇头，还扯宝祥的后衣襟，宝祥没动摇，一鼓劲儿，还是把一只"公老黄"鸟送给了齐爷爷。作者把宝祥想鸟、准备逮鸟、逮住鸟以及送鸟的心理活动，写得层次分明，符合人物性格，且童趣盎然，引人入胜。作者极力写人物心理就是为揭示出人物的心灵美。

张少武同志对东北农村十分熟悉，树林、榛棵，稻田、麦地，红高粱、青毛豆、红樱桃、白蘑菇，大香瓜、山雀、蝈蝈、红毛鲤、大鲶鱼、鲫鱼、黑鱼、叼鱼郎、铜脚网，红颏、百灵、公老黄、青头鬼儿，蓝靛缸……这一切他都熟悉，所以写出来就逼真，如写鸟觅食时的动作是这样的："跳一下，大尾巴一张，就露出几根白翎毛"，笔下形象如生。宝祥躺在炕上，看到"后窗外，白杨树的叶子，在轻风里一绿一白地翻动"，眼中景象如画。他写鱼在水中游，顶起三个圆浪的是鲤子，几个尖浪的是鳊花。他写夏天中午的庄稼地又闷又热，一到傍晚蚊子成阵。作者抓住富有特征的事物，只几笔，一幅农村风俗小景给读者带来浓郁的生活气息。作者对海清大爷的劳动技巧是大加赞扬，他写海清大爷撒网打鱼时的镇定的态度，舒展的姿势，圆熟的技巧，写得很在行；他写海清大爷仅凭手摸就能分辨出稻子和稗草来，这叫一群小青年非常钦佩，作者极力描写劳动之美。

《远方的种子》语言简练，口语化，个性化，风趣，幽默，朴素，自然，闻其言就能知其人，特别在对话中尤其如此。海清大爷对宝祥说："不用说你喜欢抓鱼，连我老头也有这个瘾呢！可抓鱼得看什么时候，等咱队的高粱晒米儿，稻子拉齐穗儿，乐意摸鱼，放你假，你整天泡在河里也行！想学抛网，我教！唰啦，一网下河，扣它几条金翅金鳞的鲤子……"这是多么精练的语言！听着海清大爷的讲话，好像能觉察出他就在你对面站着。老舍说："话到人到"，性格就出来了。

张少武同志写的短篇，人物情节上有连续性。同一个人物在不同作品中出现是可以的，但在情节上要特别注意，不应重复，否则就会减少艺术的感染力。再则希望张少武同志视野再扩大一些，注视着生活的各个领域，写出新时代的青少年的高贵的共产主义的道德风尚来。希望这位作者能在《逮鸟儿》《摸鱼》等作品所取得的成就的基础上，更向前发展一步。

（原载人民文学出版社《槐花集》）

张少武儿童小说感言

郭大森

　　我早就想写一篇文章，对少武在病愈后所写出的优秀儿童文学作品表示一点祝贺。但因手头的几部较急的书稿总是应接不暇地缠绕着我，所以，一直没有抽出时间来了却这份心愿。最近，终于把几部书稿任务处理完毕，又趁着《张少武儿童文学作品选》出版之机，才使我高兴地写出对张少武儿童小说创作的感言。

　　应该说，我对少武兄的儿童小说创作，是最为熟悉和最有发言权的一个人。早在50年代，我们在大学读书期间，我就是张少武儿童小说的热心读者。在东北师范大学中文系，少武是我上年级的学兄。所以，对他的儿童小说创作，我格外关注。可以这样说，他发表的每篇作品，我都潜心地加以阅读，并且及时地收藏起来。这不只是因为是学友的作品，我就格外地感到亲切并更加珍惜，更重要的一个原因，是我觉得少武的儿童小说对我有极大的诱惑力。读他的小说，是一种艺术上的享受。

比如说，1956 年他在《长春日报》上发表的《逮鸟儿》，就以相当成熟的文笔，刻画了几个可爱的东北农村孩子的形象，在他们身上体现了新中国少年儿童心地善良、热爱劳动、热爱集体和热爱科学的品格，写出了新社会人与人之间的友爱和真诚。这篇作品标志着张少武儿童小说创作起点之不凡，显示出他相当深厚的艺术底蕴。所以，我认为它是 50 年代东北文坛上的一篇难得的儿童小说佳作。在大学期间，少武兄还在《吉林日报》上发表了一篇儿童小说《放马那天》，写了一个孩子利用暑假帮助生产队放马的故事。在作品中我们可以发现少武兄善于在儿童日常生活中提炼素材，善于观察农村孩子们的言行，捕捉他们的美好心灵，并能用关东孩子富有个性的语言，来表达他们的内心世界，使他的儿童小说，具有浓郁的东北农村生活气息。

在 60 年代，少武兄还有一篇优秀的儿童小说《摸鱼》发表。小说成功地刻画了海清大爷和少年宝祥这两个人物形象。小说荣获吉林省少年儿童文艺创作一等奖，并被收入人民文学出版社出版的《建国 30 年儿童文学作品选》。我国著名文艺评论家孙钧政教授在评论《摸鱼》时，提到了张少武在小说创作中善于写景的特点，他说，"作者写山则情满于山，写水则情满于水"，作品"描写了自然美和纯朴天真的儿童们的心灵美"。

正因为我对少武兄的儿童小说创作比较熟悉，所以，在我从事儿童读物编辑工作以后，编辑的第一本书就是张少武的儿童小说集《远方的种子》，书中除收入上述各篇佳作外，还有其他多篇儿童小说，是少武兄 20 多年儿童小说创作小结。到了 80 年代末，我担当少武兄儿童中篇小说《九月的枪声》的责任编辑，对少武兄的儿童小说创作有了更深入一步的理解。《九月的枪声》所反映的内容是抗日战争和解放战争时期东北农村生活的，表现了人民大众对敌人的不屈不挠的战斗精神。作品的思想内涵有着相当的深度在艺术风格上具有更加开阔和豪放的特色，对小读者有磁石般的吸引力，称得上是一部乡土味浓，意境隽永，情趣盎然的中篇佳作。蒋锡金教授在本书序言中高兴地写到，"小说中《飘零岁月》一章，在世界水平的少年儿童文学作品之中也算得上是精彩杰出的一段了"。这部小说于1991年荣获全国少年儿童出版社优秀图书奖。

令人感到欣慰的是，少武兄在恢复健康之后，不但连续发表了许多散文佳作，同时也写出了优秀儿童小说《爱犬》。我读过这篇小说，心中激动不已，感到少武兄的儿童小说创作，更加老辣纯熟，我真为他能够不断为孩子们写作，感到由衷的高兴。趁着《张少武儿童文学作品选》出版之机，把我的祝贺和藏在心中许久的喜悦心情一块写了出来。上述的儿童小说佳作，自然都会收入这本选集之中，此外，本书还收入了张少武各个时期儿童小说创作的代表作品，使我们能够看到他的儿童小说创作的全貌，为人们全面了解这位著名儿童小说家提供了权威性的资料。《张少武儿童文学作品选》的出版，应该是我省儿童文学创作和出版事业中的一件大好事，在东北儿童文学史上也应该占有重要的位置。可见，新近出版的《东北儿童文学史》把张少武列为改革开放时期东北儿童小说家的首位，是很有道理的。这部作品选，不仅使少武兄40多年所创作的儿童小说精品集中地同小读者见面，而且能够永久地保存下来，流传开去，这对广大小读者来说，实在是一件值得庆贺的事情。

　　说到这里，使我感到遗憾的是，在我从编辑岗位上退下来之前，没有来得及为少武兄的作品选出版尽到一点责任，但是令我感到安慰的是，后来，有责任编辑遵义兄、总编辑振坤兄鼎力相助，使这部作品选得以问世，充分地表现了两位编辑出版家对儿童文学作家的支持和他们对孩子的一片爱心。如少武兄在该书后记中所说：不能忘记这些"仗义"的出版工作者的辛劳和情意。

（原载 1996 年 5 月《长春日报》）

读 少 武

邢　志

　　本人喜欢读书，更喜欢读人。读了一些名家，大受教益；近读著名作家、编辑家张少武，亦受益匪浅。

　　少武是我的学兄，也是我的朋友。从相识到相知，算来已有 40 余载。这位学兄为人为文很有个性，也很耐读。

　　少武对文学由衷地执着。他少年时期就喜欢读故事，听人讲故事。青年时期学的是文学，又师从著名作家、学者蒋锡金教授等名家。学名人，读名著，肯思考，勤练笔，不仅沉淀了他对文学的深厚感情，而且打下了坚实的文学基础。读书时就有作品发表，并使他在文学的道路上一发而不可收。毕业后，他被分配到省级工业主管部门做秘书工作，工作很有成绩，颇受领导赏识。然而执拗的张少武为了创作竟置明摆着的令人羡慕的仕官坦途于不顾，应召去一家新闻单位当记者，后又受命主编一家新创刊的文学刊物。本职工作占去了他的大量时间，而他在完成本职工作的同时，学着用一双"透人的观世的眼"凝视与思考着生活，在工作之暇探索着儿童文学创作。对儿童文学的热爱基于对儿童的热爱，孩子是国家的未来，民族的希望，为孩子们写作一往情深。从50年代中期至退休，他一直在儿童文学领域辛勤耕耘，先后出版了诗歌集《瓜王》《收倭瓜》，短篇小说集《远方的种子》，中篇小说《九月的枪声》《张少武儿童文学作品选》等。数量之多，格调之高，童趣之浓，地域特色之鲜明，均被名家与读者所称道。读少武的作品随处可以触摸到他那颗为孩子们真诚跳动的童心，感受到一股浓浓的乡情与亲情。情真意切是少武儿童文学创作的一种风格，也是一种人格。

少武甘当人梯，乐为他人作嫁衣。少武文学创作走向成熟的时候，受命主编文学刊物。领导的信任，新老作家的热望，无不使他"肝脑涂地"地投入到为新老作家开拓园地之中。他主持笔政十余年，全身心地投入于稿山文海，从沙里淘金，磨拙璞为玉，甘作文学青年的知音，把心血倾注在业余作者身上，扶掖新人不遗余力，"将心血倾出，以饲别人"。一个人、几个人忙不过来，他又同大家商议，创办了《春风》青年文学函授讲习所，聘请名家编写讲义，担任讲师，为文学青年看稿，改稿，辅导写作。他以培养业余作者为己任，视业余作者和文学青年的进步为自己的快乐与寄托，难有闲暇耕耘自己的文学土壤，做出了自我牺牲的选择。这是一种事业心，也是一种责任感，更是一种无私的奉献。奉献是一种觉悟，是一种自觉的行为，更是一种崇高的精神。

少武崇尚知识，追求学识。"知识就是力量"，没有知识就没有力量。少武深谙这个道理。他渴求知识，嗜书如命，如饥似渴地从书本上获得知识，从实践中获得知识，从他所接触的人那里获得知识，为自己建造了一座丰满的知识大厦。知识丰富了他的人生，知识支撑着他的生命。特别是退休前，少武突患咽喉大疾，一段日子里确乎被命运扼住了"咽喉"，然而他没被压垮，反而奋起扼住了命运的"咽喉"。病魔肆虐，剥夺了他正常说话的功能，却没有夺走他健全的思维，更没有改变他坚定的生活信念。他理智地读书，理智地思考，口语表达不便，反而愈增以笔抒发胸臆的执着。读书、思考、写作，不仅驱散了他许多苦痛，而且充实了力量，丰富了生活，坚定了写作的意志。他向采访他的记者说："手术后，我不能当废人，不但要活下来，而且要活得有质量。一辈子当编辑，大半生的力量都给别人做嫁衣裳了，现在退休了，时间也充足了，我要比健康时写得更多！"知识使他理智，知识给了他信念，也给了他力量，他没有放弃对生活的热爱，没有放弃对文学的热爱，也没有放弃对社会的责任。他向散文、随笔领域开拓，继续笔耕。1995年散文集《长河散渔》面世。1999年《长河帆影》出版。这是少武兄大病愈后一段艰难日子里发出的心声，是他不懈追求生命质量并登上自己生命新的阶梯的重要标志。少武写作一向注重亲历与本色，追求平实、明快与率真。两本散文集都充溢着他的这种特色，洋溢着对生活的热诚，据守着高洁的人生信念，记录着他对自我的挑战，对痛苦的超越，对文学的痴情，对崇高人生的不懈追求。少武的追求是高尚的，执着的，他在继续刻画生命的年轮，展示人生的价值。贝多芬在《致爱尔杜第伯爵夫人书》中说"最优秀的人物通过痛苦才得到快乐"，少武战胜病魔所得到的人文意义上的欢乐便是生命的升华。少武是人群中的强者。

少武为人耿介，坦诚，也很透明。他对事业的向往，对工作的热诚，对学识的追求，对同志的热忱，令人敬服。他相信机遇，更坚信勤奋。在他的记者、编辑、创作生涯中，他恪守"一生之计在于勤"的信条，勤于学习，勤于思考，勤于笔耕，乐于从事这种年复一年的"爬格子"的体脑兼备的劳动，并付出了极大的艰辛。大病愈后，依然笔耕不辍，成果迭出。不论是感悟人生的"豆腐块"，还是"与友人书"，字里行间洋溢着热爱生活，热爱乡土，热爱国家，热爱文学，热爱生命的激情，令人心动。热爱是一种感情，是一种精神，是一种生命的原动力。热爱生活，热爱事业的人青春永驻。愿少武兄长此充满青春活力！

渐入澄明之境

——《长河帆影》序

朱 晶

　　《长河帆影》是张少武1991年以后的第二本散文作品集。熟悉情况的朋友都知道，这是少武大病愈后一段艰难日子发出的心声。捧读如此沉甸甸的文章，我的心情实在难以平静。少武，辽北人氏，满族。自幼喜撒网打鱼。新中国成立初在沈阳供职于新华书店，不久以调干身份考入东北师大，读书时已有作品发表。毕业，先从事工业行政、新闻记者工作，后主编《春风》文学月刊十几年，兼任长春市文联副主席、作协副主席。

　　头些年，我也当编辑，常和少武开玩笑，说他是"全国最高大的主编"。不仅指他的身材，也包含着对他人品和文品的尊敬。从编辑生涯讲，他属于我师长一辈；在文艺观念方面，我们之间则有不少相通之处。1987年初，我在某报发表一篇影评，他"很有感慨"地致函给我。后来《春风》邀请东北三省作家研讨"时代、地域、文学"，在少武和《春风》编辑部的敦促下，我也曾提供过点滴建议。

　　儿童文学和散文，是少武热衷的创作领域，已有多本著作印行。他的中篇小说《九月的枪声》"飘零岁月"一章，受到著名学者蒋锡金先生的激赏，蒋老说："即使放在世界水平的少年儿童文学作品中，也能算得上是精彩杰出的一段了。"

少武为人耿介，为文往往愤世嫉俗。从前如此，新近亦然。本书"心曲纯挚""文苑情痴"若干篇什中，仍有透露。《人品·文品》《名人当自重》痛快淋漓地抨击了时下文化界某些人的拜金和市侩习气。同时，我又明显感到少武文风和心绪有新的变化。作为作家，经历多年的人生体验与思想沉淀，他对世事洞察渐深，心态趋于平和，在保持自己鲜明格调的前提下，逐渐进入一种清澈、坦荡与澄明的精神境界。

最打动我的，是萦绕在《长河帆影》中的"乡村"情结。"彰武青，法库黄，开原有个懒瓜王"，"懒瓜王"，即少武的爷爷。法库的瓜儿，"皮薄籽小稀酥嘣脆"，而"懒瓜"呢，"瓤青肉厚个头大"，"咬一口，可以甜掉牙"！写瓜之香甜，传神状味真算到了佳处。《爷爷的瓜园》由瓜写到"乡俗"，不但"进瓜地吃瓜不掏钱"，逢好年胜景，除去付租、少量批发，爷爷还要挑着瓜"东家送一挑子，西家送一大筐"。当年民生凋敝，敦厚之风尚存，勾画出贫苦农民的一道人生风景线。《美食之忆》，不忆"生猛海鲜"，偏偏念念不忘儿时的"庄稼饭"。母亲腊月蒸的黏饽饽，"黄亮亮，筋道可口"；清明节后，用小米或秫米拉"水面"烙成的"上大下小，上薄下厚"的"锅出溜"，"闻着香味扑鼻，吃着酸酸甜甜"；到了夏秋之间，采摘柞叶、苏子叶做的菠萝叶饼和"黏耗子"，"任谁吃了嘴里都会噙满山野的清香"。作者追忆的岂止是"美食"？山野的思念乡情的眷恋，跃然纸上。

童年有失意、苦难也有欢乐，现实有幸福、光明也有坎坷。

少武笔下的童年往事，视点在当代，投影在乡村，发于近的感触，怀着远的寄托，不乏淳朴与灵性，着意突显贫困与压抑中心灵对自然的依傍，对美与人性的期望。因而，那"趔趔趄趄"背弟弟采野菜的小姐姐形象（《乡野的呼唤》），孩子们"穿乌拉、打裹腿、领上狗"在冰雪中的雀跃（《冬之诱惑》），以及"我"进城多年仍未忘情的流连野外，撒网打鱼之《野渔》，既给人以复归热土与自然的强烈感召，又拉开了历史的跨度，显示出一种古朴而又新鲜的价值观，一种精神的原动力。乡村，是少武生命、良知和美感的源头。似乎天性要他必须与之保持精神上的沟通，他要时时回到那里汲取力量和营养。作为生命根性，它已化作少武须臾难离的东西，深植其身心，牢系于岁月，沉实而韧长。

文学发展至今，散文勃兴，大家迭出。创作自由度的拓展，促成表述与情致的多元化。冲淡的、华贵的、冷峻的、虚幻的、隐晦的、思辨的、本真的、典雅的、纤巧的、旷达的，各逞锋头。少武坚持自己的写法，有什么说什么，注重亲历与本色，追求平实、明快和率真。非常可贵的是，他的每篇作品，都洋溢着一股生活的热诚，据守着高洁的人生信念。将此种"精神"作一般性的宣述也许不难，然而，像少武这样历经病灾且慷且慨、大彻大悟，确实难能可贵。

我喜欢他的《听雨》。请看文中的一段：

　　落雨声，此刻是世上最动听的音乐。早饭过后，我便搬把椅子，坐进阳台，看苍冥中垂下的重重雨帘，听雨滴激溅楼面、拍打大地的淅沥声，心情便觉得莫名的释然怡然。

对面楼下，一位妇女戴顶大草帽，为防楼道进水正挥铁锹撮土砌筑"围堰"。两个顽童则光着脚丫任雨水淋浇，在院子里忘情嬉戏。

听着雨声，望着雨景，不由得我回想起平生历经的雨中的烦恼与快乐……

可以想象少武怡然"听雨"的身姿与神态。他想到与乡亲一道长跪祈雨，雨后用拦河泼网捕捉辽河红鲤；想到插队时暴雨引发寿山水库出槽，高台子被迫毁队搬迁；想到80年代初赴湘西访问，在张家界因雨受阻……人渐入老境，心仍然激荡着活力。

《雁落湖滨》，是讲给孙儿辈的故事。由北京紫竹院受保护的野雁仔引出早年因无知伤害大雁的忏悔，今昔对照，娓娓道来，充满爱心。而《筝友》开头披露的落寞心境，真实自然。风筝，使之化解："当翘首仰望的那一刻，我那久郁的心胸，顿觉豁然开朗"。《向往河滨》《旋网》《病友》等篇宣叙了同样的心情。这不仅仅是生活视野的转移，似乎还意味着精神哲学的转机，在散淡而无功利关系的人群中，"我"学会了宽容，找到了解脱。

澄明，即达观与超脱。但澄明绝非虚无。理想与现实的矛盾，自我与环境的不协调，世风的颓败与个人的执着、无奈，皆会造成精神的创痛。少武患咽喉大疾。一段日子里确乎被命运扼住了"咽喉"，然而他没有被压垮，反而奋起扼住了命运的"咽喉"。90年代以来几乎他每篇文章都迸发出不屈服于命运的强音。《生命的年轮》《拳拳赤子心》《永远举着心中的旗》等尤其感人至深。长歌当哭，痛定思痛，少武终于登上自己生命新的阶梯。这值得钦佩，这使关心他的朋友们高兴，这让一切与他志向相同的人受到鼓舞！

人难以摆脱世俗的诱惑，难以彻底割绝痛苦。可是，要走向澄明之境，就非得努力摆脱诱惑、战胜痛苦不可。卢梭有一次谈道："我在漫长岁月中历尽沧桑，我发现，具有最甜蜜享受和最强烈快感的时期，并非那些常引起回忆或最使我感动的时期。那些一时狂热和心血来潮的时刻，无论多么热烈，却恰恰因为本身的热烈程度而仅仅成了生命线上一些稀稀落落的点。这些点为数太少，稍纵即逝，不能形成一种状态。可我心所怀念的幸福，断乎不是由一些瞬息即逝的时刻，而是由一些平凡而持久的状态构成的。这些状态本身并不强烈，但它们的魅力却随岁月的流逝而骤增，最终能够从中找到无与伦比的快乐。"这或许也就是爱因斯坦所说的——"上了年纪的人比那些在希望与恐惧之间摇摆不定的青年人更接近这种永恒的东西。我们年长的人特别能体会那种最纯洁的真与美。"

我想，先哲们这些话大约能引起少武的共鸣。

我甚至感到，越是接近澄明之境，少武也就越深入文学的堂奥。因为文学不需要时髦与喧闹。超越世俗荣辱，真正与人民共命运，是作家精神上成熟的必要条件。有一句话说得好："最好的作家都是一些交际和谈话的节俭者。他们为了写作而吝于交际，为了文字而节省谈话。"

一位文化名人与一座城市

纪洪平

　　有人说，建筑是凝固的音乐。在长春这座城市里，人民大街、伪满皇宫、长影旧址……这些属于地标性街路和老建筑，一直是长春人铭刻于心的文化的符号，也是属于这座城市的永久记忆。15年前，一位身患喉癌的老人，用自己对这座城市的厚爱，写下了一篇名为《广场上，那一片绯红》的文章，从而保护了长春著名的文化广场上那一片百年老杏树，使一块带有强烈特殊历史环境背景的人文景观得到了延续，这位老人就是原长春市文联常务副主席、著名作家张少武……

　　风和日丽的一个下午，我们来到位于长春明珠小区的张少武老师的家，提起那篇文章，老人依然情绪激动，他用嘶哑微弱的声音告诉我们，那是1996年"五一"，《长春晚报》发表了他的散文《广场上，那一片绯红》，文章中探究了文化广场（那时还叫地质宫广场）那近百株老杏树的来历。事情非常凑巧，这篇文章发出时，正值文化广场将进行改造前夕。文章发表后，张少武老师有位在城市建设主管部门工作的邻居，急匆匆赶来告诉他，那些老杏树原本计划伐掉的，参与广场改造的设计者们看了这篇文章后，才知晓这些老杏树有着那样值得珍视的人文背景，便决定尽可能将它们保留下来。

时隔15年后，我再一次阅读少武老师的那篇《广场上，那一片绯红》，就会为这位老人内心对这座城市的无限爱意而深深感动：

四月中旬连着下了两场雨，打开窗子，潮湿的空气里携带着泥土苏醒的气息涌进屋来。小雨稍有停歇，我便到地质宫广场去漫步。小草已钻出了地皮，这春雨，这小草，终于击退了不肯告退的寒冬——渴望色彩纷呈的春天，是因为冬季太漫长了，给了人们太多的凄清和寂寞。

广场上有园林工人悉心栽植的迎春、黄玫瑰、红玫瑰……它们将次第开放，带给我们愉悦；可最能传递春消息展示春气魄的还是广场西南角上那一片杏树林。——现在望去，它已隐隐透着暗紫，过不了几天，那近百株老杏就将灿然开花，从远处望去，恰如一片绯红的云霞，使那一角天空，生气勃勃，纯美烂漫，花期虽然短暂，那可是这喧嚣城市中一道难得的风景。

无论是杏花绽放还是落英缤纷，我常去那杏林中漫步或伫立。那近百棵老杏，都是铁干虬枝，合抱不交；从它们那顽强的姿容上，人们可以判定它们都已有很长的历史。可它们是谁人栽植，还是自然生长于此？

近期，我在读爱新觉罗·溥杰先生的夫人嵯峨浩的回忆录《流浪王妃》时，竟意外地于其中看到了答案。

很多人都读过这部书，尤其是生活在长春的人们，可谁都没有留心这段话与我们城市有着如此密切的关联，除了作家那双善于发现生活的眼睛，难道不也饱含少武老师对这座城市的浓浓爱意？

嵯峨浩当年经日军军部撮合，在"日满亲善"的名义下，于1937年与爱新觉罗·溥仪之弟溥杰结了婚。日本军部的原意，是想通过这种联姻以进一步控制溥仪、控制"满洲国"。可她并未泯灭良知，后来在经历了无数磨难之后，她认清了日本军部一些人的丑恶嘴脸，坚定了与自己的丈夫白头偕老的决心。她在《流浪王妃》一书里，不仅真实地反映了与溥杰的悲欢离合，也录下了日本军国主义者在东北犯下的罪行和昔年她在"满洲国"的遭遇。从中我们也可了解到昔年我们脚下这块土地的情况。她写道："我们的新居在新京（长春）市西万寿大街117号（大约是现今西民主大街或云鹤街一带）。听地名，像是个热闹繁荣的街道，其实，这里过去是蒙古王的牧场……"，"道路对面是准备建造皇宫的用地。从前，那里是一片杏树林。一到杏花盛开的季节，人们常常到那里赏花，所以很有名。但那片树林差不多被军队砍平了……"，"在我们宅子的周围有……空地"，"丈夫似乎很怀念杏树林，所以，在这里栽下了杏树……"今日这杏林，是关东军铁蹄下的劫余之物？还是溥杰先生的手植？这似乎无法也无须判断了。今日我们应该赞许的倒是老杏树那顽强的生命力。

写到这里，少武老师并没有结束的意思，而是情绪更加高昂起来，他把自己的真情实感借此发挥出来。

在这座城市读大学之后留下来工作，至今已43年，且将终老于斯，我对这第二故乡的眷恋与热爱是自不待言的。看着它日新月异的变化，自是惊喜；然而，近来又似有杞人之忧：每每看到毁树建房、毁林修路现象，心头总有压抑之感。本来"疯长"着的城市，已使人减少了阳光照射、呼吸了太多废气、一任噪音充耳；再肆无忌惮地滥伐林木、扼杀绿意，如此生存环境，人们将何以堪？

记得38年前在大学读书时参加植树活动后，我曾写过一篇散文《为了春天永驻》。在那篇小文里，我曾希冀我们的城市那"红房绿树将被烂漫的春花包裹，金秋里树上的果子芳香四溢……"虽说这愿望至今尚未实现，但面对又一个新春，我仍诚挚地祝愿我们的城市"生长"有序、绿意盎然、创造优美的生存空间，永远不负那骄傲的美名，让春天永驻这里……

　　我与少武老师认识很早，接触并不多，主要原因是我当初只写诗不写小说，而那时他老人家是大名鼎鼎的《春风》杂志主编，个头又很高，让我高山仰止般敬畏；另一个原因是我在一汽工作，平常很少有机会当面聆听教诲。可是，很多年前，在一次会议之后大家聚餐，他在吃饭前赠送自己新出版的书，给我时竟然一字不差写出了我的名字，这让我感动良久。

　　几年前，我来到了长春市文联，恰好担任了《春风文艺》的编辑，他几次来文联，都把我和其他有关同志叫到身边，拉着我们的手，用嘶哑的声音嘱咐：一定把杂志办好，拜托了……

　　我的心再一次深深地震撼，这是一位怎样的老人啊！以后，我不断在周围的文友交谈中渐渐认识了他，确切说，是在他被众口一词誉为君子人格中真正地认识他的，也是在他深厚的文学修养和广阔的知识面，以及创作了那么多的优秀作品中逐渐认识的。他早年在日伪统治下的"满洲国"就读"国民优级小学校"，与同学们一起向曾经灌输日语教育的日本人桥本进行"报复"，参加工作后在新华书店总店宣传科，有机会接触中外名著，粉碎"四人帮"后，被调到文艺工作岗位，受命主编文艺期刊，长期"为人作嫁"，只有出差或深夜才能搞自己的创作……

　　张少武，1933 年出生，辽宁开原人，满族，1958 年毕业于东北师大中文系。曾任长春市文联常务副主席，中国作协会员，任文学期刊主编十余年，出版了《九月的枪声》《长河散渔》《长河秋韵》《张少武儿童文学作品选》等 13 部作品；是我省著名作家，尤其儿童文学创作取得了非常骄人的业绩。曾获得中国少数民族文学奖，东北文学奖及长白山文艺奖之荣誉奖及成就奖。被授予"长春市有突出贡献的老艺术家"称号！

20世纪90年代，少武老师罹患喉癌，但他乐观向上的精神，和一腔热爱生活的态度，终于让病魔退避三舍，任由他挥毫泼墨，潇潇洒洒，写下了一大批直抒胸臆的散文，其中不乏经典之作，对社会起到了很好的引导作用，对世风更是具有教化人心的功效。

张少武，以一个作家的才华和良知，为我们这座朝夕相伴的城市规划，默默贡献了自己的力量，真希望已八十高龄的少武老师永远精神矍铄、笔耕不辍，继续为长春这座城市，谱写美妙的乐章！

忆慈父张少武

张东航

时光飞逝。转眼之间，父亲离开我们近一年了。一直想写点什么纪念父亲，但是坐在电脑前，想起他的音容笑貌，想起他那奋发激越、不向命运低头的不平凡一生，想起他对我的种种慈爱，不禁泪盈眼眶，竟不知从何下笔。

父亲是一位著名的作家、编辑。他以儿童文学和散文创作知名，早在 20 世纪 80 年代初，北师大教授、著名评论家孙钧政先生出版的儿童文学评论集《槐花集》中，就收录了他为父亲的儿童文学作品撰写的评论《景美人更美》。而《槐花集》中仅收录了对七位作家的评论，另外的六位是冰心、严文井、金近、崔坪等蜚声中外的儿童文学宿将。《东北儿童文学史》也专门列了一个章节介绍、记述父亲的儿童文学创作。父亲曾获中国少数文学奖、中国荣誉编辑奖、东北文学奖、长白山文艺奖成就奖、君子兰文艺奖成就奖等重要政府奖，也从一个侧面反映了他的文学成就。

父亲曾在多篇散文中直抒胸臆，表现了他对文学的挚爱。

他在一部作品集的自序中说文学是他"久恋的情人",可谓恰如其分。记得上小学的时候,家里住的是两居室,只有一个书桌。我写完作业睡觉后,父亲才能占据书桌批阅稿件,从事创作。父亲彼时工作的《春风》杂志,是20世纪80年代创刊的文学刊物,在父亲和同事们的努力下,才几年就一纸风行,月发行20万份。刊物偏居东北一隅,而在全国颇有影响,刊发不少名家的作品,更扶掖了一大批中青年骨干作家。作为刊物主编的父亲,埋身于稿山文海,从沙里淘金,磨朴拙为玉,付出了大量的心血。挚爱文学的父亲推己及人,对当时众多的文学青年们耐心调教,以至于周日(那时每周只有一个休息日)家里常常有青年作者拿着作品就教于父亲,而他总是不厌其烦地给予指导。有时候母亲还要多炒两个菜,留熟悉一些的年轻人在家里吃饭。《文艺报》曾以《他把心血饲了别人》为题,报道过父亲热心培养青年作者的事迹。而这,引来了各地更多的来信和稿件。父亲的学生,现在有不少已成为名作家、名记者、权威刊物的主编。但是,这种超强度的劳动占用了父亲大量的创作和休息时间,也可能在一定程度上损害了他的健康。58岁那年,在他即将从文艺管理岗位上退下来,准备在创作领域一偿夙愿时,却罹患喉癌,不得已施行了全喉切除术。重大的打击没有将父亲击倒,在母亲的精心照料下,父亲渐渐康复。他凭借超人的毅力和对文学的挚爱,在此后的几年内创作了数百篇文学作品,获得了三十余个文学奖项!

父亲的创作影响了不少陌生的读者。有不少朋友就是看了父亲的作品,寻根溯源找到他并建立友谊的。在他住院期间,一位护士听说来了一位作家患者，就好奇地在网上搜了一下父亲的名字，结果看到一位姓赵的女孩在博客中写了许多读父亲作品的感悟。护士在留言中和她沟通了父亲在医大住院的情况，这个女孩当即赶来探望，还带来了父亲当年出版的《张少武儿童文学作品选》，那本书虽然被认真地包了书皮，但因为反复翻看，而颇有些破旧了。小赵是吉林大学文学院的在读博士，她还带来一封字迹娟秀、感情真挚的信。信中说："二十年前，当那个七八岁的小女孩好奇地翻开《张少武儿童文学作品选》的时候，她不会想到因此会走上文学之路；更不会想到有生之年，能够和自己深深尊敬和喜爱的作家见上一面……大概很难再有一本书，能给予我这样的心灵归属。现在我捧读这本书，讶异您在五六十年前的语言，今天读来仍觉准确、鲜活、充满生命力——这是对文学最初的鉴赏：知道什么是'好'的，什么是'美'的，犹如亲手摸过古瓷器温润的宝光，赝品就再难入眼。如今我走上了文学研究的道路，正是您给了我难忘的文学启蒙。"她在信的最后深情地写道："您写过那么多那么多故事，被世人喜欢、传诵；今天，请听我给您讲一个小小的故事：很多年前，您在毫不知情的情况下，曾牵着一个小女孩的手，举着火把，陪她走过了一段稚嫩蒙昧的路；您留下的光，照亮了她后来的人生。"看了小赵的信，已经被病魔折磨得十分虚弱憔悴的父亲，露出了一丝连日来难得一见的微笑——对于一位作家来说，这当是最大的褒奖吧！

父亲挚爱文学，也热爱朋友。在我的印象里，家里从来没断过朋友。有他大学时代的良师益友，有青年时代意气相投而终生交往同事；有刘绍棠、苏叔阳、浩然、万忆萱、郭大森、江波、丁宁这样声气相通、相互砥砺的文友。这些朋友是父亲生活和精神世界的重要部分。父亲的最后的一本文集《张少武散文集》中有单独的一辑"爱注长河颂友朋"，由25篇抒发他与朋友真挚感情的散文组成，这足见朋友们在他心目中的分量。父亲与中国乡土文学的领军人物、著名作家刘绍棠因工作相识，结下了极为真挚的友情。刘绍棠20世纪90年代罹患中风，我父亲也刚刚动了大手术，他们没有一个人就此歇笔，而是鱼雁往来，相互鼓励。他们的一部分往来信件被中国当代文学馆收藏。

父亲交友有"交"无类。朋友中既有"鸿儒之交"，也有与最普通的农民工人的"白丁之交"。我陪父亲在小区里散步，惊讶于院子里许多保安、大字不识几个的保洁员颇为稔熟地和他热情打招呼，父亲也回报以他那极富感染力的微笑。父亲带着我们一家1970年到伊通县十分偏僻的村庄插队落户，与赤贫的房东及乡邻们成了好友。40多年后，我陪着父亲故地重游时，他一出现在村口，立即有老乡认了出来。原因是父亲当时不顾"文革"时下放干部动辄得咎的尴尬身份，打了深井，让原来因喝污浊的浅井水而导致克山病高发的乡亲们，喝上了干净的水……

难忘，父亲对家庭的关爱和对我们的教诲。在插队落户期间，家里因缺少燃料十分寒冷，一直在与文字打交道的父亲，去铁匠炉做了一柄开山斧，顶风冒雪，领着当时9岁的哥哥连续几天去山里砍柴，在山墙外堆起了小山一样的柈子，让全家人过了一个温暖的冬天。我在外上大学期间，经常收到父亲的来信，除了生活上的关心，更多的是教导我努力学习，正直做人。父亲颇通鼎鼐调和之道，记得我小时候，父亲常兴之所至，做一锅红烧肉或是冬菇炖笨鸡，刚一揭锅，便是满屋飘香……

父亲走了。这种骨肉离散，虽是人人难以免除的经历，但却是如此痛彻心扉！我虽然才智、勤奋远逊于父亲，但要谨遵他的教诲，做一个有用的人。